KB166233

을 유 세 계 문 학 전 집 · 11

휘페리온

휘페리온

HYPERION

프리드리히 횔덜린 지음 · 장영태 옮김

❀ 을유문화사

옮긴이 **상녕태**

서울대학교 문리과대학과 동 대학원 독어독문학과를 졸업했으며, 뮌헨대학에서 수학하고, 「횔덜린의 시학 연구」로 고려대학교에서 문학 박사 학위를 받았다. 현재 홍익대학교 독어독문학과 교수로 재직 중이다. 저서로는 『횔덜린 생애와 문학 사상』, 『지상에 척도는 있는가: 횔덜린의 후기 문학』(2004년도 학술원 우수 학술 도서)이 있고, 옮긴 책으로는 한스 로베르트 야우스의 『도전으로서의 문학사』, 마렌 그리제바하의 『문학 연구의 방법론』, 디이터 람핑의 『서정시: 이론과 역사』, 캐테 함부르거의 『문학의 논리』(2002년도 학술원 우수 학술 도서) 등의 문학 이론서와 『횔덜린 시선: 머무는 것은 그러나 시인이 짓는다』, 유렉 베커의 『거짓말쟁이 야콥』, 『동독 단편 문학선』, 『괴테 시선』 등 독문학 작품이 있다. 또한 「횔덜린의 소포클레스 비극 안티고네에 대한 해석과 번역」 등 횔덜린 문학에 대한 여러 편의 논문도 썼다.

을유세계문학전집 11
휘페리온

발행일 · 2008년 10월 20일 초판 1쇄 | 2020년 12월 25일 초판 4쇄
지은이 · 프리드리히 횔덜린 | 옮긴이 · 장영태
펴낸이 · 정무영 | 펴낸곳 · (주)을유문화사
창립일 · 1945년 12월 1일 | 주소 · 서울시 마포구 서교동 469-48
전화 · 02-733-8153 | FAX · 02-732-9154 | 홈페이지 · www.eulyoo.co.kr
ISBN 978-89-324-0341-0 04850 978-89-324-0330-4(세트)

차례

제1권

가장 위대한 것에 의해서도 제약받지 않으며 가장 작은 것에 의해서도 포용되는 것,
그것이 신적인 것이다.[*]

서문

나는 이 책에 대한 독일인들의 사랑을 한껏 기대해 본다. 그러나 어떤 사람들은 이 책을 마치 무슨 지침서로 알고 지나치게 우화적인 교훈을 챙기려고 하는가 하면, 또 어떤 사람들은 너무 가볍게 여김으로써 양쪽이 모두 이 책을 이해하지 못할까 걱정도 된다.

나의 꽃나무에서 단순히 냄새만을 맡는 사람은 그 나무를 알지 못할 것이며, 무엇을 알아내려고 그 꽃나무를 무턱대고 꺾는 사람도 그것을 알지 못하게 될 것이다.

어느 한 인물의 내면에서 불협화를 해소하는 것은* 단순한 사상이나 공허한 쾌락을 위한 것이 아니다.*

이제 이어지는 일이 일어난 무대는 새삼스러운 곳이 아니다. 그리고 그 무대와 관련해서 이 책에서 변경을 시도할 만큼 한때 내가 어리석었다는 것을 고백한다. 그러나 그 무대가 휘페리온의 비가적인 성격에는* 유일하게 알맞은 곳이라는 것을 확신했고, 혹시 있을지도 모를 독자들의 판결이 지나치리 만큼 나를 그렇게 우유

부단하게 만들었다는 사실을 부끄럽게 생각했다.

나는 차후의 계획에 대해 지금 어떤 결정을 내리는 것도 전혀 불가능하다는 것을 유감으로 생각한다. 그러나 제2권이 가능한 한 빠른 시일 안에 이어질 것이다.

제1서

휘페리온이 벨라르민에게

사랑하는 조국의 땅이 나에게 다시금 기쁨과 고통을 주고 있다.

나는 이제 매일 아침 코린토스 협곡의 꼭대기에* 오른다. 그러면 나의 영혼은 내가 올라와 있는 달아오른 산들의 자락을 오른쪽과 왼쪽에서 시원하게 식혀 주고 있는 바다의 이쪽과 저쪽을* 마치 꽃들 사이의 꿀벌처럼 수없이 날아 오가는 것이다.

내가 천 년 전에* 이곳에 서 있었더라면 특별히 양쪽 만(灣) 가운데의 하나가 나를 기쁘게 해 주었으리라.

승승장구하는 반신(半神)처럼, 수백 개의 눈 덮인 산봉우리들을 에워싸고 아침노을이 비추고 있는 헬리콘과 파르나소스의 장엄한 황야 사이로, 또한 시키온의 천국과 같은 평원 사이로* 반짝이는 만이 환희의 도시, 청년과 같은 코린토스를 향해 밀고 들어와 전리품으로 얻은 온 세상의 풍요로움을* 자신의 연인 앞에 쏟아 부었다.

그러나 그것이 나에게 무슨 의미가 있단 말인가? 고대의 폐허 아래에서 쓸쓸한 만가(輓歌)를 울부짖고 있는 표범의 외침 소리가 꿈에서부터 나를 소스라치게 일깨우고 있지 않는가.

번성하는 조국이 기쁨으로 가슴을 가득 채워 주고 힘차게 해 주는 자는 얼마나 복 받은 사람인가! 누군가가 나로 하여금 나의 조국을 생각하게 만들 때, 나는 마치 수령에 내동댕이쳐지고 내 위에 관 뚜껑이 덮이기라도 하는 것 같은 기분이 든다. 또한 누군가 나를 그리스 사람이라고 부를 때는 그가 개의 목줄로 내 목을 동여매는 것 같은 기분을 항상 느끼게 된다.

자, 들어 보게나, 나의 벨라르민이여! 가끔 한마디 말이 나도 모르게 나의 입에서 튀어나올 때면, 더욱이 분노로 가득 찬 내 눈에 눈물이라도 고일 때면, 자네 독일인들 가운데 그처럼 썩 자주 출몰하는 현명한 신사 양반들, 동정하는 감성으로 격언을 갖다 대는 데에 그처럼 안성맞춤인 가련한 사람들은 자비를 베풀 듯 나에게 탄식하지 말고 행동하라!는 말을 남기고 스쳐 지나갔다.

오 내가 행동하지만 않았더라면 얼마나 좋았을까!* 그랬더라면 내 마음은 얼마나 더 많은 희망으로 가득했을 것인가!―

그렇다. 인간들이 존재한다는 사실을 그저 잊자, 궁핍하고 괴로움을 당하고 수없이 분노를 산 이 마음이여! 그리고 그대가 떠나왔던 그곳으로, 변함없고 고요하며 아름다운 자연의 품 안으로 다시 돌아갈 일이다.

휘페리온이 벨라르민에게

나는 이것이 나의 것이라고 말할 수 있는 것을 하나도 가지고 있지 않다.

나의 사랑하는 사람들은 멀리 있거나 이 세상을 떠났다.* 그리하여 어떤 목소리를 통해서도 나는 그들에 대해 더 이상 아무런 소식도 듣지 못하고 있다.

지상에서의 나의 과업은 끝난 것이다.* 나는 의지에 가득 차 일을 시작했었고 그 일에 피를 흘렸으나, 동전 한 닢만큼도 이 세상을 더 풍요롭게 만들지 못했다.

명성도 없이 고독하게 나는 되돌아와 묘지처럼 널리 펼쳐져 있는 나의 조국의 이곳저곳을 방랑하고 있는 것이다. 어쩌면 우리 그리스 사람들을 숲 속의 들짐승처럼 재미로 붙잡으려 하는 사냥꾼의 칼이 나를 기다리고 있는지도 모른다.*

그러나 그대는 여전히 빛을 비추고 있구나, 하늘의 태양이여! 그대는 여전히 푸르구나, 성스러운 대지여! 아직도 강물은 소리 내며 바다를 향해서 흐르고, 그늘 짓는 나무들은 한낮에 살랑거린다. 봄의 환희의 합창은 나의 덧없는 생각을 노래 불러 잠들게 한다. 생기발랄한 세계의 충만은 나의 굶주린 존재를 도취로 살찌우고 배부르게 한다.

오 기쁨에 찬 자연이여! 내가 그대의 아름다움 앞에 눈을 들어 올릴 때면 나에게 무슨 일이 일어나는지 나는 알지 못하지만, 천국의 온갖 기쁨이 내가 그대 앞에서 흘리는 눈물 가운데, 연인이 연인 앞에서 흘리는 눈물 가운데 모두 들어 있다.

대기의 감미로운 물결이 내 가슴을 에워싸고 노닐 때면 나의 온 존재는 침묵하고 귀 기울인다. 먼 푸르름 안으로 마음을 빼앗긴 채 나는 자주 천공을 올려다보고 또 성스러운 바다를 들여다본다. 그러면 나는 친밀한 정령이 나를 향해 팔을 벌리기라도 하는 것처럼, 고독의 고통이 신성의 생명 안으로 녹아들기라도 하는 것처럼 느끼게 된다.

삼라만상과 하나가 되는 것,* 그것은 신성의 삶이며 인간의 천국이다.

살아 있는 삼라만상과 하나가 되는 것, 행복한 자기 망각 가운데서 자연의 총체 안으로 되돌아가는 것,* 그것은 사유와 환희의 정점이자 성스러운 산봉우리이며 영원한 휴식의 장소이다. 그곳에는 한낮이 그 무더위를, 그리고 천둥이 그 소리를 잃고, 끓어오르는 바다도 밀밭의 물결과 같아진다.

살아 있는 모든 것과 하나가 되는 것! 이 말로써 덕목은 그 분노하는 투구를 벗어 버리고,* 인간의 정신은 그 주도권을 내던진다. 또한 모든 사념은 애쓰는 예술가의 규칙들이 우라니아 앞에서 그러하듯* 영원히 일치적인 세계의 영상 앞에서 자취를 감추고 마는 것이다. 엄한 운명은 그 지배를 그만두고 존재들의 둥우리에서는 죽음이 사라지며, 나누어지지 않음과 영원한 청춘은 이 세상을 복되고 아름답게 만든다.

이러한 정점에 나는 자주 올라선다, 나의 벨라르민이여! 그러나 한순간의 의식은 나를 아래로 내동댕이친다. 나는 골똘히 생각에 짓으며, 그 이전 내 모습대로 홀로 무상함의 온갖 고통과 함께 있는 내 자신을 발견하는 것이다. 그러면 내 마음의 피난처, 영원히 일치적인 세계는 사라지고 만다. 자연은 펼쳤던 팔을 거두고 나는 마치 이방인처럼 자연 앞에 서서 그 자연을 의아해하는 것이다.

아! 내가 그대들의 학교에 가지 않았더라면 얼마나 좋았을까. 내가 그 갱도를 따라 내려갔던 학문, 나이 어려 어리석게도 나의 순수한 환희를 확인하리라고 기대했던 그 학문이 나의 모든 것을 망쳐 놓았다.[*]

나는 그대들 곁에서 진정 이성적인 인간이 되었고, 나를 에워싸고 있는 것들로부터 철저히 나를 구분해 내는 것을 배웠으나, 이제 나는 아름다운 세계 안에서 고립되고, 내가 성장하고 꽃피웠던 자연의 정원으로부터 내동댕이쳐져 한낮의 태양 볕에 시들고 있는 것이다.

오, 인간은 꿈꿀 때는 하나의 신이지만 생각에 젖을 때는 거지이다.[*] 또한 감격이 사라져 버리고 나면 인간은 아버지가 집 밖으로 내밀쳐 버린 빗나간 아들처럼 거기에 서서 그에게 동정심으로 길 위에 던져진 몇 닢의 동전을 바라다볼 뿐이다.

휘페리온이 벨라르민에게

그대가 나에 관해서 이야기해 주기를 요청하고, 그리하여 나의 앞선 시간을 내 기억 속에 불러일으킨 데 대해서 고맙게 생각한다.

내가 나의 청년기의 유희에 좀더 가까이 살아 보고 싶다는 생각이 나를 또한 그리스로 되돌아가게 만들었다.

일꾼이 생기를 되찾아 주는 잠 속에 빠져들 듯이 내 괴로운 존재는 순진무구한 과거의 품 안으로 자꾸만 가라앉는다.

어린 시절의 평온이여! 천국과 같은 평온이여! 내가 얼마나 자주 사랑스러운 눈길로 그대 앞에 말없이 서 있으며, 즐겨 그대를 생각하는가! 그러나 우리는 한때 좋지 않았다가 다시금 좋아진 일에 대해서만 알고 있을 뿐, 어린 시절 순진무구함에 대해서는 알지 못한다.

내가 아직 조용한 소년이었을 때, 그리고 우리를 에워싸고 있는 모든 것에 대해 아무것도 모르고 있었을 때, 그때의 내가 지금보다, 마음의 온갖 고초와 골똘한 생각과 노력을 바치고 난 지금보다 더 나았던 것은 아닌가?

그렇다! 인간들의 카멜레온과 같은 색깔에 물들지 않는 한 어린이는 신적인 존재이다.

있는 그대로가 전체이며, 그렇기 때문에 어린이는 그처럼 아름답다.

법칙과 운명의 강요는 어린이에 미치지 않는다. 어린이의 마음 안에는 오로지 자유만이 존재하는 것이다.

그의 내면에는 평화가 있다. 어린이는 제 스스로 반목하지 않는다. 그의 내면에는 풍요로움이 있다. 그는 자신의 마음을 알고, 삶의 궁핍을 모른다. 어린이는 죽음에 대해서 아무것도 모르기 때문에 그는 영생불멸이다.

그러나 사람들은 이것을 참지 못한다. 신적인 것도 사람들 중의 하나처럼 변화되지 않으면 안 되고, 인간들도 존재하고 있다는 것을 알지 않으면 안 된다. 그리하여 자연이 어린이를 그의 천국으로부터 내쫓기 전에 인간들은 어린이를 달래 재앙의 들판으로 끌어내어 어린이가 자기네들처럼 얼굴에 땀투성이가 되어 지치도록 일하게 하는 것이다.

그러나 때 이르게 우리를 깨우지만 않는다면 성장의 시간도 아름다운 법이다.*

우리의 마음이 처음으로 날아오름을 연습해 보는 때, 오, 그때는 성스러운 나날이다. 어린 초목들이 아침 햇살을 향해 자신을 열고 그 작은 팔을 무한한 하늘을 향해 내뻗치는 것처럼, 우리가 불길처럼 재빠른 성장으로 가득 채워져 찬란한 세계의 가운데 서 있을 때, 오, 그때는 성스러운 나날이다.

나는 얼마나 산들과 해변을 정처 없이 떠돌았던가! 아 나는 얼마나 자주 두근거리는 가슴을 안고 티나의 산정에 올라가* 앉아서 매들과 학들을 바라다보고, 수평선으로 가라앉아 사라져 버리는 그 용감하고도 즐거운 배들을 바라다보았던가! 저기 저 아래로! 라고 나는 생각했었다. 그곳으로 그대도 언젠가는 방랑해 가리라. 그러면 시원한 욕탕으로 뛰어들어서 거품 이는 물줄기를 이마 위에 쏟아 붓고 있는, 애타게 그리워하는 자와 같은 기분이 들었다.

그러고 나서 한숨을 내쉬며 나는 집으로 돌아왔었다. 학교에 다니는 세월만 우선 끝나면 좋겠다고 나는 가끔 생각했었다.

착한 아이여! 학생 시절은 아직도 끝나려면 많이 남았다. 인간은 젊은 시절에 목적지가 그렇게 가깝다고 믿는 법이다! 그것은 자연이 우리 존재의 허약함을 보충해 주는 수단인 온갖 착각 중에서도 가장 멋진 착각이다.

내가 자주 꽃들 사이에 누워서 부드러운 봄볕을 쬐며 따뜻한 대지를 껴안고 있는 해맑은 창공을 올려다보았을 때, 생기를 돋워 주는 비가 내린 후 산의 품 안에서 느릅나무와 버드나무 아래 앉아 있었을 때, 하늘의 건드림으로 나뭇가지들이 떨고 이슬방울 짓는 숲 위로 황금빛 구름이 떠돌아 갈 때, 금성이 나이 든 젊은이들, 하늘의 다른 영웅들과 더불어* 평화로운 정신으로 가득 차 떠오를 때, 그리하여 내가 그들 사이의 생명이 영원하고도 힘들지 않는 질서* 가운데 천공을 지나 움직여 가는 것을 보고, 세계의 평온이 나를 에워싸고 기쁨을 주어서 나에게 무슨 일이 일어났는지를 알지 못한 채 주목하고 귀를 기울여 듣고 있었을 때, 나는 그대 하늘에 계시는 선한 아버지시여, 저를 사랑하시는가,라고 나지막하게 묻고는 그의 대답을 내 가슴으로부터 그처럼 확실하고 행복하게 느꼈던 것이다.

내가 천지의 창조자라고 불렀던 그대, 나의 소년기의 나성한 우상인 그대가 마치 별들 위에 존재하기라도 하듯이 내가 소리쳐 불렀던 오 그대, 그대는 내가 그대를 잊었었다고 화내지 않으리라!ㅡ어찌 이 세계는 이 세계 이외의 곳에서 다른 한 사람을 찾아야 할 만큼 그렇게 궁핍하지 않은지?*(이러한 식의 발언은 인간적인 감성의 단순한 현상으로서, 그 옳고 그름 때문에 누구도 문제 삼지는 않으리라는 것을 새삼 상기시킬 필요가 없을 것이다.ㅡ원주)

오 찬란한 자연이 한 아버지의 딸이라면 그 딸의 가슴이 바로 그의 가슴이 아닌가? 그 딸의 내면 가장 깊은 것은 바로 그 아버지 자신이 아닌가? 그러나 나는 도대체 그러한 것을 지니고 있는가? 내가 그것을 알고 있기라도 하는가?

내가 보고 있는 것 같은 생각이 든다. 그러나 내가 보았던 것이 내 본래의 모습이라도 되듯이 다시금 소스라쳐 놀라는 것이다. 나는 세계의 정신을* 어떤 친구의 따스한 손길처럼 느끼는 듯한 기분이 든다. 그러나 나는 정신이 깨어나 내가 자신의 손가락을 붙들고 있었다는 생각을 하게 되는 것이다.

휘페리온이 벨라르민에게

플라톤과 그의 제자 스텔라가 서로 얼마나 사랑했는지 그대는 아는가?*

그처럼 나는 사랑했고, 그처럼 나도 사랑받았었다. 오 나는 행복한 소년이었다!

비슷한 사람들이 서로 어울리면 그것은 즐거운 일이다. 그러나 위대한 한 인간이 자신보다 보잘것없는 사람들을 자신에게로 끌어당긴다면 그것은 신적인 일이다.

한 용감한 남아의 가슴으로부터 울려 나오는 한마디 다정한 말, 정신의 열망으로 들뜨게 만드는 장려함이 숨어 있는 한 번의 미소, 그것은 적지만 많은 것이며, 그 단순한 음절 안에 죽음과 삶을 숨기고 있는 마법의 주문과 같고, 산록 깊은 곳에서 솟아 올라와 대지의 신비에 찬 힘을 그 수정과 같은 방울을 통해서 우리에게 나누어 주는 성령의 물과도 같다.

이와는 반대로 나는 더 이상 감정을 지니지 않았음으로 자신들이 현명하다고 생각하는 모든 미개한 자들을 얼마나 증오하는가, 그 보잘것없는 비이성적인 인간 양육을 통해서 청춘의 아름다움을 수없이 말살하고 파괴하는 거칠고 잔인한 사람들을 나는 얼마나 증오하는가!

아! 이것은 부엉이가 어린 독수리들을 둥지에서 끌어내고 그들에게 태양을 향한 길을 가리켜 보이는 것과도 같은 것이다!

나의 아다마스의 영혼이여! 당신 앞에서 내가 이들을 생각하는 것을 용서하시라. 이것은 우리가 추악한 반대의 경우 없이는 어떤 특출한 것을 생각하지 않게 된다는 경험이 우리에게 주는 이점입니다.

오, 당신이 당신과 근친인 모든 것들과 더불어 나에게 영원히 모습을 보여 주신다면 얼마나 좋겠습니까, 슬픈 반신(半神)*이여! 승리자이며 전사인 당신이 당신의 평온과 강건함으로 감싸 주고 있는 사람, 당신이 사랑과 현명함으로 맞이하는 사람, 그 사람은 도망쳐 버리거나 당신과 같이 되거나 할 것입니다! 비천한 자나 허약한 자는 당신 곁에서 견디어 내지 못하기 때문입니다.

당신이 오래전 나에게서 멀리 있을 때에도 당신은 얼마나 자주 나에게 가까이 존재했으며, 당신의 빛으로 나를 비추시고 따뜻하게 해 주셔서 마치 하늘의 빛살이 어루만져 주는 얼어붙은 샘물인 양 나의 얼어붙은 가슴은 다시금 녹아 움직였던가요! 나는 나의 행복한 감정이 나를 둘러싸고 있는 것들에 의해서 손상되지 않도록 그것을 지닌 채 별들을 향해 달아났으면 했습니다.

나는 마치 버팀목이 없는 포도 줄기처럼 자라났으며, 그 야생의 줄기들은 방향을 잃은 채 땅바닥 위에서 뻗어 나고 있었다. 얼마나 많은 고귀한 힘이 활용되지 않기 때문에 우리에게서 소멸되고 마는지를 그대도 알고 있다. 나는 마치 허깨비 불처럼 이리저리 떠돌았으며, 모든 것을 붙잡았고 모든 것에 의해 붙들리기도 했던 것이다. 그러나 오직 한순간뿐, 도움을 받지 못한 힘들은 헛되게도 시들어 버리고 말았다. 나는 모든 것이 나에게 결핍되어 있음을 느꼈으며 나의 목표점을 찾을 수 없었다. 그렇게 해서 그는 나를 발견하게 되었던 것이다.

그는 자신의 대상, 소위 말하는 문명화된 세계에 대해서 오랫동안 인내와 재능을 바쳤었다. 그러나 그의 대상은 목석(木石)이었고 변함이 없었다. 그는 어쩔 수 없이 고귀한 인간의 모습을 외부에서 받아들였으나, 이것은 나의 아다마스에게는 상관이 없는 것이었다. 그는 인간을 원했으나 인간을 만들어 내기에는 자신의 재능이 너무도 빈약하다는 것을 깨달았다. 그가 찾고 있던 인간들도 한때는 존재했었지만, 그 인간들을 만들어 내기에는 자신의 재능이 너무도 보잘것없다는 사실을 그는 똑똑히 인식했다. 그들이 한때 어디에 존재했었는지를 그는 역시 알고 있었다. 그는 그곳으로 건너가기를 원했고, 폐허 아래에서 더불어 고독한 나날을 단축하기 위해서 그들의 정령을 찾아 묻고자 했다. 그는 그리스로 왔다.

그렇게 해서 너는 그를 발견하게 되었던 것이다.

아직도 나는 그가 미소 짓는 모습으로 내 앞에 다가서는 것을 보고 있으며, 그의 인사말과 질문을 듣고 있는 것 같다.

자신의 평화로움으로 애쓰고 있는 영혼을 달래 주고 그 천진난만한 만족감이* 영혼 안으로 되돌아갈 때의 한 그루 나무처럼 — 그렇게 그는 내 앞에 서 있었다.

그리고 나는, 나는 그의 조용한 감격의 메아리는 아니었던가? 그의 존재의 멜로디가 나의 내면에서 반복되었던 것은 아닌가? 내가 보았던 것, 나는 그것이 되었고, 내가 보았던 것은 바로 신성이었다.

완전한 감동의 전능한 힘에 비한다면 인간의 선하기 이를 데 없는 근면함조차 얼마나 무능한 것인가.

완전한 감동은 표면에 머물지 않으며, 그것은 때때로 우리를 붙잡지 않으며, 어떤 시간이나 어떤 수단도 필요하지 않다. 계명과 강요와 설득이 필요하지 않다. 모든 방향에서, 모든 깊이와 높이에서 그 감동은 순간적으로 우리를 엄습하고, 그것이 우리를 위해서 존재하기도 전에, 우리에게 무슨 일이 일어났는지를 우리가 묻기도 전에 그것은 그것의 아름다움, 그 복됨 가운데로 우리를 속속들이 변화시킨다.

이러한 길을 통해서 소년 시절에 한 고귀한 정신을 만난 사람은 얼마나 행복한 사람인가!

오, 그것은 사랑의 환희와 감미로운 감동으로 가득한 황금빛의 잊지 못할 나날이다!

나의 아다마스는 때로는 플루타르코스의 영웅들의 세계로,* 때로는 그리스 신들의 마법의 나라로* 나를 이끌어 갔고, 때로는 적시적소에서 혈기 넘치는 충동을 다독거리고 진정시켜 주었으며, 때로는 나를 동반해서 산 위에 오르기도 했다. 낮이면 언덕과 숲의 꽃들과 바위에 낀 야생의 이끼를 보기 위해서, 밤이면 우리 위에 떠 있는 성스러운 별을 보고 인간적인 방식으로 이해하기 위해서였다.

그렇게 내면이 그 대상에 접해서 스스로 강건해지고, 자신을 구분하며, 좀 더 충실히 관계를 맺어 우리의 정신이 차츰 무장을 갖추게 될 때, 우리 내면에는 하나의 소중한 쾌감이 깃드는 법이다.

그러나 우리가 지난 시대의 망령들처럼 긍지와 환희, 분노와 비통함을 안은 채 아토스 산을 거쳐 위쪽으로 올라가* 거기서부터 배를 타고 헬레스폰트 해협으로* 들어서고, 이어서 로도스 섬의 해안과 테나룸의 협곡을 따라 아래로 내려가* 고요한 섬을 모두 거쳐 갔을 때, 동경이 해안을 넘어 옛 펠로폰네소스의 황폐한 심장부 안으로 우리를 몰아가 에우로타스 강의 고독한 강변과* 아! 엘리스와 네메아와 올림피아*의 생기 잃어버린 계곡으로 데리고 갔을 때, 우리는 거기 잊혀진 주피터의 사당 기둥에 기대어서서 들장미와 상록수에 둘러싸여 알페이오스 강의 거친 바닥을 내려다보았으며,* 봄의 생명과 영원히 젊은 태양이 우리에게도 인간 역시 한때 존재했으나 이제는 사라져 버렸으며 인간의 찬란한 천성이 이제는 사당의 파편처럼 겨우 남아 있거나 죽은 자의 영상처럼 기억 속에 겨우 남아 있다는 것을 일깨워 수었을 때, 그

때 나는 그와 나 자신을 절실하게 느꼈던 것이다. 그때 니는 슬프게 유희하면서 그의 곁에 앉아 있었고, 어느 반신상의 받침 대에 긴 이끼를 뜯어내었고, 폐허 더미에서 영웅의 대리석상 어깨를 파내기도 했다. 그리고 절반쯤 묻혀 있는 처마도리로부터 가시덤불과 잡초를 잘라 내었다. 그렇게 하는 사이 나의 아다마스는 다정하게 위안을 주며 폐허를 둘러싸고 있는 정경을, 밀밭의 언덕, 올리브 나무, 산의 암벽에 달라붙어 있는 영양의 떼, 산정으로부터 계곡으로 떨어지듯 서 있는 느릅나무 숲을 스케치했다. 그리고 도마뱀이 우리의 발치에서 노닐고, 한낮에 날것들이 우리 주위를 윙윙거리며 날았다. ─ 사랑하는 벨라르민이여! 나는 마치 네스토르 왕처럼, 그처럼 정확하게* 그대에게 이야기해 주고 싶은 욕심을 가지고 있는지도 모르겠다. 땅의 주인이 수확을 거둔 다음 모든 이삭을 남김없이 거두기 위해 그루터기들만 남아 있는 들 위에 나선 이삭 줍는 사람처럼 나는 과거 속으로 옮겨 가고 있다. 그리고 내가 델로스 섬의 고원 위에 그와 나란히 서 있을 때의 심정과 그와 함께 킨토스 고원의 화강암 절벽을 따라서 고색창연한 대리석 계단을 걸어 올랐을 때 나를 향해 밝아오던 어느 날이 어떠했는지를 이야기하고 싶다. 이곳에서 한때 마치 황금빛 구름처럼 모두 모인 그리스가 그를 에워싸 빛나게 했던 천국적인 축제 가운데 태양의 신 아폴론이 살고 있었다.* 환희와 감격의 물결 속으로, 마치 아킬레우스가 스틱스에 뛰어들듯이* 그리스의 젊은이들은 몸을 던져 뛰어들었고, 반신 아킬레우스처럼 무찌를 수 없는 자가 되어 솟아 올라왔다. 작은 숲 안에서, 사랑 안에서 그들의 영혼은 깨어나 서로의 가운데에서 울렸으며 각자는 매혹의 화음을 충실히 간직했다.

그러나 나는 이것에 대해서 무엇을 말하고 있는 것인가? 우리가 그러한 나날에 대한 어떤 예감을 가지고 있기라도 하단 말인가! 아! 그러한 아름다운 꿈은 우리 위를 짓누르고 있는 저주 아래에서는 결코 피어날 수 없을 것이다. 울부짖는 북풍처럼 현재는 우리 정신의 꽃봉오리 위로 불어와서는 그 꽃봉오리를 선 채로 시들게 하고 있다. 그러나 킨토스 고원 위에서 나를 맞아 주었던 그날은 황금빛으로 빛나는 날이었다! 우리가 그 위에 올랐을 때 동이 트고 있었다. 그때 옛 태양의 신은 그 영원한 청춘을 지닌 채 만족하고 애씀도 없이, 언제나 그러하듯, 불멸의 거인이 수많은 자신만의 환희를 지니고 막 솟아올랐다. 그러고는 그의 황폐해진 대지 위를, 그의 사당 위를, 마치 한 어린아이가 지나가면서 무심코 줄기에서 꺾어 땅 위에 흩뿌려 시들어 버린 장미꽃 이파리처럼, 운명이 그 앞에 던져 버린 그의 기둥들 위를 내려다보며 미소 지었다.

이런 자처럼 돼라! 아다마스는 나에게 소리치고는 나의 손을 꼭 붙들고 태양의 신을 향해 들어 올렸다. 아침 바람이 환희에 차고 위대하게 하늘의 꼭대기 위로 이제 막 솟아올라 경이롭게 그 힘과 그 정신으로 세계와 우리를 충만케 해 주는 성스러운 존재의 이끌림으로 우리를 인도해 가는 것 같은 기분이 들었다.

그때 아다마스가 나에게 해 준 한마디 한마디가 아직도 나의 내면을 슬프고도 기쁘게 만들어 준다. 그리고 내가 당시의 그에게서 틀림없이 있었음직한 마음이 상태가 되면 나는 나의 궁핍함을 잊게 되는 것이다. 그처럼 인간이 제 자신의 고유한 세계 안에 깃든다면 잃는 것이 무엇이겠는가? 우리 내면에 모든 것이 들어 있지 않은가. 한 오라기의 머리카락이 머리에서 떨어진다 한들 무엇이 사람을 괴롭게 하겠는가? 인간이 신이 될 수 있다면 그가 무엇 때문에 그처럼 예속을 자청하면서 애쓸 것인가! 자네는 고독하게 될 거야,* 나의 사랑하는 자여! 그때 아다마스는 나에게 말했다. 자네는 자네의 형제들이 먼 나라에서 봄을 찾으러 가면서 거친 계절 안에 버려두고 간 학처럼 될 거야, 라고도 그는 말했다.

바로 이 점이다, 나의 사랑하는 이여! 우리가 혼자일 수 없다는 것, 우리 마음속의 사랑은 우리가 살고 있는 한 꺼지지 않는다는 것, 그것이 온갖 풍요로움 속에서도 우리를 가난하게 만들어 준다. 나에게 나의 아다마스를 되돌려 달라, 그리고 나에게 주어져 있는 모든 것과 더불어 오라, 그리하여 옛 아름다운 세계가 우리 가운데 새로워지고, 우리가 우리의 신성, 자연의 품 안에서* 한데 모이고 결합하도록. 그리고 보아라! 그리하여 나는 어떤 궁핍도 모르지 않는가.

그러나 아무에게도 운명이 우리를 갈라놓는다고 말하지 말라! 그렇게 된 것은 우리 자신 때문이다. 우리 자신! 우리는 미지의 밤으로, 어떤 다른 세계의 차가운 타관으로 내달려 가려는 욕망을 가지고 있다. 그리고 가능하다면 우리는 태양계를 떠나서 항성계의 경계를 벗어나 돌진하기라도 할 것이다.* 아! 인간의 거친 가슴에게는 어떤 고향도 가능하지 않다. 태양의 빛살이 자기가 피게

한 대지의 축복을 다시금 시들게 하듯이 인간은 자신의 가슴에 활짝 피어난 감미로운 꽃들, 친근함과 사랑의 기쁨을 파괴하고 마는 것이다.

마치 그가 나를 버리고 떠난 사실을 두고 내가 나의 아다마스에게 분노하기라도 한 것처럼 들릴지도 모르겠지만, 나는 결코 그에게 분노하는 것이 아니다. 오, 그는 진정 다시 돌아오려고 했다!

아시아의 깊은 곳에 보기 드물게 뛰어난 한 민족이 숨어 있다고 한다. 그의 희망이 그곳으로 그를 데려갔다.

니오 섬까지* 나는 그와 동행했다. 그 나날은 씁쓸했다. 나는 고통을 감내하는 법을 배우기도 했지만, 그런 식의 작별에 대응할 힘이 내게는 없었다.

마지막 시간으로 차츰 가까이 우리를 데려갔던 매 순간마다 이 인물이 나의 존재 안에 얼마나 얽혀져 있는지가 한층 분명해졌다. 죽어 가는 자가 달아나는 숨결을 붙들 듯이 나의 영혼은 그를 붙잡았다.

호메로스의 묘지에서 우리는 며칠을 더 보냈다. 그리고 니오 섬은 여러 섬들 가운데에서 가장 성스러운 섬이 되었다.

마침내 우리는 헤어졌다. 나의 가슴은 애만 태운 채 지쳐 있었다. 마지막 순간에 나는 한층 평온해졌다. 나는 그 앞에 무릎을 꿇고 몸을 앞으로 기울여 마지막으로 이 팔로 그를 껴안았다. 저에게 축복의 말씀 한마디를 해 주십시오, 나의 아버님이여! 나는 조용히 위를 향해 그에게 말했다. 그는 고결하게 미소 지었다. 그의 이마가 아침의 별들 앞에 넓게 펼쳐졌으며, 그의 눈은 천공을 꿰

넣어 보았나. — 나의 그를 지켜 주소서, 그대들, 보다 니온 시대의 정령들이여! 그리고 그대들의 영생으로 그를 이끌어 주소서. 또한 천지의 모든 다정한 힘들이여, 그와 함께 해 주시기를!이라고 그는 외쳤다.

우리의 마음 안에는 하나의 신이 계신다.* 그분은 시냇물처럼* 운명을 조정하시며, 삼라만상은 그분의 부분들이다. 그분이 누구보다도 너와 함께 하기를 바란다고 그는 더욱 평온하게 덧붙였다.

그렇게 우리는 헤어졌던 것이다. 잘 있어라, 나의 벨라르민이여!

휘페리온이 벨라르민에게

나에게 내 청년기의 사랑스러운 나날이 없었더라면 어디로 내가 도망쳐 갈 수 있겠는가?

아케론 강에서* 안식을 찾지 못한 혼령처럼 나는 내 삶의 버려진 지대로 되돌아간다. 모든 것은 노쇠해지며 또한 회춘한다.* 어찌하여 우리는 자연의 이 아름다운 순환으로부터 제외되어 있단 말인가? 아니면 그 순환이 우리에게도 해당하는 것인가?

우리 마음 가운데 한 가지, 모든 것이 되고자 하는 엄청난 노력, 에트나 화산의 거인처럼* 우리 존재의 깊은 곳으로부터 터져 나오는, 모든 것이 되고자 하는 엄청난 분투가 없다면 나는 그것을 얻으려 할 것이다.

그러나 채찍을 맞고 멍에를 지기 위해서 태어났다고 고백하느니보다, 누가 더 기꺼이 끓고 있는 기름처럼 자신의 내면을 느끼려 하지 않겠는가? 날뛰는 군마와 귀를 늘어뜨리고 있는 야윈 늙은 말 가운데 어떤 것이 더 고상한가?

사랑하는 이여! 나의 가슴이 원대한 희망에 즐거워하고, 맥박마다 영원불멸의 환희가 뛰며, 긴 숲 속의 밤 가운데인 양 찬란한 포부들 사이를 왕래하고, 대양의 물고기처럼 행복하게 나의 가없는 미래 속에서 멀리, 영원히 멀리 돌진하던 한때가 있었다.

기쁨에 가득 찬 자연이여! 이 젊은이가 얼마나 용감하게 당신의 요람으로부터 뛰쳐나왔던가! 그 젊은이는 아직 사용해 보지도 않은 갑옷을 입고서 얼마나 기뻐했던가! 그의 활시위는 팽팽히 당겨지고 그의 화살은 화살통 안에서 윙윙 소리를 내었다. 또한 영원무궁한 자들, 고대의 드높은 영혼들이 그를 앞에서 이끌었다. 그의 아다마스도 영혼들의 한가운데에 있었다.

찬란한 모습은 내가 가거나 서 있는 곳마다 나를 동반했다. 마치 불꽃처럼 모든 시대의 행동은 서로 다투어서 나의 감각에게 헌신했다. 하나의 기쁨에 찬 천둥 번개 안에서 거인의 영상들, 하늘의 구름이 하나로 결합되듯이, 나의 마음 안에서는 올림피아데의 수많은 승리가 결합되어 하나의 무한한 승리가 되었다.

고대의 섬뜩한 찬란함이 나를 엄습하듯이 그 누구를 엄습할 때, 강건케 하는 자신감을 얻어 낼 수 있는 요소가 나에게처럼 결핍되어 있을 때, 그 찬란함을 누가 견디어 내며, 마치 태풍이 어린 숲을 쓰러뜨리듯이 그 찬란함이 쓰러뜨리지 못할 자 누구이겠는가?

오 마치 폭풍인 양 고대인들의 위대함은 나의 머리를 숙이게 하고, 나의 얼굴로부터는 화색을 빼앗아 버렸다. 그리고 자주 나는 어떤 눈길도 나를 알아채지 않는 곳에 수없이 눈물을 흘리며 누워 있었던 것이다. 마치 갯가에 누워서 그 시든 정수리를 물결 속으로 숨기고 있는 쓰러진 전나무처럼. 얼마나 나는 피의 대가를 치르고라도 위대한 사나이의 삶으로부터 한순간이라도 얻고 싶어 했는가!

그러나 그것이 나에게 무슨 소용이 있는가? 아무도 나를 원치 않았다.

오, 제 자신이 소멸되는 것을 바라다보는 것은 비참한 일이다. 이것이 이해되지 않는 사람은 그 일을 캐묻지도 말며, 마치 나비처럼 즐거움으로 자신을 창조한 자연에게 감사할 일이다. 그리고 지나쳐 가듯이 자신의 생애 중에 결코 고통과 불행에 대해서 말하지 말 일이다.

나는 한 마리의 날것이 불빛을 사랑하듯이 나의 영웅들을 사랑했다. 나는 그들의 위험한 근처를 찾았다가 달아났으며 다시금 거기를 찾았던 것이다.

피 흘리는 사슴이 강물에 뛰어들 듯, 나는 불타오르는 가슴을 식히고 명성과 위대함에 대한 광란하는 찬란한 꿈을 씻어 내고자 환희의 소용돌이 속으로 자주 뛰어들었다. 그러나 그것이 무슨 소용이 있었는가?

한밤중에 뜨거운 가슴이 나를 뜰로 끌어내려 이슬 맺은 나무들 아래로 몰고 갔을 때, 샘물의 자장가와 다정한 대기와 달빛이 나의 감각을 달래어 주었을 때, 그처럼 자유롭고도 평화스럽게 나의 머리 위에 은빛 구름이 떠가고 먼 곳으로부터는 바다 물결의 메아리치는 소리가 나에게 울려 왔을 때, 가슴속 사랑의 거대한 환상은 얼마나 다정하게 나의 마음과 함께 어울려 유희했던가!

잘 있어라, 그대 천국적인 자들이여! 나의 머리 위에서 아침 햇살의 멜로디가 조용한 소리를 내기 시작하면 나는 마음속으로 자주 그렇게 말했다. 그대들 영광스러운 망자들이여 안녕! 나도 역시 그대들을 뒤따르고 싶다, 나의 세기가 나에게 준 것을 나로부터 떨쳐 버리고 싶다. 그리고 보다 자유로운 하계(下界)로 떠나고 싶다!

그러나 나는 사슬에 묶여 여위었으며, 씁쓸한 기쁨과 함께 나의 갈증을 식히기 위해 건네진 옹색한 그릇을 날쌔게 붙들었던 것이다.

---------------------------*

휘페리온이 벨라르민에게

아다마스가 떠난 후 나의 섬은 너무도 좁게 느껴졌다. 나는 벌써 수년 전부터 티나 섬에 있는 것이 지루했었다. 나는 세상으로 나가고 싶었다.

우선 스미르나*로 가거라. 거기서 항해술과 전투 기술을 배우고, 교양 있는 민족들의 언어와 제도와 생각과 풍속과 습속을 배

워라. 모든 것을 겪어 보고 가장 훌륭한 것을 택하거라!* 그러고
나면 어찌되든 상황은 진척될 수 있을 것이라고 아버지가 말씀하
셨다.

어느 정도의 인내심도 배워라!라고 어머니가 덧붙이셨고, 나는
감사한 마음으로 그것을 받아들였다.

청년기의 울타리를 넘어 첫발을 내딛는 일은 매혹적이다. 내가
티나로부터의 출발을 회상하면 마치 나의 탄생을 생각하는 듯한
기분이 든다. 나의 머리 위에는 티나의 새로운 태양이 떠 있었고,
나는 마치 처음인 듯 대지와 바다와 대기를 만끽했다.

내가 스미르나에서 교양을 얻기 위해 바친 활발한 활동과 빠른
진척은 나의 마음을 적지 않게 달래어 주었다. 또한 행복했던 일
과 후의 많은 휴식을 이 시절로부터 기억해 낼 수 있다. 얼마나 자
주 나는 나의 호메로스의 탄생지, 멜레스 강변*의 사철 푸른 나무
들 아래에 가서 헌정할 꽃을 모아 성스러운 강물에 던졌던가! 그
러고 나서 나는 사람들이 전하기로는 노년의 호메로스가 일리아
스를 읊었다는 가까운 동굴 안으로 영화로운 꿈을 안고 발을 들여
놓았다. 나는 그를 발견했다. 내 내면의 어떤 소리도 그의 모습 앞
에서는 숨을 죽였다. 나는 그의 신성한 시 구절을 펼쳤다. 나는 마
치 그것을 예전에 전혀 알지 못했던 것처럼 생각하게 되었고, 이
제는 아주 전혀 다르게 내 마음속에서 생동하는 것이었다.

나는 또한 스미르나의 곳곳을 산책했던 것을 즐겨 회상한다. 멋
진 땅이다. 나는 1년에 한 번쯤 소아시아로 날아갈 수 있는 날개
가 나에게 있으면 좋겠다고 수없이 생각한다.

나는 사르디스* 평원을 벗어나 트모루스* 산맥의 암벽을 통과해서 위로 올라갔다.

나는 산자락에 있는 한 친절한 오두막에서 미르테 숲 아래 라다넘 관목의 향기를 맡으며 숙박한 적이 있다. 그곳 팍토르스 강의 황금빛 강물에는* 백조들이 내 곁에서 유희하고 있었으며, 느릅나무 숲을 뚫고는 마치 수줍어하는 정령처럼 키벨레 여신의 오래된 사당이 밝은 달빛을 바라다보고 있었다. 다섯 개의 사랑스러운 기둥들은 폐허 위를 슬프게 내려다보고, 장려한 입구는 그 기둥들의 발 아래 쓰러진 채 놓여 있었다.*

수없이 피어나고 있는 관목 숲을 뚫고 나의 작은 길은 위쪽으로 뻗어 있었다. 가파른 비탈에는 속삭이는 나무들이 아래로 몸을 기울이고 있었고, 나무들의 부드러운 작은 꽃 이파리들을 내 머리 위에 쏟아 부었다. 나는 아침에 길을 나섰다. 한낮에 나는 산의 정상에 올라섰다. 나는 걸음을 멈추고 서서 즐거운 마음으로 앞을 바라보았고, 한층 순수한 천국의 대기를 만끽했다. 행복한 시간이었다.

마치 바다처럼 내가 떠나 올라온 대지는 내 앞에 청년처럼 생동하는 기쁨에 가득 차 있었다. 봄이 나의 가슴을 맞이했던 것은 다름 아닌 천국과 같은 무한한 색채의 유희였다. 대지가 그에게로 되돌려 주고 있는 수천 가지의 빛의 교차 가운데서 하늘의 태양이 제 모습을 다시 발견해 내듯이 나의 영혼은 그것을 둘러싸고 사방으로부터 그것에 쏟아지고 있는 생명의 충만 속에서 나 자신을 인식했던 것이다.

왼쪽에서는 서인처럼 물줄기가 내 머리 위에 있는 대리석 바위로부터 숲 속으로 떨어져 내리며 환호했다. 그 대리석 바위 위에는 독수리가 새끼들과 함께 노닐고 있었으며, 그 눈 덮인 산정은 푸르른 대기 가운데로 빛을 뿜고 있었다. 오른쪽에서는 시피러스 산맥의 숲 너머로 먹구름이 우르르 몰려오고 있었다. 나는 구름을 몰고 오는 폭풍우를 느끼지는 않았다. 나는 오로지 내 머리채 사이로 미풍을 느꼈을 뿐이다. 그러나 나는 우리가 미래의 목소리를 듣듯이 천둥소리를 들었고, 예감된 신성의 먼 빛을 보듯이 그 불길을 보았던 것이다. 나는 남쪽으로 방향을 잡아 계속 걸었다. 거기에는 진정 낙원과 같은 대지가 활짝 펼쳐져 있었다. 카이스트로스 강이* 그 대지를 꿰뚫고 흘렀는데, 자기를 에워싼 풍요로움과 사랑스러움 가운데에서 아무리 머물러도 충분하지 않기라도 하다는 듯이 매혹적인 우회로를 거쳐 흘렀다. 마치 미풍처럼 나의 영혼은 이 아래 산자락에 깊숙이 자리하고 있는 낯설지만 평화로운 마을로부터 메소기스 산맥의 연속된 산이* 가물거리는 저 안쪽까지 이 아름다움에서 저 아름다움으로 행복하게 헤맸다.

나는 향연에서 술에 취한 자가 돌아오듯이 스미르나로 돌아왔다.* 나의 마음은 그 넘침을 인간들에게 나누지 않을 수 없을 만큼 만족감으로 가득 채워져 있었다. 나는 인간 삶의 결핍을 그것으로 채워 넣지 않을 수 없을 만큼 내 마음 가운데 자연의 아름다움을 넘치도록 행복하게 거두었다. 나의 초라한 스미르나는 감동의 색채로 물들여져 마치 신부처럼 거기에 서 있었다. 사교적인 도시민들이 나의 마음을 끌었다. 그들의 풍습 속에 스며들어 있는 어리석음도 마치 어린이의 장난처럼 나를 만족시켰다. 나는 천성적으로 모든 습관적인 형식이나 관습을 초월해 있었기 때문에 모든 사람과 어울려 유희했으며, 마치 사육제의 의상처럼 그러한 형식이나 관습을 입었다가 벗기도 했던 것이다.*

그렇지만 본래 관례적인 교류의 맛없는 음식물에 맛을 더하는 양념이 된 것은 때때로 동정 어린 자연이 우리의 어둠 속으로 보내 주는 별들처럼 선량한 얼굴들과 형상들이었다.

나는 그것으로 인해 얼마나 진정한 기쁨을 느꼈던가! 나는 얼마나 경건하게 이 다정한 신비의 기호들을 해석했던가! 그러나 나에게 사실은 일찍이 봄철의 자작나무에서 생긴 것과 같은 결과가 되었다. 나는 이 나무의 수액에 대해서 들었다. 그리고 사랑스러운 나무줄기가 어떤 귀중한 음료를 줄 것이라는 기적을 생각했다. 그러나 그 안에는 힘도 정기도 충분히 들어 있지 않았다.

아! 내가 듣고 본 다른 모든 것은 참으로 구제할 길이 없었다.

내가 이러한 교양 있는 사람들 사이에 섞여 들면 인간의 천성이 마치 동물 세계의 각양각색의 양상으로 해체되기라도 한 듯한 기분이 때때로 들었다. 어디에서나 마찬가지로 여기에서도 특히 남성들이 타락하고 부패했다.

어떤 동물들은 음악을 듣고는 으르렁거린다. 나의 교육을 잘 받은 사람들은 이와는 달리 정신의 아름다움과 마음의 젊음에 대해 말하게 되면 소리 내어 웃었다. 늑대들은 불이 나면 그 자리에서 달아나기 마련이다. 그러한 사람들이 한 점 이성의 불꽃을 보자 마치 도둑처럼 등을 돌리는 것이었다.

내가 언젠가 옛 그리스에 대해서노 듣기 좋은 말을 한마디 하자 그들은 하품을 해댔다. 그러고는 현재에도 우리는 살아가야만 하는 것 아니겠느냐고 말했다. 좋은 취미가* 아직은 완전히 사라진 것이 아니라고 다른 사람이 의미심장하게 끼어들었다.

이것은 오래지 않아서 드러났다. 어떤 자는 선원처럼 신소리를 했고, 다른 사람은 볼을 부풀리며 격언을 설교했다.

또 어떤 자는 유식한 듯 몸짓을 해 보이고, 하늘에 대고 손가락을 튕기면서 외쳤다. 자신은 지붕의 새를 결코 신경 쓰지 않으며, 손안에 들어 있는 새들이 자기에게는 더 낫다고! 그렇지만 그에게 죽음에 대해서 말하자, 그는 두 손을 힘차게 한데 움켜쥐고는 대화 가운데 우리의 사제들이 더 이상 아무런 가치를 가지지 못하게 되는 것이 얼마나 위험한 일인가라는 데로 차츰 접근해 갔다.

내가 때때로 이용했던 유일한 것은 이야기꾼들, 이방의 도시들과 나라들의 생생한 지명 기록부, 말 위에 올라앉아 있는 군주들이나 교회의 첨탑 그리고 시장을 볼 수 있는 거리의 말하는 그림 상자들이었다.

나는 황야에서 포도 열매를 찾고 얼음이 언 땅 위에서 꽃을 찾으려고 굽신거리는 일에 드디어 지쳐 버렸다.

나는 비로소 단단히 각오하고 혼자 살아가게 되었으며, 청춘의 부드러운 정신은 거의 나의 영혼으로부터 빠져 나가 사라져 갔다. 세기의 치유 불가능성은* 내가 설명하거나 설명하지 않은 많은 것으로부터 분명해졌고, 한 영혼 안에서 나의 세계를 발견할 수 있으리라는, 그리고 친근한 영상 안에서 나의 동시대인을 포옹하게 되리라는 아름다운 위안도 나에게는 없었다.

사랑하는 이여! 희망이 없다면 삶은 도대체 무엇일까? 음침한 계절에 한순간 윙윙 소리를 내다가 사라져 버리는 한 점 바람결을 우리가 듣는 것처럼, 목탄으로부터 피어올랐다가 꺼져 버리는 한 점의 불꽃처럼 삶도 우리에게 그러하단 말인가?

제비들도 겨울이 되면 다정한 땅을 찾아 나서고, 한낮의 더위 속에서 들짐승은 이리저리 헤매면서 그의 눈은 샘을 찾는 법이다. 누가 어린아이에게 어머니가 젖가슴을 내어 주기를 거부하지 않으리라고 말하는가? 그런데 보아라! 어린아이가 그 젖가슴을 찾고 있지 않은가.

희망이 없다면 아무것도 살아 숨 쉬지 않을 것이다. 나의 가슴은 이제 그 보물을 안에 넣고 닫아 버리고 말았다. 그러나 그렇게 한 것은 오로지 보다 나은 시대를 위하여, 현존의 어느 시점에선가 틀림없이 나의 목마른 영혼을 맞아 줄 유일한 것, 성스러운 것, 충실한 것을 위해서 아껴 두기로 하는 것뿐이다.

달빛처럼 그 유일한 것이 나의 위로받은 이마 주위를 예감의 시간에 조용히 맴돌 때, 나는 얼마나 행복하게 그 유일한 것에 자주 매달렸던가? 그때 나는 벌써 그대를 알았고, 그때 벌써 수호신이 구름 사이로 바라다보듯이 그대는 나를 바라다보았다. 그때, 한때 아름다움의 평화 가운데, 세계의 음울한 물결에서부터 나를 향해 솟아올랐다!* 그때 마음은 결코 다투지 않았으며, 결코 달아오르지도 않았나.

날없는 내기 속에서 한 송이 백합이 흔들리듯이 니의 존재는 그 요소들 가운데 그 사람에 대한 매혹적인 꿈을 꾸며 꿈틀거리고 있었던 것이다.

휘페리온이 벨라르민에게

마침내 나는 스미르나에 싫증이 났다. 게다가 나의 마음은 차츰 더 지쳐 갔다. 때로는 이 세상을 떠돌아 볼까 하는 소망, 또는 이제 막 진행 중인 전쟁에 참여해 볼까, 아니면 나의 아다마스를 찾아내 그의 불길 속에서 나의 의기소침을 태워 없애 버릴까 하는 소망이 내 마음속에 갑자기 타오름 직도 하건만 변함없이 그대로였다. 그리고 나의 무의미하게 시들어 버린 생명은 결코 원기를 회복하려고 하지 않았다.

여름도 곧 끝났다. 나는 벌써 음울한 우기와 윙윙거리는 바람소리, 폭우로 불어난 냇물의 거친 흐름을 앞서 예감했다. 거품을 내는 샘처럼 모든 축복 안에 솟아 스며든 자연은 이제 나 자신처럼 시들고 닫혀져 자신 안으로 움츠러든 채로 나의 침울한 감각 앞에 서 있었다.*

나는 그래도 달아나는 온 생명으로부터 내가 할 수 있는 것을 해 보려고 했다. 외부에서 내가 애착을 느꼈던 모든 것을 구원하여 나의 마음 안으로 들여놓기를 원했다. 왜냐면 돌아오는 해는 이 나무들과 산들 가운데서 다시 나를 찾지 않으리라는 것을 잘 알고 있었기 때문이다. 그리하여 나는 여느 때보다도 더 많이 전 지역을 걷거나 말을 타고 달렸던 것이다.

특히 나를 밖으로 이끌어 가곤 했던 것은 한 인간을 보겠다는 은근한 욕구였다. 그는 얼마 전부터 내가 지나가는 성문 앞의 나무들 아래에서 매일 마주쳤던 사람이었다.

혈기왕성한 거인처럼 그 당당한 이방인은 그의 멋진 외모를 보고 경외심을 가지고 즐기고 있는, 그리고 그의 큰 키와 그의 튼튼함, 타오르는 듯한 로마 식의 머리를 금지된 열매를 대하듯 곁눈질로 보고 즐기는 소인배들 사이를 이리저리 거닐고 있었다. 탁 터진 하늘조차도 좁아 보이는 이 사람의 눈길이, 숨기려 들지 않는 당당함으로 찾고 추구하여, 마침내 나의 눈에도 그것이 느껴지고 우리가 얼굴을 붉히며 서로 뒤돌아보면서 지나쳐 갔을 때, 그것은 매번 멋진 순간이었다.

한 번은 미마스 산맥의 숲 속으로 깊숙이 들어갔다가 저녁 늦어서야 되돌아온 적이 있다. 나는 말에서 내려 가파르고 험한 길을 따라 나무뿌리와 돌들을 넘어서 말을 아래로 끌고 내려왔다. 내가 덤불을 뚫고 몸을 굽혀 내 앞에 열려 있는 움푹 꺼진 구덩이 안으로 내려섰을 때, 갑자기 몇몇 카라보르누 지방의 도적들이* 나를 덮쳤다. 나는 첫 순간에 두 개의 빼어든 긴 칼을 막아 내려고 애썼다. 그러나 그들은 이미 다른 일로 지쳐 있어 나는 겨우 빠져 나왔다. 나는 다시 말에 올라타고 아래로 내려왔다.

산자락에는 숲과 쌓인 돌 더미 아래 한가운데 작은 풀밭 하나가 내 앞에 펼쳐져 있었다. 주위가 밝아졌다. 달이 방금 검은 나무들 위로 띠을랬던 것이다. 얼마 떨어지지 않은 곳에 나는 땅바닥에 뻗어 있는 말들과 이 말들 옆 풀섶에 있는 남자들을 보았다.

당신들 누구야? 나는 소리쳤다.

저 사람이 휘페리온이다! 한 남자의 힘찬 목소리가 놀라워 기뻐하며 외쳤다.

당신은 나를 알 겁니다. 그 목소리는 계속 말했다. 나는 성문의 나무 아래에서 매일 당신을 만나곤 하지요.

나의 말은 쏜살같이 그를 향해 달려갔다. 달빛이 그의 얼굴을 밝게 비추었다. 나는 그를 알아보았다. 나는 말에서 뛰어 내렸다.

안녕하십니까! 그 사랑스러운 건장한 남자가 큰소리로 말하고는 부드러우면서도 결연한 눈길로 나를 바라다보았고, 힘찬 손길로 나의 주먹을 꽉 움켜잡았다. 그리하여 나의 깊은 내면은 그것의 의미를 느꼈던 것이다.

오 그때 나의 무의미한 생활은 끝나게 되었던 것이다!

알라반다.* 그 낯선 사람은 그런 이름을 가지고 있었는데, 그는 자기가 시종들과 함께 도적들에게 습격을 당했다는 것, 내가 도중에 만났던 두 사람은 자신이 보낸 자들이었다는 것, 그가 숲에서 빠져나가는 길을 잃어 버렸고 따라서 내가 올 때까지 그 자리에 머물러 있을 수밖에 없었다는 것을 나에게 말해 주었다. 이런 와중에 한 친구를 잃고 말았소, 라고 그는 덧붙이고는 그의 죽은 말을 나에게 가리켰다.

나는 나의 말을 그의 하인에게 맡기고, 우리는 계속 걸었다.

우리가 팔을 끼고 함께 숲을 빠져나와 걸으면서 당연한 일이 일어난 겁니다, 라고 나는 말하기 시작했다. 왜 이러한 사고가 우리를 한데 만나게 할 때까지 우리가 그렇게 오랫동안 머뭇거리고 그냥 지나쳐 갔는지 모르겠어요.

그렇다면 내가 당신에게 말할 수밖에 없군. 당신에게 더 많은 책임이 있다는 것, 당신이 더 냉정한 사람이라는 것을 말이오. 오늘은 내가 말을 타고 당신 뒤를 쫓아 갔지요, 알라반다가 대답했다.

굉장하군요! 나는 소리쳤다. 그러나 보세요! 사랑에 있어서는 당신이 결코 나를 능가할 수 없을 거요.

우리는 갈수록 서로 더욱 친밀해지고 기쁨을 나누게 되었다.

우리는 도시 근처의 잘 지어진 한 여관을 지나가게 되었다. 그 여관은 찰랑거리는 샘물과 과일나무들, 향기를 내뿜고 있는 초원에 호젓하게 자리 잡고 있었다.

우리는 그곳에서 숙박하기로 결정했다. 우리는 오랫동안 열어 놓은 창문 곁에 함께 앉아 있었다. 드높고 영적인 정적이 우리를 둘러쌌다. 대지와 바다는 우리의 머리 위에 떠 있는 별들처럼 행복하게 침묵하고 있었다. 미풍이 바다로부터 우리가 있는 방으로 겨우 불어와 우리가 밝혀 놓은 등불과 함께 부드럽게 유희했다. 또는 멀리서부터 한층 강한 음악의 가락이 우리에게로 밀려들어 왔고, 한편으로는 천둥을 몰고 오는 구름이 창공의 침대에서 요동 치고 때때로 정적을 뚫고 천둥을 울렸다. 그것은 마치 무서운 꿈을 꾸면서 세차게 호흡하는 잠자는 거인과 같았다.

우리의 영혼은 의지와는 다르게 갇혀 있었기 때문에 그만큼 더욱더 강하게 서로 접근할 수밖에 없었다. 산으로부터 쏟아져 내려 흙과 돌과 썩은 나무와 같은 짐들과 길을 막아서는 온갖 굼뜬 혼돈을 자신으로부터 내동댕이치고 서로를 향한 길을 열어 똑같은 힘으로 서로 붙잡고 붙잡히는 곳까지 뚫고 나가 하나의 거대한 줄기로 결합되어서 먼 바다로의 방랑을 시작한 두 줄기의 냇물처럼 우리는 서로 만났던 것이다.

그는 운명과 인간의 미개함 때문에 자신의 고향으로부터 이방인들 가운데로 이리저리 쫓김을 당하고 어린 시절부터 격분하고 거칠게 자랐으나, 그 가슴속 깊은 곳에는 사랑이 가득하고, 껄끄러운 껍질을 뚫고 다정한 영역으로 돌진하려는 욕망으로 가득 차 있었다. 나는 마음속 깊이 모든 것으로부터 작별하고, 내 영혼은 온통 사람들 사이에서 낯설고 고독한 가운데 내 마음의 가장 사랑스러운 멜로디는 이 세상의 방울 소리를 우스꽝스럽게도 늘 달고 다녔다. 눈먼 이와 절름발이를 혐오하는 사람으로서 나 자신이 눈멀고 절룩거리며, 멀리서 영리한 자와 착한 척하는 자들, 미개한 자들과 익살꾼, 그들과 닮은 모든 것에서 나 자신은 그렇게 진심으로 거북해했다. — 그리고 그처럼 희망으로, 오로지 보다 아름다운 삶에 대한 기대로 그처럼 가득 차 있었다. —

그렇기 때문에 두 젊은이는 그렇게 폭풍처럼 환희에 차 서둘러 서로 포옹할 수밖에 없지 않았던가?

오, 나의 친구이자 전우인 그대, 나의 알라반다여, 그대 어디에 있는가? 우리가 아직 어린아이였을 때처럼 다시 될 때까지 쉬기 위해서 그대가 이름 모를 나라로 건너갔다고 나는 거의 믿고 있다.

나의 머리 위에서 뇌우가 치고 자신의 신적인 힘을 숲 사이로 나누어 주고 씨앗을 흩뿌릴 때, 또는 바다의 파도가 서로 노닐거나 내가 걷는 산정을 에워싸고 독수리들의 합창이 울려 퍼질 때, 그럴 때는 가끔 나의 알라반다가 멀리 있지 않은 양 나의 가슴은 생기를 되찾을 수가 있다. 그러나 세기의 죄업을 열거하면서 열을 뿜는 엄격하고 무서운 고발자로서 한때 서 있었던 모습 그대로 보다 더 선명하고 생생하게, 지울 수 없이 그는 내 마음속에 살고 있는 것이다. 얼마나 그의 심오함 가운데에서 나의 정신이 깨어났으며, 가차 없는 정당함의 천둥과 같은 말들이 혀를 통해서 나에게 쏟아졌는가! 네메시스의 사자들처럼* 우리의 사념은 지상을 섭렵했으며, 모든 저주의 흔적이 거기에 다 없어질 때까지 땅을 깨끗이 쓸어 냈던 것이다.

우리는 과거조차 우리의 심판대 앞에 세웠다. 당당한 로마도 그 찬란함을 가지고 우리를 놀라게 만들지는 못했으며, 아테네는 그 젊은 융성함을 가지고 우리를 매료시키지 못했다.

마치 폭풍우가 기뻐하면서 멈출 길 없이 숲을 통하고 산을 넘어서 질주하듯이 우리의 영혼은 거대한 계획을 향해서 뻗어 나갔다. 남아답지 않게 우리가 마치 우리의 세계를 한마디 주문을 통해서 세우기라도 했다는 듯이 여기지는 않았으며, 어리석고도 미숙하게 어떤 저항을 예측하지 않은 것도 아니었다. 그러기에는 알라반다는 너무 이성적이고 용감했던 것이다. 그러나 힘들이지 않는 감동도 많은 경우 용감하며 총명한 법이다.

나에게 어떤 날이 특히 생생하게 떠오른다.

우리는 함께 들로 나갔으며, 상록의 월계수 그늘 안에서 정답게 팔짱을 끼고 앉아서는 늙음과 회춘에 대해서 경이롭고 숭고하게 말하고 있는 플라톤의 책을* 함께 읽었다. 그러고는 때때로 말없는, 잎이 진 풍경을 바라보면서 쉬었다. 거기에는 하늘이 그 어느 때보다도 더 아름답게 가을이 되어 잠들고 있는 나무들 주위를 구름과 햇볕과 더불어 유희하고 있었다.

우리는 이어서 지금의 그리스에 대해서 많은 이야기를 했다. 둘은 다같이 피 흘리는 가슴을 안고 있었다. 이 품위를 잃어버린 땅은 알라반다의 조국이기도 했기 때문이다.

알라반다는 정말 평소 같지 않게 흥분해 있었다.

그는 외쳤다. 내가 한 어린아이를 바라다보고, 그리고 이 아이가 짊어질 멍에가 얼마나 치욕스럽고 파멸적인가를 생각하고, 이 아이도 우리처럼 굶주리게 되고 우리처럼 사람들을 찾고 우리처럼 아름다움과 진실된 것을 찾게 되고, 결국에는 우리처럼 이 아이도 고독하게 되어서 아무런 열매도 맺지 못한 채 시들어 버리고 말 것 등을 생각하게 되면 — 오 너희들의 아들들을 요람에서 끄집어내 차라리 강물에 던져 버려라, 적어도 그대들이 당하고 있는 굴욕에서 그들을 구하기 위해서라면!

틀림없이, 알라반다! 틀림없이 사정이 달라질 거요! 나는 말했다.

무엇을 통해서? 그는 반문했다. 영웅들은 그들의 명성을 잃었고, 현자들은 그들의 제자들을 잃었소. 위대한 행동도 고귀한 민중이 그것을 들어서 알지 못한다면 둔한 이마를 한 번 세게 치는 것과 다를 것이 없어요. 뜻이 고귀한 말도 고귀한 가슴 안에서 메아리치지 않으면 시궁창에 떨어져 시들어 가는 나뭇잎과 같은 것이오. 당신은 이제 무엇을 할 수 있겠소?

나는 삽을 들고 시궁창의 진흙을 구덩이에 파 던지겠소, 나는 말했다. 정신과 위대함이 어떤 정신과 위대함을 더 이상 낳지 않는 민족은 아직 인간들인 다른 민족과 아무것도 공통으로 지니는 것이 없게 되고, 더 이상 권리를 가지지도 못할 것이오. 만일 그들의 내면에 로마인의 가슴이 들어 있기라도 하듯이 그런 의지 없는 시체를 여전히 공경하려 한다면 그것은 공허한 익살극이며 미신일 것이오. 그런 자들을 치워 버립시다! 말라서 썩은 나무가 새로운 세계를 위해서 자라고 있는 젊은 생명들로부터 햇빛과 대기나 훔치고 있다면 그 나무는 그 자리에 그대로 서 있어서는 안 됩니다.

알라반다는 나에게로 날 듯이 다가와 나를 포옹했다. 그의 입맞춤이 나의 영혼 안으로 스쳐 지나갔다. 전우여! 사랑하는 전우여! 오 이제 나는 수많은 원군을 얻었소! 그는 외쳤다.

마치 전쟁터의 함성처럼 나의 마음을 뒤흔드는 목소리로 그는 계속해서 말했다. 그것이 바로 나의 멜로디이네, 더 이상 필요 없네! 자네는 훌륭한 말을 한 거네, 휘페리온이여! 무엇이라고? 신이 벌레에 좌지우지당해야 한다고? 무한함이 그 길을 열어 주고 있는 우리 마음 가운데 있는 신이* 벌레가 길을 비켜 줄 때까지 그대로 서서 기다려야 한다고? 아니다! 그렇지 않다! 그들이 원하는지 아닌지 묻지 않아도 돼. 그들은 결코 원치 않아, 그 노예이며 미개한 자들은! 너희들을 개선시킬 생각도 갖지 않아. 왜냐면 그것은 소용없는 일이니까! 그저 너희들이 인류의 승리의 길로부터 비켜 주는 것에만 마음 쓸 뿐이야. 오! 누군가가 나의 이 횃불에 불을 댕겨 준다면, 그리하여 내가 나무가 무성한 숲에서 잡초들을 태워 버릴 수 있도록! 누군가가 나에게 지뢰라도 준비해 준다면, 그리하여 내가 이 지상으로부터 게으르고 미련한 인간들을 폭발시켜 버리도록!

가능하다면 가만히 그런 자들을 한쪽으로 밀어 놓으면 되겠지, 나는 끼어들었다.

알라반다는 한참 동안 침묵했다.

나는 미래에 대해 의욕을 가지고 있네, 그는 다시금 말하기 시작했고 나의 두 손을 뜨겁게 붙잡았다. 고마운 일이야! 나는 평범한 최후를 맞지는 않을 거야. 행복하다는 것, 그것은 노예의 입에서는 졸음이 온다는 얘기라고. 행복하다는 것! 나는 저들이 나에게 행복하다는 말을 할 때면 마치 내가 혓바닥에 보리죽과 미지근한 물을 올려놓기라도 한 듯한 기분이 든다네.[*] 그들이 월계관이나 그들의 영생을 그 대가로 지불하고 있는 모든 것은 그처럼 하찮고도 그처럼 구제 불능이라네.

오, 쉼 없이 자신의 거대한 제국을 비추며 저기 우리의 머리 위를 움직여 가고 있는 성스러운 빛과 그것의 영혼은 내가 들이마시는 햇살을 통해서 그대의 행복은 나의 행복이라고 말해 주고 있다네!

그 빛살의 작용으로 태양의 아들들은 먹고 자란다네. 그들은 승리로부터 생명을 얻고, 자신의 정신으로 스스로 원기를 얻으며 그것들의 힘은 환희이기도 하다네* —

이 사람의 정신은 자주 사람을 꽉 붙잡아서 이 붙잡힌 사람은 부끄러움을 느끼게 되고 깃털처럼 가볍게 날리는 것처럼 느끼게 되었다.

오 하늘과 땅이여! 나는 이렇게 외쳤다. 이것은 환희이다! — 이것은 다른 시대이다. 이것은 나의 유치한 세기에서 나오는 소리가 아니다. 이것은 인간의 마음이 그 십장의 회초리 아래에서 허덕이고 있는 그러한 땅이 아니다. — 그렇다! 그대의 당당한 영혼을 대할 때면, 인간이여! 그대는 나와 함께 조국을 구하게 될 것이다.

나도 그것을 원한다, 그렇지 않으면 파멸하고 말 것이다. 그가 소리쳐 말했다.

이날들 이후 우리는 서로 더 성스러워지고 더 사랑스러워졌다. 심오하고 말로 다 할 수 없는 진지함이 우리 사이에 더욱더 스며들었다. 그러나 우리는 함께 그만큼 행복했을 뿐이었다. 각자는 자신의 본질의 영원한 기본 음조 아래에서만 살았으며, 하나의 커다란 조화에서 다른 조화로 아무런 장식도 없이 전진해 나갔다. 우리의 공동 생활은 굉장한 엄격성과 과감성으로 가득 차 있었다.

왜 자네는 도대체 그렇게 말수가 적어졌지? 알라반다가 한번은 미소를 띠고 나에게 물었다. 뜨거운 구역에서는 태양에 가까워질수록 새들도 노래를 부르지 않는 법이지. 나는 말했다.

그러나 세상 모든 일에는 오르고 내림이 있다. 인간은 자신의 거인과 같은 모든 힘을 가지고도 무엇 하나 그대로 물늘어 삽을 수가 없다. 나는 언젠가 한 어린아이가 달빛을 낚아채려고 팔을 내뻗는 것을 보았다. 그러나 달은 유유히 자신의 길을 갔다. 그처럼 우리는 그대로 서서 변모해 가는 운명을 붙잡으려고 분투하고 있는 것이다.

오 누가 그처럼 말없이 깊은 생각에 잠겨 마치 별의 진행에 대해서인 양 운명에 대해서도 바라다보기만 할 수 있다면!

그대가 행복해지면 행복해질수록 그대를 파멸시키는 것은 그만큼 덜 힘이 들게 된다. 알라반다와 내가 살았던 것과 같은 행복한 나날은 그대의 동행자가 불현듯 어두침침한 심연 안에 있는 톱니처럼 날카로운 바위들 위로 그대를 떨어뜨리려고 하면 그대를 건드리기만 해도 되는 벼랑의 끝처럼 위태로운 시간이었다.

우리는 키오스 섬*으로 멋진 항해를 했고 말할 수 없이 많은 기쁨을 만끽했다. 해면 위로 부는 미풍처럼 자연의 다정한 마법이 우리에게로 밀려들었다. 기쁨에 찬 놀라움으로 한마디 말도 하지 않은 채 한 사람이 다른 사람을 바라다보았다. 그러나 나의 눈은 그대를 본 적이 없다고 말하는 듯했다. 우리는 그렇게 대지와 하늘의 힘에 의해서 영광을 얻었던 것이다. 우리는 그러고 나서 배를 타고 가는 동안 많은 것에 대해서 명랑하고도 열렬하게 토론을 벌였다. 나는 여느 때처럼 이번에도 이 사람의 정신이 자신의 과감한 궤도 위에 있는 것을 바라다보면서 마음속 깊이 기쁨을 느꼈다. 이 궤도 위에서 그의 정신은 그처럼 규칙 없이 속박을 벗어난 즐거움 가운데, 그러나 그렇게 확고하게 자신의 길을 따르고 있었다.

배에서 내리자 우리는 서둘러 단둘이 되었다.

자네는 아무도 설득할 수가 없어. 나는 이번에는 마음 깊이 애정을 가지고 말했다. 자네는 말하기 시작하기 전에 사람들을 설득하고 매료시키지. 자네가 말을 하게 되면 의심을 할 수 없게 돼. 그런데 의심하지 않는 사람은 설득되지 않는 법이라네.

오만한 아첨꾼이군. 그는 되받아 소리쳤다. 자네는 거짓말을 하고 있어! 그러나 자네가 나를 경고하는 것은 옳은 일이야! 그런데 자네는 자주 나를 비이성적으로 만들곤 했다네! 어떤 왕관을 받더라도 나는 자네에게서 자유로워지기를 바라지 않네. 그러나 자네가 나에게 그처럼 없어서는 안 될 사람이 될까 봐, 내가 그렇게 그대에게 구속될까 봐 두렵다네. 자 보게나. 그는 계속 말했다. 그대가 나를 온통 소유하려고 한다면 그대는 나에 관해서도 모든 것을 알아야 할 것이네! 우리는 지금까지 유쾌함과 기쁨 때문에 우리의 과거를 되돌아보는 일은 생각하지 않았네.

그는 드디어 자신의 운명을 나에게 이야기했다. 나는 마치 헤라클레스가 메게라와 싸우는 것을 보는 듯한 기분이 들었다.*

그대는 이제 나를 용서하겠지? 그는 자신의 불행에 대한 이야기를 마치면서 말했다. 내가 자주 거칠고 반항적이며 붙임성 없이 굴 때에도 이제 그대는 좀더 차분해질 수 있겠지?

오 잠자코 있게나, 조용히! 나는 마음속 깊이 동요하며 외쳤다. 그러나 그대는 여전히 그대로 존재하고, 나를 위해서 그대는 있는 그대로 지탱해야 하네! 물론이지! 그대를 위해서! 그는 외쳤다.

그리고 내가 자네의 즐길 수 있는 먹을거리라는 사실이 진정으로 나를 기쁘게 하네. 내가 때때로 야생 능금처럼 자네 입맛에 맞지 않더라도 내가 마실 만한 것이 될 때까지 나를 오랫동안 씹게나.

그만해 두게나! 나를 그냥 놓아 주게! 나는 외쳤다. 나는 거역해 보았지만 헛된 일이었다. 나는 그에게 숨기지 않았다. 그가 나의 눈물을 보았던 것이다. 그가 그 눈물을 보아서는 안 되었다면 그의 마음은 아팠으리라!

우리가 취했나 보네. 알라반다가 다시금 말하기 시작했다. 우리는 취한 채 시간을 헛되이 보내고 있는지도 모르겠네.

우리는 우리의 혼례의 날을 함께 보내고 있는 거야. 나는 명랑하게 외쳤다. 마치 행복의 땅에 우리가 있기라도 하듯이 아직은 더 떠들어도 괜찮은 것 같은데. — 그러나 우리의 앞선 대화로 되돌아가자고!

자네는 국가에게 너무 많은 권력을 허용하고 있네. 국가는 강요할 수 없는 것을 요구해서는 안 되네. 사랑과 정신이 주는 것은 강제를 용납하지 않는 법이네. 국가는 그것을 훼손하지 말아야 하지. 그렇지 않으면 우리는 나라의 법을 붙잡아 치욕을 안겨 주어야 할 것이네! 결단코! 나라를 도덕의 학교로 만들려는 자는 자신이 무슨 죄를 짓고 있는지 모르는 자이네. 인간이 국가를 인간의 천국으로 만들려고 했던 것이 언제나 국가를 지옥으로 만들어 버렸다네.

국가란 삶의 알맹이를 둘러싸고 있는 거친 껍데기 이상은 아니네. 국가는 인간의 열매와 꽃의 정원을 둘러싸고 있는 울타리라네.

그러나 메마른 정원을 둘러싸고 있는 울타리가 무슨 소용이 있겠나. 이때 도움이 되는 것은 오직 하늘로부터 내리는 비뿐일세.

오 하늘로부터 내리는 비여! 오 감동이여! 그대는 민중의 봄을 우리에게 다시 가져다 주게 되리라. 국가는 그대를 불러올 수 없다. 그러나 국가가 그대를 방해하지는 못하리라. 그러니 그대는 오게 되리라. 그대의 전능한 환희와 더불어 그대는 오리라. 그대는 황금빛 구름 안에 우리를 감싸고 속세를 뛰어넘어 우리를 끌어올리게 되리라. 그러면 우리는 놀라워하며 우리가 아직도 존재하고 있는가 물으리라. 그곳에도 우리에게 봄은 피어오르는가라고 별들에게 물었던 궁핍한 인간들인 우리가.* ─ 그대는 묻는가, 이것이 언제일지를? 시대의 연인, 시대의 젊디젊은, 가장 아름다운 딸, 새로운 교회가 이 얼룩지고 노쇠한 형식들로부터 솟구쳐 나오게 되는 때,* 신성의 깨어난 감정이 인간에게 그의 신성을, 그의 가슴에게 아름다운 청춘을 되돌려 줄 때, 그때이다. 그것이 언제인지는 ─그것을 예감하지 못하기 때문에 나는 그것을 예고할 수 없다. 그러나 그때는 틀림없이 오고 말 것이다. 틀림없이. 죽음은 생명의 전령이다. 우리가 지금은 환자가 누워 있는 집 안에서 잠들어 있지만, 이것은 머지않아 건강하게 깨어날 것을 증언해 준다. 그때, 그때 우리는 비로소 존재하게 되리라, 그때 위대한 정령들의 요소는 발견되리라!

알라반다는 침묵했다. 그리고 한동안 놀라운 듯이 나를 바라다보았다. 나는 무한한 희망으로 넋을 잃고 있었다. 신들의 힘이 마치 작은 구름처럼 나를 이끌고 갔던 것이다. ─

가자! 나는 소리치고 알리반디의 옷자락을 붙들었다. 가자, 우리를 혼미하게 하는 이 감옥에서 누가 더 이상 견디어 낼 것인가?

어디로 가자는 건가, 나의 몽상가여. 알라반다는 냉정하게 대꾸했다. 조롱의 그림자가 그의 얼굴 위로 스치듯 지나가는 것 같았다.

나는 마치 구름에서 떨어져 내린 기분이 들었다. 가 버려! 나는 말했다. 자네는 속 좁은 인간이야!

그 순간 몇 명의 낯선 사람들이 방으로 들어섰다. 눈에 확 띄는 모습이었다. 내가 달빛을 통해서 보기에는 대부분 깡마르고 창백한 얼굴이고 침착했다. 그러나 그들의 얼굴 표정에는 영혼을 꿰뚫고 가는 무엇인가가, 마치 칼날과 같은 것이 들어 있었다. 나는 마치 하나님의 전지(全知) 앞에 서 있는 듯한 기분이 들었다. 억제된 감정이 그 흔적을 여기저기 남기지 않았더라면 그 외양이 궁핍한 성품에서 기인한 것은 아닌가 하는 의심을 가졌을지도 모른다.

특별히 한 사람이 나의 눈길을 끌었다. 그 표정의 고요함은 전쟁터의 고요함 자체였다. 분노와 사랑이 이 사람의 마음속에서 맹렬하게 타오르고, 파괴된 궁성 위에 앉아 있는 매의 눈처럼 오성(悟性)이 감정의 폐허 위에 빛나고 있었다. 깊은 경멸이 그의 입술 위에 얹어져 있었다. 이 사람은 결코 무의미한 의도에 붙잡혀 있지 않다는 것을 사람들은 예감했다.

다른 한 사람은 그의 평온함이 차라리 타고난 감정의 딱딱함 때문에 생긴 것처럼 보였다. 그에게서는 어떤 억제의 흔적도, 자제력이나 운명에 의해서 영향을 받은 흔적도 발견되지 않았다.

세 번째 사람은 그의 냉혹함을 오히려 신념의 힘으로 삶에서 짜낸 것 같았다. 또 그는 아직도 자신과 싸우고 있는 듯했다. 그의 본성 안에는 은밀한 모순이 있었기 때문이다. 내가 보기에는 그가 자신을 감시하고 있는 것이 틀림없었다. 그가 가장 말수가 적었다.

그들이 들어서는 것과 동시에 알라반다는 용수철처럼 벌떡 일어섰다.

우리는 당신을 찾고 있었습니다. 그들 중 한 사람이 큰소리로 말했다.

내가 땅속의 한가운데에 숨어 있다고 해도 자네들은 나를 찾아낼 거야. 그는 크게 웃으면서 말했다. 이 사람들은 나의 친구일세. 그는 나에게 몸을 돌리면서 덧붙였다.

그들은 날카롭게 나를 눈여겨보는 듯했다.

이분도 이 세상에서 더 나은 것을 원하는 사람들 중의 한 사람이네. 한참 후 알라반다는 소리쳐 말하며 나를 가리켜 보였다.

그것이 당신의 진정한 마음이오? 셋 중의 한 사람이 나에게 물었다.

세계를 개선시킨다는 것은 결코 농담이 아니오. 나는 말했다.

당신은 한마디 말로 많은 것을 말했소! 그들 중 한 사람이 다시금 외쳤다. 당신은 우리의 동지요! 다른 사람이 말했다.

당신들도 그렇게 생각하십니까? 나는 물었다.

우리가 무얼 하는지 물으시지요! 그것이 대답이었다.

내가 그렇게 묻는다면?

그렇다면 우리는 이렇게 말할 것이오. 우리는 지성을 깨끗이 치우기 위해서 여기에 있노라고, 우리는 밭에서 돌을 골라내고 딱딱한 흙덩이는 곡괭이로 부수고, 쟁기로 이랑을 파고 뿌리에 붙어 있는 잡초는 뿌리에서 잘라 내거나 뿌리와 함께 뽑아서 불볕 가운데 시들게 만들 거라고 말입니다.

우리는 수확하고 싶은 것이 아닙니다. 다른 사람이 끼어들었다. 우리에게 대가는 너무 늦게 돌아올지도 모릅니다. 우리가 수확할 열매는 더 이상 영글지 않을 것입니다.

우리는 인생의 황혼에 서 있습니다. 우리는 자주 방황했고, 많은 것을 희망했으며, 행동은 거의 하지 않았습니다. 우리는 깊이 생각하기보다는 차라리 두려움 없이 시도했습니다. 우리는 기꺼이 곧장 결말에 도달하려고 했고 요행에 의지했었습니다. 우리는 기쁨과 고통에 대해서도 많이 말했고, 이 두 가지를 좋아했는가 하면 또한 증오했습니다. 우리는 운명과 더불어 유희하고, 운명은 우리와 함께 똑같이 행했던 것입니다. 거지의 지팡이에서 왕관에 이르기까지 운명은 우리를 끌어올리고 또 끌어내렸습니다. 피어오르는 향로를 좌우로 흔들 듯이 운명은 우리를 좌우로 흔들었으며, 숯이 재가 될 때까지 우리는 불타올랐던 것입니다. 우리는 행복과 불행에 대해서 말하는 것을 그쳤습니다. 우리는 푸르고 따뜻한 삶의 한가운데를 훨씬 지나 훌쩍 자라 버리고 말았습니다. 그러나 청춘을 견디어 내고 남아 있는 것이 가장 빈약한 것은 아닙니다. 뜨거운 쇳물로부터 차디찬 칼이 만들어지는 법입니다. 그리고 사람들은 말하지요, 불을 뿜어내다 사그라진 휴화산에는 해로운 이끼가 결코 끼지 않는다고 말입니다.

우리는 이런 것을 우리 때문에 말하는 것이 아닙니다. 당신들 때문에 말하는 것이지요. 다른 한 사람이 조금 더 빠른 속도로 말했다. 우리는 인간의 감정을 구걸하지는 않습니다. 왜냐면 우리는 인간의 감정과 그의 의지를 필요로 하지는 않기 때문입니다. 왜냐면 어떤 경우에도 인간이 우리를 거스르지는 않으며, 모든 것은 다 우리 편이기 때문이지요. 그리고 우둔한 자들과 영리한 자들, 단순한 자들과 현명한 자들, 모든 패덕자들과 덕망 있는 자들이 소박함과 교양을 불문하고 대가를 받지 않은 채 우리에게 봉사하고 있으며, 물불을 가리지 않고 함께 우리의 목적을 향해서 협력하고 있습니다. ─ 우리가 오직 원하는 것은 그것을 누군가 훌륭하게 향유하는 사람이 있었으면 하는 것입니다. 그렇기 때문에 우리는 수많은 맹목적인 지원자들 가운데 가장 뛰어난 자들을 골라서 맹목적인 지원자들로 하여금 그들을 보게 만들려고 합니다. ─ 그러나 우리가 지어 놓은 곳에 아무도 깃들어 살려고 하지 않습니다. 그것은 우리 탓도 아니고 우리의 손실도 아닙니다. 우리는 우리의 몫을 실천했습니다. 우리가 경작한 곳에서 아무도 수확하지 않는다고 해서 누가 우리를 나쁘게 생각하겠습니까? 사과나무의 열매가 진흙 구덩이에 떨어졌다고 누가 그 나무를 나무랄 것입니까? 나는 나 자신에게 자주 말해 왔습니다. 그대는 썩도록 바쳐진 몸이다, 라고 말입니다. 그러나 나는 나의 과업을 끝냈습니다.

거짓말쟁이들이다!라고 사면의 벽이 예리해진 나의 감각에 대고 소리쳤다. 나는 연기에 숨이 막히려 하자 빠져 나오려고 문과 창에 부딪치고 있는 사람과 같은 기분이 들었다. 그처럼 나는 대기와 자유를 갈망했다.

그들도 나의 기분이 심상치 않다는 것을 곧바로 알아차리고 말을 중단했다. 내가 우리가 함께 있던 여인숙에서 밖으로 나왔을 때에는 벌써 날이 밝아 오고 있었다. 나는 화끈거리는 상처에 바른 향유처럼 아침 공기의 산들거림을 느꼈다.

나는 알라반다의 조소 때문에 매우 흥분되어 있었지만, 그의 수수께끼 같은 교우 관계를 통해서 그에 대해서 완전히 착각할 정도로 그렇게 흥분되어 있었던 것은 아니었다.

그는 좋지 못한 사람이야. 그래, 그는 나빠. 나는 외쳤다. 그는 끝없는 신뢰를 가장하고 있으면서 그런 자들과 함께 생활하고 있는 거야 ─ 그리고 그것을 너에게 숨기고 있어.

나는 연인이 은밀하게 창녀와 함께 살고 있다는 것을 알게 된 신부와 같은 심정이었다.

오 그것은 어린아이처럼 품에 껴안고 가슴에 담아 두었다가 졸음에 겨워 나이팅게일의 울음소리에 맞추어 읊조리는 그러한 고통이 아니었다!

사정없이 무릎과 허리를 타고 올라와 사지를 감아 옥죄고 이제는 가슴을 독기 서린 이빨로 물고 나서 또 복덜미를 무는 격노한 한 마리의 뱀, 나의 고통은 바로 그것이었으며, 그가 나를 그의 그 무서운 포옹으로 껴안은 것도 바로 뱀의 그것과 같은 것이었다. 나는 나의 가장 고상한 마음에 도움을 구했고, 침착해지기 위해서 넓은 생각을 가져 보려고 애썼다. 그런 노력은 순간적으로만 효과가 있었을 뿐 나는 분노로 더욱 강하게 치닫고 있었다. 마치 방화된 불을 끄듯 내 마음속에 들어 있는 사랑의 불꽃을 모두 꺼 버렸던 것이다.

그들은 그의 패거리들이다. 그는 이들과 함께 결탁했던 것이 틀림없다. 너를 적대시하면서 말이다! 나는 그렇게 생각했다. 그는 너에게 무엇을 원했던 것인가? 그는 너에게서, 꿈꾸는 자인 너에게서 무엇을 구할 수 있었던 것인가? 오 그가 자신의 길로 그냥 갔더라면 얼마나 좋았을까! 그러나 그들은 그 반대되는 사람들을 통해서 자신을 내세우려는 욕망을 지니고 있는 거야! 우리 안에 한 마리 낯선 동물을 가두어 놓는 것이 그들에게는 어울리는 일이야! ―

그렇지만 나는 그와 함께 지내는 것이 말할 수 없이 행복했다. 나는 그처럼 자주 그의 포옹 안에 가라앉았다가 가슴 가운데 무찌를 수 없는 힘을 지닌 채 그 포옹으로부터 깨어나고 그의 불길 속에서 마치 강철처럼 단련되고 정련되었던 것이다!

그전 언젠가는 맑은 한밤중에 쌍둥이 별자리를 그에게 가리켜 보인 적이 있었다. 알라반다는 나의 가슴에 손을 얹고서는 말했다. 저것은 그저 별에 지나지 않네, 휘페리온, 단지 영웅적 형제의 이름이 하늘에 새겨져 있는 문자에 지나지 않아. 우리의 마음속에 그것이 들어 있다네! 생생하고도 참되게, 그들의 용기와 그들의 신적인 사랑과 더불어. 그리고 그대, 그대는 신들의 아들이네, 그대는 죽을 수밖에 없는 카스토르에게 그대의 불멸성을 나누어 주

고 있는 것이리네!　　*

　그전 나는 그와 함께 이다 산맥의* 숲을 이리저리 거닌 적이 있다. 우리는 골짜기로 내려가 말없는 무덤에 대고 거기에 묻힌 죽은 자들에 대해 물었다. 나는 알라반다를 향해서 무덤들 중 어느 하나가 어쩌면 아킬레우스와 그의 연인의* 것일지 모른다고 말했고, 알라반다는 나에게 자신은 가끔 어린아이처럼 우리가 언젠가는 같은 나무 아래 함께 묻혀 쉬는 생각을 한다고 털어놓았다. ─ 그때 누가 지금의 일을 생각이나 했겠는가?

　나는 나에게 남겨져 있는 온 정신력을 다해서 깊이 생각했다. 나는 그를 비난했으며 또 그를 옹호했다. 그러고는 다시금 그만큼 더 신랄하게 그를 탄핵했다. 나는 나의 감각에 대해서 저항했다. 나는 명랑해지려고 했다. 그러나 그럴수록 그저 우울해지기만 할 뿐이었다.

　아! 나의 눈은 그렇게 많은 주먹질로 상처를 입었다. 그리고 상처는 나으려고조차 하지 않았다. 어찌 더 건강한 눈길을 보낼 수 있었겠는가?

　알라반다는 다음날 나를 찾아왔다. 그가 들어서자 나의 가슴은 뛰었다. 그러나 나는 고정하고 있었고, 그의 오만과 태연함은 나를 매우 흥분시키고 또 열이 나게 만들었다.

　공기가 참 좋아. 그가 비로소 입을 열었다. 저녁이 아주 멋있을 것 같아, 우리 함께 아크로폴리스에나 가지!

　나는 그 제안을 받아들였다. 우리는 한참 동안 한마디도 나누지 않았다. 자네는 무엇을 원하나? 내가 마침내 물었다.

그걸 자네가 물을 수 있나? 나의 영혼을 꿰뚫고 지나가는 슬픈 감정을 섞어 이 거친 사람이 대꾸했다. 나는 당황했고, 어찌할 바를 몰랐다.

내가 자네를 어떻게 생각해야 하겠나? 나는 다시금 말문을 열었다.

현재의 나 그대로이지! 그는 태연하게 대꾸했다.

자네는 사과할 필요가 있네. 나는 달라진 목소리로 말하고는 당당하게 그를 쳐다보았다. 사과하게나! 마음을 깨끗하게 하라고!

그것은 그에게 너무 많은 요구였다.

도대체 이 사람이 제 맘에 드는 대로 나를 굽실거리게 하려는 일이 어떻게 일어나게 되었는가! ― 내가 너무 일찍이 학교에서 떠나왔고 모든 사슬을 끌고 오면서 그 모든 사슬들을 벗어 버렸으나 오직 하나 아직도 끊어 버려야 할 것이 남아 있었다. 나는 아직 망상가에 길들여지지 않았다는 점이다 ― 불평하려면 해 보게나! 나는 입을 다물 만큼 다물어 왔네!

오 알라반다여! 알라반다여! 나는 외쳤다.

입 다물게. 그는 대꾸했다. 그리고 나의 이름을 나를 향한 칼로 이용하지 말게나!

그때 나도 언짢은 기분이 완전히 터져 버렸다. 우리는 되돌리는 것이 거의 불가능할 지경에 이르기까지 멈추지 않았다. 우리는 무자비하게 우리들의 사랑의 정원을 파괴했던 것이다. 우리는 자주 멈추어 섰고 침묵했다. 사실은 무한한 기쁨으로 서로 몸을 껴안고 싶었던 것인지도 모른다. 그러나 숙명적인 비운의 오만이 가슴으로부터 솟아오르던 사랑의 모든 소리를 질식시켰던 것이다.

잘 있게나! 나는 마침내 외치고는 고꾸라지듯 달려 나갔다. 나는 무의식적으로 뒤돌아보지 않을 수 없었고, 알라반다도 무의식적으로 나를 쫓아왔다.

그렇지 않은가, 알라반다. 나는 그에게 큰소리로 말했다. 그건 별난 거지가 아닌가? 자기의 마지막 동전을 수렁에다 던져 버린다면 말일세!

그렇게 한다면 그가 굶어 죽을지도 모르지. 그가 외치고는 가 버렸다.

나는 아무 생각 없이 비틀거리며 계속 걸었다. 그러고는 바닷가에 멈추어 서서 파도를 바라다보았다. — 아! 거기 아래로 나의 마음은 힘차게 뻗어 나가는 듯했다. 그 아래로, 그리고 나의 팔은 광활한 밀물을 향해 나는 듯이 펼쳐졌다. 그러나 곧바로, 마치 하늘로부터인 양, 부드러운 정령이 나의 머리 위로 다가왔다. 그러고는 침착한 지휘봉으로 나의 억제할 길 없이 괴로워하는 마음을 정리해 주었다. 나는 한결 침착하게 나의 운명을, 이 세계에 대한 나의 믿음을, 나의 위안할 길 없는 경험을 생각해 보았다. 나는 어렸을 적부터 느끼고 알았듯이 다양한 교육을 받은 사람을 관찰했고, 도처에 둔하거나 날카로운 불협화음을 보았다. 오로지 어린아이 같고 단순한 제약 가운데에서만 나는 그대로 순수한 멜로디를 보았던 것이다. 나는 나 자신에게 말했다. 꿀벌이 되는 것이 낫다. 그리고 이 세상의 사람들과 더불어 지배하느니보다는 순수함 가운데 자신의 집을 짓는 것이 낫다. 이리들과 함께 있듯이 그들과 더불어 울부짖는 것이 백성들을 다스리는 것보다, 불순한 재료에 손을 더럽히는 것보다 낫다고 말이다. 나는 나의 정원과 티나로 되돌아가고 싶었다.

웃으려면 웃게나! 나에게 그것은 아주 진지한 일이었네. 세계의 삶이 펼침과 닫힘의 교차로 이루어진다면, 자신으로부터 떠나옴과 자신에게로의 돌아감으로 이루어진다면, 왜 인간의 마음도 그러지 말라는 법이 있겠는가?

이 새로운 교훈은 물론 나의 마음에 거슬리는 것이었으며, 나도 내 젊은 시절의 그 당당한 오류로부터 작별하는 것이 마음 내키는 일은 아니었다. ― 누가 기꺼이 자신의 날개를 찢어 버리려 하겠는가? ― 그러나 그렇게 하지 않을 수가 없었다.

나는 결심을 실행했다. 마침내 정말 배에 올랐던 것이다. 싱싱한 산바람이 스미르나의 부두로부터 나를 밀어냈다. 경이로운 평온과 함께 다음 순간에 대해서는 아무것도 모르는 어린아이처럼 나는 내가 탄 배 위에 누워 있었다. 그러고는 이 도시의 나무들과 이슬람 교회당들을 바라보았고, 내가 걸었던 해변의 푸른 길이며 아크로폴리스로 오르는 계단을 올려다보았다. 그러고는 그것들이 눈길을 스쳐 계속 그냥 지나가도록 놓아두었다. 그러나 내가 드디어 대해로 나왔을 때, 그리고 마치 관이 무덤으로 들어가듯이 모든 것이 하나씩 가라앉아 버렸을 때 그때 한꺼번에 나의 가슴이 메워지는 듯한 기분이 되었다. ― 오 하늘이여! 나는 외쳤다. 나의 내면에 들어 있는 모든 생명력이 깨어나 달아나고 있는 현재를 붙잡으려고 애썼다. 그러나 그 현재는 사라지고 말았던 깃이다!

거기에서 나는 탁 터진 풀밭 위의 한 마리 사슴처럼 이리저리 계곡과 산등성이를 마음껏 거닐었으며, 샘과 강물을 향한 내 마음이 먼 대지의 깊숙한 곳까지 메아리를 전했던 그 천국과 같은 땅이 안개처럼 내 앞에 놓여 있었다.

나는 알라반다와 동반하지 않은 채 거기 안쪽으로 트모루스 산 속을 걸었던 적도 있었다. 거기 에페수스가[*] 한때 그 행복한 전성기를 보내며 서 있었고, 테오스와 밀레투스가[*] 있었던 그 아래쪽으로, 저 위쪽으로는 성스럽고 슬픈 트로아스로 나는 알라반다와 함께 거닐었었다. 알라반다와 더불어 신처럼 나는 그의 위에 군림했는가 하면, 어린아이처럼 싹싹하고도 믿음직스럽게 그의 눈에 들기도 했었다. 영혼의 환희와 함께 그의 존재에 대한 내면적인 즐거움을 누리면서 내가 그의 말고삐를 붙들 때나 또는 나 자신을 넘어서서 당당한 결단, 과감한 생각들, 말의 불길 속에서 내가 그의 영혼을 만날 때 나는 언제나 행복했었다!

그런데 이제 그것은 사라져 버린 것이다. 이제 나는 더 이상 아무것도 아니었고, 회복할 길 없이 모든 것을 잃었으며, 사람들 가운데 가장 가련한 사람이 되었던 것이다. 그러나 왜 그렇게 된 것인지 나 자신은 알지 못했다.

오 영원한 방황이여! 언제 인간은 너의 쇠시슬에서 벗어나게 되겠는가? 나는 혼자서 생각했다.

우리는 우리의 마음과 계획에 대해서 그것들이 마치 우리의 소유라도 되듯이 말하곤 한다. 그러나 우리를 마음에 드는 대로 이리저리 내던지고 무덤 속에 눕히는 것은 어떤 낯선 힘이다. 우리는 그 힘에 대해서 알지 못하며, 그것이 어디에서 와서 어디로 향해 가는지도 알지 못한다.

우리는 저 위를 향해서 자라나려고 한다. 그리고 저 밖을 향해서 줄기와 가지를 펼치려고 한다. 그러나 땅과 기후는 내키는 대로 우리를 이끌어 간다. 번개가 너의 정수리에 떨어져서 뿌리까지 너를 쪼개 버린다면 가련한 나무여! 너는 어찌 되겠는가?

나는 그렇게 생각했다. 나의 벨라르민이여! 나의 생각에 대해서 자네는 화를 내겠지. 그렇지만 자네는 다른 일에 대해서 듣게 될 것이다.

사랑하는 친구여! 우리의 정신이 방황하는 마음의 모습을 기꺼이 받아들이고 지나쳐 가는 슬픔을 붙잡는다는 것, 고통을 낫게 해야 할 사념 그 자체가 병든다는 것, 정원사가 자신이 심어 길러야 하는 장미 줄기에 손을 자주 찔린다는 것, 그것이 바로 비참한 일이다. 오! 그것은, 여느 때 같으면 마치 오르페우스처럼, 그가 압도했을* 다른 사람들 앞에서 많은 사람들을 바보로 만들었던 것이다. 그것이 가장 고귀한 천성의 사람을 길거리에서 늘 발견하는 그런 사람들 앞에서 그처럼 자주 조롱거리로 만들기도 했다. 그 사랑이 그들의 정신처럼 힘차고 감미롭다는 것, 그들의 마음의 파도가 해신의 파도를 지배하는 삼지창보다도 더 강하고 더 빠르게 움직인다는 것, 그것이 천국의 연인들에게는 암초인 것이다. 그러니 사랑하는 친구여! 누구도 자만해서는 안 될 일이다.

휘페리온이 벨라르민에게

내가 그대에게 나의 오래된 아픈 슬픔에 대해서 말한다면 그대가 귀 기울여 들을 수 있고, 또 그것을 이해하게 될는지?

내가 나를 표현하는 대로 나를 받아들여 주기 바라고, 살아 본 적이 없기 때문에 사는 것보다는 살았기 때문에 죽는 것이 더 낫다는 사실을 생각해 주기 바란다. 아무것도 부족함 없는, 나무로 만든 우상이나 다름없이 고뇌 없는 자들을 시기하지 말기 바란다. 왜냐하면 이들의 영혼은 돌봄을 필요로 하는 아무것도 가지고 있지 않기 때문에 비와 햇볕 무엇 하나도 필요로 하지 않을 만큼 그렇게 궁핍한 탓이다.

그렇다! 물론이다! 감동도 없는 밋밋한 가슴과 제약된 정신을 가지고 평안하게 존재한다는 것, 그것은 참으로 쉽고도 행복한 일이다. 사람들은 그대들을 부러워하지 않을 수도 있다. 화살이 과녁에 맞았을 때 과녁이 아픔을 하소연하지 않는다고, 또 빈 항아리를 벽에 던졌을 때 그것이 그렇게 둔한 소리를 낸다고 누가 흥분한단 말인가?

사랑하는 사람들이여, 그대들은 다른 이들이 그처럼 행복하지 않다는 것, 그처럼 스스로 만족하지 않다는 것을 이해하지 못할 때 그대들은 만족하고 그저 조용히 의아하게 생각하지 않으면 안 될 것이다. 그리고 그대들의 지혜를 법칙으로 삼는 것을 조심하지 않으면 안 된다. 왜냐면 사람들이 그대들에게 복종할 때는 이 세상의 종말일 것이기 때문이다.

나는 아주 조용히, 아주 수수하게 티나에서 살았다. 나는 정말 세상의 여러 현상이 마치 가을에 피어오르는 안개처럼 지나갈 때까지 그대로 내버려 두었다. 나는 가끔은 촉촉이 젖은 눈을 하고서, 나의 마음이 그려진 포도송이를 향해 날아가는 새처럼* 무엇을 잡아채려고 날아갈 때면, 그 마음을 향해서 웃음을 짓고 말없이 그리고 호의를 가지고 그대로 있었다.

　나는 어느 누구의 의견도, 그의 무례함도 기꺼이 용납했다. 내가 마음을 돌려먹었던 것이고, 다른 어느 누구의 마음을 돌려 보려고 하지 않게 되었다. 다만 사람들이 익살극을 저희들처럼 귀중하고 높게 평가하기 때문에 그것을 그대로 용납하는 것이라 믿는 것을 볼 때 슬픈 생각이 들 뿐이었다. 나는 바로 이들의 어리석음을 따르고 싶은 생각이 전혀 없었다. 그렇지만 내가 할 수 있는 한에서는 나는 이들을 위로하려고 했다. 그것은 그들의 기쁨이고, 그들은 그것으로써 삶을 살아가고 있는 것이다! 나는 그렇게 생각했다.

　나는 함께 참여하는 일도 자주 받아들였다. 그리고 그렇게 영적인 감동 없이, 자신의 충동 없이 그런 자리에 함께 한 경우에도 아무도 그런 사실을 눈치 채지 못했다. 왜냐하면 아무도 무엇을 아쉬워하지 않았기 때문이다. 내가 그들에게 나를 용서해 주기를 바란다고 말했더라도 그들은 발걸음을 멈추고 서서 의아해하며 당신이 도대체 우리에게 무슨 일을 했느냐고 물었을 것이다. 얼마나 관대한 사람들인가!

　아침에 나의 창문 아래 서서, 바쁜 하루가 다가오고 있고 나 자신을 순간적으로도 잊을 수 있으며, 나의 존재가 에진처럼 흥미를 느낄 것 같은 무엇을 내가 시도하고 싶어 주위를 둘러볼 만한 때이면, 나는 자주 나를 꾸짖고, 이해되지 않는 어떤 낯선 땅에서 자신의 모국어의 발음이 새어 나온 사람처럼 문득 제정신으로 되돌아왔다. 나는 나 자신을 향해서 어디로 가려는 것인가, 나의 마음이여, 라고 묻고 나 자신에게 귀를 기울였다.

인간이 그처럼 많은 것을 원하는 까닭은 도대체 무엇 때문일까?라고 나는 자주 의문을 가졌다. 인간의 가슴 안에 들어 있는 무한성이란 도대체 무엇이란 말인가? 무한성? 그러한 무한성은 도대체 어디에 존재하는가? 누가 도대체 무한성을 알아 낸 적이 있단 말인가? 인간은 자신이 할 수 있는 것보다 더 많은 것을 원한다! 그것은 진실일 수 있다! 오! 그대는 그러한 사실을 충분히 경험했을 것이다. 그것은 있는 그대로 또한 필연적이기도 하다. 힘이 원하는 대로 쏟아져 나오지 않는다는 것이 힘의 감미롭고도 꿈꾸는 듯한 감정을 부여해 준다. 그것은 영원불멸의 아름다운 꿈들, 인간을 수없이 매료시키는 사랑스럽고도 거대한 환상을 만들어 낸다. 인간의 삶의 노선은 곧게 진행되지 않는다는 것, 마치 화살처럼 인간은 스쳐 날아가는 것이 아니며 낯선 힘이 달아나는 자의 길을 막아선다는 것, 그것이 인간에게 그의 천국과 신들을 만들어 주는 것이다.

오랜 침묵의 바위, 운명이 맞서 있지 않다면 가슴의 물결이 그처럼 아름답게 거품을 내며 치솟지 않을 것이며, 정신으로 변화하지도 않을 것이다.

그러나 우리의 가슴속에서 욕망은 사그라지고 만다. 그리고 그 욕망과 함께 우리의 신들과 신들의 천국도 죽고 마는 것이다.

불길이 그것이 잠들었던 어두운 요람으로부터 기쁜 모습으로 피어오른다. 그의 불꽃은 치솟았다가 가라앉았으며 다시 피어올라 땔감이 다 소진할 때까지 환희에 차서 다시금 자신을 휘감아 연기를 피우며 버둥대다가 사그라져 버린다. 그리고 남겨진 것, 그것은 재이다.

우리도 마찬가지이다. 이것은 현자들이 놀랍도록 매혹적인 신비를 통해서 우리에게 이야기해 주는 모든 것의 진수이다.

그리고 너는? 너는 무엇을 어리둥절해하는가? 그처럼 때때로 너의 가슴에서 무엇인가가 떠오르고, 마치 죽어 가는 자의 입처럼 너의 가슴이 어떤 한순간에 그처럼 강력하게 너에게 자신을 열어 보였다가 닫힌다는 것, 그것이 바로 나쁜 징조인 것이다.

그저 가만히 있을 일이다. 그리고 마음이 자신의 길을 가도록 그대로 놓아둘 일이다! 조작하지 말라! 한 뼘이라도 더 크게 보이려고 철없이 시도하지 말라! — 그것은 마치 네가 다른 하나의 태양을 창조하고 그 태양을 위해서 새로운 제자들, 지구와 달을 만들어 내려는 것과도 같은 일이다.

그렇게 나는 꿈인지 생시인지 모른 채 세월을 보냈다. 인내심을 가지고 나는 모든 것으로부터 차츰 작별을 고했다. — 오 너희들 나의 시대의 동료들이여! 그대들이 내면적으로 시들어 갈 때 의사들이나 사제들에게 묻지 말라!

그대들은 모든 위대한 것에 대한 믿음을 잃어버렸다. 그리하여

만일 이러한 믿음이 마치 낯선 하늘로부터 오는 행성처럼 나시금 되돌아오지 않는다면 그대들은 사라질 수밖에 없을 것이다.

휘페리온이 벨라르민에게

우리가 마치 모든 것을 찾아내기라도 한 기분이 들 때에는 모든 현존재의 망각이, 우리 존재의 침묵이 자리한다.

우리가 모든 것을 잃어버린 것 같은 기분이 들 때에도 침묵, 모든 현존재의 망각이 자리하며, 별의 반짝임 하나 없고 썩은 나무조차 우리에게 빛을 내지 않을 때에 우리의 영혼의 밤이 자리한다.

나는 드디어 평온을 얻었다. 아무것도 한밤중에 나를 더 이상 내몰지 않았다. 이제 나는 나 자신의 불꽃 속에서 더 이상 나를 태우지 않았다. 나는 이제 조용히 그리고 고독하게 나를 바라다보았다. 그리고 눈으로 과거와 미래를 떠돌지 않았다. 이제는 멀고 가까운 것이 나의 감각 안에서 더 이상 몰아대지도 않았다. 사람들이 바라다보기를 강요하지 않는 한 나는 사람들을 처다보지도 않았다.

그렇지 않아도 다나이데스 자매들의 영원히 텅 빈 물동이처럼* 이 세기(世紀)는 나의 감각 앞에 놓여 있곤 했다. 나의 영혼은 결함을 채워 넣으려고 무익한 사랑을 쏟아 부었었다. 이제 나는 어떤 결함도 보지 않게 되었고, 삶의 지루함이 나를 더 이상 압박하지도 않았다.

이제 나는 꽃을 향해서 너는 나의 여동생이다! 또 샘물을 향해서 우리는 한 식구다!라고 결코 말하지 않는다. 나는 이제 메아리처럼 충실하게 모든 사물들에게 그것의 이름을 부여했다.*

버드나무 이파리 하나 물에 비치지 않는 황량한 강변을 강물이 스쳐 지나가듯, 세계는 아무런 아름다움도 더하지 않은 채 나를 스쳐 지나갔다.

휘페리온이 벨라르민에게

어느 것도 인간만큼 성장하고 또 그렇게 깊이 가라앉고 마는 것은 없다. 인간은 자주 자신의 고통을 심연의 캄캄한 밤에 비유하고 자신의 행복감을 하늘에 비유한다. 그런데 그렇게 해서 표현된 것은 얼마나 하잘것없는가?

그러나 오랜 죽음 끝에 그의 내면이 다시금 동터 올 때, 고통이 멀리로부터 희미하게 빛나는 환희를 마중하고 있는 형제처럼 그의 내면에서 모습을 나타낼 때 그것보다 더 아름다운 것은 없다.

오, 내가 다가오는 봄을 향해서 다시금 인사를 건넨 것은 천국적 예감이었다! 모든 것이 잠든 때 멀리서 침묵하는 대기를 뚫고 연인이 타는 현금 소리가 울려오듯이 봄의 낮은 멜로디가 내 가슴을 에워싸고 마치 천국으로부터인 양 울려왔으며, 죽은 가지들이 생동하고 부드러운 바람결이 나의 뺨을 스칠 때 나는 그 봄의 다가옴을 느꼈던 것이다.

이오니아의 다정한 하늘이여! 나는 그때처럼 그대에게 그렇게 매달려 본 적이 없었으며, 내 마음의 명랑하고 부드러운 유희 안에서 나의 가슴이 그대와 그렇게 닮아 본 적도 일찍이 없었다. ─

하늘의 눈과 땅의 가슴 안에 봄이 다시 돌아왔을 때 그 누가 사랑과 위대한 행위의 환희를 동경하지 않겠는가?

나는 병상에서 일어나듯이 조용히 그리고 천천히 몸을 일으켰다. 그러나 남모를 희망으로 나의 가슴이 그처럼 행복하게 떨렸기 때문에 나는 이것이 무엇을 의미하는지 묻는 것조차 잊었었다.

한층 아름다운 꿈들이 잠 속에서 나를 둘러쌌다. 그리고 내가 깨어났을 때 그 꿈들은 연인의 뺨 위에 남은 입맞춤의 흔적처럼 나의 가슴 안에 그대로 머물러 있었다. 오 아침의 빛과 나, 우리는 무언가 서먹한 일을 하고, 그렇지만 가까이 다가온 영원한 포옹의 순간을 영혼 속에 지니고 있는 화해한 친구처럼 서로를 마중했다.

이제 진정 다시 한 번 나의 눈은 스스로 떠졌다. 물론 여느 때와 마찬가지로 제 자신의 힘으로 준비를 갖추거나 충족되지는 않았다. 나의 눈은 더욱 애원하는 듯한 빛을 띠게 되었고 생명을 갈구했다. 그러나 나의 가장 깊은 내면에는 예전처럼 다시금 회복될 수 있으며 또한 더 나아질 수 있을 것 같은 기분이 들었다.

나도 역시 사람들 사이에서 활동하고 즐겁게 지내야만 할 것처럼 나는 다시금 사람들을 바라다보았다. 나는 정말 마음속으로부터 이 일 저 일에 관여했다.

맙소사! 한때 당당한 기인이 저들과 같은 한 사람으로 변하고 말았으니 그것은 얼마나 고소한 일인가! 숲의 사슴을 굶주림이 내몰아 저들의 닭장으로 뛰어들게 했으니 저들은 얼마나 재미있어 했겠는가! ―

아! 나는 나의 아다마스를, 나의 알라반다를 찾았다. 그러나 어느 누구도 나에게 나타나지 않았다.

마침내 나는 스미르나로 편지를 썼다. 그리고 내가 편지를 썼을 때 인간의 모든 정성과 모든 힘이 한순간으로 집결되는 것 같았다. 그렇게 나는 세 번을 썼다. 그러나 답장이 없었다. 나는 간청했고 협박하기도 했으며 사랑과 용기의 시간을 모두 상기시켰다. 그러나 잊지 못할 사람, 죽음에 이르기까지도 사랑했던 사람으로부터는 아무런 대답이 없었다. ― 알라반다여! 오, 나의 알라반다여!라고 나는 외쳤다. 그대는 나에게 사형 언도를 내리고 있구나. 그대는 언제나 나를 똑바로 세워 부축했고, 내 청년 시절의 마지막 희망이었다! 이제 나는 더 이상 아무것도 원하지 않는다! 이제 그것이 엄숙하고도 확실한 일이다!

우리는 마치 죽은 자들이 죽음을 느끼고 있기라도 하듯 그들을 애도한다. 그러나 죽은 자들은 평화를 누리고 있는 것이다. 그런데 우리의 삶이 그 의미를 상실했을 때, 마음이 스스로 너는 소멸되어야만 하고 너에게는 아무것도 남겨진 것이 없다고 말하고, 또 너는 한 송이 꽃도 기르지 않았고, 하나의 오두막도 짓지 않았으며, 나는 이 지상에 하나의 희미한 흔적만을 남기노라고 말할 수 있다면 그것은 비교할 수 없는 고통이며, 완전한 파멸의 끊임없는 감정이다. 아! 그리고 영혼은 언제나 그처럼 동경으로 가득 차 있을 수 있으나 동경을 마주하고 영혼은 그처럼 용기를 잃는 것이다!

나는 언제나 무엇인가를 추구했다. 그러니 인간들 앞에서 나는 감히 눈을 뜨지 못했다. 어린아이의 웃음을 두려워하는 시간을 나는 살았던 것이다.

이와 함께 매우 조용해지고 인내심을 가지게 되었다. 그리고 많은 사물들의 치유력에 대한 경이로운 미신도 가지게 되었다. 내가 산 한 마리의 비둘기, 배를 타고 가는 일, 산들이 나에게 숨겨 놓은 어떤 계곡으로부터 나는 위안을 기대할 수 있었다.

이것으로 충분하다! 이제 되었다! 내가 테미스토클레스 장군과* 함께 성장했더라면, 내가 스키피오 가문에* 끼어 살았더라면, 나의 영혼은 이 점에 대해서 정말 깨닫지 못했을 것이다.

휘페리온이 벨라르민에게

그래도 때때로 나의 내면에서는 정신의 힘이 꿈틀대고 있었다. 그러나 그것은 언제나 파괴적일 뿐이었다!

인간이란 무엇인가?라고 나는 말문을 열 수 있을 것이다. 혼돈처럼 부글거리며 끓어오르거나 고목처럼 썩으면서 결코 성숙에 이르지는 못하는 그 무엇이 어떻게 이 세상에 존재할 수 있는가? 어떻게 자연은 자신의 달콤한 포도 열매와 함께 이 시고 떫은 포도를 참고 견디어 내는가?

인간은 초목에 대고 나도 한때는 너희들과 같았노라!라고 말하고, 순수한 별들에 대고 나도 다른 세상에서는 너희들처럼 되리라!라고 말한다. 그러는 사이에 인간은 서로 부딪치고 한 번 해체되면 마치 벽 쌓기처럼 생동하는 것을 조립할 수 있기라도 하듯이 때때로 자신의 기술을 행사한다. 그러나 모든 행위를 통해서 아무것도 개선되지 않을 때에도 그것이 그를 당황케 하지는 않았다. 그가 행하는 것, 그것은 언제나 요술인 채이다.

오 그대들 불쌍한 자들이여, 그대들은 그것을 느끼고, 인간의 운명에 대해서 말할 수 없으며 우리 위에 군림하는 무(無)에 의해서 속속들이 침투되고, 그리하여 그대들은 우리가 무를 위해서 탄생되었다는 것, 우리는 무를 사랑하고 무를 믿으며, 무를 위해서 애써 일하며 차츰 무 안으로 넘어가게 된다는 것을 철저히 간파하고 있는 것이다. ─ 그대들이 그것을 진지하게 생각하지 않는다면 그대들이 억측한다고 내가 편들 수 있겠는가? 나 역시 가끔은 이러한 사념에 잠겼고, 또 그대는 나의 뿌리에 무슨 이유로 도끼질을 하는가? 잔인한 정신이여,라고 외치기도 했지만, 아직 나는 이렇게 존재하고 있다.

오 그대들 우울한 형제들이여! 한때는 사정이 달랐었다. 그때는 우리의 머리 위가 그처럼 아름다웠고, 우리 앞이 그처럼 즐거웠다. 이 가슴도 멀리 있는 행복한 망령 앞에 파도쳤으며, 우리의 정신은 환희하면서 과감하게 앞으로 내달았고 울타리를 쳐부수었다. 그러나 그 정신이 주위를 살펴보았을 때, 슬프도다, 거기에는 끝없는 공허만이 자리하고 있었다.

오! 내가 무릎을 꿇고 손을 비비며 누구를 향해서인지 알지 못한 채 나른 사념을 간청할 수 있을지 모르겠다. 그러나 그것을, 소리저 외치는 진리를 나는 넘어서지 못한다. 니는 갑절로 확신하지 않았던가? 내가 삶을 들여다볼 때 모든 것 가운데 마지막의 것은 무엇인가? 무(無)이다. 내가 정신 가운데 치솟아 오르면 모든 것 가운데 가장 높은 것은 무엇인가? 무이다.

그러나 진정하라, 나의 마음이여! 네가 허비하고 있는 것은 너의 마지막 힘이다! 너의 마지막 힘? 그러면 너는, 너는 하늘로 돌진하려는 것인가? 너의 수많은 힘들은, 거인들은 어디에 있는가, 신들의 아버지의 성채에 오르는 그대의 계단, 그대의 펠리온 산과 오싸 산은 어디에 있는가.* 그 계단을 통해 올라가 신과 그의 식탁과 올림포스의 모든 불멸의 정상을 아래로 던져 버리고 죽어 없어질 운명의 인간들을 향해서 순간의 아이들이여! 아래에 머물러라, 이 정상으로 올라오려고 애쓰지 말라, 왜냐하면 여기 위에는 아무것도 없기 때문이라고 설교하게 될 그 계단은 어디에 있는가?

그대는 다른 자들 위에 군림하는 것, 그것을 그냥 바라보는 것을 용납할 수 있다. 그대의 새로운 교훈이 그대에게도 적용된다. 그대의 위와 앞은 분명히 비어 있고 황량한 채이다. 왜냐하면 그대의 내면이 공허하고 황량하기 때문이다.

그대들이 나보다 한층 풍요롭다면 너희들 다른 자들이여, 너희들은 분명 조금은 도움이 될 수 있을 것이다.

너희들의 정원이 그처럼 꽃들로 가득 채워져 있다면 왜 너희들의 입김이 나를 즐겁게 해 주지 못하는가? — 너희들이 그처럼 신성으로 가득 채워져 있다면 그 신성을 나에게 건네어 마시게 하

라. 축제에서 아무도 굶지는 않는다. 가장 가난한 자조차도 그렇다. 그러나 하나만이 너희들 사이에서 축제를 벌인다. 그것은 죽음이다.

곤궁과 두려움과 밤이 그대들의 주인이다. 그것들은 너희들을 나누며 연속 매질을 하여 너희들을 부린다, 너희들은 굶주림을 사랑이라 부르고 있다. 너희들이 더 이상 아무것도 보지 않는 곳, 거기에 너희들의 신들이 살고 있다. 신들과 사랑이라고?

오 시인들의 말이 옳다. 우리가 감동할 수 없을 만큼 그렇게 작고 하찮은 것은 아무것도 없는 것이다.

나는 그렇게 생각했었다. 이 모든 것이 어떻게 나에게 떠올랐었는지 나는 지금도 알지 못하겠다.

제2서

휘페리온이 벨라르민에게

나는 지금 아이아스 왕자의 섬, 소중한 살라미스에서 지내고 있다.*

나는 이 그리스의 모든 곳을 사랑한다. 그리스는 내 마음의 색깔을 그대로 지니고 있는 것이다. 바라다보는 어디에고 기쁨이 묻어 있다.

그러나 한 사람의 주위에도 많은 사랑스러운 것과 위대한 것이 존재한다.

나는 큰 산 앞자락의 구름 위에 유향(乳香) 나뭇가지로 오두막을 짓고 이끼와 나무들을 둘레에 심고 또 백리향(百里香) 나무와 온갖 화초를 심었다.

내가 가장 아늑한 시간을 보내며 저녁 내내 앉아서 아티카 쪽을 바라다보면서 끝내 나의 가슴이 견디기 어렵게 크게 박동할 때면,

나는 낚시 도구를 들고 후미진 해변으로 내려가 고기를 낚는다.

또는 저 위쪽 살라미스 섬 근처에서 한때 소용돌이를 과감하게 넘어서면서 광란했던 옛날의 거창한 해전에 대해 나는 높은 처소에 앉아서 읽기도 한다. 그러면 기수가 말을 다루듯이 우군과 적군의 광적인 혼란을 조정하고 제압할 수 있었던 정신을 즐기며,* 한편으로는 마음속 깊이 나 자신의 참전의 역사를 부끄럽게 생각하는 것이다.

또는 나는 바다를 멀리 바라다보고 나의 삶, 그 삶의 부침, 삶의 행복과 슬픔을 곰곰이 생각한다. 그러면 나의 과거는 마치 거장이 모든 음을 빠짐없이 연주하며 불협화와 숨겨진 질서와의 조화를 나란히 세울 때의 현금의 연주처럼 나에게 울린다.

여기 위쪽의 오늘 날씨는 더없이 청명하다. 이틀 동안의 시원한 비가 대기와 삶에 지친 대지를 식혀 주었다.

대지는 한층 푸르러졌으며 들녘은 더 활짝 열렸다. 즐거운 수레바퀴 국화꽃들과 뒤섞여 황금빛 밀밭은 끝없이 펼쳐져 있고, 숲의 깊은 곳으로부터는 희망에 찬 수많은 나무의 정수리가 밝고도 명랑하게 솟아오르고 있다. 저 멀리 지평선은 부드럽고도 거대하게 공간을 가로질러 정처 없이 뻗쳐 있고, 산은 층계처럼 태양을 향해 끊임없이 앞 다투어 위를 향해 오르고 있다. 하늘이 온통 순수하다. 하얀 햇살은 천공을 넘어서만 입김을 내쉬고, 한 조각의 은빛 구름처럼 수줍은 달이 밝은 한낮을 지나가고 있다.

휘페리온이 벨라르민에게

나에겐 오랫동안 지금과 같은 적이 없었다.

주피터의 독수리가 뮤즈의 노래에 귀 기울이듯이*, 나는 내 마음속의 경이롭고도 무한한 화음을 귀 기울여 듣고 있다. 감각과 영혼이 아무런 해를 입지 않은 채, 강건하고도 즐겁게, 미소를 머금은 진지함을 가지고 나는 정신 속에서 운명과 세 명의 자매, 성스러운 운명의 여신들인 파르젠들과* 유희하고 있다. 나의 온 존재는 신적인 청춘으로 가득 채워져 나 자신, 모든 삼라만상에 대해서 기뻐 환호한다. 별이 총총한 하늘처럼 나는 조용한 가운데 움직이고 있는 것이다.

나는 자네에게 다시금 편지를 쓰기 위해서 이러한 축제의 시간을 오랫동안 기다려 왔다. 이제 나에게는 충분히 힘이 생겼다. 그러니 이제 자네에게 이야기를 시작해 보겠다.

내가 우울한 나날의 한가운데쯤 서 있을 때 칼라우레아* 섬의 한 지인이 나를 그곳으로 초대했다. 그는 나에게 자신이 살고 있는 산골로 오라는 편지를 보내왔던 것이다. 다른 어떤 곳에서보다 그곳이 살기에 훨씬 자유스럽고, 소나무 숲과 휩쓸고 지나가는 물길 가운데 레몬의 언덕, 종려나무, 귀여운 잡초와 은매화 나무와 성스러운 포도나무들이 번성하고 있다는 것이었다. 그는 산맥의 높은 곳에 정원을 꾸미고 빽빽이 들어찬 그늘진 나무들을 뒤에 두고 한 채의 집을 지었다는 것이다. 시원한 대기가 불타는 듯한 여름의 한낮에 그 집 주위를 에워싸 조용히 흐르고 있으며, 상나무의 꼭대기에 앉은 한 마리의 새처럼, 깊은 계곡을 내려다보고 마을과 푸른 언덕들, 그리고 마치 어린아이들처럼 모두 장엄한 산을 에워싸고 산의 거품을 내며 흐르는 시냇물로부터 영양분을 취하고 있는 평화스러운 한 떼의 섬을 바라다볼 수 있다는 것이다.

그것이 나의 흥미를 조금 일깨워 주었다. 내가 배를 타고 그 섬으로 건너간 것은 맑고 푸른 4월의 어느 날이었다. 바다는 유난히도 아름답고 깨끗했다. 대기는 마치 한층 높은 곳에 있는 듯 가벼웠다. 우리는 성스러운 포도주가 나오자마자 진수성찬의 자리를 떠나는 것처럼 흔들리는 배에 몸을 싣고 육지를 뒤에 두고 떠났다.

우울한 생각은 바다와 대기의 영향을 벗어나려고 애를 썼으나 헛된 일이었다. 나는 몸을 맡겨 버렸고 나 자신과 다른 것에 대해서 아무것도 묻지 않았으며 아무것도 찾지 않고 아무것도 생각하지 않았으며, 배의 흔들림에 몸을 맡겨 절반쯤 잠 속으로 빠져 들었다. 그리고 내가 카론의 나룻배에* 타고 있다고 상상했다. 오 그처럼 망각의 잔을 마시는 것은 감미로운 일이다.*

나의 명랑한 사공은 나와 함께 이야기를 나누었으면 했지만, 나는 거의 말을 하지 않았다.

그는 손가락으로 나에게 좌우로 푸른 섬을 가리켜 보여 주었다. 그러나 나는 그가 가리키는 쪽을 오래 바라보지 않았다. 바로 다음 순간에 나는 다시금 사랑스러운 꿈속으로 젖어 들었던 것이다.

그가 먼 곳의 적막한 산정을 가리켜 보이면서 우리가 곧 칼라우레아 섬에 도착하리라고 말했을 때 마침내 나는 눈을 들었다. 그러자 나의 온 존재는 갑자기 달콤하고도 조용히 그리고 형언할 수 없이 나와 더불어 유희하는 경이로운 힘을 향해서 활싹 사신을 열었다. 나는 크게 뜬눈으로 놀라워하면서도 기쁨에 차서 먼 곳의 비밀을 바라다보았고, 나의 가슴은 가볍게 떨렸다. 그리고 나의 손은 나도 모르게 내뻗쳐져 기쁨에 차 뱃사공을 와락 붙잡았다. — 그래요? 나는 외쳤다. 저것이 칼라우레아 섬인가요? 그리고 그가 그 때문에 나를 빤히 바라다보았을 때, 나는 내가 어떻게 해야 할지를 알지 못했다. 나는 놀랄 만큼 상냥스럽게 나의 친구를 반겨 맞았다. 나의 온 존재는 감미로운 흥분으로 가득 차 있었다.

오후에 나는 즉시 섬의 한쪽을 거닐고 싶어졌다. 숲과 비밀에 찬 계곡이 말할 수 없이 나를 자극했으며, 쾌적한 한낮이 모든 것을 밖으로 유혹했던 것이다.

모든 생동하는 것이 일상의 양식보다 더한 것을 욕구하고 있는 것, 그리고 새와 동물도 자신의 축제를 펼친다는 것이 확실해 보였다.

그것을 바라본다는 것은 황홀한 일이었다! 어머니가 가장 사랑스러운 아이가 어디에 있는지 다정스럽게 물으면 모든 어린것들이 그녀의 품속으로 뛰어들고 가장 어린것도 요람에서 팔을 내뻗는 것처럼, 그렇게 모든 생명체가 달려 나와 신적인 대기 안으로 몸을 던지는 것이었다.* 무당벌레와 제비와 비둘기와 황새들이 위아래로 다투어 환희하는 소용돌이 안으로 어지럽도록 움직였다. 땅에 붙잡힌 것에게는 발걸음이 날개가 되었고, 웅덩이를 넘어서 말은 돌진하고 울타리를 뛰어넘어 사슴은 내달았다. 그리고 바다의 밑바닥으로부터는 물고기들이 뛰쳐 올라 해면 위를 펄떡이며 뛰었다. 어머니 같은 대기는 모든 것의 가슴으로 밀려들었고 이들을 들어 올리고 자신에게로 끌어당겼다.

그리고 사람들도 그들의 집 문을 벗어나 밖으로 나왔다. 그리고 정령의 바람결이 조용히 이마 위의 연약한 머리카락을 움직이고 빛살을 서늘하게 식혀 줄 때 경이롭게 그 바람결을 느꼈다. 또한 사람들은 그 바람결을 가슴에 받아들이기 위해 다정하게 옷을 풀어헤치고 한결 달콤하게 호흡했으며, 그들이 살고 활동하고 있는, 가볍고 맑으며 달래어 주는 대기의 바다를 더욱 사랑스럽게 어루만졌다.

오 우리의 마음속을 불길처럼 세차게 지배하며 생동하는 정령의 누이여, 성스러운 대기여! 그대가 내 발길이 닿는 곳마다 나를 동반하는 것, 그것은 얼마나 아름다운 일인가, 모든 곳에 임해 있는 자여, 영생하는 자여!

드높은 자연은 어린아이들과 가장 아름답게 유희했다.

아이는 평화롭게 절로 흥얼거렸고, 박자 없는 노랫가락이 그의 입술에서 새어 나왔으며, 열린 목에서는 환호가 터져 나왔다. 사지를 펼쳐 공중으로 뛰어올랐다. 다른 아이는 몰두해서 주위를 서성거렸다.

이것은 모두 한결같은 만족의 언어였으며, 매혹적인 대기의 애무에 대한 한결같은 응답이었다.

나는 형언할 수 없는 동경과 평화로 충만해 있었다. 하나의 낯선 힘이 나를 지배하고 있었던 것이다. 다정한 정령이여, 나는 혼잣말로 말했다. 그대 어디를 향해서 나를 부르고 있는가? 이상향인가 아니면 그 어디로인가?

나는 숲 속을 거닐었다. 졸졸 흐르는 냇물을 따라 위쪽으로 올라갔다. 거기에는 바위 위로 물이 떨어져 방울 지으며, 아무것도 해치지 않은 채 자갈 위를 미끄러지듯 흐르고 계곡이 갑자기 좁아져 복도처럼 변하며, 한낮의 햇빛이 침묵하고 있는 어둠 속에서 고독하게 놀고 있었다 —*

여기서 — 내가 말할 수 있으면 좋겠구나, 나의 벨라르민이여! 평온함을 가지고 너에게 글을 썼으면 좋겠다.

말한다고? 오 나는 기쁨 가운데서는 바보이다. 나는 말하고 싶은 것이다!

고요함은 행복한 자들의 땅에 깃들며, 별들 너머에서 마음은 자신의 궁핍과 자신의 말을 잊는 법이다.

나는 그것을 성스럽게 지녀 왔다. 마치 팔라스 여신상처럼* 나는 나에게 모습을 나타내 보인 그 신적인 것을 나의 마음속에 지녀 왔던 것이다. 운명이 장차 나를 붙들어 이 심연에서 저 심연으로 내던지고 내 안의 모든 힘과 모든 생각이 파묻혀 버릴 때라도 이 유일한 것은 내 마음속에 내 생명보다 더 오래 살아남을 것이며 내 마음속에 빛나며 지배할 것이다, 영원하고 파괴될 수 없는 광채 가운데서!* —

그처럼 그대는 느긋한 자세로 누워 있었다. 감미로운 생명이여, 그처럼 그대는 눈길을 들어 올렸으며 몸을 일으켜 세웠고 우아하고 충만함 속에서 신적으로 평온하게 거기 서 있었던 것이다. 그리고 내가 그대를 불쾌하게 했지만 천국 같은 얼굴은 여전히 명랑한 매혹으로 가득 차 있었다.

오 이 눈길의 고요함을 들여다본 사람, 그를 향해 이 감미로운 입술이 열렸던 사람, 그가 무엇을 더 말하고 싶겠는가?

아름다움의 평화여! 신적인 평화여!* 그대를 접하고 광란하는 삶과 의심에 빠진 정신을 달래어 본 사람, 그를 다른 것이 어떻게 도울 수 있단 말인가?

나는 그것에 대해서 말할 수는 없지만, 최선과 최고의 미가 마치 구름 속에서처럼 모습을 나타내고 완성의 천국이 예감하는 사랑 앞에 활짝 열리는 순간이 존재하는 법이다. 그때에는, 벨라르민이여, 그럴 때는 그 신적 평온의 본질을 생각하고, 그때는 나와 더불어 무릎을 꿇도록 하자, 그리고 나의 행복을 생각하라! 그러나 나는 그대가 예감하는 것을 이미 지녔었다는 사실, 다만 구름 속에서인 양 그대에게 모습을 보이고 있는 것을 나는 이 눈으로 이미 보았다는 사실을 잊지 말기 바란다.

사람들은 가끔 기쁘다!라고 말하고 싶어 한다. 오 저들은 기쁨에 대해서 아무것도 예감조차 한 적이 없다는 것을 믿어 달라! 저들은 기쁨의 그림자의 그림자조차도 나타낸 적이 없는 것이다! 오 가라, 그리고 푸른 천공에 대해서 말하지 말라, 너희들 눈먼 자들이여!

사람들이 마치 어린아이들처럼 될 수도 있다는 것, 순수의 황금빛 시절이 다시 돌아온다는 것, 평화와 자유의 시간이 되돌아온다는 것, 하나의 기쁨이, 안식처가 이 지상 위에 역시 존재한다는 것!

인간은 늙어 가고 시들지 않는가, 인간은 자기의 나무줄기를 다시 찾지 못하고 모래에 파묻힐 때까지 바람결에 이리저리 휘날리는 낙엽과 같은 것은 아닌가?

그렇지만 그의 봄은 다시 돌아온다!

가장 뛰어난 것이 시들지라도 눈물을 흘리지 말라! 곧 다시 회춘하게 될 것이다! 너희들 가슴의 멜로디가 소리를 멈춘다고 슬퍼하지 말라! 곧 가슴의 소리를 울려 줄 손길이 다시 나타나리라!

도대체 나는 어떠했던가? 나는 일그러져 버린 현금 연주와 같지는 않았던가? 나는 그대로 조금 소리를 내었지만, 그것은 죽음의 곡조였다. 나는 음산한 백조의 최후의 노래를* 불렀다. 나는 내 죽음의 화환을 엮으려고 했으나 겨울 꽃밖에는 가진 것이 없었다.

도대체 그대 죽음의 정적은, 나의 생명의 밤과 황무지는 어디에 있었던가? 온갖 궁핍 가운데 죽어야 할 운명은?

삶은 물론 가난하고도 고독하다. 우리는 갱도 안의 금강석처럼 여기 아래에 깃들어 살고 있다. 다시금 위를 향해 올라갈 길을 찾기 위해서 우리가 어떻게 이곳으로 내려오게 되었는지를 묻지만 헛된 일이다.

우리는 바싹 마른 나뭇가지나 부싯돌 안에 잠들어 있는 불길과도 같다. 그리하여 우리는 매 순간 갑갑한 갇힘의 종결을 찾으려 애쓰고 있는 것이다. 그러나 해방의 순간은 온다, 그 순간은 투쟁의 영겁의 시간을 보상한다. 그 순간 신성은 감옥을 깨트리고* 나무에서는 불길이 일어나 잿더미 위로 당당하게 솟구친다. 아! 그 순간 우리는 고삐를 벗어난 정신이 고통받는 노예의 모습을 잊고 승리하는 가운데 태양의 전당으로 되돌아가는 듯 느끼는 것이다.

휘페리온이 벨라르민에게

나는 한때 행복했다, 벨라르민이여! 나는 여전히 행복한 것은 아닌가? 내가 맨 처음 그녀를 본 그 성스러운 순간이 마지막이었지만, 나는 행복하지 않은가?

나는 내 영혼이 찾고 있었던 유일한 것, 그것을 한 번 보았다. 우리가 별들을 넘어 저 위로 멀리 떨어뜨려 놓았던 완성,* 시간의 종말에까지 우리가 미루어 놓았던 그 완성을 나는 가까이 느꼈다. 가장 드높은 것, 그것은 존재해 있었다. 인간 본성과 그것은 사물의 둥우리 안에 현존해 있었던 것이다!

나는 더 이상 그것이 어디에 있는지를 묻지 않는다. 그것은 이 세계 안에 있었다. 그것은 세계 안으로 되돌아올 수 있다. 그것은 다만 이 세계 안에 한층 더 깊이 숨겨져 있을 뿐이다. 나는 그것이 무엇인지를 더 이상 묻지 않는다. 나는 그것을 내 눈으로 보았던 것이며, 그것을 알게 된 탓이다.

오 그대들이여, 최상의 것과 최선의 것을 지식의 심연에서, 행동의 소란 가운데서, 과거의 어두움 속에서, 미래의 미로에서, 무덤들 속에서 아니면 별들 너머에서 찾고 있는 그대들이여! 그대들은 그것의 이름을 아는가? 하나이자 모두인 것의 이름을?

그것의 이름은 바로 아름다움이다.*

그대들은 그대들이 원한 것이 무엇이었는지를 알고 있었던가? 나는 아직 그것을 모른다. 그러나 나는 그것을 예감한다. 새로운 신성(神性)의 새로운 제국을.* 나는 그 제국을 향해 서둘러 가고 있으며, 다른 이들을 붙잡아 마치 강물이 강물을 대양으로 이끌어 가듯이* 그들을 나와 함께 이끌어 가고 있다.

그리고 당신, 당신이 나에게 그 길을 가리켜 주었습니다. 당신과 더불어 나는 출발했습니다. 내가 아직 당신을 알지 못했던 그 나날들, 그날들은 언급할 가치조차 없는 것입니다 ─ .

오 디오티마, 디오티마여, 천상의 존재여!

휘페리온이 벨라르민에게

시간이라는 것이 존재한다는 사실을 잊도록 하자, 그리고 삶의 나날을 헤아리지도 말자!

두 개의 존재가 서로 예감하고 다가서는 순간에 비하자면 수세기의 세월이 무엇이란 말인가?

노타라가* 처음 그녀의 집으로 나를 데리고 갔던 그 저녁이 아직도 나의 눈에 선하다.

그녀는 우리가 묵고 있는 곳으로부터 몇 백 보밖에 떨어져 있지 않은 산기슭에 살고 있었다.

그녀의 어머니는 사려 깊고 자상한 분이었고, 남동생은 순박하고 명랑한 청년이었다. 두 사람은 디오티마가 그 집의 여왕이라는 것을 모든 행동과 양보를 통해서 진심으로 고백하는 듯했다.

아! 그녀의 모습을 드러내는 것을 통해서 모든 것은 성스러워지고 아름다워졌다. 내가 바라다보는 곳, 내가 만진 것, 그녀의 양탄자, 그녀의 방석, 그녀의 작은 탁자. 그 모든 것은 그녀와 비밀의 유대를 맺고 있었다. 그녀가 처음으로 나의 이름을 불렀을 때, 그녀가 스스로 나에게 가까이 다가와 그녀의 순수한 숨결이 귀 기울여 경청하는 나의 존재를 스쳤을 때! ─

우리는 거의 말을 나누지 않았다. 사람들은 자신의 말을 부끄러워하는 법이다. 사람들은 소리가 되고 싶어 하며 하나의 천국의 합창 안에 일치되고 싶어 하는 법이다.

또한 우리는 무엇에 대해서 말한단 말인가? 우리는 다만 서로 바라보았을 뿐이다. 우리 자신에 대해서 말하는 것을 우리는 꺼려했다.

우리는 마침내 땅의 생명에 대해서 말했다.

대지에 대한 찬가가 그처럼 열성적으로 또 그처럼 천진난만하게 노래된 적은 아직 없다.*

우리 마음의 넘쳐흐름을 착한 어머니의 품 안에 흩뿌리는 일은 기분 좋은 일이었다. 우리는 그렇게 해서 여름의 바람결이 열매를 가득 단 나뭇가지를 흔들어 그 달콤한 사과들을 풀숲에 쏟아 부을 때의 나무들처럼 기분이 한층 경쾌해지는 것을 느꼈다.

우리는 대지를 하늘의 꽃들 가운데 하나라고 불렀으며, 하늘을 생명의 무한한 뜰이라고 불렀다. 장미꽃이 황금빛의 화분(花粉)을 기쁨으로 지니듯이 영웅처럼 당당한 태양의 빛은 그 빛살로써 대지를 기쁘게 해 준다고 우리는 말했다. 대지는 당당하게 살아 있는 존재이며, 격노하면서 불길이 혹은 부드럽고도 해맑은 물이 대지의 가슴으로부터 솟아오를 때 대지는 마치 신과도 같다고 우리는 말했다. 대지가 이슬방울로 양분을 취하고 하늘의 도움을 받아 향유할 준비를 한 비구름으로부터도 양분을 취할 때 대지는 언제나 행복하다고 우리는 말했다. 태양신에게 언제나 충실하게 사랑스러운 절반인 대지는 원래 태양신과 내면적으로 결합되어 있다가 모든 것을 지배하는 운명에 의해서 그로부터 갈라져 나오게 되어 그 때문에 대지는 그를 찾으며 다가가는가 하면 멀어져 가며 기쁨과 슬픔 가운데 최고의 아름다움으로 성장해 가는 것이라고 우리는 말했다.

그렇게 우리는 말했었다. 나는 그대에게 그 내용을, 그 정신을 알려 줄 생각이다. 그러나 생명이 없다면 정신은 무엇이겠는가?

날이 어두워졌고 우리는 떠나야만 했다. 안녕, 천사의 눈이여! 나는 마음속으로 생각했다. 아름답고도 신적인 정신이여, 곧 그대의 평온과 충만과 더불어 나에게 다시 나타나 주소서! 그때 나는 그렇게 생각했던 것이다.

휘페리온이 벨라르민에게

며칠 후 그들은 우리를 찾아 위쪽으로 올라왔다. 우리는 함께 정원을 거닐었다. 디오티마와 나는 몰두한 채 앞서 나갔으며, 그처럼 소박하게 내 곁을 스쳐 지나가는 성스러움에 대해서 여러 차례 나의 눈에는 환희의 눈물이 고였다.

산 정상 근처의 앞쪽에 우리는 섰다. 그러고는 멀리 무한한 동방을 향해서 눈길을 주었다.

디오티마의 눈은 활짝 떠졌고, 꽃봉오리가 열리듯이 조용히 사랑스러운 작은 얼굴이 하늘의 바람결 앞에서 열렸으며 순수한 언어와 영혼이 되었다. 그리고 마치 구름 속으로의 비상을 시작하기라도 하듯이 그녀의 모습은 가벼운 위엄을 지닌 채 사뿐히 치솟아 활짝 펼쳐져 발은 거의 땅을 딛지 않는 듯했다.

오 마치 독수리가 가니메데스를 그렇게 했듯이* 내가 그녀를 팔아래 꼭 품고서 바다와 섬을 넘어 그녀와 함께 날아갔더라면 얼마나 좋았을까.

그녀는 앞으로 더 다가가 깎아지른 듯한 암벽을 내려다보았다. 그녀는 몸을 오싹하게 하는 계곡의 깊이를 어림해 보고, 아래쪽 바위와 거품을 내며 흐르는 물이 불어난 개울로부터 밝은 정수리를 뻗쳐 올리고 있는 어두운 밤처럼 짙은 숲을 정신없이 내려다보는 데에 즐거움을 느끼고 있었다.

그녀가 서 있는 평지는 다소 낮은 곳이었다. 그리하여 나는 그 매혹적인 존재가 앞쪽으로 고개를 숙였을 때 잠시 붙잡을 수 있었다. 아! 뜨겁고 전율하는 환희가 나의 존재를 꿰뚫고 지나갔으며, 황홀함과 열광이 나의 온 감각에 자리했고, 내가 그녀를 붙들었을 때 나의 두 손은 마치 숯덩이처럼 불타올랐다.

그러자 그녀의 곁에 그처럼 친밀하게 서 있다는 마음의 기쁨,

그녀가 넘어질지도 모른다는 애정 어린, 바보스러운 걱정, 그리고 당당한 처녀의 감동에 대한 기쁨이 밀려왔던 것이다!

사랑의 한순간에 비해서 수천 년간 인간들이 행하고 생각한 모든 것이 무엇이란 말인가? 그것은 역시 자연 가운데서 가장 성공적인 것, 가장 신적으로 아름다운 것이기도 하다! 거기를 향해서 삶의 문턱에서부터 모든 계단이 이어져 있다. 우리는 그것으로부터 오며 그것을 향해 가고 있는 것이다.

휘페리온이 벨라르민에게

나는 그녀의 노래를 그냥 잊어야만 했다. 이 영혼의 소리가 나의 끝임없는 꿈속으로 되돌아와서는 안 될 일이었다.

백조가 졸면서 강변에 앉아 있을 때 우리는 당당하게 떠다니는 백조를 생각하지 못한다.

그녀가 노래할 때 우리는 말로 자신을 표현하기를 꺼려하는 사랑스러운 침묵의 여인을 알아보게 되었다.*

그때 드디어 가까이 하기 어려운 천상적인 것이 그녀의 위엄과 사랑스러움 안에서 솟아올랐다. 그때 그처럼 간청하고 또 달래면서 부드럽고도 꽃 피어나는 입술로부터 입김이 신들의 계명처럼 불어왔다. 가슴은 이 신적인 목소리 가운데 얼마나 생동했으며, 모든 위대함과 겸허함, 삶의 모든 즐거움과 슬픔은 이러한 소리의 고상함 가운데 얼마나 아름다워 보였던가!

제비들이 날아가면서 벌들을 낚아채듯이 그녀는 우리 모두를 언제나 사로잡았다.

우리들 사이에는 즐거움과 경탄이 아니라, 하늘의 평화가 자리 했던 것이다.

나는 수없이 그녀와 나 자신에게 말했었다. 가장 아름다운 것이 가장 신성한 것이라고. 그리고 그녀에게 관련되는 모든 것이 그러 했다. 그녀의 노래도, 그녀의 생명도.

휘페리온이 벨라르민에게

마치 꽃들 가운데 하나인 것처럼 그녀의 마음은 꽃들 사이에 깃 들어 있었다.

그녀는 모든 꽃에 이름을 붙여 불렀고, 사랑하는 마음으로 꽃들 에게 새롭고도 보다 아름다운 이름을 지어 주었으며, 꽃들 각각의 가장 즐거운 시기를 정확하게 알고 있었다.

사방팔방에서부터 사랑스러운 것이 그녀를 향해 다가오고, 서 로가 맨 먼저 마중받기를 원할 때의 한 자매처럼 우리가 풀밭에 나서거나 숲 속에 있게 되면 그 고요한 존재는 눈과 손이 바빠졌 고 행복하게 넋을 잃기도 했다.

남으로부터 받아들인 것도, 배워서 익히게 된 것도 결코 아니었 다. 그것은 그녀와 함께 점점 그렇게 자라난 것이었다. 어떤 영혼 이 순수하면 순수할수록 또 아름다우면 아름다울수록 영혼이 없다고 불리는 다른 행복한 생명들과 그만큼 더 진밀하게 된다는 것은 영원히 확실한 일이며 모든 곳에서 나타나는 일이다.

휘페리온이 벨라르민에게

나는 고귀한 영혼은 야채를 어떻게 조리하는지를 알지 못한다고 생각하는 사람들에 대해서 진심으로 즐거워하며 여러 차례 웃었던 일이 있다. 디오티마는 알맞은 때에 부엌에 대해서도 멋있게 말할 줄 알았다. 진심으로 기뻐하는 음식을 마련하는 자연과 같이 모두에게 베푸는 아궁이의 불을 돌보는 고상한 소녀보다 더 고귀한 것은 정말 아무것도 없다.*

휘페리온이 벨라르민에게

그 자신이 무엇이었는지, 자신이 알고 있는 것이 무엇인지를 모르고 있는 이 영혼의 순진한 소리에 비해서 세상의 모든 인위적인 지식은 무엇이며, 인간적 사고의 온갖 오만한 성숙은 무엇이란 말인가?

상인이 상자 안에 꾹꾹 눌러 담아서 세상에 내보이는 말라빠진 딸기보다 뿌리에서 솟아나온 것처럼 포동포동하고 싱싱한 포도를 누가 더 좋아하지 않겠는가? 천사의 예지에 비해서 책 속에 들어 있는 예지는 무엇이겠는가?

그녀는 언제나 그처럼 말을 거의 하지 않은 것처럼 보였으나, 사실은 그렇게도 많은 것을 말했던 것이다.

나는 언젠가 한 번 늦은 황혼녘에 그녀를 집으로 데려다 주었다. 꿈처럼 수많은 구름 조각이 초원에 살며시 다가왔으며, 엿듣고 있는 정령들처럼 복된 별들이 가지 사이로 보고 있었다.

경건한 마음이 속삭이는 나뭇잎 어느 하나, 샘터의 졸졸거리는 소리 어느 하나에게 귀 기울이지 않고 지나치는 적은 없지만, 그녀의 입에서 "얼마나 아름다운가!"라는 말을 들을 수 있었던 적은 거의 없었다.

그러나 이번에 그녀가 나에게 이 말을 했던 것이다.— 얼마나 아름다운가!

우리를 위해 그런 것 같아요! 나는 마치 어린아이들이 무엇을 말하듯이 농담도 진담도 아닌 채 말했다.

당신이 말하는 것이 무엇인지 알 수 있을 것 같아요. 그녀는 대답했다. 나는 가정 생활처럼 각자가 특별한 생각 없이 다른 사람에게 순응할 때, 또 진심에서 우러나오기 때문에 서로가 흡족하고 기쁨으로 살아갈 때 이 세상이 가장 기분 좋게 생각됩니다.

즐겁고 고상한 생각입니다! 나는 외쳤다.

그녀는 한참 동안 침묵했다.

우리도 그 집의 아이들이지요. 나는 비로소 다시 말하기 시작했다. 우리는 어린아이들이고 또 어린아이가 될 것입니다.

영원히 어린아이가 되시요. 그녀는 대답했다.

영원히 그럴까요? 나는 물었다.

나는 매일처럼 그러했듯이 그 점에 대해서 자연을 믿어요. 그녀는 계속해서 말했다.

오 내가 그녀가 이렇게 말했을 때 그때의 디오티마가 된다면 얼마나 좋겠는가! 그러나 그대는 그녀가 무슨 말을 했는지 모른다, 나의 벨라르민이여! 그대는 그녀가 한 말을 듣지도 않았고 보지도 않았기 때문이다.

당신 말이 맞아요. 나는 그녀에게 소리 높여 말했다. 영원한 아름다움, 자연은 어떤 덧붙임도 참지 못하듯이 자신 안에서의 어떤 상실도 참지 못합니다. 자연의 장식물은 내일이면 오늘이었던 것과는 다르지요. 그러나 자연은 우리의 최선의 것, 우리 자신을 아쉬워합니다. 특히 당신이 없으면 견뎌 낼 수 없습니다. 우리는 우리 영혼이 자연의 아름다움을 느끼기 때문에 우리가 영원하다고 믿습니다. 당신을 자연 안에서 발견할 수 없다면 자연은 불완전한 것이며, 신적인 것이나 완성된 것이 아닙니다.* 당신의 희망 앞에서 부끄러워 낯을 붉혀야만 한다면 자연은 당신의 마음을 얻지 못하게 될 것입니다.

휘페리온이 벨라르민에게

그처럼 궁핍함도 없고 그처럼 신적으로 만족스러워하는* 존재를 나는 이전에 만난 적이 없다.

대양의 파도가 복된 섬의 해면을 넘쳐 돌아 나가듯이 나의 쉬지 않는 심장은 천국적인 그녀의 평화를 휘감아 돌았다.

나에게는 거친 모순으로 가득하고 피투성이의 회상으로 가득 찬 감정 이외에 그녀에게 바칠 것은 아무것도 없었으며, 그녀의 수많은 염려와 요동치는 수많은 희망이 더해진 나의 끝없는 사랑 이외에 그녀에게 바칠 것이 없었다. 그러나 그녀는 내 앞에 변함없는 아름다움 가운데, 애씀도 없이, 미소 짓는 완성 가운데에 서 있었다. 그리고 유한한 세계의 모든 동경, 모든 꿈, 아! 황금빛 아침 시간에 높은 영역에서 정령이 예언하는 모든 것, 그 모든 것이 이 한 사람의 고요한 영혼 안에 가득 채워져 있었다.

별들 너머에서는 싸우는 소리가 차츰 사라져 버린다고 사람들은 늘 말한다. 또 우리의 앙금이 가라앉게 되는 미래에 비로소 들끓는 삶은 고귀한 환희의 포도주로 변하게 되리라고 우리에게 약속한다. 지복한 자들의 마음의 평온을 지상 어디에서 찾아보려 해도 헛된 것이다. 나는 달리 생각한다. 나는 아주 가까운 길을 걸어온 것이다. 나는 그녀 앞에 섰고, 천국의 평화를 듣고 보았으며, 탄식하는 혼돈의 한가운데에서 우라니아 여신이* 나에게 모습을 나타냈던 것이다.

나는 이 영상 앞에서 얼마나 자주 나의 비탄을 달래었던가! 샘물을 들여다보듯이 내가 복된 눈길 속으로 침잠하여 그녀의 마음속을 들여다보았을 때, 얼마나 자주 자유분방한 삶과 애쓰는 정신이 진정되었던가!

그녀는 나의 레테 강이었다.* 이 영혼은 나의 성스러운 레테 강이었던 것이다. 그 강에서 나는 현존재의 망각을 미쳤고, 미치 영원불멸한 사람처럼 그녀 앞에 섰다. 또한 기뻐하는 나 자신을 꾸짖었으며, 괴로운 꿈을 꾸고 난 후처럼 나를 내리누르고 있는 모든 쇠사슬에 대해서 미소를 보내지 않을 수 없었다.

오 그녀와 함께라면 나는 행복한 사람, 뛰어난 사람이 되었을 텐데!

그녀와 함께라면! 그러나 그것은 이루어지지 않았다. 그리고 나는 내 앞에 있는 것 또 내 마음 안에 들어 있는 것, 그것 안에서 이리저리 헤매고 있으며, 또 그것을 넘어서도 방황하고 있다. 또한 나 자신을, 그리고 모든 사물을 어떻게 해야 할지 알지 못하고 있다.

나의 영혼은 물고기가 활동하던 곳에서 냇가의 모래밭으로 내동댕이쳐져 이리저리 몸부림치다가 마침내는 한낮의 뜨거움 가운데서 말라죽고 마는 것과 같은 처지이다.

아! 이 세상에 나를 위해서 무엇인가 할 일이 남아 있기라도 하다면 얼마나 좋을까! 어떤 일거리, 나를 위해 어떤 전쟁이라도 있다면 그것이 나에게 생기를 불어넣어 줄 텐데!

어머니의 젖가슴으로부터 떼어 내어져 황야에 버려진 어린 소년들에게 한때 늑대 한 마리가 젖을 먹여 주었다고 사람들은 전한다.*

나의 마음은 그렇게 행복하지는 않다.

휘페리온이 벨라르민에게

나는 때때로 그녀에 대해서 짧은 몇 마디를 던질 수 있을 뿐이다. 내가 그녀에 대해서 말해야만 한다면 그녀가 얼마나 완전한 사람인지를 잊어야만 한다. 그녀의 생생한 모습이 나를 사로잡아서 황홀감과 고통 가운데 내가 스러져 버리지 않으려면, 내가 그녀에 대한 환희 속에서 그리고 그녀에 대한 슬픔 때문에 죽지 않으려고 한다면, 그녀가 먼 옛날에 살았으며, 이야기를 통하여 그녀에 대해 몇 가지 사실을 알고 있을 뿐인 것처럼 나 자신을 속이지 않으면 안 된다.

휘페리온이 벨라르민에게

헛된 일이다. 나는 그 사실을 숨길 수가 없다. 내가 나의 생각과 함께 하늘 위로나 심연 아래로, 시간의 시발점이나 종결점 그 어디로 달아난다 해도, 내가 나의 피난처였으며 내 마음속의 모든 걱정을 없애 주었고 삶의 모든 즐거움과 고통을 그 안에 자신의 모습을 담고 있는 불길로 내 마음 가운데 태워 버렸던 그 비밀스러운 세계의 정신,* 그 품 안에 나를 던지고, 바닥없는 대양 안으로인 양 그 안으로 깊숙이 나를 가라앉히더라도 거기에도, 그곳에서도 감미로운 전율이, 디오티마의 무덤이 내 근처에 있다는 달콤하고도 당황스러운 전율이 나를 찾아내고 마는 것이다.

듣고 있는가? 그대는 듣고 있는가? 니오티마의 무덤!

나의 가슴은 그러나 그처럼 평온해졌으며, 나의 사랑은 내가 사랑했던 그 죽은 이와 함께 묻혀 버렸다.

그대는 알고 있다, 나의 벨라르민이여! 나는 오랫동안 그녀에 대해서 그대에게 쓰지 않았다. 그리고 내가 그대에게 편지를 쓸 때는, 내 생각에는, 그처럼 태연하게 썼다.

도대체 지금은 어떤가?

나는 해안으로 나아가 그녀가 잠들어 있는 칼라우레아를 건너다본다. 그것이 지금의 상황이다.

오 아무도 나에게 거룻배를 빌려 주는 이 없고, 아무도 불쌍히 여겨 나에게 자신의 노를 내어 주어 내가 그녀에게 건너가는 것을 도와주지 않는다!

착한 바다도 조용히 있지 않아서 내 몸에 나무토막을 매달아 그녀에게로 헤엄쳐 건너가지도 못한다.

아니 광란하는 바다에 내 몸을 던져 그 물결에 대고 디오티마가 있는 해변으로 나를 내동댕이쳐 달라고 애원하고 싶구나!

사랑하는 형제여! 나는 온갖 환상으로 나의 마음을 달래고, 이런저런 수면제로 버티고 있다. 그런데 진정제로 임시변통하느니보다는 영원히 벗어나는 것이 훨씬 더 고결하지 않은가? 그러나 누구에겐들 그렇지 않을까? 나는 어떻든 그것으로 만족하고 있다.

만족이라고? 아 그것이 좋을지도 모른다! 어떤 신도 도울 수 없을 때 그것은 도움이 될지도 모른다.

이제는! 이제는! 나는 내가 할 수 있는 것을 다했다! 나는 운명으로부터 나의 영혼을 되돌려 달라고 요구하고 있다.

휘페리온이 벨라르민에게

그녀는 나의 것이 아니었던가? 너희 운명의 자매들이여, 그녀는 나의 것이 아니었던가? 나는 순수한 샘물에게 증언을 요청한다. 그리고 우리에게 귀 기울였던 순진한 나무들과 한낮의 태양빛과 천공이여! 그녀는 나의 것이 아니었던가? 그녀는 나와 더불어 삶의 모든 음조 안에 하나로 결합된 것이 아닌가?

나의 존재처럼 그녀를 인식했던 존재가 어디 있는가? 어떤 다른 거울 안에 마치 내 마음속에서처럼 이 빛살들이 모였단 말인가? 그녀가 나의 환희 가운데에서 자신을 알게 되었을 때 그녀 자신의 존엄 앞에서 기뻐하면서 소스라쳐 놀랐던 것은 아닌가? 아! 나의 가슴처럼 도처에 그녀 가까이에 있었던 그런 가슴이 어디에 있는가. 나의 가슴처럼 그녀를 가득 채우고 그녀에 의해서 가득 채워졌던 그런 가슴, 속눈썹이 눈을 위해 존재하듯이 그녀의 가슴을 껴안기 위해서 그처럼 오롯이 존재했던 그런 가슴이 어디에 있는가.

우리는 다만 꽃이었다. 꽃이 사랑하면서 그 감미로운 기쁨을 닫힌 꽃받침 안에 숨기고 있듯이 우리의 영혼은 서로의 마음 안에 숨 쉬고 있었다.

그런데 그 꽃이 마치 유린당한 화관처럼 나에 의해서 꺾이고 먼지 속으로 던져졌단 말인가?

휘페리온이 벨라르민에게

우리 각자가 서로를 알기도 전에 우리는 서로에게 속해 있었다.

그때 나는 내 마음 속의 존경심을 다 바쳐서 환희에 압도되어 그녀 앞에 섰고 침묵했으며, 나의 모든 생명은 그녀가 그저 바라 다만 보는 눈의 빛살에 온전히 내맡겨졌으며 오로지 그녀만을 부 둥켜안았다. 그러면 그녀는 다시금 부드럽게 의아해하면서 나를 찬찬히 바라보았던 것이다. 그리고 내가 자주 즐거움과 아름다움에 파묻혀 어떤 매혹적인 일과 함께 그녀를 주의 깊게 관찰할 때면 생각에 빠져 내가 어디에 있는지를 알지 못했다. 나의 영혼은 마치 꿀벌들이 나긋나긋한 꽃가지 주위를 맴돌 듯 고요하기 이를 데 없는 움직임을 에워싸고 배회하며 날았던 것이다. 또한 그녀가 만족스러운 생각으로 나를 향해서 몸을 돌렸을 때 나는 기쁨에 깜짝 놀라서 나의 그 환희를 숨기지 않으면 안 되었다. 그러고는 사랑스러운 활동과 함께 그녀의 평온을 다시 찾고 또 발견했다.

그때 경이롭게도 모든 것을 아는 가운데 그녀는 내 존재의 깊은 곳에 들어 있는 모든 화음과 불협화음을, 그것이 시작하는 순간 나 자신이 그것을 알아차리기도 전에 나에게 알려 주었다. 그녀는 이마 위를 스치는 작은 구름 조각의 그늘, 슬픔의 그림자, 입술 위에 서리는 오만의 그림자를, 나의 눈 안에 번쩍이는 모든 불꽃을 보았다. 그녀는 내 마음의 썰물과 밀물에 귀 기울였고, 나의 전신이 억제할 길 없이 너무도 소모적으로 장황한 대화를 늘어놓으며 쇠약해질 때는 조심스럽게 우울한 시간을 예감했다. 사랑스러운 존재는 충실하게도 마치 거울처럼 내 뺨의 모든 변화를 나에게 말해 주었으며, 나의 변덕스러운 본성에 대해 언제나 우정 어린 걱정을 통해서 나에게 경고하고 또 벌도 주었다. 마치 소중한 자녀에게 그렇게 하듯이 ㅡ.

아! 그때 그대는, 순진무구한 그대여, 우리가 올라간 산에서부터 그대의 집을 향해 내려오면서 계단을 손가락으로 헤아렸다. 그때 그대는 그대의 산보 길을 나에게 가리켜 보여 주었고, 그대가 여느 때 앉았던 장소도 알려 주었으며, 시간이 어떻게 흘러갔는지도 이야기해 주었다. 그리고 마지막에 말했었다, 내가 마치 옛날부터 그곳에 있던 것 같은 생각이 든다고. ㅡ

그때 우리는 오래전에 서로에게 속한 것이 아니었던가?

휘페리온이 벨라르민에게

나는 내 마음이 쉴 수 있도록 그것에게 무덤 하나를 만들어 주려 한다. 사방이 겨울이므로 나는 은둔하며 지내는 중이다. 폭풍을 만나 나는 환희에 찬 회상의 울타리로 나를 둘러싸고 있는 것이다.

우리는 언젠가 한 번 노타라 — 이것은 내가 기술하고 있던 친구의 이름이다 — 와 우리처럼 칼라우레아의 기인들에 속한 몇몇 다른 이들과 함께 디오티마의 정원 안에서 활짝 피어나고 있는 편도나무 아래 앉아서 이런 저런 이야기 끝에 우정에 대해서 대화를 나눈 적이 있었다.*

나는 거의 대화에 끼어들지 않았다. 얼마 전부터 나는 무엇보다도 우선 심정에 관련되는 일에 대해서는 많은 말을 하지 않으려해 왔다. 나의 디오티마가 나를 그처럼 말수가 적은 사람으로 만들어 주었던 것이다 — .

마침내 한 사람이 외쳤다. 하르모디오스와 아리스토게이톤*이 살고 있을 때는 세상에 아직 우정이라는 것이 있었다네. 그 말은 내가 침묵하고 말기에는 너무도 나를 기쁘게 해 주었다.

그 말 때문에 자네에게 화관이라도 엮어 얹어 주어야만 할 것 같네! 나는 그를 향해서 외쳤다. 자네는 실제로 그 우정에 대해서 예감 같은 것을 가지고 있는가, 아리스토게이톤과 하르모디오스의 우정에 대한 어떤 비유라도 알고 있는가? 용서하시라! 그러나 하늘에 대고 맹세하지! 아리스토게이톤이 어떻게 사랑했는지를 미루어 느끼기 위해서는 우리가 아리스토게이톤이 되지 않으면 안 되네. 하르모디오스의 사랑으로 사랑받기를 원하는 사람은 번개를 두려워해서는 안 될 것이네. 왜냐하면 그 무서운 젊은이가 미노스의 엄격함으로* 사랑하지 않았다면 완전히 나를 실망시킬 것이기 때문이지. 그러한 시험을 통과한 사람은 거의 없었다네. 탄탈로스처럼 신들의 식탁에 동참해 앉는 일보다 반신(半神)의 친구가* 되는 일이 더 쉬운 일은 아니라네. 그러나 이들처럼 단란한 한 쌍이 그처럼 서로 예속되어 있는 것보다 더 멋진 일은 이 지상에 없다네.

그러나 위대한 음성과 더 커다란 음성이 세상만사의 교향악 안으로 언젠가는 되돌아올 수밖에 없다는 것, 그것이 나의 희망이기도 하고 고독한 시간에서의 나의 즐거움이네. 사랑은 생기 있는 인간들로 가득 찬 수천 년을 탄생시켰네. 우정은 그러한 세월을 다시 탄생시킬 것이네. 백성들은 한때 아이들처럼 천진난만한 조화로부터 출발했고, 정신의 조화가 새로운 세계사의 시발이 될 걸세. 인간들은 식물과 같은 행복에서부터 시작했고 제대로 자라나 열매를 맺을 때까지 성장했네. 이제부터 인간들은 끊임없이 내외에서부터 끓어올라 인류가 마치 대혼란의 앞에 놓인 듯이 무한히 해체되어 아직 느끼며 보고 있는 모두에게 현기증이 엄습하기에 이를 것이네. 그러나 미(美)만은 인간의 삶으로부터 피하여 정신 안으로 달아났네. 자연이던 것이 이상이 된다네.* 그리고 큰 줄기의 아래쪽에서 나무가 바싹 마르고 비바람에 상할 때에도 싱싱한 정수리는 여전히 그것으로부터 솟아나오고, 마치 청년기의 나날에 줄기가 그러했듯이 태양의 광채 가운데 푸르러진다네. 말하자면 지난날 자연이던 것이 지금은 이상이네. 그것으로부터, 이러한 이상으로부터, 이 회춘된 신성(神性)으로부터 아주 소수의 사람들은 스스로를 인식하고 일체를 이룬다네. 왜냐하면 그들 안에 일자(一者)가 존재하기 때문이네. 그리고 이 일자로부터 세계의 두 번째 생명기는 시작되네 ― 나는 내가 생각하는 것을 분명하게 하기 위해 충분히 이야기한 것 같네.

자네가 그때 디오티마가 어떻게 했는지를 보았어야만 하는 건데. 그녀는 벌떡 일어나 나를 향해 두 손을 내밀고는 외쳤다네. 사랑하는 이여, 나는 그것을 이해했어요. 말한 것을 모두 이해했어요.

사랑이 이 세계를 낳았고, 우정이 이 세계를 다시 탄생시킬 겁니다.

오 그때가 되면, 그대들 미래의, 새로운 쌍둥이별이여, 그대들이 휘페리온이 잠들어 있는 곳을 지나가게 되면 잠시만 머물러 잊혀진 한 남자의 유골을 예감하면서 이렇게 말하시라. 그가 지금 여기에 있다면 우리 중의 한 사람일 것이라고 말입니다.

나의 벨라르민이여, 내가 그 소리를 들었던 것이다! 그 소리를 직접 들었다. 그러니 나는 기꺼이 죽음으로 걸어 들어가려 하지 않겠는가?

그렇다! 그렇다! 나는 앞서 대가를 받았다, 나는 살 만큼 산 것이다. 신이라면 더 많은 환희도 견디어 낼 수 있을지 모르겠으나 나는 그렇지 못하다.

휘페리온이 벨라르민에게

이즈음 내가 어떻게 지내고 있었는지 그대는 궁금하겠지? 모든 것을 얻기 위해서 모든 것을 잃어버린 사람처럼 지내고 있다.

종종 승리에 취한 자처럼 나는 디오티마의 숲으로부터 돌아왔고, 때로는 내 생각을 드러내지 않으려고 서둘러 그녀에게서 떠나지 않으면 안 되었다. 그러면 환희가, 디오티마로부터 사랑받고 있다는 감동스러운 믿음과 자랑이 내 마음속에서 거세게 일어났다.

그러고 나서 나는 드높은 산과 그곳의 대지를 찾아 나섰다. 그러면 피 흘리던 날개가 다 나은 독수리처럼 나의 전신은 탁 터진 곳에서 가볍게 움직이고 눈에 보이는 세계가 마치 나 자신의 것이라도 되는 양 그 위로 날개를 활짝 펼쳤다. 놀라운 일이었다! 종종 대지의 사물들이 마치 황금처럼 나의 불길 안에서 정화되고 용해되는 것 같은 기분이었으며, 그 사물들과 나로부터 어떤 신성한 것이 생성되는 것 같았다. 그처럼 내 마음속에 환희가 몰아쳤던 것이다. 그러면 나는 어린아이들을 번쩍 들어 올려 나의 두근거리는 가슴에 꼭 껴안았으며, 또 풀과 나무들에게 인사를 건넸다! 그리하여 나는 내가 마법을 걸 수 있으면 얼마나 좋을까도 생각했다. 겁 많은 사슴들과 숲 속의 모든 야생의 새들은 마치 집에서 기르는 가금들처럼 아낌없이 주는 나의 두 손 주위로 모을 수 있었으면 했다. 그처럼 나는 행복하게도 모든 것을 미칠 듯이 사랑했던 것이다.

그러나 오래지 않아 모든 것은 하나의 빛줄기처럼 내 마음속에서 꺼져 버렸다. 그리고 마치 망령처럼 말없이 슬픔에 차 그곳에 앉아 있었고 사라져 버린 생명을 찾으려 했다. 나는 비탄하려고 하지 않았지만 내 자신을 위안하고 싶지도 않았다. 시팡이에 싫증이 닌 절름발이처럼 나는 희망을 내던져 버렸다. 우는 것이 부끄러웠다. 그렇게 존재하는 것 자체가 부끄러웠다. 그러나 마침내 자존심이 눈물이 되어 쏟아져 나왔고, 차라리 거부했을 것 같은 고통이 나에게는 소중하게 되었다. 그리고 나는 마치 어린아이를 껴안듯이 그 고통을 가슴에 안았다.

그렇다, 나의 마음은 외쳤다. 그렇다, 나의 디오티마여! 나의 가슴은 괴롭지 않다. 오 그대는 그대의 평화를 지키고 나는 내 길을 가도록 내버려 두기를. 착한 별이여! 그대의 발아래에서 사방이 끓어오르고 흐릿해진다 하더라도 평온의 한복판에 있는 그대를 깨우지 말기를!

오 그대의 장미를 빛바래게 해서는 안 된다. 복된 신들의 청춘이여! 지상의 근심들 가운데 그대의 아름다움이 노쇠해 버리도록 놓아두어서도 안 된다. 감미로운 생명이여! 그대의 가슴 안에 근심 없는 천국을 지니고 있다는 사실이 바로 나의 기쁨이다. 그대가 궁핍해져서는 안 된다. 그렇다, 안 될 일이다! 그대는 그대의 마음 가운데서 사랑의 빈곤을 보아서도 안 된다.*

그리고 나는 그녀를 향해서 다시금 내려갔다. — 나는 미풍에 대고 묻고 싶었고 구름의 흐름에 대고 알아보고 싶었다. 한 시간 안에 내가 어떻게 변하는지를! 그리고 어떤 다정한 얼굴이 길에서 나를 만나서 너무 무미건조하지 않게 "좋은 날입니다!"라고 나에게 외칠 때 내가 얼마나 기뻐했는지를!

한 작은 소녀가 숲에서 나와서 마치 나에게 선물이라도 하고 싶다는 표정을 지으며 산딸기가 달린 가지를 사라고 나에게 내밀었을 때, 내가 지나온 곳의 한 농부가 버찌나무 위에 앉아 버찌를 따면서 한 줌 맛볼 생각이 없냐고 나뭇가지 사이로 소리쳐 물었을 때 그것들은 미신을 믿는 마음에게는 좋은 징조였다.

내가 내려온 길을 향해서 마침내 디오티마의 창문들 중 어느 하나가 활짝 열려져 있다면 그것은 얼마나 기분 좋은 일이었던가!

그녀는 어쩌면 바로 전에 밖을 내다보았을 것이다.

나는 비로소 그녀 앞에 섰다. 흥분하고 비틀거리면서. 그리고 포개진 두 팔을 가슴에 세차게 눌러 가슴의 떨림을 억제했다. 휩쓸고 가는 물살로부터 헤엄치는 자가 솟구쳐 오르듯이 나의 정신은 무한한 사랑 안에 침몰하지 않으려고 있는 힘을 다해서 분투했다.

우리 무엇에 대해서 이야기해 볼까요? 나는 큰소리로 말할 수 있었다. 사람들은 종종 애를 쓰게 되지요. 생각을 붙잡는 이야깃거리를 발견할 수 없기도 하니까요.

생각이 공중으로 다시금 빠져나가기라도 하나요? 나의 디오티마는 대꾸했다. 당신은 그 날개에다 납덩이라도 달아야만 하겠군요. 아니면 제가 줄에다가 묶어 놓아 줄게요. 마치 소년이 날아가는 연에다 그것이 달아나지 않도록 줄을 매듯이 말이에요.

사랑스러운 아가씨는 농담을 해서라도 자신이나 나의 난처함에서 벗어나려고 했지만 거의 도움이 되지 않았다.

그래요, 그래요! 나는 소리쳤다. 그대가 원하는 대로, 그대가 좋다고 생각하는 대로 하세요. — 제가 낭송이라도 할까요? 당신의 라우테는 어제처럼 조율이 잘 되어 있겠지요. — 그런데 지금 당장 낭송할 거리가 없군요. —

당신은 한 번이 아니라 여러 차례 우리가 서로 알게 되기 전 어떻게 살아왔는지를 나에게 이야기해 주겠다고 약속했어요. 지금 이야기해 줄 생각은 없으세요?

맞는 말입니다. 나는 대답했다. 나의 마음은 기꺼이 그 일에 가 닿았다. 그리하여 나는 자네에게 그러했듯이 그녀에게 아다마스와 스미르나에서의 고독했던 나날에 대해서, 또 알라반다에 대해서, 그리고 그와 어떻게 헤어졌던가에 대해서, 내가 칼라우레아로 건너오기 전 내 존재의 상상할 수 없는 병에 대해서 이야기해 주었다. 이제 당신은 모든 것을 알게 되었어요. 나는 이야기의 끝에 이르러 그녀에게 태연하게 말했다. 이제 당신은 나에게 부담감을 덜 느끼게 되겠군요. 이제는 당신이 말하게 될 것 같습니다, 나는 미소를 지으면서 덧붙였다. 불카누스가 다리를 절더라도 그를 조롱하지를 말아라,* 왜냐하면 신들이 그를 천국에서 지상으로 두 번씩이나 내동댕이쳤기 때문이다, 라고 말입니다.

그만하세요. 그녀는 가라앉은 목소리로 외쳤다. 그리고 눈물을 수건에 감추었다. 오 그만하세요, 당신의 운명, 당신의 마음을 가지고 농담조로 말하지 마세요! 제가 이해하고 그것도 당신보다 더 잘 이해하고 있으니까요.

사랑하는 ─ 사랑하는 휘페리온이여! 당신을 돕는 일은 물론 쉬운 일이 아닙니다.

당신은 도대체 알고 있나요? 그녀는 높아진 음성으로 계속해서 말했다. 당신은 무엇에 굶주리고 있는지, 당신에게 부족한 것이 무엇인지, 알페이오스가 아레투사를 찾듯* 당신이 무엇을 찾고 있는지, 당신의 모든 슬픔 중에서 당신은 무엇 때문에 슬퍼하는지 스스로 알고 있나요?* 겨우 몇 년 전에 사라져 버린 것은 아닙니다. 언제 그것이 있었고 언제 그것이 떠나갔는지 사람들은 그렇게 정확하게 말할 수 없습니다. 그러나 그것은 존재했었고, 존재하고 있습니다. 당신의 마음속에 그것은 존재합니다! 당신이 찾고 있는 것은 보다 나은 시대, 보다 아름다운 세계이지요. 당신은 오로지 이러한 세계만을 당신의 친구들 안에서 포옹했던 것이며, 당신이 그들과 더불어 이러한 세계였던 것입니다.

아다마스를 통해서 그 세계는 당신에게 떠올랐습니다. 그리고 그와 함께 그 세계는 사라져 버렸지요. 알라반다를 통해서 그 세계의 빛이 두 번째로 당신에게 나타났지만 한층 더 밝고 더 뜨겁게 나타났기 때문에 그가 그대를 위해서 사라져 버렸을 때는 당신의 영혼은 마치 한밤중과 같았습니다.

이제 당신은 알라반다에 대한 아주 작은 의심이 당신의 마음속에서 절망으로 변할 수밖에 없었던 이유를 아시겠지요? 왜 당신이 그를 밀쳐 버리셨는지 말입니다. 그가 신이 아니었기 때문이었는지요?

당신은 인간을 원하지 않았어요. 제 말을 믿어 주세요, 당신은 하나의 세계를 원했던 것입니다. 한 번의 행복한 순간에 집약된 상태로 그대가 느꼈던 대로의 모든 황금빛 세기의 상실, 보다 나은 시절의 모든 정신들 중의 정신, 영웅들의 모든 힘들 중의 힘, 그것을 한 사람이, 한 인간이 당신에게 보전해 주어야 했던 것입니다! — 이제 당신은 당신이 얼마나 가난하고 또 얼마나 부유한

지를 일겠어요? 이찌하여 그대는 그렇게 당당해야만 하고 또 이기소침해야만 하나요? 왜 그처럼 끔찍하게도 당신에게 환희와 고통이 교차하는 걸까요?

그것은 당신이 모든 것을 소유하고 있으면서 아무것도 가진 것이 없는 탓이고, 다가올 황금 시대의 망령이 당신의 것이면서도 여기에 현존하지 않은 탓이며, 그대는 정의와 미의 영역에서 한 시민이며 한낮에 당신에게 살며시 다가서는 아름다운 꿈결 속에서는 신들 가운데 한 신이지만 깨어나면 오늘날의 그리스 땅에 그대가 서 있기 때문입니다.

두 번이라고 당신이 말했던가요? 오 당신은 하루에도 일흔 번을 천국에서 땅 위로 내던져집니다. 그 사실을 제가 당신에게 말해야 할까요? 저는 당신을 걱정하고 있습니다. 당신이 이 시대의 운명을 견디어 내기 어려울까 싶어서요. 당신은 여러 가지로 시도하게 되겠지요, 앞으로 — .

오 신이시여! 그리고 당신의 마지막 피난처는 묘지가 될 것입니다.

아닙니다, 디오티마여. 나는 외쳤다. 아닙니다. 하늘에 맹세코 아닙니다! 한 가닥의 멜로디가 나에게 들리는 한, 나는 별들 아래 황야의 죽음과 같은 고요함을 두려워하지 않습니다. 태양이 비치고 디오티마가 빛을 비추는 한, 나에게 밤은 없습니다.

모든 덕망으로 하여금 조종(弔鐘)을 울리게 하십시오! 나는 그대에게 귀 기울이겠습니다, 그대에게, 그대 가슴의 노래에게, 그대 사랑하는 이여! 그리고 모든 것이 꺼지고 시들어 갈 때에도 나는 불사의 생명을 찾을 것입니다.

오, 휘페리온이여. 그녀는 외쳤다. 무슨 말을 그렇게 하십니까?

》나는 내가 해야만 할 바를 말하고 있습니다. 나는 더 이상은 이 모든 행복감과 두려움, 염려를 숨길 수가 없습니다. ─ 디오티마여! ─ 그렇습니다. 당신은 알고 있어요, 아니 알아야만 합니다, 당신은 오래전부터 당신이 나에게 손길을 내밀지 않으면 내가 파멸하리라는 것을 알고 있었습니다.《

그녀는 당황했고, 혼란에 빠졌다.

그러면 저에게, 그녀는 소리쳤다, 휘페리온, 당신은 저에게 머무를 생각인가요? 그렇습니다, 나도 그것을 원합니다. 처음으로 제가 단지 죽어 없어질 한 여인 이상이기를 원합니다. 그렇지만 저는 당신에게 제가 될 수 있는 한계 안에서의 존재입니다.

오 당신은 나에게 모든 것입니다. 나는 소리쳤다.

》모든 것이라고요? 나쁜 위선자 양반! 마지막에 당신이 유일하게 사랑하게 될 인류는 어떻게 하고요?《

인류요? 나는 말했다. 나는 인류가 디오티마를 암호로 만들어 그들의 깃발에 당신의 모습을 그려 넣고는 오늘 신성이 승리하리라! 천국의 천사들이여, 그런 날이 있어야 하리라!고 말하기를 소원했습니다.

가세요. 그녀가 외쳤다. 가서서 하늘에 대고 당신의 거룩함을 보여 주세요! 그 거룩함이 이처럼 나에게 가까이 있어서는 안 됩니다.

그렇지 않나요? 사랑하는 휘페리온 님, 가십시오.

나는 순종했다. 누가 그때 순종하지 않을 수 있을까? 나는 떠났다. 나는 한 번도 그렇게 그녀로부터 떠나 본 적이 없었다. 오, 벨라르민이여! 그것은 환희였고,* 생명의 정적이며, 신들의 영혼, 천국적이고 경이롭고도 알 수 없는 환희였다.

여기서 말은 부질없는 것이다. 누가 그 기쁨에 대해 어떠한 비유를 묻는다면 그 사람은 그것을 결코 체험하지 못한 자이다. 그러한 환희를 표현해 낼 수 있는 유일한 것은 높은 곳과 낮은 곳의 한가운데에서 떠돌 때의 디오티마의 노래였다.

오 너희들 레테 강변의 버드나무들이여! 천국의 숲 속에 나 있는 너희들 노을빛의 오솔길이여! 너희들 계곡의 시냇가에 핀 백합화들이여! 낮은 언덕의 너희들 장미의 무리여! 나는 이 다정한 시간에 너희들을 믿는다, 그리고 나의 가슴에 대고 나는 말한다. 거기서 너는 그녀를 다시 찾게 되리라, 네 잃어버렸던 모든 기쁨을.

휘페리온이 벨라르민에게

나는 자네에게 행복에 대해서 더 이야기해 주고 싶다.

나는 과거의 환희에 대고 가슴을 시험해 보려고 한다. 그 가슴이 마치 강철처럼 될 때까지 말이다. 나는 내가 쓰러지지 않는 사람이 될 때까지 그 환희에 대고 나를 단련시키고 싶다.

아! 그 기쁨은 마치 칼로 내려치듯이 종종 내 영혼 위로 엄습해 온다. 그러나 나는 내가 익숙해질 때까지 그 칼을 가지고 유희하고 있다. 또 나는 손을 불길 안으로 집어넣고 마치 물처럼 내가 그 불길을 견디어 낼 때까지 그대로 손을 들고 서 있다.

나는 겁내지 않으려 한다. 그렇다! 나는 강해지고 싶다! 나는 나 자신에게 아무것도 숨기고 싶지 않으며, 모든 행복 가운데서 가장 행복스러운 일을 무덤으로부터 불러내고자 한다.

인간이 가장 아름다운 것에 대해서 두려워해야 한다는 사실은 믿기지 않는 일이다. 그러나 사실은 그렇다.

오 나는 골백번을 이러한 순간을 피해서, 내 회상 속의 이 살인적인 환희를 피해서 달아났었으며, 마치 어린아이가 번개 앞에서인 양 눈길을 돌려 버렸었다! 그러나 이 세상의 어느 울창한 정원안에도 나의 환희보다 더 사랑스러운 것은 아무것도 자라지 않으며, 천국과 지상의 어디에도 나의 기쁨보다도 더 고귀한 것은 아무것도 성장하지 않는다.

그러나 자네에게만, 나의 벨라르민이여, 자네의 영혼처럼 순수하고 자유로운 영혼에게만 나는 그것을 이야기하려고 한다. 마치태양이 그 빛살을 베풀 듯이 그렇게 나는 아낌없이 베풀 생각은 없다. 나는 나의 진주를 어리석은 대중 앞에 내던질 생각은 없기 때문이다.*

마지막 영적인 대화를 나눈 이후, 날이 갈수록 내가 나 자신을 점점 더 알지 못하게 되었다. 나와 디오티마 사이에 어떤 성스러운 비밀이 있다고 느꼈던 것이다.

나는 깜짝 놀랐고, 꿈꾸었다. 마치 한밤중에 어떤 성인의 반열에 오른 성령이 나에게 모습을 나타내는 듯했으며, 자신과 교통하도록 나를 선택한 것 같았다. 내 영혼의 상태가 그러했다. 오 그것은 행복과 슬픔의 기묘한 혼합 같은 것이다. 그것이 그처럼 될 때 우리는 일상의 현존재로부터 영원히 벗어나게 되는 것이다.

그 후 디오티마와 단둘이 만나는 일은 일어나지 않았다. 항상 제 3자가 우리를 방해하고 갈라놓아야만 했고, 그녀와 나 사이에는 마치 무한한 공간 같은 세계가 가로놓여 있었다. 내가 디오티마에 대해서 무엇을 알지도 못한 채 죽음과 같은 초조한 엿새의 시간이 지나갔다. 우리 주위에 있던 다른 사람들이 나의 감각을 마비시키고 내 모든 외적인 생명을 죽여서 어떤 통로로도 이 갇혀진 영혼이 그녀를 향해서 건너갈 수 없게 된 것 같았다.

내가 눈으로 그녀를 찾으려고 하면 내 앞은 밤이 되었고, 내가 한마디 짧은 단어로 그녀를 향해서 말하려고 하면 목구멍이 막혀 버렸다.

아! 무어라 이름 붙일 수 없는 성스러운 욕망이 종종 나의 가슴을 찢어 버리려 했으며, 마치 갇힌 거인처럼* 강렬한 사랑은 종종 내 마음속에서 분통을 터뜨렸다. 운명이 그에게 매어 놓은 쇠사슬에 대해서, 한 영혼이 그 사랑하는 반쪽과 함께 있지 못하고 헤어져 있어야 한다는 가혹하고도 엄격한 법칙에 대해서 나의 정신이 그처럼 깊이, 그처럼 마음속 깊이 철저하게 저항한 적은 없었다.

이제 별이 밝게 빛나는 밤은 나의 부분이 되었다. 비밀스럽게 황금이 자라고 있는 대지의 깊은 곳에서인 듯한 고요가 깃들게 되면 그때 내 사랑의 한층 아름다운 생명은 몸을 일으켰다.

그때 마음은 시를 쓸 권리를 행사했다. 그때 마음은 나에게 말했다. 휘페리온의 영혼은 지상에 내려오기 전에 원형의 천국에서 샘물의 화음과 더불어 신성한 유년기에 착한 디오티마와 함께 놀았노라고.* 또한 대지의 지맥이 아름다워져 황금빛 강물로부터 반짝일 때 우리가 그 지맥을 바라다보듯이 나뭇가지 아래에서 디오티마와 함께 유희했노라고 마음은 나에게 말했다.

그리고 과거가 그러하듯이 미래의 문이 내 마음속에 열렸다.

그때 우리는, 디오티마와 나는 날아올랐으며, 마치 제비처럼 세상의 한 봄철에서 다른 봄철로, 태양의 넓은 영역을 꿰뚫고 거기를 넘어서 하늘의 다른 섬들로, 항성 시리우스의 황금빛 해변으로, 또 항성 아르크투루스의 정령들의 골짜기로 떠돌았다. ―

오 그처럼 하나의 잔으로 사랑하는 사람과 함께 세계의 환희를 마시는 일은 진정 바람직한 일이다!

내가 나 자신에게 불러 주었던 행복한 자장가에 취하여 멋진 환상의 한가운데서 나는 잠들었다.

그러나 아침 빛살에 대지의 생명이 다시금 불붙었을 때, 나는 위를 바라보았고 밤의 꿈들을 찾아보았다. 그 꿈들은 마치 아름다운 별들처럼 사라져 버렸고, 비애의 기쁨만이 내 영혼 안에서 그것을 증언해 주었을 뿐이다.

나는 비탄했다. 그러나 나는 우리가 지복한 자들 가운데에서도 그처럼 비탄할 수 있다는 것을 믿는다. 이 비애는 환희의 전령이었고, 아침노을의 수없는 장미들이 움트며 맞이하는 동트는 여명이었다.

바야흐로 달아오르는 여름 한낮은 모든 것을 짙은 그늘 안으로 끌아넣었다. 디오티마의 집 주변도 모든 것이 조용한 채 텅 비었고, 창문마다 시기심 많은 커튼이 나의 길을 가로막고 있었다.

나는 그녀에 대한 생각 속에서 살았다. 그대는 어디에 있는가, 나는 생각했다. 어디서 나의 고독한 영혼이 그대를 찾을 수 있단 말인가? 여인이여, 그대는 앞을 응시하며 생각에 잠겨 있는가? 그대는 일거리를 옆에 치워 놓고 무릎 위에 팔을 고여 작은 손 위에 머리를 올려놓은 채 사랑스러운 생각에 빠져 있는가?

그녀가 달콤한 환상으로 마음에 생기를 불어넣고 있을 때 어떤 것도 나의 평화로운 이 여인을 방해하지 않기를, 어떤 것도 포도 송이 같은 이 여인에게 손대지 않기를, 감미로운 딸기 열매에서 그 생기를 주는 이슬을 걷어 내지 않기를!

그렇게 나는 꿈을 꾸었다. 그러나 생각이 그 집의 벽 틈 사이로 그녀를 곁눈질해 보는 사이에 발길은 그 어디에 있을 그녀를 찾았다. 그리고 내가 알아차리기 전에 나는 디오티마의 정원 뒤쪽, 내가 그녀를 처음 만난 그 성스러운 숲의 아치형 통로 아래를 걷고 있었다. 어떻게 된 일이었던가? 나는 그 사이에 그처럼 자주 이 나무들과 사귀었고, 그들과 가까워졌으며, 그들 가운데 있으면 더욱 평온해졌었다. 그런데 마치 눈앞에 나타나 있는 신성 앞에서 죽기 위해 디아나 여신의 수풀 그늘 아래 발을 들여놓기라도 한 것처럼* 이제는 어떤 위력이 나를 움켜잡았다.

그러는 사이 나는 계속해서 걸었다. 걸음을 내디딜 때마다 나는 더욱 묘한 기분이 되었다. 마치 내가 날 수 있기라도 하듯이 나의 마음은 나를 앞으로 내몰았다. 그러나 발꿈치에 납덩이를 달고 있기라도 한 듯했다. 영혼은 서둘러 앞장서 가면서 세속적인 육신을 떠나갔다. 나는 더 이상 소리를 듣지 못했고, 내 눈앞에서 모든 형상은 가물거리며 흔들렸다. 정신은 이미 디오티마에게 가 있었던 것이다. 아침 햇살 속에서 나무의 정수리는 유희하고 있었고, 아래 가지들은 아직도 차가운 여명을 느끼고 있었다.

아! 나의 휘페리온이여! 그때 어떤 목소리가 나를 향해서 울렸다. 나는 그쪽으로 넘어질 듯이 달려갔다. 나의 디오티마여! 오, 나의 디오티마여! 나는 더 이상은 한마디 말도 하지 못했고 숨 한 번 쉬지 못했으며 의식조차도 없었다.

사라져 가라, 사라져 버려라, 유한한 삶이여, 고독한 정신이 자기가 모아 놓은 동진닢을 이리저리 살피면서 헤아리고 있는 보잘 것없는 일터여! 우리는 신성의 기쁨을 위해 모두 소명 받았도다!

여기 나의 현존 안에 하나의 중단이 있다. 나는 죽었고, 내가 깨어났을 때 나는 천상의 여인의 가슴에 누워 있었다.

오 사랑의 생명이여! 참으로 그대는 참하고 복된 꽃으로 그녀에게서 활짝 피어났다! 복된 정령의 자장가를 들으며 살포시 든 잠 속에서인 양 매혹적인 머리는 나의 어깨 위에 놓여 있었고, 달콤한 평화로 미소 짓고 있었다. 그리고 그 부드럽고 영묘한 눈길은 마치 처음으로 이제 비로소 세상을 바라다보는 양 전대미문의 놀라움과 함께 즐겁게 나를 향했다.

그처럼 우리는 오랫동안 제 자신을 잊은 채 사랑스럽게 주시하며 서 있었다. 누구도 자신에게 무슨 일이 일어났는지를 알지 못했으며, 마침내 내 마음속에 기쁨이 넘치도록 쌓여 감동의 눈물과 음성으로 가득 차서 나의 잃어버렸던 인이를 다시금 시작하게 했고, 말없이 감동해 있는 그녀를 온전하게 다시금 현존재 안으로 일깨웠다.

마침내 우리는 다시금 몸을 돌려 서로를 보았다.

오 나의 오래고 다정한 나무들이여!라고 디오티마는 외쳤다. 마치 나무들을 오랫동안 보지 못했기라도 하다는 듯이 말이다. 그녀의 앞선 고독한 나날에 대한 회상이 그녀의 기쁨을 에워싸고 맴돌고 있었다. 마치 청순한 눈〔雪〕이 환희의 석양빛에 붉게 물들어 타오를 때 어스름이 그것을 에워싸고 맴돌 듯이 사랑스럽게 맴돌고 있었다.

하늘나라의 천사여! 나는 외쳤다. 그 누가 그대를 붙잡을 수 있을까요? 누가 그대를 완전히 이해했다고 말할 수 있을까요?

당신은 제가 그처럼 당신에게 친절하게 대하는 것이 이상하게 생각되나요? 그녀는 반문했다. 사랑하는 사람이여! 오만하게 겸손한 사람이여! 나도 그대를 믿을 수 없어하는 사람들 중의 하나인가요? 제가 구름 가운데서 그 정령을 알아보지 않았던가요? 그대를 덮어 감추고 그대 자신을 쳐다보지 마세요. 그러면 제가 그대를 불러내 보겠습니다. 정말로. —

그렇지만 그 사람은 여기에 있습니다. 마치 별처럼 그 사람은 떠올랐습니다. 그는 껍질을 깨부수고 마치 봄처럼 여기에 서 있습니다. 어두운 동굴로부터 수정 같은 샘물이 솟아오르듯 그는 솟아올랐습니다. 그 사람은 음울한 휘페리온이 아니며, 거친 비탄도 더 이상 존재하지 않습니다. — 오 나의, 나의 당당한 젊은이여!

나에게는 모든 것이 하나의 꿈과 같았다. 내가 사랑의 이 기적을 믿을 수 있었겠는가? 그럴 수 있었겠는가? 환희가 나를 죽음에 이르게라도 한 듯했다.

신적인 여인이여! 나는 외쳤다. 그대가 나와 더불어 말하고 있는 건가요? 그대 복되고 스스로 충만한 이여, 그처럼 그대가 그대 자신을 부정할 수 있나요? 그대는 저를 대하고 기뻐하실 수 있나요? 오 이제 알겠습니다. 내가 자주 예감해 온 것을 이제 알겠습니다. 인간은 신께서 자주 걸치는 하나의 의상이며, 천국이 자신의 어린아이들에게 최상의 것을 맛볼 수 있게 해 주려고 그 넥타르를 따라 부어 주는 하나의 잔입니다. ─

그렇습니다, 맞아요! 그녀가 꿈꾸는 듯 미소 지으며 나의 말에 끼어들었다. 그대와 같은 이름을 가진 자, 하늘의 위대한 휘페리온이 당신 마음속에 들어 있습니다.*

저를, 나는 외쳤다, 저를 당신에게 맡기도록 허락해 주시오. 나 자신을 잊도록 해 주시오. 내 안에 들어 있는 모든 생명과 모든 영혼이 오로지 당신에게로, 행복해하며 끝없이 바라다보면서! 오 디오티마여! 그렇게 나의 사랑이 만들어 낸 어렴풋한 신적 형상들 앞에도 서 보았고, 나의 고독한 꿈의 우상 앞에도 서 보았습니다. 나는 그 우상을 은밀하게 길렀던 것입니다. 나의 생명으로 그것을 생기가 감돌게 만들었고, 내 진심의 희망으로 활력을 불어넣었으며, 그것을 품어 따뜻하게 해 주었습니다. 그러나 그것은 내가 준 것 이외에 아무것도 되돌려 준 것이 없습니다. 내가 가난해졌을 때 나를 가난하도록 버려두었을 뿐입니다. 그러나 이제! 이제 저는 그대를 품 안에 안았습니다. 그리고 그대 가슴의 숨결을 느끼고, 저의 눈 안에서 당신의 눈길을 느끼고 있습니다. 아름다운 현존이 나의 오관 안으로 흘러들어 오고 있습니다. 나는 그것을 배겨 내고 있는 것입니다. 나는 그처럼 지극히 찬란한 것을 지니고 있으나 더이상 동요하지 않습니다. ― 그렇습니다! 나는 진정 그전의 내가 아닙니다. 디오티마여! 저는 당신과 같은 사람이 된 것입니다. 이제 신적인 것이 신적인 것과 더불어 어울리는 것입니다. 마치 아이들이 제 또래들과 섞여 놀 듯이 말입니다. ―

그렇지만 당신은 저에게 좀 차분해지셔야만 합니다. 그녀가 말했다.

당신 말이 옳습니다, 그대 사랑스러운 이여! 나는 기쁨에 차서 외쳤다. 그렇지 않으면 우아미의 여신들도 나에게 모습을 나타내 보이지 않겠지요. 그렇지 않으면 아름다움의 바다 속에서 그 바다의 고요하고 사랑스러운 움직임을 보지 못하겠지요.* 오 그대에게서 아무것도 간과하지 않는 법을 배우고 싶습니다. 저에게 시간만 주십시오!

듣기 좋은 말만 하시는 분이시여! 그녀가 외쳤다. 그러나 오늘은 이만 끝냅시다, 사랑스러운 아첨꾼이시여! 황금빛 석양 구름이 저에게 늦은 시간임을 알려 주고 있군요. 오 슬퍼하지 마십시오! 당신과 나를 위해 순수한 기쁨을 간직하세요! 그 기쁨을 당신의 마음속에서 아침이 될 때까지 그대로 울리도록 하시고, 불쾌한 기분 때문에 그 기쁨이 사그라지지 않도록 해 주세요! ― 마음의 꽃들은 다정한 돌봄을 원한답니다. 그 꽃의 뿌리는 여기저기에 존재하지만, 그 꽃 자체는 오로지 해맑은 기후에서만 만발하는 법입니다. 안녕, 휘페리온이여!

그녀는 떠났다. 그녀가 그처럼 타오르는 아름다움을 지닌 채 내 앞에서 불현듯 사라져 갈 때 마음 가운데서 나의 존재는 불꽃처럼 타올랐다.

오 당신이여! ─ 나는 외쳤고 그녀의 뒤를 넘어질 듯 쫓아갔다. 그리고 나의 영혼을 무한한 입맞춤 속에 그녀의 손길 안에 내맡겼다.

아 아. 그녀는 외쳤다. 앞으로 어떻게 될 건가!

그 말이 나에게 충격을 주었다. 용서해 주시오, 천상의 여인이여! 나는 말했다. 가겠습니다. 안녕, 디오티마여! 조금만이라도 나를 생각해 주십시오!

그렇게 하겠어요. 그녀가 외쳤다. 잘 가세요.

이제 더 이상 할 말이 없다, 벨라르민이여! 그것은 나의 인내심에 비해서 너무도 넘치는 일인지도 모르겠다. 내가 흥분해 있다는 것을 나는 느끼고 있다. 그러나 밖으로 나가 나무 그늘 밑으로 가 볼 생각이다. 나무 밑에 몸을 누이고 자연이 그러한 평온으로 나를 데려가 달라고 기도할 생각이다.*

휘페리온이 벨라르민에게

우리의 영혼은 이제 더욱더 자유롭고도 아름답게 생명을 함께

했고, 우리 내면과 주위의 모든 것이 황금빛의 평화로 결합되었다. 마치 낡은 세계가 사멸하고 새로운 세계가 우리와 더불어 시작하기라도 한 듯 여겨졌다. 그처럼 모든 것은 영적이며 힘차고 사랑스럽고도 경쾌하게 변했던 것이다. 또한 우리와 모든 존재가 황홀하게 일체가 되어 마치 흩어지지 않는 수천 개의 음향으로 된 합창처럼 무한한 천공을 떠돌았다.

우리의 대화는 황금빛 모래가 언뜻언뜻 반짝이며 내비치는 하늘빛 물살처럼 미끄러지듯 이어졌다. 또한 우리의 침묵은 산봉우리의 고요와 같았다. 거기 찬란하도록 고독한 정상에서는 천후의 공간 너머 드높이 오로지 신적인 대기만이 용감한 방랑자의 고수머리 사이로 불었다.

또한 작별의 시각이 우리의 감동 속으로 울려올 때면 그 경이롭고도 성스러운 비애가 살랑거리며 불어왔다. 그럴 때면 나는 외치곤 했다. 이제 우리는 또다시 평범한 운명의 인간이 되고 말았습니다, 디오티마여! 그러면 그녀는 나를 향해서 말했다. 죽어야 하는 덧없는 운명은 가상일 뿐입니다. 그것은 우리가 오랫동안 태양을 바라보면 우리 눈앞에서 열려 진동하는 색채 같은 것입니다!

아 아! 모든 것은 사랑의 복된 유희인 것을! 서로 치켜세우는 말, 배려, 섬세한 반응, 엄격함과 관용.

그리고 우리가 서로를 꿰뚫어 보았던 전지의 능력, 그리고 우리가 서로를 찬미했던 그 무한한 신뢰!

그렇다, 인간은 사랑할 때 하나의 태양이며, 모든 것을 투시하고. 모든 것을 아름답게 변용한다. 인간이 사랑하지 않으면 그을음 내는 작은 램프가 타고 있는 어두운 거처일 뿐이다.

나는 침묵해야 할지도 모르겠다. 잊고 또 침묵해야 할는지 모른다.

그러나 매혹의 불길은 그 불길 안으로 완전히 돌진해서 마치 날벌레들처럼 소멸해 버릴 때까지 나를 유혹하고 있는 것이다.

복되고 억제할 길 없는 주고받음의 한가운데에서 나는 디오티마가 점점 말이 없어지는 것을 언뜻 느꼈다.

나는 묻고 또 간청했다. 그러나 그렇게 하는 것이 그녀를 더 멀리하게 만드는 것 같았다. 마침내 그녀는 내가 더 이상 묻지 않으면 좋겠다고, 돌아가 주었으면 좋겠다고 간청했다. 그리고 내가 다시 오게 될지라도 무엇인가 다른 것에 대해서 말해 주었으면 좋겠다고 간청했다. 그것은 나에게 스스로 순응할 수 없는 고통스러운 침묵을 요구했다.

나는 어떤 알 수 없는 갑작스러운 운명이 우리의 사랑에게 죽음을 선고하기라도 한 듯 생각되었다. 그리고 일체의 생명이 나와 만물의 바깥으로 사라져 버렸다.

나는 사실 그러한 생각을 부끄럽게 여겼다. 왜냐하면 나는 운명이 디오티마의 마음을 지배하지는 않고 있다는 사실을 확실히 알고 있었기 때문이다. 그러나 그녀는 나에게 여전히 불가사의한 채였다. 나쁜 버릇이 되어 버려 어쩔 도리 없는 나의 감각은 언제나 드러나 눈에 띄는 사랑을 원했다. 그 감각에게는 장 속에 감추어진 보물은 잃어버린 보물이었던 것이다! 아! 나는 행복 가운데서 희망을 잃어버렸다. 나는 그때 나무에 열린 사과에 입맞춤하시 않으면 세상을 잃어버리기라도 한 듯 그 사과 때문에 우는 참을성 없는 아이들과도 같았다. 나는 평온을 찾지 못했고, 격렬함과 겸손함을 함께해 부드러우면서도 격분하는 가운데 다시 간청했다. 사랑은 막강하면서 겸허한 온갖 웅변술로 나를 무장시켰다. 그리고 그때 — 오 나의 디오티마여! 그때 매혹적인 고백을 들었던 것이다. 이제 나에게 연결되어 있는 모든 것과 더불어 그 옛 고향으로, 자연의 품 안으로 사랑의 물결이 나를 되돌려 데려갈 때까지* 나는 그 고백을 지니고 간직하게 될 것이다.

순진무구한 여인! 그녀는 자기 가슴의 엄청난 충만을 아직 모르고 있었다. 자신의 내면에 들어 있는 풍요로움에 순진하게 깜짝 놀라 그 풍요로움을 가슴속 깊숙이 묻어 버렸다. — 그리고 그녀가 그때, 성스럽게 단순한 여인인 그녀가 눈물과 함께 너무도 사랑하노라고 고백하고 또한 가슴속에 여느 때 잠재워 둔 모든 것으로부터 작별을 고했을 때, 오 그녀가 나는 오월과 여름과 가을로부터 저버림을 당했고, 여느 때처럼 낮과 밤을 살피지도 않게 되었어요. 더 이상 하늘과 땅 어디에도 속하지 않고 오로지 한 사람에게만 속할 뿐입니다. 그러나 오월의 만발함과 여름의 불꽃, 가을의 성숙, 한낮의 명료함과 한밤의 진지함, 대지와 하늘은 나에겐 이 한 사람에게 결합되어 있답니다! 그처럼 저는 사랑하고 있어요라고 외쳤을 때, 그리고 가슴속 가득 찬 기쁨 가운데 나를 바라다보았을 때, 또한 결연하고 성스러운 환희 가운데 그 아름다운 품 안에 나를 껴안고 내 이마와 입술에 입맞춤했을 때, 아! 기쁨에 겨워 숨을 거두면서 신과 같은 머리가 나의 드러난 목으로 숙여지고 그 달콤한 입술이 두근거리는 나의 가슴 위에 머물고 사랑스러운 숨결이 내 영혼을 스쳐 지나갔을 때, — 오 벨라르민이여! 나의 오감은 스러져 가고 정신도 달아나 버리고 마는 것이다.

나는 알고 있다. 그것이 어떻게 끝날 수밖에 없는지를 나는 안다. 노(櫓)는 물결 속으로 빠져 버리고, 어린아이가 머리채를 잡히듯 배는 파도에 휩쓸려 바위에 내동댕이쳐질 것이다.

휘페리온이 벨라르민에게

인생에는 위대한 순간들이 있다. 우리는 그 순간들에 기대여 위를 올려다보는 것이다. 마치 미래와 고대의 거대한 형상들을 기대고 그러하듯이 말이다. 우리는 그 순간과 더불어 찬란한 투쟁을 벌이며 그 순간 앞에 서게 된다. 그러면 그 위대한 순간들은 마치 누이들처럼 변하고 우리를 떠나지 않는 것이다.

우리는 언젠가 한 번 산에 올라가 이 섬의 오래된 도시의 반석 위에 함께 자리하고 앉았었다. 그리고 이곳에서 사자와 같은 사나이 데모스테네스가 최후를 맞이했던 일과 성스러운 자살을 통해서 마케도니아의 질곡과 칼날로부터 벗어나 자유를 찾았던 일에* 대해서 이야기를 나누었다. —

그 위대한 정신의 소유자는 농담을 하면서 이 세상을 하직했던 깃이오. 누군가가 외쳤다. 맞는 말입니다. 나는 말했다. 그는 이곳에서 더 이상 구할 것이 없었던 것입니다. 이테네는 알렉산드로스의 창녀가 되어 버렸고, 세상은 마치 거대한 사냥꾼에 의해서 죽음으로 내쫓기는 한 마리의 사슴처럼 되었으니까요.

오 아테네여! 디오티마가 외쳤다. 내가 저쪽 편을 바라다보았을 때, 푸른 어스름으로부터 올림피온*의 유령이 나를 향해 솟구쳐 올라올 때 나는 가끔 슬픔을 느끼곤 합니다!

저 너머까지는 얼마나 먼가요? 나는 물었다.

하룻길쯤 될 겁니다. 디오티마가 대답했다.

하루 뱃길이라고요? 나는 외쳤다. 그런데 내가 아직 저기에 가 보지 못했다고요? 우리 즉시 거기로 함께 건너가야 하겠어요.

그렇다면 좋아요! 디오티마가 외쳤다. 내일은 청명한 바다 날씨일 것 같아요. 그리고 만물이 아직 초록빛을 잃지 않았고 또 열매를 맺고 있는 중이지요.

그런 성지 참배를 위해서는 영원한 태양과 불멸하는 대지의 생명이 필요합니다.

자 그러면 내일 출발이다! 나는 말했다. 모든 친구들이 동의했다.

우리는 아침 일찍 닭 울음소리를 들으면서 부두를 떠났다. 신선하고 청명하게 우리 일행 모두와 세계가 빛을 발했다. 황금빛의 고요한 청춘이 우리의 가슴 안에 자리했다. 우리 내면의 생명은 첫 번째 봄이 시작되고 있는 대양의 새로 태어난 섬의 생명과 같았다.

벌써 오래전에 디오티마의 영향을 받아서 내 영혼 속에는 더 많은 균형 감각이 깃들었다. 그날 나는 이러한 사실을 몇 배로 순수하게 느꼈으며, 흩어져 떠돌아다니던 힘이 하나의 황금빛 중심으로 빠짐없이 모여들었다.

우리는 옛 아테네 민족의 특출함에 대해서, 그것이 어디서 기인하고 어떤 상황에 있는지에 대해서 서로 이야기를 나누었다.

누군가가 말했다. 기후가 그것을 형성했다네. 다른 사람이 말했다. 예술과 철학이라네. 그러자 제3자가 말했다. 종교와 국가의 형태지.*

아테네의 예술과 종교, 철학과 국가 형태는, 내가 말했다. 나무에 핀 꽃이고 열매들이지 토양과 뿌리는 아니라네. 자네들은 그 결과를 원인으로 생각하고 있는 것이네.*

기후가 이 모든 것을 형성했다고 나에게 말하는 사람은 우리도 아직 그 기후 안에 살고 있다는 것을 생각해야 할 것이네.

이 지상의 어느 민족보다도 모든 관점에서 방해받지 않고, 강압적인 영향으로부터 한층 자유롭게 아테네의 국민은 성장했다네.* 어떤 정복자도 그들을 허약하게 만들지 않았으며,* 어떤 전쟁의 승리도 그들을 도취하게 만들지 않았고, 어떤 이질적인 신의 숭배도 그들의 감각을 마비시키지 않았으며, 섣부르게 단정 짓는 어떤 지식이 설익은 열매로* 그들을 몰아가지도 않았던 것이네. 형성되어 가는 다이아몬드처럼 그들의 유년 시대는 스스로에게 내맡겨져 있었다네. 페이시스트라토스와 히파르코스의* 시대에 이르기까지 우리는 이들에 대해서 거의 아무것도 들은 바가 없네. 마치 온실 안에서처럼 대부분의 그리스 민족을 너무 일찍이 열을 내게 하고 활력을 불러 일으켰던 트로이 전쟁에도 아테네 백성은 거의 잠어하지 않았다네. ― 이떤 특출한 운명이 인간을 탄생시키지는 않는다네. 그러한 운명을 어머니로 둔 아들들은 위대하고 강할 수는 있지만 결코 아름다운 존재, 또는 똑같은 말이지만 인간이 되지는 않는다네. 된다 하더라도 두드러진 차이가 마침내 평화를 이루지 않으면 안 될 만큼 심하게 서로 다투고 나서야 비로소 뒤늦게 인간이 되는 것이네.

현란한 힘으로 라케다이몬*은 아테네 사람들을 앞질러 갔고, 바로 그 때문에 훨씬 이전에 분열되고 소멸해 버렸을지도 모른다네. 만일 리쿠르고스가* 나타나지 않았고 훈육을 통해서 오만한 천성을 억제하지 않았다면 말일세. 그때부터 스파르타 인들에게서도 모든 것이 계발되었고 온갖 특출함이 근면과 자의식 있는 노력의 대가를 치르고 성취되었다네. 그리하여 어떤 의미에서는 우리가 스파르타 인의 단순성을 말할 수 있기는 하지만, 본래의 어린아이 같은 단순성은 그들 안에 전적으로 들어 있지 않았다고 말하는 것이 당연한 일이라네. 라케다이몬의 사람들은 너무 일찍 본능의 질서를 파괴했고, 너무 일찍 천성으로부터 떨어져 나왔던 것이네. 그리하여 너무도 이르게 그들로부터 훈련이 시작되었네. 왜냐하면 모든 훈련과 기예라는 것은 인간의 천성이 아직 성숙되지 않은 경우에는 너무 이르게 시작되는 것이기 때문이네. 아이가 학교에 가기 전에 완성된 천성이 인간의 자식들 내면에 살아 있어야만 하는 것이네.* 그래야만 유년기의 표상이 그에게 학교를 떠나서 완성된 자연으로 향하는 회귀의 길을 가리켜 줄 것이네.

스파르타 인들은 영원히 미완의 단편으로 남아 버렸네. 왜냐하면 한 번도 완벽한 어린아이가 되어 본 적이 없는 자는 완벽한 성인이 되기 어렵기 때문이라네.

모든 그리스 인들에 대해서와 마찬가지로 아테네 사람들에 대해서 하늘과 땅은 그 몫을 다했고, 그들에게 가난도 그렇다고 풍요로움도 건네주지는 않았네.* 하늘의 빛살이 불의 비처럼 그들 위에 쏟아져 내린 적도 없었고, 우둔한 어머니가 쉽사리 그렇게 하듯이 대지가 어루만짐과 과분한 선물로 그들을 버릇없이 키우거나 취하게 하지도 않았다네.

게다가 제 자신의 왕으로서의 권한을 자발적으로 제약한 테세우스의 놀랍고 위대한 행동이 덧붙여졌다네.*

오! 그러한 종자가 백성의 가슴 안에 뿌려졌으니 황금빛 열매의 대해를 이루지 않을 수 없는 일이네. 그리고 후일 아테네 사람들 가운데서 그것은 드러나게 작용하고 번성하고 있네.

다시 한 번 말하겠네! 아테네 사람들은 그처럼 온갖 종류의 강제적인 영향으로부터 자유롭게 적당한 자양을 취하면서 올바르게 성장했고, 그것이 그들을 그처럼 특출하게 만들어 주었네. 이것만이 그것을 가능하게 했던 것이라는 말일세!

요람에서부터 인간을 방해하지 말고 그대로 놓아두어야 하네! 인간 본성의 밀집된 꽃봉오리로부터, 그 유년기의 작은 오두막으로부터 인간을 내몰지 말아야 하네! 너무 적게 작용하여서 그가 그대들을 아쉬워하지 않거나 자신과 그대를 구분하지 않는 일이 없도록 하고, 너무 지나치게 많이 작용하여서 그가 그대들의 또는 제 자신의 힘을 느끼지 못하여 자신과 그대들을 구분하지 않는 일이 없도록 해야 하네. 산난히 말해서 인간으로 하여금 늦게야 제 자신 이외에 인간들이, 그 어떤 것이 존재한다는 사실을 알게 해야 한다는 것이네.* 왜냐하면 그렇게 해서만이 그가 인간이 되기 때문이네. 그러나 인간은 인간이 되자마자 하나의 신이라네. 그리고 인간이 하나의 신일 때 인간은 아름다운 법이네.*

야릇한 말이군! 친구들 중의 누군가가 외쳤다.

당신이 그처럼 깊게 내 영혼으로부터 말한 적이 아직 없었습니다. 디오티마가 외쳤다.

나는 당신에게서 배웠을 뿐입니다. 나는 대답했다.

그처럼 아테네 사람은 하나의 인간이었네. 나는 계속해서 말했다. 아테네 사람은 그렇게 되지 않을 수 없었네. 자연의 손길로부터 그는 아름답게 태어났던 것이네.* 사람들이 말하는 대로 육체와 영혼에 걸쳐 아름답게 말이네.

인간의, 신적인 아름다움의 첫 번째 자식은 예술이네. 예술을 통해서 신적 인간은 스스로 회춘하고 되풀이한다네. 신적 인간은 스스로를 느끼기를 갈망하고, 그 때문에 자신의 아름다움을 자신에게 마주 세우지. 그렇게 해서 인간은 스스로에게 자신의 신들을 부여했다네. 왜냐하면 태초에 인간과 그의 신들은 일체였고, 제 자신은 알지 못했지만 영원한 아름다움이 거기에 존재했던 것이네. ― 내가 신비로운 일을 말하고 있지만, 그러나 그것들은 존재한다네. ―

신적 아름다움의 첫 아이는 예술이라네. 아테네 사람들에게는 그러했다네.

아름다움의 두 번째 딸은 종교라네. 종교는 아름다움의 사랑이네. 현자는 아름다움 자체를 사랑하지. 그 무한한 자, 모든 것을 포괄하는 자를 사랑한다네. 그러니까 민중은 그들의 아이들을 사랑하고, 다양한 모습으로 그들에게 모습을 내보이는 신들을 사랑한다네.* 아테네 사람들에게도 역시 그러했다네. 아름다움의 그러한 사랑 없이는, 그러한 종교 없이는 어떤 국가도 생명과 영혼이 없는 바짝 마른 형해(形骸)에 불과하다네. 모든 사상과 행동도 우듬지가 없는 나무, 마무리 장식이 떨어져 버린 원주에 지나지 않는 것이네.

이러한 경우가 그리스 사람들, 특히 아테네 사람들에게 실제로 해당된다는 사실, 그들의 예술과 종교가 영원한 아름다움 — 완성된 인간 천성 — 의 진정한 자식들이며, 오로지 완성된 인간 본성으로부터 솟아오를 수 있었다는 사실은 우리가 그들의 신성한 예술의 대상물만을, 그리고 종교를 그들이 그 대상을 사랑하고 공경할 때 바라보았던 선입견 없는 눈으로 바로 보려고 하면 명백히 드러난다네.

결함과 오류는 어디에든 존재하는 법이고, 또 이곳에서도 마찬가지네. 그러나 우리가 그들의 예술 대상들 가운데서 주로 성숙한 인간을 발견한다는 것은 확실하다네. 거기에는 왜소한 것은 존재하지 않네. 이집트 인들이나 고트 족들의 기괴한 것도 거기에는 존재하지 않네. 거기에는 인간의 감각과 인간의 모습이 존재한다네. 그들의 예술 대상은 다른 족속들에 비해서 초감각적인 것과 감각적인 것의 극단으로 절제 없이 벗어나는 일이 드물다네. 다른 족속들에 비해서 그늘의 신들은 인간성의 아름다움 가운데 더 많이 머물고 있다네.*

그리고 예술 대상처럼 사랑도 그러하네. 지나치게 굴종적이지 않으며 또한 너무 지나치게 허물없이 대하지도 않는다네! —

아테네 사람들의 영혼의 아름다움으로부터 자유를 위한 필연적인 감각은 뒤따랐네.

이집트 인은 아무런 고통 없이 자의(恣意)의 폭정을 견디어 내고, 북방의 아들은 아무런 거부감 없이 법의 전횡을, 법의 형식을 빌린 불의를 견디어 낸다네. 왜냐하면 이집트 인은 어머니의 뱃속에서부터 충성과 신격화의 충동을 지니고 있으며, 북방에서는 자연의 순수하고 자유로운 생명을 거의 믿지 않아서 법칙적인 것에 대한 미신에 매달리지 않을 수 없기 때문이라네.

아테네 사람은 전횡을 참아 낼 수 없지. 왜냐하면 그의 신적인 천성은 파괴되기를 원치 않기 때문이라네. 그는 어떤 경우에건 법칙성을 참아 낼 수 없다네. 왜냐하면 그는 그러한 법칙을 어떤 경우에도 필요로 하지 않기 때문이라네. 드라콘과 같은 인물은 아테네 사람에게는 쓸모가 없네.* 아테네 사람은 부드럽게 다루어지기를 원하고 그런 것을 좋아한다네.

좋아! 누군가가 나의 말을 가로막았다. 그 사실을 나는 이해하겠네. 그러나 어찌하여 이 문학적이고 종교적인 민족이 이제 철학적인 민족도 되어야 한다는 것인지 그걸 나는 모르겠네.

문학이 없었다면, 나는 말했다, 그들은 결코 철학적인 민족도 아니었을 것이네.

철학이, 그는 대꾸했다. 이 학문의 싸늘한 숭고함이 문학과 무슨 관계란 말인가?

문학은, 나는 내 일이라 확신을 가지고 말했다. 이 학문의 시작이자 끝이라네. 주피터의 머리로부터 미네르바가 태어났듯이, 철학은 무한히 신적인 존재인 문학으로부터 태어난다네. 그리하여 끝에 이르러서는 문학을 통해서 그 결합될 수 없는 것이 문학의 신비에 찬 샘 안에 함께 흘러들게 된다네.*

이 분은 역설적인 사람이랍니다. 디오티마가 큰소리로 말했다. 그렇지만 나는 그를 어렴풋이 이해하고 있어요. 그런데 여러분은 내가 보기에 주제에서 빗나가고 있어요. 우리는 아테네에 대해서 이야기하는 중이랍니다.

자신의 내면에서, 나는 다시 말하기 시작했다. 자신의 존재의 힘이 마치 무지개의 색깔처럼 서로 얽힐 때 최소한 생애 가운데 단 한 번도 완벽하고 순수한 아름다움을 자신의 내면에서 느끼지 못했던 사람, 오로지 감동의 순간에만 모든 것이 내면 깊이에서 일치되는 것을 경험해 보지 못한 사람, 그러한 사람은 결코 철학적으로 회의(懷疑)하는 사람이 되지 않을 것이며, 그의 영혼은 건설을 위해서는 물론 파괴를 위해서도 결코 적합하지 않다네. 내가 생각하기로는 회의하는 사람은 생산된 적이 없는, 결함 없는 아름다움의 조화를 알기 때문에 생각된 모든 것에서 모순과 결함을 발견해 내는 것이라네. 인간은 신들의 식탁에서 남모르게 포식하기 때문에 인간의 이성이 선의로 인간에게 건네 준 마른 빵을 경멸하며 물리치는 것이네.

봉상가시여! 니오티마가 외쳤다. 그렇기 때문에 당신도 역시 한 사람의 회의론자였어요. 그러나 아테네 사람들은!

나도 전적으로 그들에 가깝지요. 나는 말했다. 그 위대한 말, *'제 자신 안에 구분되어 있는 일체'*라는 헤라클레이토스의 말,* 그 말은 오로지 그리스 사람만이 발견해 낼 수 있었다네. 왜냐하면 그것은 아름다움의 본질이기 때문에 그 말이 발견되기 전에는 어떤 철학도 존재하지 않았다네.

그때 사람들은 전체적인 것이 존재한다고 단정할 수 있었네. 꽃은 활짝 피었다네. 그러자 사람들은 비로소 분석할 수가 있었다네. 아름다움의 요소는 인간들 사이에 알려지게 되었고, 삶과 정신 안에 그 무한하게 일치적인 것이 존재했다네.

사람들은 그 무한하게 일치적인 것을 분석하고 정신 안에서 분할할 수 있었고, 그 분할된 것을 새롭게 결합하여 사유할 수 있었으며, 최고 최선의 본질을 더욱더 잘 인식할 수 있었고, 그 인식된 것을 정신의 다양한 영역 안에 법칙으로 부여할 수 있었다네.

이제 자네들은 아테네 사람들이 특별하게 철학적인 민중이어야만 했던 이유를 알겠는가?

이집트 인은 그럴 수가 없었네. 하늘과 땅과 더불어 사랑과 그 사랑에 대해 똑같이 응답하며 살고 있지 않는 자, 이러한 의미에서 그가 활동하고 있는 자연 요소와 일치하여 살고 있지 않는 자는 천성적으로 그 자신의 내면에서도 일치적이지 않으며, 그리스 사람처럼 최소한 그렇게 쉽게 영원한 아름다움을 체험하지 못한다네.

호사스러운 전제 군주처럼 동방 지역은 그 권세와 광채를 가지고 주민들을 땅바닥에 내동댕이치고 만다네. 그리고 사람이 걷는 것을 배우기도 전에 무릎을 꿇어야만 하고, 말하는 것을 배우기도 전에 빌어야만 하네. 그의 마음이 평형을 이루기도 전에 한쪽으로 기울어져 버리네. 정신이 꽃을 피우고 열매를 맺기에 충분히 강해지기도 전에 운명과 자연은 불타는 열기로 모든 힘을 그 정신으로부터 빼앗아 가고 마는 것이지. 이집트 사람은 온전한 전체가 되기도 전에 헌신해 버리고 만다네. 그렇기 때문에 그는 전체에 대해서 아무것도 알지 못하고 아름다움에 대해서도 아는 것이 아무것도 없다네. 그가 부르는 최고의 것, 그것은 일종의 베일에 가려진 힘, 소름끼치는 수수께끼네. 이집트 인의 처음이자 끝은 말없이 어둠에 가려진 이시스 여신이며,* 공허한 무한성이네. 거기로부터는 이성적인 것이 결코 생겨나지 못한다네. 가장 고상한 무(無)일지라도 거기에서 태어나는 것은 무인 법이지.

이와는 반대로 북방인은 자기의 제자를 너무 일찍 제 자신의 내면으로 몰아넣는다네. 불길 같은 이집트 인의 정신이 여행을 너무 즐겨서 세상으로 서둘러 나간다면, 북방에서는 정신이 여행 준비를 마치기도 전에 자신 안으로 되돌려 보내진다네.

북방에서는 성숙한 감정이 마음 안에 생기기도 전에 사람은 벌써 오성적이 되어야 하고, 공평무사함이 그것의 멋진 종결점에 도달하기도 전에 사람은 모든 것의 책임을 자신이 짊어지지 않으면 안 된다네. 인간이 되기 전에 이성적이어야 하고, 자의식을 가진 정신이 되어야 하며, 어린아이가 되기도 전에 현명한 어른이 되어야 하네. 인간이 스스로 형성되고 계발되기 전에는 전 인간의 일지성, 아름다움이 자신의 내면에서 번성하고 성숙되는 것을 용납하지 않네. 단순한 오성, 단순한 이성이 언제나 북방의 제왕들이라네.

그러나 단순한 오성으로부터는 결코 오성다운 것이, 단순한 이성으로부터는 결코 이성다운 것이 생기지 않는다네.

오성은 정신의 아름다움 없이는 미리 지시된 대로 거친 목재로 울타리를 세우고 장인이 지으려고 하는 정원을 위해서 재단된 말뚝을 못질해서 잇는 부지런한 기능인과 다름없다네. 오성이 하는 모든 일은 응급 조치일 뿐이네. 오성은 정리하는 가운데 무의미한 짓이나 부당한 일로부터 우리를 지켜 주지만, 무의미한 일이나 부당한 일로부터 안전하다는 것이 인간적인 특출함의 최고 단계는 아니라네.

정신의 아름다움과 심정의 아름다움이 없다면 이성은 집주인이 하인들 위에 임명해 놓은 감독자와 다름이 없다네. 그는 끝없는 작업을 통해서 무엇을 이루어야 하는지를 하인들만큼도 모르고 있어서 오로지 바삐 움직이라고 외칠 뿐이며, 일이 진척되는 것도 거의 달갑게 여기지를 않는다네. 왜냐하면 일이 끝나게 되면 더 이상 감독할 일이 없어질 것이고, 자신의 역할도 끝장나기 때문이지.

단순한 오성으로부터는 어떤 철학도 나타나지 않을 것이네. 왜냐하면 철학은 현존하는 것의 제약된 인식 이상이기 때문이라네.

단순한 이성으로부터도 철학이 생겨나지 않을 것이네. 왜냐하면 철학은 어떤 가능한 소재의 결합과 구별로의 결코 끝날 줄 모르는 진행에 대한 맹목적인 요청 이상이기 때문이라네.

그러나 아름다움의 이상인 신적인 '*자체 안에 구분된 하나*'가 노력하는 이성에게 빛을 비치게 되면 그 이성은 맹목적으로 요청하지 않으며, 무엇 때문에 무엇을 위해서 자신이 요청하는지를 알게 된다네.*

오월의 한낮이 예술가의 작업장 안으로 비쳐 들 듯이 아름다움의 태양이 오성이 작업할 때 그 오성에게 비치게 되면 그는 밖으로 나와 떠돌지 않으며 어쩔 수 없이 하는 자신의 일을 멈출 것이며, 회춘시키는 봄빛 속을 거닐게 될 축제의 날을 기꺼이 상상할 것이네.

거기까지 이야기를 했을 때 우리는 아티카의 해안에 상륙하게 되었다.

우리가 많은 것을 정리해서 말할 수 있기에는 고대의 아테네가 우리의 생각 속에 너무도 절실하게 자리하고 있었다. 나는 그때 나의 의견을 피력하는 방식에 대해서 스스로 놀랐다. 도대체 어떻게 내가 자네들 모두 올려다보는 그 무미건조한 산꼭대기에 오르게 되었단 말인가? 나는 외쳤다.

우리가 기분이 정말 좋을 때는 언제나 그렇지요. 디오티마가 대꾸했다. 그럴 때는 힘이 넘치며 일거리를 찾는 법이랍니다. 어린 양들은 어미젖을 양껏 먹고 나면 서로 머리를 부딪치지요.

우리는 리카베토스 언덕에서* 이쪽을 향해 걸어갔다. 서두르는 가운데에서도 우리는 때때로 멈춰 서서 생각과 신비로운 기대감에 젖었다.

사기가 사랑하는 것의 사멸을 확인하는 일이 인간에게 그처럼 어렵다는 것은 좋은 일이다. 또한 친구를 실제로 만나리라는 은근한 희망 없이 친구의 묘지를 찾는 사람은 거의 없을 것이다. 고대 아테네의 아름다운 환상이 죽은 자들의 나라에서부터 되돌아온 어머니의 모습처럼 나를 사로잡았다.

오 파르테논 신전이여! 나는 외쳤다. 세계의 자랑이여! 그대의 발아래 포세이돈의 나라가 길들인 사자처럼 놓여 있고, 마치 어린 아이들처럼 다른 신전들도 그대를 에워싸고 모여 있네.* 그리고 떠들썩한 아고라와 아카데모스의 성스러운 임원(林苑)도.* ─

당신은 그 옛 시절로 당신을 옮겨 놓을 수 있군요. 디오티마가 말했다.

그 시절을 저에게 일깨우지 마시오! 나는 대꾸했다. 그때는 신적인 삶이 있었고 인간은 자연의 중심점이었답니다. 봄이 아테네 주변에 피어오르면 동정녀의 가슴에 꽂은 수수한 한 송이 꽃과 같았습니다. 태양은 대지의 장엄함 위로 부끄러워하면서 솟아올랐습니다.

히메토스 산맥과 펜텔리코스 산맥의* 대리석 암석은 어머니의 품속에서부터 어린아이가 튀어나오듯 그 졸고 있는 산맥의 요람에서 솟아올랐고, 부드러운 아테네 사람들의 손길 아래 모양과 생명을 얻었습니다.

자연은 꿀과 아름답기 이를 데 없는 오랑캐꽃과 은매화와 올리브를 건네주었습니다.*

자연은 여사제였고, 인간은 자연의 신이었으며,* 자연 안에 들어 있는 온갖 생명과 자연의 모든 모습과 음향은 자연이 속해 있던 그 찬란한 것의 감동 어린 메아리에 지나지 않았습니다.

자연은 인간을 찬미했고 인간에게 오로지 봉사했습니다.

인간은 그럴 만한 가치가 있었습니다. 인간은 성스러운 작업장에 즐겨 앉아서 자신이 만든 신상의 무릎을 끌어안거나, 산의 정상에서, 수니온 곶의 초록빛 끝머리에서, 귀를 기울이고 있는 제자들 가운데 진을 치고서* 드높은 사념에 잠겨 시간을 보내고 싶어 했습니다. 또는 학습에 정진하거나, 연설대로부터 마치 천후의 신처럼 비와 태양과 번개를 보내고 또한 황금빛 구름을 보내고 싶어 했답니다. —

오 보세요! 그때 디오티마가 나를 향해 갑자기 소리쳤다.

나는 보았다. 그리고 그 엄청난 광경 앞에서 나는 차라리 사라져 버리고 말았으면 했다.

엄청난 난파선처럼, 태풍이 멈추고 선원들은 사라져 버렸으며 산산조각이 난 선단의 잔해가 알아볼 수 없이 해변의 모래밭에 놓여 있는 것처럼 그렇게 아테네는 우리 앞에 놓여 있었던 것이다. 또한 저녁에는 아직 초록빛이었다가 밤이면 불길 가운데에 솟구쳐 떠오르는 숲의 발가벗은 나무들처럼 고독한 원주가 우리 앞에 서 있었다.

여기서, 디오티마가 말했다. 사람들은 좋거나 나쁘건 간에 자신의 운명에 대해서 침착해지는 법을 배우게 된답니다.

사람들은 여기서 세상만사에 대해서 침착해지는 것을 깨우치게 되지요. 나는 말을 이어 갔다. 만일 이 밀밭을 벤 농부들이 그 거둔 낟알 줄기로 각기의 곳간을 채워 넣었다면 아무것도 잃은 것이 없을 대지요. 그렇다면 지는 이삭을 줍는 사람으로 서 있는 것으로 만족할 것입니다. 그러나 도대체 누가 거둔 것입니까?

유럽 전체이지. 친구들 가운데 어느 누군가가 대답했다.

오, 그렇다네. 나는 소리쳤다. 그들은 원주와 흉상을 끌고 가서는 서로 팔아넘겼고, 드물다는 이유로 우리가 앵무새나 원숭이를 평가하는 정도로 고귀한 형상들을 평가해 왔다네.

그런 말 말게나. 앞서 말했던 친구가 대꾸했다. 실제로 그들에게는 아름다움의 정신이 부족했다네. 그럴 수밖에 없었던 것은 정신은 끌고 갈 수도 없고 팔아 버릴 수도 없었을 테니까.

물론이네! 나는 외쳤다. 이 정신은 파괴자들이 아티카로 오기 전에 이미 몰락했던 것이네. 집과 사당이 수명을 다하게 되었을 때 비로소 들짐승이 성문과 골목 안으로 감히 들어오게 되는 법이지.

그 정신을 지니고 있는 사람 앞에, 디오티마가 위로하면서 말했다, 아테네는 아직 서 있답니다. 마치 피어오르는 과실수처럼 말입니다. 예술가는 미완의 조각품을 쉽게 완성하지요.

다음날 우리는 아침 일찍 집을 나섰다. 우리는 파르테논의 폐허, 옛 디오니소스 극장의 터, 테세우스 신전, 신적인 제우스 신전에서 아직도 남아 서 있는 열여섯 개의 원주를 보았다. 그러나 나를 가장 감동시킨 것은 옛날 구도시로부터 신도시로 나갈 때 통과하던 곳으로, 한때는 하루에도 수많은 아름다운 사람들이 시로 인사를 주고받았던 옛 성문이었다.* 이제는 사람들이 이 성문을 통해서 구도시로도 또 신도시로도 나다니지 않을지도 모른다. 마치 그 수맥을 통해서 한때 맑고 싱싱한 물이 찰랑거리는 다정한 소리를 내면서 솟아올랐으나 지금은 말라 버린 우물처럼 그 성문은 말없이 황량한 모습으로 거기에 서 있다.

아! 우리가 그렇게 이리저리 거닐고 있을 때, 나는 말했다, 여기서 신전이 무너지고 그 부서진 돌은 아이들이 던지도록 방치되어 있다는 사실, 불구자처럼 잘린 신상이 농가 앞의 앉을깨가 되고 묘석은 풀을 뜯고 있는 짐승들의 쉼터가 되어 버린 사실은 운명의 어지러운 유희인 것이 분명하네. 그리고 그러한 낭비는 녹인 진주를 마셨던 클레오파트라의 경솔함*보다도 더한 호사라네. 그렇지만 그 위대함과 아름다움 모두 어떻든 애석한 일이네!

착하신 휘페리온이여! 디오티마가 외쳤다. 당신은 떠나야 할 시간이 되었습니다. 안색이 창백하고 눈이 피곤해 보입니다. 그리고 당신은 공연히 이런저런 착상으로 스스로 방어하려고 하고 있어요. 자 밖으로 나갑시다! 푸른 들로! 생명의 색깔 가운데로! 틀림없이 기분이 유쾌해질 겁니다.

우리는 밖으로 나와서 근처에 있는 정원으로 들어갔다.

다른 사람들은 도중에 아테네의 고대 유물 틈에서 수확을 올리고 있는 두 명의 영국인 학자들을 만나* 대화에 빠졌고 그 자리에서 꼼짝하지 않았다. 나는 그들이 좋아하는 대로 버려두었다.

다시금 디오티마와 단둘이 있게 된 것을 알아 차렸을 때 나의 온 존재는 고무되었다. 그녀는 아테네의 성스러운 혼돈과의 장렬한 싸움을 이겨 냈던 것이다. 천국적인 뮤즈 여신의 탄금 소리가 불협화의 요소를 제압하듯이 디오티마의 고요한 사념은 폐허를 제압했다. 달이 부드러운 구름을 뚫고 나오듯이 그녀의 정신은 아름다운 고통을 뚫고 솟아올랐다.* 한밤에 가장 내혹직으로 향기를 뿜고 있는 꽃처럼 천국적인 여인이 비애의 한가운데에 서 있었던 것이다.

우리는 계속해서 걷고 걸었다. 그리고 헛된 걸음이 아니었다.

오 너희들 앙겔레의 숲이여,* 올리브나무와 측백나무가 서로 에워싸 속삭이며, 다정한 그늘로 서로 식혀 주고, 레몬나무의 황금색 열매는 짙은 나무 이파리 사이로 반짝이며, 부풀 듯 살쪄 가는 포도가 겁 없이 울타리를 넘어 자라고, 다 익은 유자 열매가 마치 미소를 머금은 작은 습득물처럼 길에 놓여 있는 앙겔레의 숲이여! 너희들 향기를 내뿜는 은밀한 작은 길이여! 샘으로부터 은매화 가지의 영상이 미소 짓는 너희들 영화로운 쉼터여! 나 결코 너희들을 잊지 않으리라.

디오티마와 나는 한참 동안 멋진 나무 아래를 이리저리 거닐었다. 마침내 커다랗고 밝은 장소가 우리 앞에 나타났다.

거기에 우리는 앉았다. 우리 사이에 행복한 정적이 흘렀다. 나의 영혼은 나비가 꽃송이 주변을 날듯이 여인의 신적인 모습을 에워싸고 떠올랐다. 나의 온 존재는 무거운 짐을 풀고 감동적인 광경의 환희 가운데 일체가 되었다.

경솔하신 분, 다시 마음이 놓이셨나요? 디오티마가 물었다.

그래요! 그렇습니다! 마음이 놓입니다. 나는 내답했다. 내가 잃어버렸다고 생각했던 것을 내가 지니고 있으며, 이 세상에서 사라져 버렸기라도 하듯이 내가 애타게 찾아 헤맨 것, 그것이 내 눈앞에 있습니다. 아니지요, 디오티마여! 아직 영원한 아름다움의 샘물은 마르지 않았습니다.

나는 당신에게 언젠가 한 번 나에게는 신들과 인간들이 더 이상 필요 없다고 말한 적이 있습니다. 나는 알고 있습니다. 천국은 사멸해 버리고, 사람들은 떠나 버렸으며, 한때 아름다운 인간의 삶으로 넘쳐흘렀던 지상도 거의 개미탑처럼 되어 버렸다는 것을 말입니다. 그러나 아직 옛 천국과 옛 대지가 나에게 웃음을 띠고 있는 곳이 존재합니다. 왜냐하면 당신을 통해서 천국의 모든 신들과 지상의 모든 신적인 인간들을 잊어버리게 되었기 때문입니다.

세계의 난파가 나에게 무슨 상관인가요. 나는 나의 복된 섬 이외에는 아무것도 알지 못합니다.

행복한 요람에서 사는 시간이 있듯이, 디오티마가 다정하지만 진지하게 말했다, 사랑의 시간도 있는 법이지요. 그러나 삶 자체가 우리를 거기서부터 몰아낸답니다.

휘페리온! ─ 이때 그녀는 나의 손을 불길처럼 붙잡았고, 그녀의 목소리는 숭고한 위엄을 띠었다. ─ 휘페리온이시여! 당신은 한층 드높은 사업을 위해서 태어나신 분이라는 생각이 듭니다. 당신 자신을 잘못 판단해서는 안 됩니다. 대상이 없어서 그것이 당신을 붙잡아 두고 있을 뿐입니다. 일이 만족할 만큼 빠르게 진행되지 않았습니다. 그것이 당신을 쓰러뜨렸던 것이지요. 나이 어린 검객처럼 당신은 당신의 목표를 확인하고 주먹을 단련하기도 전에 너무 빠르게 공격을 포기하고 말았습니다. 물론 당신은 당신이 때린 것보다도 더 많은 타격을 받았기 때문에 사람을 경계하게 되었고 자신과 모두에 대해서 의심하게 되었지만 말입니다. 그것은 당신이 격정적인 성품이기도 하지만 또 그처럼 예민한 성품을 가진 분이기 때문입니다. 당신의 심성과 활동이 일찍 성숙해 버렸더라면 당신의 영혼은 지금의 영혼이 아니었을 겁니다. 당신이 고뇌하고 격분하는 사람이 아니었다면 당신은 지금 사유하는 사람이 아닐 것입니다. 제 말을 믿어 주세요. 만일 당신이 균형을 잃어버린 적이 없었더라면 당신은 결코 아름다운 인간 본성의 균형을 그처럼 순수하게 인식하지 못했을 것입니다. 당신의 마음은 마침내 평화를 발견했습니다. 나는 그것을 믿고자 합니다. 나는 그것을 이해합니다. 그러나 당신은 정말 지금 종말점에 서 있다고 생각하시나요? 당신은 당신의 사랑의 천국 안에 자신을 가두고 싶으신가요? 당신을 필요로 하는 세계가 당신의 발밑에서 시들고 얼어붙도록 버려둘 생각입니까? 당신은 빛살처럼, 모든 것을 싱싱하게 해 주는 비처럼 내려가셔야만 합니다. 당신은 아폴론처럼 빛을 밝히고 주피터처럼 일깨우고 생기를 불어넣어야만 합니다. 그렇지 않으면 당신은 당신의 천국에 머물 자격이 없습니다. 청하건대 아테네로 들어가십시오. 한 번만 더 말입니다. 그리고 거기서 폐허 사이를 서성대고 있는 인간들을 눈여겨보십시오. 그 거친 알바니아 인들과 더불어 즐거운 춤과 성스러운 동화로써 그들에게 짐 지우고 있는 굴욕적인 폭력에 대해 스스로 위안하고 있는 선량하고 천진 난만한 그리스 사람들도 보아 주십시오. ─ 내가 이런 대상을 부끄러워한다고 당신은 말할 수 있나요? 이 대상도 여전히 가꾸어질 수 있으리라고 나는 생각합니다. 당신은 궁핍한 자들에게서 마음을 돌릴 수가 있나요? 그들은 나쁜 사람들이 아니며, 당신에게 아무런 해를 끼치지도 않았습니다!

그들을 위해서 제가 무엇을 할 수 있을까요. 나는 소리 높여 말했다.

당신의 내면에 지니고 있는 것을 그들에게 주십시오. 디오티마가 대답했다. 주십시오. —

그만하십시오, 더 이상 말하지 마십시오, 위대한 영혼이여! 나는 외쳤다. 당신은 그렇지 않아도 저를 굴복시키고 있습니다. 마치 당신이 힘으로 저를 그렇게 굴복시켜 버리기라도 한 듯 말입니다. —

그들은 더 행복하게 되지는 않을 것입니다. 그러나 한층 고상하게 되겠지요. 아닙니다! 그들은 역시 행복해지기도 할 것입니다. 그들은 나와야만 합니다. 해저의 불길에 떼밀려 새로운 산이 바닷물을 뚫고 솟아오르듯이 그들은 솟아올라야만 합니다.

저는 홀로 서 있고 그들 가운데로 이름도 없이 발길을 들여놓을 것입니다. 그렇지만 하나의 온전한 인간이 인간의 부분들에 지나지 않는 수백 명의 사람보다 더 나을 수 있는 것이 아니겠습니까?

성스러운 자연이여! 그대는 나의 안과 밖에서 언제나 한결같은 자연입니다. 나의 밖에 존재하는 것을 내 안에 들어 있는 신성과 결합하는 것도 그처럼 어려운 일이 아닐 것입니다. 벌들도 그들의 작은 나라를 이룩하는데 어찌 내가 필요한 것을 심고 가꾸지 말라는 법이 있겠습니까?

그렇지 않은가요? 아라비아의 상인*은 자신의 경전인 코란을 씨 뿌렸습니다. 그리고 끝없는 숲처럼 제자인 백성이 번성했습니다. 그렇다면 옛 진리가 새롭게 생동하는 청춘으로 되돌아온 터전이 번성하지 말라는 법이 있겠습니까?

근본부터 달라지리라! 인간 본성의 뿌리로부터 새로운 세계는 움트리라! 새로운 신성이 그들을 지배하며, 새로운 미래가 그들 앞에 밝아 오리라.

일터에서, 가정에서, 모임에서, 신전에서, 도처에서 달라지기를!

그러나 저는 배우기 위해서 밖으로 나가지 않으면 안 됩니다. 저는 예술가입니다. 그러나 솜씨가 없습니다. 저는 머릿속으로는 그리지만 아직 손을 쓸 줄은 모릅니다. ―

당신은 이탈리아로 가십시오. 디오티마가 말했다. 독일로, 프랑스로 가십시오. ― 몇 년이나 필요합니까? 3년― 4년― 내 생각에는 3년이면 충분할 것 같군요. 당신은 결코 게으른 사람이 아닙니다. 가장 위대한 것과 가장 아름다운 것만을 찾으십시오. ―

》그러고 나서는요?《

당신은 우리 민중의 교사가 되는 것입니다. 위대한 인간이 되는 것입니다. 저는 그렇게 희망합니다. 그리고 난 다음 제가 당신을 포옹하게 되면 내가 마치 뛰어난 남자의 한 부분이 된 듯 꿈을 꾸게 될 것입니다. 폴룩스가 카스토르에게 그러했듯이,* 당신이 당신의 영원불멸의 절반을 나에게 주기라도 했다는 듯이 나는 기쁨에 겨워 뛰어오를 것입니다. 오! 나는 자랑스러운 여인이 될 것입니다. 휘페리온이여!

나는 한동안 침묵했다. 나는 형언할 수 없는 기쁨에 차 있었던 것이다.

도대체 결단과 행동 사이에는 어떻게 만족감이 자리하는 법인가요? 나는 비로소 다시 말문을 열었다. 승리에 앞서 평온이 있는 건가요?

그런 평온은 영웅의 평온입니다. 디오티마가 말했다. 신탁처럼 명령과 이행이 동시적인 결단이 있습니다. 그런 결단이 바로 당신의 결단입니다. ─

첫 포옹을 한 뒤처럼 우리는 돌아왔다. 우리에게 모든 것은 낯설고 새로워졌다.

나는 아테네의 폐허를 내려다보고 섰다. 마치 농부가 휴경지를 바라다보듯이 말이다. 편안히 누워 있어라. 우리가 다시 배가 있는 쪽으로 가고 있을 때 나는 그렇게 생각했다. 너로부터 어린 생명이 곧 푸르게 되고 하늘의 축복을 향해서 자라나리라. 곧 구름은 부질없이 비를 내리게 하는 일이 없을 것이며, 태양은 곧 옛 제자들을 다시 찾게 되리라.

자연이여, 그대는 인간에 대해서 묻고 있는가? 그대는 정리 정돈하던 예술가가 죽어 버렸기 때문에 우연의 형제인 바람이 그저 타고 있는 탄금의 연주처럼 그렇게 탄식하고 있는가? 그들은 올 것이다. 그대의 인간들이, 자연이여! 회춘한 민중*이 그대를 또한 회춘시킬 것이며, 그대는 그 백성의 신부처럼 될 것이다. 정신의 옛 유대는 그대와 더불어 스스로 새로워질 것이다.

오로지 하나의 아름다움만이 존재하게 될 것이다. 인간성과 자연은 삼라만상을 포괄하는 하나의 신성 안에 결합될 것이다.

제2권

태어나지 않는 것 — 그것이 가장 바람직한 일이다!
그러나 길이 빛의 세상으로 이어졌다면 가능한 한 가장 빨리 그 길로 되돌아가라.
그것이 태어난 이후 최선이다.*

제1서

휘페리온이 벨라르민에게

우리가 아티카 땅을 떠나 되돌아온 후 우리는 연중 아름다운 마지막 순간을 보냈다.

가을은 우리에게 봄의 형제였다. 부드러운 광채로 가득 채워져 사랑의 고통과 흘러간 환희를 회상하기에 알맞은 축제의 계절이기 때문이다. 시들어 가는 나뭇잎은 황혼의 빛깔을 띠고 있었고, 소나무와 월계수만이 영원한 초록빛을 하고 서 있었다. 쾌청한 대기 안에 철새들은 떠나지 못한 채 머무적거렸으며, 또 다른 새들은 포도원에서 무리를 지어 날고 있었다. 또한 뜰에서도 무리를 지어 사람들이 남겨 둔 것을 즐겁게 거두어들이고 있었다. 천국의 빛살이 탁 터진 하늘로부터 현란하게 흘러내렸고, 모든 나뭇가지 사이로 성스러운 태양은 미소 짓고 있었다. 내가 환희와 감사의 마음 없이는 결코 한 번도 부르지 않던 그 선량한 태양, 자주 깊은 고통 속에 있을 때 한 번의 눈길로 나를 치유해 주고 불만과 염려로부터 내 영혼을 씻어 주었던 그 태양이.

우리는, 그러니까 디오티마와 나는 우리가 가장 좋아하는 오솔길들을 찾아갔으며, 이미 사라져 버린 복된 시간이 도처에서 우리를 맞아 주었다.

우리는 지난 오월을 회상했다. 그때처럼 우리가 대지를 그렇게 바라다본 적은 없었던 것 같다고, 대지도 변했다고 생각했다. 만발한 꽃의 은빛 구름, 환희에 찬 생명의 불꽃, 모든 것이 거친 요소를 벗어 버렸다.*

아! 모든 것이 그처럼 의욕과 희망으로 가득 차 있었지요. 디오티마는 말했다. 끊임없는 성장의 기운으로 가득 차 있으면서도 그렇게 애씀도 없이 늘 평온했지요. 놀이에 정신이 팔려서 다른 것을 생각하지도 않는 어린아이처럼 말입니다.

그걸 통해서, 나는 외쳤다, 나는 자연의 영혼을 알게 됩니다.* 이 조용한 불길, 그 강렬한 서두름 속의 이 머뭇거림을 통해서 말입니다.

그리고 머뭇거림을 행복한 사람들이 좋아하지요, 디오티마가 큰소리로 말했다. 알고 있어요? 우리는 언젠가 저녁에 억센 폭풍우가 지나간 다음 다리 위에 함께 섰지요. 산에서 쏟아져 내리는 붉은빛의 물이 마치 화살처럼 우리 아래로 빠르게 흘러갔습니다. 그런데 그 옆에는 숲이 평온한 가운데 푸른빛을 띠고 있었지요. 그리고 너도밤나무의 해맑은 이파리들은 거의 움직이지도 않았답니다. 그 영감에 찬 초록빛이 마치 시냇물처럼 우리에게서 완전히 날아가 버리지 않았다는 것, 아름다운 봄이 길들여진 새처럼 우리에게 조용히 머물고 있었다는 것이 우리의 기분을 좋게 해 주었지요. 그러나 지금 그 봄은 산 너머에 있답니다.

슬픔이 우리 곁으로 더 가까이 다가왔었지만 그 말에 우리는 미소를 지었었다.

그렇게 우리 자신의 행복도 사라져 버릴 운명이었다. 그리고 우리는 그것을 예견했었다.

오 벨라르민이여! 아름다움이 자신의 운명을 향해서 그처럼 성숙해 가는데도 불구하고, 신적인 것이 굴욕감을 느껴야만 하고 필멸의 운명이 모든 필멸하는 것과 함께함에도 불구하고 끄떡없이 서 있으리라고 누가 말할 수 있을 것인가!

휘페리온이 벨라르민에게

나는 달빛이 고요한 어스름 안으로 비쳐 들 때까지 그 착한 여인과 함께 그녀의 집 앞에서 서성거렸었다. 그리고 내가 그녀의 포옹을 받고 돌아올 때 언제나 그러했듯이 생각에 젖어, 넘쳐흐르는 영웅적인 생명에 가득 찬 채 노타라의 집으로 되돌아왔다. 알라반다로부터 한 장의 편지가 와 있었다. 그는 이렇게 적어 보냈다.

휘페리온, 이곳은 활기를 띠고 있다네. 러시아가 전쟁의 포문을 열었다네. 함대를 이끌고 아르히펠라고스 해*로 들어오고 있는 중이라네. 그리스 인들이 터키 황제를 유프라테스 강까지 밀어내는

네에 함께 일어선다면 그리스 인들은 지유를 얻게 될 것이라고 하네. 그리스 인들은 맡은 바 몫을 해내고, 그 대가로 자유로워질 것이네. 무엇인가 다시금 할 일이 있다는 사실에 내 마음은 진정 유쾌하다네. 준비가 되어 있지 않았다면 나는 한낮의 태양을 보고 싶지 않았을 것이네.

아직 옛적의 자네라면 와 주게나! 자네가 미시스트라*의 길을 택해서 오게 되면 코론 요새*의 외곽에 있는 마을에서 나를 보게 될 것이네. 나는 언덕 위, 숲을 끼고 있는 하얀 칠을 한 시골집에 머물고 있다네.

나는 자네가 스미르나의 내 거처에서 알게 되었던 그 사람들과는 헤어졌다네. 자네가 그들과 휩쓸리지 않았던 것은 자네의 예민한 감각을 통해 판단했던 것으로 자네가 옳았었네.

우리 두 사람이 새로운 삶에서 다시 만나게 되기를 나는 간절히 원하고 있다네. 자네가 이 세상에 대고 자네를 알아보게 하기에는 이 세상은 지금까지 자네에게는 너무도 역겨웠네. 자네는 노예 노릇을 싫어했기 때문에 아무것도 하지 않았고, 무위의 세월이 자네를 까다롭고 몽환적인 인간으로 만들었네.

자네는 수렁에서 헤엄치기를 원치 않았지. 이제 오게나, 와서 탁 터진 바다에서 헤엄쳐 보세.

우리를 기분 좋게 해 줄 것이네, 둘도 없이 사랑하는 친구여!

그렇게 그는 썼다. 나는 첫 순간에 당황했다. 부끄러워서 얼굴이 달아올랐고, 가슴은 뜨거운 물이 솟아오르는 샘처럼 들끓었다. 나는 한자리에 결코 머물러 있을 수가 없었다. 알라반다에 의해서

추월당하고 그에게 항상 지고 마는 일이 그처럼 고통스러웠다. 그렇지만 또 그만큼 더 열망하는 가운데 미래의 과업을 가슴으로 받아들였다.—

내가 너무도 한가해졌구나. 나는 외쳤다. 너무 태평함을 즐기고, 너무도 신선놀음에 빠지고, 너무도 나태해졌다! — 알라반다는 늠름한 안내인처럼 세상을 들여다보고 있다. 그는 부지런히 파도 가운데에서도 노획물을 찾고 있다. 그런데 너의 두 손은 호주머니 안에서 잠자고 있는 것인가? 또 말로 그럭저럭 꾸려 나가려고 하고, 마법의 주문으로 세상에 대고 간청하려고 하는가? 그러나 너의 말은 마치 눈송이처럼 쓸모없고 다만 대기를 흐리게 만들 뿐이며, 너의 주문은 경건한 자들을 위한 것일 뿐 믿지 않는 자들은 너의 소리에 귀 기울이지 않는다.— 그렇다! 온유하다는 것, 그것은 때가 맞으면 진정 아름답다. 그러나 때가 맞지 않으면 그것은 추악하다. 왜냐하면 그것은 비겁한 일이기 때문이다! — 그러나 하르모디오스여! 나는 그대의 은매화를 닮고 싶다.* 정의의 칼이 숨겨진 그대의 은매화를. 내가 빈둥거린 것이 부질없었던 것은 아니기를 바란다. 또 나의 잠은 불꽃이 당겨진 기름처럼 되어야만 할 것이다. 나는 해야 할 때 방관하지 않을 것이며 우회하지도 않을 것이다. 그리고 언제 알라반다가 승리의 화관을 쓰게 될지 호기심으로 묻지도 않을 것이다.

휘페리온이 벨라르민에게

디오티마가 알라반다의 편지를 읽었을 때 그녀의 창백함이 내 영혼을 뚫고 지나갔다. 이어서 그녀는 발을 들여놓지 말라고 침착하고도 진지하게 충고하기 시작했고, 우리는 이런저런 많은 것을 이야기했다. 오 당신들 폭력을 쓰려는 분들이여! 마침내 그녀가 외쳤다. 그처럼 쉽사리 극단으로 기울어지는 분들이여, 복수의 여신을 생각하세요!

극단을 당하는 자가 극단을 행사하는 것은 정당합니다.

설령 정당하다 하더라도, 그녀는 말했다, 당신이 그렇게 해야만 하는 것은 아닐 것입니다.

그렇게 보이겠지요. 나는 말했다. 나 역시 오랫동안 꾸물거릴 만큼 꾸물거렸습니다. 오 나는 내 청춘의 부채를 갚기 위해서 아틀라스의* 짐을 짊어지고 싶습니다. 내가 무슨 의식이라도 지니고 있나요? 내가 내 마음 가운데 무슨 변함없는 것이라도 지니고 있나요? 오 나를 그냥 버려두세요, 디오티마여! 지금, 바로 일을 통해서 나는 그런 것을 얻어 내야만 합니다.

그것은 쓸데없는 자만심입니다! 디오티마가 외쳤다. 최근에 당신은 한층 겸손했어요. 배우기 위해서 밖으로 나가야만 한다고 당신이 말했을 때 말이에요.

사랑스러운 궤변가시여! 나는 외쳤다. 그때 나는 전혀 다른 무엇을 말한 것입니다. 영원히 싱싱한 샘으로부터 참다운 것이 온갖 선함과 더불어 솟아오르는 신적인 아름다움의 올림포스로*

나의 민중을 이끌고 가기에는 지금 나는 아직 숙련되어 있지 않습니다. 그러나 칼을 사용하는 법을 나는 익혔고, 지금보다 더 익힐 필요가 없습니다. 새로운 정신적 유대는 허공에서 살아갈 수가 없습니다. 아름다움의 성스러운 신정(神政)은* 자유 국가 안에 깃들어야만 합니다. 그리고 정신적 유대는 지상에 자리 잡기를 원하고 있으며, 우리는 이 장소를 틀림없이 얻어 낼 것입니다.

당신이 얻어 낼 것은 틀림없습니다. 디오티마가 외쳤다. 그러고는 무엇 때문에?라는 것을 잊게 될 것입니다. 때가 되면 강제로 자유 국가를 빼앗게 되겠지요. 그러고 나서 내가 무엇 때문에 건설했던가?라고 말하게 될 것입니다. 아, 기진맥진하게 될 것입니다. 스스로 활력을 지니고 있어야 할 모든 아름다운 생명이 당신의 내면에서는 저절로 탈진해 버릴 것입니다! 거친 투쟁이 아름다운 영혼인 당신을 갈기갈기 찢어 버릴 것입니다. 그대는 나이가 들 터이고, 복된 영혼이여! 삶에 지쳐서 끝에 이르러 너희들 청춘의 이상들이여 어디에 있느냐고 묻게 될 것입니다.

그처럼 마음에 파고들어서 나의 죽음에 대한 두려움에, 나의 지극한 삶에 대한 의욕에 나를 묶어 놓는 일은 잔인한 일입니다. 나는 큰소리로 말했다. 그러나 아닙니다! 아니에요! 아닙니다! 노예로 사는 일은 영혼을 말살하지만, 정당한 전쟁은 모든 영혼을 생동하게 만들어 주는 법입니다. 금을 불 속에 던져 놓는 것이 그 황금에게 태양의 빛깔을 띠게 만들어 주지요. 사람이 족쇄를 깨부수어야만 비로소 그 사람에게 청춘이 깃듭니다. 사람이 채비를 갖추고 음흉한 자들을, 썩드고 있는 모든 아름다운 자연을 독실하고 있는 굼뜬 세기를 밟아 버리는 것만이 그를 구출합니다.— 디오티마여! 내가 그리스를 해방시키면 늙어 버릴 것이라고요? 늙어 버리고 초라해지고 천박한 사람이 되고 만다고요? 오 그렇다면 아테네의 청년이 마라톤의 승전보 전령으로서 펜텔리코스 산정을 넘어서 달려와 아티카의 계곡을 내려다보았을 때,* 그는 참으로 맥 빠지고 공허하고 또 신으로부터 버림받았다고 하겠습니다!

사랑하는 이여! 사랑하는 사람이여! 디오티마가 외쳤다. 조용히 하세요! 저는 더 이상 당신에게 한마디도 하지 않겠어요. 가십시오, 가야 하고 말구요, 당당한 분이시여! 아! 당신이 그런 분이라면 당신에 대해서 저는 어떤 힘도 권리도 가지고 있지 않답니다.

그녀는 슬피 울었다. 나는 마치 죄지은 사람처럼 그녀 앞에 서 있었다. 용서해 주십시오, 신적인 여인이여! 나는 외치고 그녀 앞에 주저앉았다. 오 용서해 주십시오, 내가 떠나야 할 때에는 말입니다. 내가 선택하는 것도 아니고 깊이 생각하는 것도 아닙니다. 다만 어떤 힘이 내 안에 들어 있습니다. 그리고 발걸음을 내딛도록 나를 몰아가는 것이 나 자신인지 아닌지를 알지 못합니다. — 당신의 충만한 영혼이 당신에게 그렇게 하도록 명령하는 것이지요. 그녀가 대답했다. 그 충만한 영혼을 따르지 않는 일은 몰락으로 자주 이어지지만, 그 영혼을 따르는 것도 역시 마찬가지입니다. 최선의 일은 당신이 가는 것입니다. 왜냐하면 그것이 한층 위대한 일이기 때문이지요. 당신은 행동으로 옮기세요. 저는 그것을 감내할 생각입니다.

휘페리온이 벨라르민에게

디오티마는 이때부터 놀랍도록 변했다.

우리가 사랑을 나누기 시작한 이래로 숨겨진 생명이 눈길과 사랑스러운 말들 안에 떠오르고 그녀의 뛰어난 평온이 빛나는 감동으로 나에게 다가오는 것을 나는 환희와 함께 바라다보았었다.

그러나 첫 번째 만개에 이른 이후, 그 진행의 새벽을 지내고 나서 한낮의 꼭대기를 향해 가야만 할 때 아름다운 영혼은 우리에게 얼마나 서먹해지는가! 사람들은 복된 어린아이를 더 이상 거의 알아보지 못했다. 그처럼 그녀는 숭고하고 그처럼 고뇌하는 모습으로 변해 버렸던 것이다.

오 나는 얼마나 자주 슬퍼하는 신상 앞에 누워 그녀에 대한 고통으로 울음을 운 나머지 영혼이 사라져 버리지나 않았는가 생각했던가. 그러나 감탄하면서 자리에서 일어나 스스로 전능한 힘으로 얼마나 자주 충만해졌던가! 억눌린 가슴으로부터 한줄기의 불길이 그녀의 눈으로 솟아올랐다. 소망과 고뇌로 가득 찬 가슴은 그녀에게 너무도 좁았다. 그 때문에 이 여인의 사념은 그렇게 찬란하고 대담했던 것이다. 새로운 위대함, 느낄 수 있는 모든 것 위에 군림하는 눈에 보이는 힘이 그녀의 내면을 지배했다. 그녀는 한층 높은 존재였다. 그녀는 더 이상 필멸의 인간들 중의 한 사람이 아니었다.

오 나의 디오티마여, 그 일이 어디로 향할 것인지를 그때 내가 생각했더라면 얼마나 좋았겠습니까.

휘페리온이 벨라르민에게

　현명한 노타라 역시 새로운 계획에 매료되었고 나에게 강력한 한편이 되어 줄 것을 약속했다. 그는 곧바로 코린토스 지협*을 점령하고 이곳 그리스를 키를 잡듯이 고수하기를 희망했다. 그러나 운명은 다른 것을 원했고 목표에 이르기 전에 그의 작업을 무용지물로 만들고 말았다.

　그는 나에게 티나로 가지 말고 곧장 펠로폰네소스로 갈 것과 되도록 사람들 눈에 띄지 않도록 하라고 조언해 주었다. 그는 또 내가 가는 도중에 나의 아버지에게 편지를 쓰는 것이 좋겠다는 의견을 제시했다. 신중한 노인은 아직 실행되지 않은 것을 허락하는 것보다는 이미 일어난 것을 용납하는 것이 쉬울 것이기 때문이라는 것이었다. 나의 생각으로는 그것이 썩 옳아 보이지 않았다. 그러나 어떤 위대한 목표가 우리 앞에 놓여 있을 때 우리는 자신의 감정을 그렇게 기꺼이 희생해 버리는 법이다.

　나는 자네가, 노타라가 계속 말했다. 그런 경우에 자네 부친의 도움을 계산에 넣어도 될는지 의문이네. 그 때문에 어떤 경우에건 한동안 살면서 활동할 수 있기 위해 자네에게 꼭 필요한 것을 내가 제공하겠네. 자네가 언젠가 가능하다면 갚게나. 그렇지 못하더라도 나의 것이 자네 것이기도 했다네. 금전이라고 부끄러워하지 말게나. 그는 미소를 띠면서 덧붙였다. 시인들이 우리에게 이야기해 주는 대로 아폴론의 준마*도 공기만 먹고 사는 것은 아니라네.

휘페리온이 벨라르민에게

이제 작별의 날이 왔다.

아침 내내 나는 싱싱한 겨울의 대기 가운데 상록의 실측백나무와 삼나무 아래 위쪽 노타라의 정원에 머물렀다. 각오는 되어 있었다. 청춘의 위대한 힘이 나를 지탱해 주었고, 내가 예감한 고통은 마치 구름처럼 나를 더 높이 끌어올려 주었다.

디오티마의 어머니는 노타라와 다른 친구들과 나에게 마지막 날만이라도 그녀의 집에 함께 머물기를 간청했었다. 착한 사람들은 모두 디오티마와 나를 좋아했었고, 우리의 사랑 속에 자리하고 있는 신성이 그들로 인해서 훼손되는 일도 없었다. 그들은 이제 작별할 때에도 나를 축복해 줄 터였다.

나는 아래로 내려갔다. 나는 그 충실한 여인이 부엌에 있는 것을 보았다. 이런 날 집안일을 돌보는 것이 그녀에게는 성스럽고 사제가 하는 일처럼 여겨지는 듯했다. 그녀는 모든 것을 정리 정돈했고, 집안의 구석구석을 아름답게 꾸몄다. 그리고 그때 아무도 그녀를 도울 필요가 없었다. 그녀는 정원에 아직도 남아 있던 온갖 꽃들을 한데 모았고, 늦은 계절임에도 장미와 싱싱한 포도를 마련했었다.

내가 올라갔을 때 그녀는 내 발소리를 알아채고는 조용히 나를 맞았다. 창백한 두 뺨은 아궁이의 불길로 달아올랐고, 진지해진 두 눈은 눈물로 반짝거렸다. 감정이 얼마나 나를 압도하고 있는지를 그녀는 알고 있는 듯했다. 안으로 들어가세요. 그녀가 말했다.

어머니가 안에 계십니다. 저는 곧 뒤따라 들어가겠습니다.

나는 안으로 들어갔다. 고상한 부인이 그곳에 앉아 있다가 나에게 아름다운 손을 내밀었다. — 어서 오게나. 그녀는 외쳤다. 어서 오게나, 여보게! 나는 자네에게 화를 낼 생각이었네. 자네는 내 자식을 나에게서 빼앗아 갔고, 나의 모든 이성을 다 저지했네. 그리고 이제 자네 맘에 드는 일을 하려고 떠나려 하는 것일세. 그러나 그대들 천국의 힘이시여, 이 사람이 부당한 것을 계획하고 있다면 용서해 주시고, 그가 옳다면 사랑하는 자에게 그대들의 도움을 서슴지 말아 주옵소서! 나는 무엇인가를 말하려고 했다. 그러나 바로 그때 노타라가 다른 친구들과 함께 안으로 들어왔고, 뒤따라 디오티마가 들어왔다.

우리는 한동안 침묵했다. 우리는 우리 모두의 마음속에 자리하고 있던 슬픈 사랑을 소중하게 여겼다. 우리는 서로 그 사랑을 말과 오만한 사념 안으로 들추어내는 일을 두려워했다. 마침내 두서너 마디 지나가는 말끝에 디오티마는 스파르타의 왕들인 아기스와 클레오메네스*에 대해서 좀 이야기해 달라고 나에게 청했다. 나는 불타는 존경심으로 이들을 종종 위대한 영혼이라고 부르고 이들은 프로메테우스처럼 틀림없이 반신들이었다고, 그리고 스파르타의 운명에 대한 이들의 투쟁은 빛나는 신화에 나오는 어떤 신들보다도 더 영웅적인 것이라고, 이러한 인간의 정령은 테세우스와 호메로스가 그리스적 한낮의 오로라인 것처럼 그리스적인 한낮의 저녁노을이라고 말해 주고 싶었다.

나는 이야기해 주었고, 끝머리에 이르러서 우리 모두는 더욱 강해지고 고양된 기분을 느끼게 되었다.

그의 인생이 마음의 기쁨과 신선한 투쟁 사이를 번갈아 오간 사람은 행복할 거야, 라고 친구들 중 누군가가 외쳤다.

물론이지! 다른 친구가 외쳤다. 언제나 충만한 힘이 유희 안에 들어 있고 우리가 즐거움과 일을 함께 누리고 있는 것이야말로 영원한 청춘이지.

오, 당신과 함께 가고 싶어요. 디오티마가 나를 향해서 외쳤다.

당신이 남아 있는 것도 좋은 일입니다. 디오티마여! 나는 말했다. 사제는 사당 밖으로 나가서는 안 됩니다. 당신은 성스러운 불꽃을 보존하고 있습니다.* 당신이 조용한 가운데 아름다움을 보존하고 있어야 내가 당신 곁에서 그것을 다시 찾게 됩니다.

당신 말이 맞아요, 나의 사랑하는 이여, 그것이 낫겠어요. 그녀는 말했다. 그러나 그녀의 목소리는 떨렸고 에테르처럼 맑은 눈을 손수건에 파묻었다. 그 눈의 눈물을, 그 눈의 흐트러짐을 보이지 않게 하려고.

오 벨라르민이여! 내가 그녀를 그처럼 부끄럽게 해 얼굴이 붉어지도록 만든 것 때문에 나의 가슴은 찢어지려고 했다. 친구들이여! 나는 외쳤다. 나를 위해 이 천사를 잘 보호해 주기 바라네. 만일 내가 그녀에 대해 모르고 있다면 나는 아무것도 모르는 것이나 마찬가지라네. 오, 하늘이여! 그녀가 없음을 깨닫게 될 때 내가 무슨 능력을 가질 수 있을지 나는 생각할 수 없습니다.

침착하게나, 휘페리온이여! 노타라가 나의 말에 끼어들었다.

침착하라고요? 나는 외쳤다. 오 당신들 착한 사람들이여! 당신늘은 성원이 어떻게 꽃을 피우게 될까 또 수확은 이렇게 될까 자주 걱정할 수 있고, 당신들의 포도밭을 위해서 기도를 드릴 수도 있는데 나는 내 영혼을 바친 유일한 것으로부터 아무런 소원도 없이 헤어져야 한단 말인가?

그렇지 않아, 오 그대 착한 이여! 노타라가 흥분하며 외쳤다. 아니지! 원하는 것 없이 자네가 그녀와 헤어져서는 안 되지! 안 되지, 자네들 사랑의 신성한 순수성에 걸고 말일세! 자네들은 나의 축복을 틀림없이 받을 거야.

당신이 나에게 생각나게 해 주는군요. 나는 재빨리 큰소리로 말했다. 그녀가, 이 충실한 어머니가 우리를 축복해 주어야 해요. 그녀가 당신들과 함께 우리를 증언해야 합니다. — 오세요, 디오티마! 우리의 결합을 당신의 어머니가 축성해 주어야 합니다. 우리가 희망하는 아름다운 공동체가 우리를 결혼시켜 줄 때까지 말입니다.

그렇게 해서 나는 한쪽 무릎을 꿇었다. 눈을 크게 뜨고 얼굴이 빨갛게 되어 축제의 미소를 띠면서 그녀도 내 곁에 앉았다.

오래전부터, 나는 외쳤다. 오 자연이여! 우리의 생명은 그대와 일체입니다.* 그리고 그대와 그대의 신들 모두처럼 우리 본래의 세계는 사랑을 통해서 천국과 같은 젊음을 지니고 있습니다.

그대의 숲 속을 우리는 거닐었습니다. 디오티마가 이어서 말했다. 그리고 우리가 그대의 샘가에 앉게 되면 우리는 마치 당신과 같았으며, 우리가 저기 산 위에 올랐을 때 우리는 마치 당신이 된 것 같았으며, 당신의 자녀들, 별들과 함께하면 당신과 똑같았습니다.

우리가 서로 멀리 있었을 때, 나는 외쳤다. 마치 하프의 속삭임 처럼 우리에게 다가오는 매혹이 처음으로 울렸을 때, 우리가 서로를 발견했을 때, 더 이상 잠자지 않고 우리 내면의 모든 소리가 충만한 화음으로 일깨워졌을 때, 신적인 자연이여! 우리는 마치 그대처럼 언제나 존재했었습니다. 그리고 지금 우리가 헤어지고 우리에게 기쁨이 사라지고 있다 해도 마치 그대처럼 고뇌에 가득하지만 또한 편안합니다. 그렇기 때문에 어떤 순수한 입술이 우리의 사랑은 성스러운 것이며 마치 그대처럼 영원하다는 것을 증언해 주어야만 합니다.

내가 증언하겠네. 어머니가 말했다.

우리가 증언하겠네. 다른 이들이 소리쳐 말했다.

우리를 위해 더 이상 할 말이 없었다. 나는 고조된 나의 마음을 느꼈다. 작별을 향해서 영글어 가는 나를 느꼈다.

이제 떠나겠네, 그대들 사랑하는 사람들이여. 나는 말했다.

그러자 모두의 얼굴에서 생기가 사라져 버렸다. 디오티마는 마치 대리석 상처럼 서 있었고, 그녀의 손은 내 손안에서 느낌으로 알 만큼 풀이 죽었다. 나는 주변의 모든 것을 죽여 버렸던 것이다. 나는 고독했고 나의 끓어오르는 생명이 어떤 정처도 더 이상 찾지 못할 때의 끝없는 정적 앞에서 현기증을 느꼈다.

아! 나는 큰소리로 말했다. 나의 가슴은 탈 듯이 뜨거운데, 그대들은 모두 그처럼 차갑게 서 있군. 그대들 사랑하는 사람들이여! 이 집의 신들만이 그들에게 귀를 기울이고 있는 것인가?* ― 디오티마여!— 당신도 침묵하고 있는 걸 보니 당신은 알지 못하고 있군요!— 오 당신이 알지 못하는 것 그것이 당신에게는 편한 일이오!

그만 그냥 가십시오. 그녀는 한숨을 쉬었다. 그럴 수밖에 없습니다. 떠나십시오, 당신 귀하신 분이여!

오 이 환희의 입술로부터 울려 나오는 달콤한 음성이여! 나는 외쳤다. 그러고는 기도하는 사람처럼, 우아한 입상 앞에 나는 섰다. — 달콤한 음성이여! 다시 한 번만 나에게 불어오시라, 사랑스러운 눈빛이여! 다시 한 번만 열리시라!

그렇게 말하지 말아요, 사랑하는 이여! 그녀가 외쳤다.

나에게는 더 진지하게 말하세요. 더 대담해진 가슴으로* 말하십시오!

나는 스스로를 억제하려고 했다. 그러나 나는 꿈속에 있는 듯했다.

슬프도다! 나는 외쳤다. 되돌아온다면 그것은 고별이 아니다.

자네가 그녀를 죽이게 될 것이네. 노타라가 외쳤다. 보게나, 그녀가 얼마나 연약한지를 말일세. 그리고 아주 흥분하고 있네.

나는 그녀를 바라다보았다. 눈물이 나의 타는 듯한 두 눈에서 쏟아져 내렸다.

자 그러면 잘 있어요, 디오티마여! 나는 큰소리로 말했다. 내 사랑의 천국이여, 잘 있어라!— 우리 강해지자, 귀한 친구들이여! 귀하신 어머님이여! 저는 당신에게 기쁨과 함께 고통도 안겨 드렸습니다. 잘들 계십시오! 잘 있어요!

나는 휘청거리며 그곳을 떠났다. 디오티마가 혼자서 나를 따라

왔다.

저녁이 되었고 별들이 하늘에 떠올랐다. 우리는 집 아래 말없이 서 있었다. 우리의 마음속에는 영원한 무엇이 들어 있었다. 우리의 머리 위에도. 천공처럼 디오티마는 나를 부드럽게 얼싸안았다. 어리석은 양반, 도대체 작별이 무엇입니까?* 그녀는 불멸히는 자의 미소를 띠면서 신비스럽게 나에게 속삭였다.

지금은 기분이 좀 달라졌어요. 나는 말했다. 그런데 나의 고통 아니면 나의 기쁨 이 둘 중 어느 것이 꿈인지를 알지 못하겠군요.

양쪽 모두입니다. 그녀가 대답했다. 그리고 그 둘이 다 좋은 것입니다.

완벽합니다! 나는 외쳤다. 나도 당신처럼 말하려고 합니다. 별이 떠 있는 하늘로부터 우리 서로를 알아보기로 합시다. 그 하늘은 입술이 말문을 닫고 있는 동안 나와 당신 사이의 신호입니다.

그렇게 해요! 그녀는 앞서 들어 보지 못한 느린 어투로 말했다. — 그것이 그녀의 마지막 음성이었다. 그녀의 모습은 어스름 속으로 자취를 감추었다. 내가 마지막으로 뒤돌아보았고 꺼져 가는 형상이 내 눈앞에서 순간 섬광처럼 번쩍하더니 어둠 속으로 사라져 버렸을 때 그것이 그녀였는지 나는 모르고 있다.

휘페리온이 벨라르민에게

어찌하여 나는 그대에게 이야기하면서 나의 고뇌를 반복하고 있는가? 또 평안이 없었던 청년기를 마음속에 다시금 지극히서 일깨우고 있는가? 일찍이 죽을 운명을 이리저리 섭렵했던 것으로 충분하지 않은가? 어찌하여 나는 내 영혼의 평화로움 속에서 조용히 머물지 못하는가?

나의 벨라르민이여! 그것은 삶의 어떤 숨결도 우리의 심장에는 귀중한 것이며, 순수한 자연의 모든 변화도 다 함께 그 자연의 아름다움에 속하기 때문이다. 우리의 영혼이 필멸의 경험을 벗어던지고 홀로 성스러운 평온 안에서만 살아간다면 그 영혼은 마치 잎이 달리지 않은 나무와 같은 것은 아닌가? 머리채 없는 머리가 아닐까? 사랑하는 벨라르민이여! 나는 한동안 평온하게 살았다. 마치 어린아이처럼 인간의 운명과 죽음을 잊고 살라미스의 조용한 언덕 아래에서 살았다. 그 이후 나의 눈에는 많은 것이 달라져 보였다. 그리고 지금은 인간적인 삶을 바라다볼 때마다 평정을 잃지 않을 만큼 많은 평화를 마음속에 지니고 있다. 오 친구여! 끝내 정신은 우리 모두와 화해하게 될 것이다. 그대는 그 사실을 믿지 않을 테지, 그중에서 나에 대해서는 더더욱 믿지 않을 것이 틀림없다. 그러나 그대는 나의 편지에서 내 영혼이 나날이 침착해지는 것을 알아낼 것이라고 생각한다. 나는 앞으로 자네가 그걸 믿을 때까지 그 점에 대해서 많은 것을 말할 생각이다.

여기에 칼라우레아에서 내가 떠난 후 디오티마와 주고받은 편지들이 있다. 이 편지들은 내가 자네에게 털어놓을 수 있는 것 중 가장 귀중한 것이다. 이 편지들은 내 생애의 따스한 나날 가운데 가장 따뜻한 모습이다. 전쟁의 소음에 대해서 이 편지들은 거의 말해

주지 않을 것이다. 오히려 내 본래의 삶에 대해서 말할 것이다. 그
것은 바로 자네가 원하는 것이기도 하다. 아, 그대는 내가 얼마나
사랑을 받았던가를 읽어 내야만 한다. 그 사실을 나는 자네에게 결
코 말할 수 없었다. 디오티마만이 그것을 말해줄 뿐이다.

휘페리온이 디오티마에게

나는 이별의 죽음에서 깨어났습니다. 나의 디오티마여! 잠에서
깨어나듯 더욱 강건해져서 나의 영혼은 똑바로 일어섰습니다.

나는 에피다우로스의 산 정상에서 당신에게 이 편지를 씁니다.
저기 멀리 깊숙한 곳에 당신이 있는 섬이 가물거립니다, 디오디마
여! 오 너희들 에우로타스와 알페이오스의 샘이여!* 거기서 혈전
이 벌어질 것입니다. 스파르타의 숲으로부터는 한 마리의 독수리
처럼 오랜 이 나라의 수호신이 대기를 가르는 소리를 내는 날개처
럼 우리의 군대를 거느리고 진격할 것입니다.

나의 영혼은 행동을 향한 욕망과 사랑으로 가득 채워져 있습니
다, 디오티마여. 그리고 나의 눈은 그리스의 계곡을 바라다보고
있습니다. 마치 그 눈은 다시 일어서라, 너희들 신들의 도시여! 라
고 마법을 걸어 명령하기라도 해야 하는 듯합니다.

어떤 신이 내 마음 안에 들어 있는 것이 틀림없습니다.* 왜냐하
면 내가 우리의 이별을 거의 느끼고 있지 않으니까요. 레테 강가
의 죽은 자들의 혼령처럼 지금 나의 영혼은 천상의 자유 가운데

당신의 영혼과 함께 살고 있으며, 운명은 더 이상 우리의 사랑 위에 군림하지 않고 있습니다.

휘페리온이 디오티마에게

나는 지금 펠로폰네소스의 한가운데에 있습니다. 오늘 내가 숙박하게 될 똑같은 오두막집에서 예전에 어린 소년으로 아다마스와 함께 이 지역을 지나가다가 묵은 적이 있습니다. 그때 나는 얼마나 행복하게 집 앞의 긴 의자에 앉아서 먼 곳으로부터 오고 있는 낙타 대상의 방울 소리와 꽃 피어오르는 아카시아나무 아래에서 은빛의 물줄기를 수면에 쏟고 있는 가까운 샘물의 찰랑거리는 소리에 귀 기울였던가요.

지금 나는 다시 행복합니다. 나는 참나무들이 명성을 예언하는 주문을 울렸다는 도도나의 숲을* 거닐고 있기라도 하듯이 땅을 편력하고, 아침부터 저녁까지 자유로운 하늘 아래에서 거닐지라도 나는 오로지 행동만을, 지나간 것이건 미래의 것이건 행동만을 바라보고 있습니다. 이곳저곳 이 땅을 섭렵하면서 자신의 목에 걸쳐진 멍에를 견디어 내면서도 펠로피다스*가 되지 않는다면 그 사람은 심장이 비어 있거나 아니면 오성이 결여된 자일 것입니다. 제 말을 믿어 주십시오.

그처럼 오랫동안 잠자고 있었던가 ― 그렇게 오랫동안 시간은 지옥의 강처럼 희미하고도 말없이 황량한 게으름 속을 헛되게 흘러갔던가?

그러나 모든 것은 준비되어 있습니다. 도처의 산중 사람들은 복수의 활력으로 가득 차 있고, 몰고 갈 폭풍만을 기다리고 있는 침묵의 비구름처럼 여기에 대기하고 있습니다. 디오티마여! 나로 하여금 그들 가운데로 신의 입김을 불어넣도록 해 주십시오. 가슴에서 우러나오는 말 한마디를 그들을 향해서 토하도록 허락해 주십시오, 디오티마여. 아무것도 두려워 마십시오! 그들은 그렇게 거칠게 되지는 않을 것입니다. 나는 거친 자연을 알고 있습니다. 그 자연은 이성을 비웃습니다. 그러나 감동과 함께합니다. 온 영혼을 다해서 행동하는 자는 결코 길을 벗어나지 않습니다. 그런 사람은 골똘한 생각을 필요로 하지 않습니다. 왜냐하면 어떤 힘도 그를 막아서지 않기 때문입니다.

휘페리온이 디오티마에게

내일 나는 알라반다가 있는 곳으로 갑니다. 코론으로 향하는 길을 자세히 묻는 일은 나에게는 하나의 즐거움입니다. 그래서 필요 이상으로 자주 묻습니다. 나는 태양의 날개라도 달고 그를 향해서 가고 싶습니다. 그러나 또한 기꺼이 머뭇거리면서 묻는답니다. 그가 어떻게 변했을까?라고 말입니다.

왕 같은 젊은이여! 어찌 내가 나중에 태어나지 않았던가? 어찌 그와 더불어 한 요람에서 나오지 않았던가? 나는 우리 둘 사이에 있는 자이를 참을 수가 없습니다. 오 어찌하여 게으른 목동처럼 티나에서 살면서 그가 이미 생동하는 일을 통해서 자연을 시험해 보고 대양과 대기와 모든 자연 요소와 이미 악전고투했을 때 비로소 그와 같은 사람이 되는 것을 꿈꾸었던가? 도대체 나의 내면에는 행동의 환희를 향한 충동이 없었단 말인가?

그러나 나는 그를 따라잡으려고 합니다. 나는 빨라지려고 합니다. 드디어! 나는 일을 하기 위해서 부지런히 성숙했습니다. 내가 곧 생동하는 과업으로 나 자신을 해방시키지 않을 때에는 내 영혼이 나 자신에게 항거하면서 광란할 것입니다.

드높은 여인이여! 내가 어떻게 당신 앞에서 인정받을 수가 있을까요? 이처럼 아무런 행동도 하지 않는 존재를 당신이 어떻게 사랑할 수 있었습니까?

휘페리온이 디오티마에게

나는 그를 만났습니다, 귀한 디오티마여!

나의 가슴은 가볍고 나의 근육 힘줄은 빨리 움직입니다.

아, 뛰어들어서 들떠 있는 피를 시원한 목욕으로 식히라고 맑은 물속이 우리를 유혹하듯이 미래가 나를 유혹하고 있습니다. 그러나 이건 농담입니다. 우리는, 나의 알라반다와 나는 어느 때보다도 더 다정해졌습니다. 우리는 서로 더욱 자유롭지만 그러나 삶의 넘침과 깊이는 여느 때와 다름이 없습니다.

오 옛 군주들이 우리의 것과 같은 우정을 금지하는 것이 어떻게 정당했겠습니까! 사람이 반신처럼 강해지면 자신의 영역 안에 있는 몰염치한 것을 조금도 참지 못하는 법입니다! ―

내가 방 안에 들어섰을 때는 저녁 무렵이었습니다. 그는 이미 일거리를 한쪽에 치워 놓았고, 창가의 달빛이 비치는 구석에 앉아서 생각에 잠겨 있었습니다. 나는 어둠 속에 서 있었으나 그는 나를 알아보지 못한 채 무심하게 내 쪽을 향해서 눈길을 던졌습니다. 그가 나를 누구라고 생각했는지 누가 알겠습니까. 도대체 어떻게 지내나? 그가 큰소리로 말했습니다. 그렇게 그럭저럭 지내지! 내가 말했습니다. 그러나 속임수는 쓸데없는 일이었습니다. 나의 목소리는 숨겨진 기쁨으로 가득 채워져 있었던 것입니다. 이게 무슨 일이야? 그는 깜짝 놀라 뛰어 일어났습니다. 자넨가? ― 그렇다네, 장님 같은 양반! 나는 외쳤습니다. 그러고는 날 듯이 그의 품으로 달려갔습니다. 오 이제! 알라반다가 마침내 소리쳤습니다. 이제 달라질 걸세, 휘페리온이여!

나도 그렇게 생각하네. 나는 말했고 환희에 차 그의 손을 잡아 흔들었습니다.

자네는 아직도 나를 알고 있는가. 알라반다가 한참 후에 말했습니다. 자네는 알라반다에 대한 옛날의 성실한 믿음을 아직 지니고 있는가? 관대한 친구여! 내가 그대 사랑의 빛살 안에 놓여 있는 나를 느낄 때 나의 일은 언제나 잘되어 왔다네.

뭐라고? 나는 외쳤습니다. 알라반다가 이걸 묻는 건가? 오만하게 들리지는 않았네, 알라반다. 그러나 옛 영웅의 천성이 영예를 구걸하러 다니고 생동하는 인간의 가슴이 고아처럼 한 방울의 사랑에 신경을 쓰는 것이 이 시대의 징후라네.

사랑하는 청년이여! 그는 외쳤습니다. 나는 어차피 나이가 들었네. 도처의 나태한 생활과 내가 스미르나에서 자네를 교육시키기위해 데리고 가려 했던 그 선조들과 함께하는 역사. ―

오 그것은 씁쓸한 일이네. 나는 외쳤습니다. 이들을 운명이라고부르는 이름 없는 죽음의 여신이* 감히 떠맡으려 했다네.

등불이 켜지고 우리는 새삼스럽게 조용한, 사랑을 탐색하는 눈길로 서로 바라보았습니다. 그 사랑하는 친구의 모습은 희망의 날들 이래로 매우 달라져 있었습니다. 창백한 하늘에 떠 있는 한낮의 태양처럼 그의 커다랗고 영원히 생동하는 눈은 시들어 버린 얼굴에서부터 나를 노려보았습니다.

내가 그를 빤히 바라다보았을 때 착한 친구여!라고 알라반다가 다정하지만 불안감을 내비치면서 소리쳤습니다. 착한 젊은이여! 비탄의 눈길을 거두게나. 나는 내가 침체되었다는 사실을 잘 알고 있네. 오 나의 휘페리온이여! 나는 무엇인가 위대한 것 그리고 참된 것을 동경하고 있네. 자네와 함께 그것을 찾아내기를 희망하고 있다네. 자네는 나보다 훨씬 더 성장했고, 예전보다 한층 자유롭고 강해졌다네. 자 보게나! 그것이 나를 진심으로 기쁘게 해 주고 있다네. 나는 메마른 땅이고 자네는 때맞춰 뇌우처럼 온 것이네. ― 오 그대가 온 것은 굉장한 일이네!

조용히 하게나! 나는 말했습니다. 자네는 나의 정신을 온통 빼앗고 있다네. 우리가 생명을 걸고 행동에 들어서기까지 우리에 관해서는 말하지 않아야 하네.

그래 좋아! 알라반다가 기뻐하며 외쳤습니다. 사냥 나팔이 울릴 때 비로소 사냥꾼은 자신이 사냥꾼인 것을 느끼는 법이지.

그런데 곧 시작되는 것인가? 내가 말했습니다.

시작될 거야. 알라반다가 외쳤습니다. 그리고 자네에게 말하겠는데, 진정으로 말이야! 그것은 제법 어지간한 불길이 되어야 한다는 거야. 하! 그 불길은 탑의 꼭대기에까지 타오르고 탑에 걸린 깃발을 녹여 버리며 탑에 금이 가고 무너질 때까지 탑을 에워싸 광란하며 파동 칠거야. ― 다만 우리 동지들과 부딪치지 않도록 해야지. 나는 선한 러시아 인들이 마치 총을 필요로 하듯이 우리를 이용하려고 한다는 것을 잘 알고 있네. 그러나 그것은 그대로 놓아두는 게 좋아! 우리의 강력한 스파르타 인들이 때때로 자신들이 누구이며 무엇을 할 수 있는지를 깨닫게 되고 그렇게 해서 우리가 펠로폰네소스를 점령하게 되면 우리는 북극의 얼굴에 대고 크게 웃으며 우리 자신의 고유한 삶을 꾸리게 될 것이네.

고유한 삶, 나는 외쳤습니다, 새로운 삶, 성실한 삶. 도대체 우리는 마치 도깨비불처럼 늪에서 태어났는가, 아니면 살라미스의 승리자들의 후예인가? 지금은 도대체 어떤가? 그리스의 자유로운 천성이여, 그대는 도대체 하녀가 되고 만 것인가? 어찌하여 주피터의 신상과 아폴론의 신상도 한때 그대의 복사판에 지나지 않았던 종가(宗家)인 그대가 그렇게 타락해 버렸단 말인가? ― 그러나 이오니아의 하늘이여, 나에게 귀 기울여 달라, 들어 보아라, 조국의 대지여, 그대는 반라가 되어 걸인처럼 옛 영광의 누더기 조각을 삼고 있는 것이나. 나는 그것을 더 이상 참지 않겠다.

오 우리를 훈육해 온 태양이여! 알라반다가 외쳤습니다. 일을 하면서 용기가 자라게 되고 수많은 망치질 속에서 무쇠가 형태를 갖추게 되듯이 운명의 타격 아래 우리의 계획이 성숙하는 것을 자네는 바라보게 될 것이네.

한 사람이 다른 사람을 흥분시켰습니다.

다만 어떤 지점에서 머뭇거리지 않기를, 나는 외쳤습니다.

우매한 민중이 벽을 칠하듯 세기가 우리를 분칠하는 어떤 익살극에도 멈추지 않기를! — 오, 알라반다가 말했습니다, 그러니까 전쟁이 그만큼 좋기도 하다네. —

맞아, 알라반다. 나는 외쳤습니다. 인간의 힘과 정신만이 도움이 될 뿐 어떤 목발이나 밀랍으로 만든 날개도 도움이 되지 않는 모든 위대한 과업도 그렇다네. 이 과업에서 우리는 운명이 자기의 문장(紋章)을 찍어 넣은 노예복을 벗어 버리게 된다네. —

그 과업에서는 무슨 허영과 강요된 것은 더 이상 소용없지. 알라반다가 외쳤습니다. 그 과업에서 우리는 장식도 없이 속박도 없이 알몸이 되어 가는 거야. 네메아의 경주에서* 목표점을 향해 달리듯이 말이야.

그 목표점을 향해서! 나는 외쳤습니다. 거기 젊은 자유 국가가 동터 오고 판테온이 그리스의 대지로부터 온갖 아름다움을 걷어 올리는 그곳.

알라반다는 그동안 침묵했습니다. 그의 얼굴에는 다시 홍조가 떠올랐고 그의 모습은 생기를 되찾은 초목처럼 높이 솟아올랐습니다. 오 청춘이여! 젊음이여! 그는 외쳤습니다. 그렇게 되면 나는 그대의 샘에서 물을 마시련다. 그때가 되면 나는 살고 사랑하련다. 나는 정말 기쁘구나, 밤하늘이여. 취한 듯 그는 창 아래로 걸어가면서 계속해서 말했습니다. 포도 나뭇잎처럼 자네가 내 위에 둥근 천정을 지으면 포도송이처럼 너의 별들이 매달릴 거야.

휘페리온이 디오티마에게

온통 일에 파묻혀 살고 있다는 것은 나의 행복입니다. 나는 계속해서 어리석음에 빠지고 있는지도 모르겠습니다. 그처럼 나의 영혼은 충만해 있고 그 사람은, 그 경탄할 만한 사람, 당당한 사람, 나 외에는 아무것도 사랑하지 않는 그 사람은 나를 도취시키고 있습니다. 그의 내면에 들어 있는 온갖 순종은 오로지 나에게만 쏟아져 쌓여 있습니다. 오 디오티마여! 이 사람 알라반다는 내 앞에서 눈물을 흘렸으며, 마치 어린아이처럼 그가 스미르나에서 나에게 행한 일에 대해서 용서를 빌었습니다.

그대들 사랑하는 사람들이여, 내가 누구인데 당신들을 나의 것이라고 부르고 당신들을 나의 소유라고 말할 수 있으며, 마치 정복자처럼 당신들 가운데 서서 나의 전리품인 양 당신들을 붙들고 있는 것입니까.

오 디오티마여! 오 알라반다여! 고귀하고 평온하고 위대한 존재들이여! 내가 나의 행복 앞에서, 그대들 앞에서 달아나려고 하

지 않는다면 내가 어떻게 마무리를 해야 할까요!'

지금 막 내가 편지를 쓰고 있는 동안 당신의 편지를 받았습니다, 사랑하는 당신이여.

슬퍼하지 마시오, 착한 분이시여, 서러워하지 마십시오! 근심 때문에 다치시는 일 없이 미래 조국의 축제를 위해 자신을 아끼십시오! 디오티마여! 자연의 휘황찬란한 축제의 날을 위해서, 신들의 쾌활한 경배의 나날을 위해서 몸을 아끼십시오!

당신은 벌써 그리스를 보고 있지는 않습니까?

오 새로운 이웃을 기뻐하면서 영원한 별들이 우리의 도시와 언덕 위에서 미소 짓고 있는 것을 바라다볼 때 아름다운 아테네 사람들을 다시금 회상하고 그때 자기의 연인들을 향해서인 듯이 즐거운 파도에 실어서 우리에게 다시금 행복을 가져다주는 것을 당신은 보고 있지 않습니까?

영혼이 충만한 여인이여! 당신은 지금도 그렇게 아름답습니다! 이제 순수한 천후가 그대를 기르게 되면 그대는 비로소 매혹적인 광채를 띠며 피어나게 될 것입니다!

디오티마가 휘페리온에게

당신이 떠나신 후 저는 대부분의 시간을 방 안에 틀어박혀 지냈습니다, 사랑하는 휘페리온이여! 오늘 다시 한 번 밖에 나가보았습니다.

부드러운 2월의 대기 속에서 저는 생기를 모았습니다. 그 모아진 생기를 당신에게 보냅니다. 하늘의 싱싱한 온기도 저에게 쾌감을 안겨 주었고, 모든 것을 슬퍼하다가도 때가 되면 즐거워하는 순수하고 변함없는 초목들의 환희를 저는 또 함께 느껴 보았답니다.

휘페리온이여! 오 나의 휘페리온이여! 우리는 왜 조용한 삶의 길을 걷고 있지 않나요? 가을과 봄과 여름과 겨울은 모두 성스러운 이름입니다! 그러나 우리는 그것을 알지 못합니다. 봄에 슬퍼하는 일은 죄악이 아닐까요? 그런데도 왜 우리는 그렇게 하고 있나요?

용서해 주세요! 대지의 자식들은 태양을 통해서만 살고 있습니다. 그리고 저는 당신을 통해서 살고 있답니다. 저는 남다른 환희를 지니고 있습니다. 제가 남다른 슬픔을 지니고 있다면 그것은 정말로 이상한 일인가요? 그리고 저는 슬퍼할 수밖에 없나요? 도대체 저는 그럴 수밖에 없는 일인가요?

용맹스러운 분이시여! 사랑하는 분이시여! 당신이 빛을 발하고 있을 때 저는 시들어야 하는 것입니까? 승리를 향한 욕망이 당신의 모든 근육을 일깨울 때 저의 가슴은 지쳐 사그라져야 하나요? 제가 일찍이 그리스의 한 청년이 선량한 백성을 그 치욕으로부터 구출하고, 그 백성을 자신이 태어났던 어머니 같은 아름다움으로 다시금 데려가기 위해서 집을 떠난다는 사실을 들었더라면, 어찌 제가 어린 시절의 꿈에서 놀라 깨어나 고귀한 사람의 모습을 복말라 했을까요? 그리고 이제 그가 여기에 있고 이제 그 사람이 나의 사람인데 제가 아직도 울 수 있을까요? 오 우둔한 여자여! 그것은 도대체가 사실이 아닌가? 만일 그가 훌륭한 **분**이 아니라면, 그리고 그가 나의 사람이 아니라면! 오 너희들 복된 시절의 망령이여! 너희들 나의 아득한 기억들이여!

저에게 그 마법의 저녁은 마치 어제 저녁인 듯합니다. 그 저녁 성스러운 낯선 분이 처음으로 나를 만났고, 슬퍼하는 정령처럼 근심 걱정 없는 여인이 젊음의 꿈 안에 앉아 있는 숲의 그늘 속으로 번쩍이며 나타났던 그 마법 같은 저녁 말입니다. 5월의 바람, 이오니아의 마법적인 5월의 춘풍을 타고 그가 왔으며, 그 바람은 그를 나에게 더욱 환하게 보이도록 해 주었습니다. 그 바람은 그의 머리카락을 말아 올렸고, 마치 꽃송이처럼 그의 입술을 열었으며, 미소 안에 비애를 녹여 버렸습니다. 오 천국의 빛살이여! 그대들은 그분의 두 눈을 통해서, 에워싼 아치의 그늘 아래 영원한 생명이 반짝이며 물결치고 취하게 만드는 이 샘을 통해서 나에게 얼마나 비추었던가!

오 선하신 신들이여! 저를 바라다보는 눈길로 그는 얼마나 아름다워졌던가요! 한 뼘쯤 더 키가 커져 그 온전한 젊은이가 가벼운 마음가짐으로 서 있었고, 다만 그 사랑스러운 두 팔, 겸손한 두 팔이 마치 아무것도 아니라는 듯이 내려져 있었습니다! 그리고 마치 제가 하늘을 향해서 달아나 버리고 더 이상 그곳에 있지 않기라도 하듯이 무아지경에서 위를 올려다보았습니다. 아! 그가 얼마나 지극히 다정한 마음으로 미소를 띠고 얼굴을 붉혔던가요. 그가 나를 다시금 알아보고 반짝이는 눈물 가운데 그의 페부스*와 같은 눈이 당신인가? 정말 당신인가?라고 묻는 듯 빛을 내뿜었습니다.

어찌해서 그는 그처럼 경건한 생각으로, 그처럼 사랑스러운 선입견으로 가득한 채 저를 만났던 것인가요? 어찌하여 그는 애당초 머리를 떨어뜨렸나요? 어찌하여 그 신들의 자식과 같은 청년이 그처럼 동경과 비애에 가득 차 있었던가요? 그의 정령은 홀로 머물기에는 너무도 복되었고 이 세계는 그를 붙들기에는 너무도 초라했습니다. 오 그것은 위대함과 고뇌로 엮어진 사랑스러운 영상이었습니다! 그러나 이제는 달라졌습니다! 고통과 더불어 이제는 끝났습니다. 그는 할 일을 가지게 되었고, 그는 더 이상 환자가 아닙니다! ―

당신에게 편지 쓰기를 시작했을 때 저는 탄식에 가득 차 있었습니다. 저의 사랑하는 분이시여! 이제는 오직 기쁨뿐입니다. 당신에 대해서 말하면 스스로 행복해집니다. 그러니 보세요! 그대로 변함이 없어야 합니다.

안녕히 계십시오!

휘페리온이 디오티마에게

전쟁의 소음이 시작되기 전에 우리는 좋은 종말을 위해서 그대의 축제를 열었습니다, 아름다운 생명이여! 그날은 멋진 하루였습니다. 온화한 봄이 실려 왔고, 동방으로부터 반짝였으며, 마치 나무들이 만발한 꽃을 유혹해 불러내듯이 그대의 이름이 우리에게서 터져 나오도록 유혹했습니다. 그리고 사랑의 모든 복된 비밀이 나를 향해서 숨결을 풍겨 왔습니다. 우리의 것과 같은 사랑이 그 친구에게는 나타난 적이 없었습니다. 그런 오만한 사람이 주목하면서 그대의 모습, 그대의 본질을 파악하려고 눈과 정신이 불타오른 것은 감동적이었습니다.

오, 그런 생명을 이 땅이 아직 지니고 있다면 우리가 그리스를 위해 싸우는 것은 충분히 보람 있는 일이군! 마침내 그가 외쳤습니다.

물론이지, 나의 알라반다여. 나는 말했습니다. 우리의 정신이 그러한 자연의 영상으로부터 젊음을 되찾게 되면 우리는 그때 흔쾌히 싸움에 임하게 되고, 천국적인 불길이 우리를 행동으로 몰고 갈 걸세. 그때에는 우리가 어떠한 작은 목표를 향해서 달려가지는 않을 것이며, 이것저것을 두고 염려하지도 않을 것이고, 정신을 주목하지 않은 채 외부로부터 기교를 가하거나 잔을 비우려고 포도주를 마시는 일도 없을 것이네. 알라반다여, 정령의 환희가 어떤 비밀도 더 이상 아닐 때에 우리는 비로소 쉬게 될 것이네. 오랫동안 사라졌던 인간의 정신이 방황과 고통을 벗어나 반짝이며 솟아올라 아버지 같은 천공에게 승리를 기뻐하며 인사드림으로써 눈망울들이 모두 승리의 아치로 바뀔 때에 우리는 비로소 휴식을 취하게 될 것이네. ― 아, 깃발만을 보고서 누구도 우리의 미래 백성을 알아보게 되어서는 안 되네. 모든 것이 회춘되어야 하고, 근본으로부터 변화되지 않으면 안 되네.* 욕망은 진지함으로 가득 차고 모든 일은 쾌활해야 한다네. 어떤 것도, 가장 보잘것없는 일,

가장 일상적인 일도 정신과 신을 동반하지 않으면 안 되네! 사랑과 증오, 우리가 내는 모든 소리는 속세를 놀라게 할 것이 분명하고 어떤 순간도 우리로 하여금 결코 천박한 과거를 생각나게 해서는 안 될 것이네!

휘페리온이 디오티마에게

화산은 폭발했습니다. 터키군은 코론과 메토네*에 진을 칠 것이고, 우리는 우리 편인 산중의 민중과 함께 펠로폰네소스 방향으로 이동하게 될 것입니다.

이제는 우울한 기분도 모두 사라졌습니다. 디오티마여. 그리고 내가 생동하는 과업의 한가운데에 있게 된 이래로 나의 정신은 한층 더 견고해지고 재빨라졌답니다. 보십시오! 나는 이제 일정을 따라 살고 있답니다.

해가 뜨자마자 나는 일과를 시작합니다. 밖으로 나가 나의 병사들이 누워 있는 숲의 그늘 안으로 가서는 이제 내 앞에서 격렬한 우정의 빛을 담은 채 열려 있는 수천의 해맑은 눈에게 인사를 보냅니다. 잠에서 깨어나는 군대! 나는 그것과 유사한 것을 알지 못하며, 도시와 마을에서의 모든 생명은 이에 비교한다면 벌떼에 지나지 않습니다.

인간은 그가 한때 숲 속의 사슴처럼 행복했다는 사실을 부정할 수 없습니다. 그리고 수많은 세월이 흐른 뒤에도 우리의 마음속에는 원시 세계의 나날에 대한 동경이 가물거립니다. 그 원시 세계에서는 무엇 때문인지 나도 모르지만 인간이 길들여지기 전에는 마치 신처럼 대지를 거닐었으며, 울타리와 생명 없는 목책 대신에 세계의 정령, 성스러운 대기가 언제 어디에서건 그 인간을 에워싸고 있었습니다.

디오티마여! 내가 나의 거리낌 없는 병사들 틈을 걸어갈 때 대지를 뚫고 자라난 듯 한 사람씩 몸을 일으켜 세우고 아침 햇빛을 향해서 기지개를 켜며, 병사들의 작은 무리 사이에 탕탕 울리는 소리를 내며 불꽃이 솟아오르고, 엄마가 추위에 떠는 작은 아이와 함께 앉아 기운을 북돋는 음식을 끓이며, 한편으로는 병마(兵馬)들이 한낮을 예감하면서 코를 킁킁거리며 울음소리를 내고, 숲은 우렁찬 전투 음악으로 가득 차고 사방에서 무기들이 희미한 빛을 내면서 찰랑거리는 소리를 냅니다. — 그러나 이것은 말이 그렇다는 것일 뿐 그러한 생활의 진짜 즐거움은 필설로 다 할 수 없답니다.

그런 다음 나의 작은 부대는 내 주위로 모여듭니다. 기뻐하면서 말입니다. 또한 나이 든 사람들이나 아주 반항적인 사람들도 나이가 젊은 나를 존중해 주는 것은 신기한 일입니다. 우리는 더욱 친밀해지고 많은 사람들이 인생살이에서 무슨 일이 있었는지를 이야기하면 나의 가슴은 이런저런 운명 때문에 자주 부풀어 오릅니다. 그러면 나는 보다 더 좋은 날에 대해서 말하기 시작하며, 그들의 눈은 우리를 하나로 묶어 줄 동맹을 생각하면서 반짝이며 떠오릅니다. 그리고 형성되고 있는 자유 국가의 자랑스러운 모습이 그들 앞에 가물거리는 것입니다.*

모두는 개인을 위해서 그리고 각자는 모두를 위해서!* 이것은 언어로 표시된 하나의 환희에 찬 정신이며, 이 정신은 언제나 나의 병사들을 마치 신의 계명처럼 붙들어 잡습니다. 오 디오티마여! 굳어진 천성이 희망에 의해서 유연해지고 그들의 맥박이 더욱 힘차게 뛰며 침울했던 이마가 계획으로 인해서 펴지고 또한 빛나는 것을 보는 일, 믿음과 의욕에 둘러싸여 인간들의 한 집단 안에 이렇게 서 있는 일, 그것은 온갖 광채로 둘러싸여 있는 대지와 하늘과 바다를 바라다보는 것보다 더 나은 일입니다.

그런 다음 정오가 될 때까지 나는 그들에게 무기 쓰는 법과 행진을 훈련시킵니다. 즐거운 기분이 나를 교관으로 만들어 주듯이 그 기분이 그들을 배움에 열중토록 만들어 줍니다. 어떤 때는 마케도니아식의 밀집 방어진*을 만들어 그 안에 꼼짝할 틈도 없이 서서 겨우 팔만을 움직이는가 하면, 또 다른 때는 마치 광선처럼 모험적인 전투를 위해서 개별 소규모 부대로 날아 흩어지며, 이때 날렵한 힘은 어떤 위치로든 변경되고 각자는 자신이 사령관이 되었다가 다시금 보다 안전한 지점에서 집결하기도 합니다. ─ 그리고 그들이 그러한 무기의 춤을 추면서 걷고 설 때는 언제나 전제 군주의 노예의 영상과 진지한 싸움터가 그들과 나의 눈앞에 떠도는 것입니다.

이어서 햇볕이 더 뜨겁게 비치게 되면 숲 속에서 회의가 열립니다. 조용한 생각과 더불어 위대한 미래를 지배하는 것은 기쁜 일입니다. 우리는 우연으로부터는 힘을 빼앗고 운명을 조종합니다. 우리는 우리의 의지에 따라서 저항을 일으키게 하고, 적을 우리기 무장으로 준비를 마친 곳으로 유인합니다. 또한 우리는 관망하고 겁먹은 것처럼 보여 적이 더 가까이 오도록 내버려 두었다가 머리를 칠 수 있을 만큼 우리에게 이르면 잽싸게 적의 넋을 빼앗기도 합니다. 이것이 나의 만사 해결책입니다. 그렇지만 경험이 더 많은 의사들은 그러한 만병통치의 수단에 아무것도 걸지 않는답니다.

그런 다음 알라반다와 함께 하는 저녁은 나에게 얼마나 기분 좋은 일인지 모릅니다. 우리는 재미삼아 튼튼한 말 등에 올라 석양으로 붉게 타오르는 언덕을 배회하며, 우리가 머무는 언덕의 꼭대기에서는 우리가 타고 온 말의 갈기 사이를 유희하는 바람의 다정하게 살랑거리는 소리가 우리의 대화에 섞여 듭니다. 그러는 사이 우리는 우리의 전투 대상인 먼 스파르타 쪽을 바라다봅니다. 우리가 집으로 돌아와 한밤의 아늑한 서늘함 안에 함께 앉으면 술잔은 향기를 뿜어내고 달빛이 우리의 수수한 식사에 빛을 비추어 줍니다. 그리고 우리의 미소 짓는 침묵의 한가운데에는 마치 구름처럼 옛사람들의 이야기가 우리를 비추고 있는 성스러운 대지로부터 솟아오르는 것입니다. 그러한 순간에 서로 손을 내미는 것은 얼마나 복된 일인지요!

그러고 나서 알라반다가 세기의 지루함으로 인해 고통 받고 있는 많은 이들에 대해서, 곧은 길이 방해를 받아서 인생이 굴복하고만 수많은 구부러진 경로에 대해서 말할 때면 나에게는 나의 아다마스가 떠오릅니다. 그의 여행, 깊숙한 아시아를 향한 그의 동경과 함께 말입니다. ― 그것은 다만 급하게 떠오르는 생각일 뿐입니다, 착하신 노형이여! 나는 그를 소리쳐 부르고 싶습니다. 오십시오! 그리고 당신의 세계를 세우십시오! 우리와 함께! 왜냐면 우리의 세계가 또한 당신의 세계이기 때문에.

또한 디오티마여, 당신의 세계이기도 합니다. 왜냐하면 그 세계는 당신을 빼어 닮았기 때문입니다. 오 당신이시여, 당신의 천국과 같은 평온을 가지고 우리가 바로 당신인 그것을 지어낼 수 있다면 얼마나 좋겠습니까!

휘페리온이 디오티마에게

우리는 연속해서 세 번이나 작은 전투에서 승리를 거두었습니다. 이 전투에서 전사들은 마치 번개처럼 서로 격돌했으며, 모든 것은 하나같이 다 집어삼키는 불꽃이었습니다. 나바린은 우리의 땅이 되었고, 지금 우리는 옛 스파르타의 마지막 잔재인 미스트라의 요새를 눈앞에 두고 있습니다. 나는 한 떼의 알바니아 족으로부터 빼앗은 깃발을 그 도시 외곽에 있는 폐허 위에 꽂고는 기쁨에 겨워 터키 식 터번을 에우로타스 강에 던져 버리고 그때부터 그리스 식 투구를 쓰고 있습니다.

오 당신이여! 지금 당신을 보고 싶습니다. 당신을 보고 당신의 두 손을 붙잡은 기쁨이 너무나도 커 그것을 감당할 수 없는 내 가슴에 그 두 손을 꼭 갖다 대고 싶습니다! 그런 날이 멀지 않습니다! 어쩌면 일주일 안에 그 오랜 고귀하고 성스러운 펠로폰네소스가 해방될 것입니다.

오 그때가 오면, 소중한 당신이여! 나에게 경건하게 되는 법을 가르쳐 주십시오! 그때가 오면 나의 끓어오르는 가슴에게 기도를 깨우쳐 주십시오! 나는 입을 다물어야만 옳을 것 같습니다. 도대체 내가 무슨 일을 했단 말입니까? 설령 내가 말하고 싶은 무슨 일을 했다손 치더라도 얼마나 많은 일이 여전히 남아 있는 것입니까? 그러나 나의 생각이 시간보다 빨리 앞서고 있는데 내가 무엇을 할 수 있습니까? 이런 사정이 역전되고 시간과 행동이 생각을 뛰어넘고 날개를 단 승리가 희망 자체를 앞서 나간다면 그것은 내가 기꺼이 바라는 바일 것입니다.

나의 알라반다는 마치 새신랑처럼 활짝 피어나고 있습니다. 그의 매 눈길마다 다가오는 세계가 나에게 웃음을 보내고, 그것을 통해서 나는 초조감을 상당히 가라앉히고 있습니다.

디오티마여! 나는 이 쌓여 가는 행복을 고대 그리스의 가장 아름다웠던 융성기와도 바꾸고 싶지 않습니다. 그리고 우리의 승리 가운데 가장 작은 승리조차도 나에게는 마라톤과 테르모필레와 플라타이아의 승리보다도 더 소중합니다. 그렇지 않습니까? 병에서 회복되는 생명이 아직 병을 모르고 있는 순수한 생명보다 그 가슴에게는 더욱 가치 있는 것이 아닐까요? 청춘이 사라지고 난 때에 비로소 우리는 그 청춘을 사랑하며, 잃어버린 청춘이 다시 돌아왔을 때 비로소 그 청춘이 영혼의 가장 깊은 곳까지를 행복하게 만들어 주는 법입니다.

에우로타스 강변에 나의 천막이 세워져 있습니다. 자정이 지나

눈을 뜨면 옛 그대로인 강의 신은 소리 내어 경고하면서 나를 스쳐 흘러갑니다. 그러면 나는 미소 지으면서 강변의 꽃을 꺾어 그 반짝이는 물결에다 흩뿌리며 강의 신에게 말합니다. 그대 고독한 자여! 이것을 징표로 받으시라! 곧 옛 생명이 다시 그대를 에워싸고 피어오르리라.

디오티마가 휘페리온에게

나의 휘페리온이여, 당신이 진군하는 도중 저에게 쓴 편지들을 잘 받았습니다. 당신이 말하는 모든 것을 통해서 당신은 저를 강하게 사로잡고 있답니다. 또한 저의 발아래에서 눈물을 흘리던 연약한 젊은이가 이렇게 강한 존재로 변화한 것을 바라보는 일은 사랑의 한가운데 있는 저를 전율케 합니다.

당신은 사랑을 잊지 않으시겠지요?

그렇지만 계속해서 변화해 나가십시오! 제가 뒤따르겠습니다. 제 생각입니다만, 만일 당신이 저를 미워하게 된다면 저 또한 당신처럼 느끼게 될 것이고, 당신을 미워하려고 노력하게 될지도 모르겠고, 그리하여 우리의 영혼은 서로 똑같은 채 머물게 될지도 모르겠습니다. 이 말은 결코 과장된 것이 아닙니다. 휘페리온이여.

제 자신도 예전과는 아주 달라졌습니다. 세상을 바라다보는 유쾌한 시각도, 모든 생동하는 것에 대한 자유로운 흥미도 저에겐 없어지고 말았습니다. 별들이 떠 있는 들판 같은 하늘만이 아직 저의 눈길을 끌고 있을 뿐입니다. 그렇지만 대고의 위대한 인물들을 그만큼 더 즐겨 생각하며 그들이 지상에서 어떻게 생을 마감했는지를 생각해 본답니다. 또한 고상한 스파르타의 여인들이 저의 마음을 빼앗았습니다. 이와 함께 저는 제때를 만난 힘찬 새로운 전사들을 잊지 않고 있습니다. 저는 펠로폰네소스를 통해서 저를 향해서 점점 더 가까이 들려오는 그들의 승리의 환호성을 자주 들으며, 에피다우로스의 숲을 꿰뚫고 마치 폭포처럼 그곳으로 물결치듯 밀려 내려가는 그들의 모습을, 마치 사자처럼 그들을 이끌고 있는 태양의 빛살 아래서 그들의 무기들이 멀리서부터 반짝이는 것을 보고 있는 듯합니다, 오 나의 휘페리온이여! 그렇게 하여 당신께서 재빨리 칼라우레아로 넘어오셔서 우리 사랑의 말없는 숲에 인사하고 저에게도 인사를 하시고 다시금 당신의 과업으로 날 듯이 되돌아가시게 된다면 얼마나 좋겠습니까. ― 이렇게 말한다면 당신은 제가 전쟁의 결말을 두려워한다고 생각하실까요? 사랑하는 이여! 가끔은 그런 생각이 저를 엄습하기도 한답니다. 그러나 나의 보다 더 큰 사념이 마치 불꽃처럼 그 추위가 다가서지 못하도록 막아선답니다. ―

안녕히 계십시오! 영혼이 당신에게 명령하는 대로 일을 마무리지으십시오! 평화를 위해서 전쟁이 너무 오래 지속되지 않도록 해 주십시오, 휘페리온이여, 아름답고 새로운 황금빛의 평화를 위해서. 그때가 되면 당신이 말씀했던 대로 언젠가는 자연의 법칙이 우리의 법전에 기록될 것이고, 그때가 되면 어떤 책에도 기록될 수 없는 신적인 자연이 공동체의 심장에 자리하게 될 것입니다.

안녕히 계십시오.

휘페리온이 디오티마에게

　당신은 나를 진정시켰어야만 했습니다. 나의 디오티마여! 내가 너무 서둘지 않았으면 좋겠다고, 보잘것없는 채무자로부터 돈을 받아 내듯이 운명으로부터 승리를 차근차근 얻어 내는 것이 좋겠다고 말해 주어야 했습니다. 오 당신이여! 가만히 서 있는 것은 그 무엇보다도 언짢은 일입니다. 나의 혈관 안에 피가 말라 버리기라도 하듯이 나는 계속 전진하기를 갈망하고 있으나 여기에 하릴없이 멈추어 있어야만 합니다. 날마다 하루같이 진을 치고 포위하고 있어야만 합니다. 우리 편의 사람들은 돌격해 쳐들어가기를 원합니다. 그러나 그렇게 하면 감수성이 예민한 사람들을 흥분시켜 열광적인 상태로 치닫게 할 것이고 거친 본성이 끓어올라 규율과 사랑을 깨뜨리게 된다면 우리의 희망은 허사가 될 것입니다.

　잘 알지는 못하겠지만 며칠 동안만 이런 상태가 지속될 것이고, 그러고 나면 미스트라는 항복할 수밖에 없을 것입니다. 그러나 나는 우리가 더 준비하기를 원했던 것입니다. 나에게는 여기 진지의 분위기가 마치 뇌우를 예감케 하는 대기 안에 들어 있는 것처럼 느껴집니다. 나는 초조하고 동료들도 마음에 들지 않습니다. 그들 사이에는 어떤 섬뜩한 악의가 흐르고 있습니다.

　그러나 나는 기분으로 그렇게 많은 일을 할 만큼 영리한 사람이

못됩니다. 그리고 오랜 선동의 스파르타는 우리가 그것을 손에 넣기 전에 어느 정도 근심을 치러야 할 만큼 충분한 가치를 지니고 있기도 합니다.

휘페리온이 디오티마에게

끝장이 나고 말았습니다, 디오티마여! 우리 병사들은 가리지 않고 약탈하고 살해했습니다. 우리 동포들도 살해되었습니다. 미시스트라에 있던 그리스 사람들, 그 무죄한 사람들이 살해되었답니다. 죽음을 면한 사람들은 어찌할 바를 모른 채 사방으로 헤매고 있으며, 사색이 된 그들의 고통스런 표정은 천지에 대고 야만스러운 자들에게 복수할 것을 외치고 있습니다. 그 야만스러운 자들의 선두에 내가 있었던 것입니다.

이제라도 나는 그곳으로 가서 나의 선한 과업에 대해서 설교할 수 있습니다. 오 이제라도 모든 진정한 마음을 가진 사람들이 나에게로 달려오기를!

그러나 나는 역시 깨달았습니다. 나는 나의 부하들을 알게 된 것입니다. 실제로! 도적의 무리를 통해서 나의 이상향을 세운다는 것은 정상에서 벗어난 계획이었습니다.

그렇습니다! 성스러운 정의의 여신에게 맹세코! 나에게는 당연한 일이 벌어진 것이며, 나는 그것을 견디어 낼 작정입니다. 고통이 나의 마지막 의식조차 빼앗아 갈 때까지 견디어 내겠습니다.

당신은 내가 미쳐 날뛰고 있다고 생각합니까? 나는 그 만행을 저지하다가 충실한 부하 중의 한 명이 나를 쳐서 입힌 명예로운 상처를 안고 있습니다. 만일 내가 광란하고 있다면 그 상처에서 붕대를 잡아 뜯어 버렸을 것이며, 피는 그 원래 속했던 이 슬퍼하는 대지 속으로 흘러들어 갔을 것입니다.

이 슬퍼하는 대지! 이 발가벗은 대지! 그렇기 때문에 나는 성스러운 숲으로 대지를 덮으려고 했으며, 그리스의 생명의 꽃들로 장식하려고 했던 것입니다!

오, 그랬더라면 대지는 아름다웠을 텐데, 나의 디오티마여.

당신은 나를 용기 없는 사람이라 말하고 있나요? 사랑스러운 여인이여! 재앙이라고 하기에도 너무 심합니다. 말단의 지역에까지 광란하는 떼거리가 쳐들어가고 있습니다. 그리하여 전염병처럼 약탈욕이 모레아*에서 날뛰고 있는 것입니다. 칼을 손에 들지 않은 자들도 쫓기며 살해되고 맙니다. 그러면서 폭도들은 우리의 자유를 위해 싸우고 있다고 말합니다. 이 야만스러운 대중 중 다른 이들은 터키의 황제에게 고용되어 있으며, 그렇지 않은 자들과 똑같이 만행을 저지르고 있습니다.

방금 우리의 불명예스러운 군대가 해산되었다는 소식을 들었습니다. 비겁한 자들은 트리폴리스* 근처에서 수효가 반에도 못 미치는 한 떼의 알바니아 군과 조우했습니다. 그러나 약탈할 것이 아무것도 없었으므로 그 가련한 자들은 모두 그곳에서 달아났습니다. 우리와 더불어 출정을 감행했던 40명의 용감한 러시아 인들만이 홀로 버티다가 모두 전사했습니다.

이제 나는 알라반다와 함께 그 이전처럼 다시금 고독해졌습니다. 이 충실한 친구는 미시스트라에서 쓰러져 피 흘리는 나를 본 이래로 그의 희망, 그의 승리에 대한 욕구, 그의 절망까지 모든 것을 잊었습니다. 마치 벌을 내리는 신처럼 격노하며 약탈자들 사이로 뛰어들었던 그 사람이 이제 소동으로부터 차분하게 나를 끌어냈으며, 그의 눈물이 내 옷자락을 적셨습니다. 그 후 그는 내가 누워 지내는 오두막집에서 나와 함께 머물렀고, 나는 이제 진정으로 그것을 기뻐하고 있습니다. 왜냐하면 그가 계속 진군해 버렸더라면 그는 지금쯤 트리폴리스 근처에서 먼지 구덩이에 누워 있었을 것이기 때문입니다.

앞으로 어떻게 진행될지 나는 모르겠습니다. 운명이 나를 미지의 세계로 밀어내 버렸고, 내가 그것을 자초했습니다. 나 자신의 수치심이 당신에게서 나를 몰아내고 있습니다. 그것이 얼마 동안인지 누가 알겠습니까?

아! 나는 당신에게 하나의 그리스를 약속했는데 이제 그것 대신에 당신은 비탄의 노래를 듣고 있군요. 원컨대 스스로 위안받으시기를!

휘페리온이 디오티마에게

애를 써야 입을 열게 됩니다.

오월의 춘풍처럼 세계가 누군가를 향해서 불어올 때 그 사람은 마치 새들처럼 즐겨 말하고 한담을 합니다. 그러나 한낮과 저녁 사이에 세상은 달라질 수 있습니다. 그리고 결국에 잃은 것이 무엇입니까?

나의 깊은 영혼으로부터 당신에게 드리는 말이니 믿으시고 생각해 보십시오. 언어는 엄청난 사치랍니다. 최상의 것은 언제나 홀로 머물고 바다 밑에 있는 진주처럼 자신의 깊은 곳에서 쉬는 일입니다. ─ 그렇지만 내가 본래 당신에게 쓰려고 한 것은, 그림은 언젠가는 틀을 가질 필요가 있고 남자는 그의 일상이 있어야 하므로 러시아 함대에 한동안 근무하려고 한다는 사실입니다. 나는 앞으로 그리스 인들과는 아무런 관계도 없기 때문에 말입니다.

오 귀중한 당신이여! 나의 주위가 매우 어두워졌습니다!

휘페리온이 디오티마에게

나는 주저하고 고심했습니다. 그러나 끝내 이렇게 되지 않을 수 없군요.

무엇이 피할 수 없는 것인지를 나는 알고 있고, 또 그것을 알고 있기 때문에 그렇게 되어야 마땅할 것 같습니다. 나를 오해하지는 마십시오! 나를 괘씸하게 여기지는 말아 주십시오! 나는 당신에게 저를 버리라고 충고할 수밖에 없습니다, 나의 디오티마여.

나는 낭신에게 이제 더 이상 아무것도 아닙니다, 그대 착한 분이시여! 낭신을 향한 이 마음은 메말라 버렸고 나의 눈은 생동하는 것을 더 이상 바라보지 못합니다. 오 나의 입술도 메말라 버렸습니다. 사랑의 달콤한 숨결이 내 가슴 안에서는 더 이상 솟아오르지 않습니다.

어느 하루가 나의 청춘을 모두 앗아 갔습니다. 에우로타스 강가에서 나의 생명은 지치도록 울었습니다. 아! 스파르타의 폐허를 대하고 구원할 길 없는 수치심 가운데 물결 하나하나가 울며 지나가고 있는 에우로타스의 강가에서 말입니다. ― 내가 당신의 사랑을 무슨 시혜처럼 지니고 있어야 할까요? ― 나는 아무것도 아니며, 가련하기 이를 데 없고 종처럼 명예도 없는 사람입니다. 나는 비천한 폭도처럼 추방당하고 저주받았습니다. 모레아에 있는 많은 그리스 사람들은 마치 도적의 역사를 말하듯이 우리의 영웅적 행위에 대해서 자기의 자손들에게 대를 이어 이야기해 줄 것이 틀림없습니다.

아! 한 가지 일을 나는 오랫동안 당신에게 말하지 않았습니다. 아버지께서 나를 엄하게 뿌리쳐 버리셨습니다. 내가 청춘을 보낸 그 집에서 돌아갈 여지도 없이 나를 쫓아 버리셨고, 말씀대로라면 내가 현재의 삶을 살거나 다른 형태의 삶을 살거나 간에 다시는 나를 보지 않으실 것입니다. 내 첫 시작을 알려드린 편지에 대한 답장에 그렇게 적혀 있습니다.

동정심이 당신을 잘못 인도하도록 결코 버려두지 마십시오. 믿어 주십시오. 우리에게는 어디건 간에 다른 기쁨이 남겨져 있습니다. 진정한 고통은 영감을 불러일으켜 주는 법입니다. 자신의 불행 위에 발 딛고 있는 자는 그만큼 더 높이 서는 법입니다. 그리고 우리가 고통 가운데서 비로소 영혼의 자유를 진정으로 느끼게 된다는 것은 멋진 일입니다.* 자유! 그 단어를 이해하는 사람은 누구일까 — 그것은 심오한 뜻을 지닌 단어입니다, 디오티마여. 나는 그처럼 내면 깊이 괴롭힘을 당하고, 그처럼 전대미문의 병을 앓고 희망도 목적도 없이 살고 있으며, 조금의 명예도 없이 살고 있습니다. 그러나 나의 내면에는 하나의 힘이 들어 있습니다. 나의 사지를 달콤한 전율로 꿰뚫고 지나가는 어떤 제압할 수 없는 힘이 들어 있어 그것이 나의 내면에서 그처럼 자주 꿈틀거리는 것입니다.

나에게는 또한 알라반다가 아직 있습니다. 그 사람도 나 자신만큼이나 더 얻을 것이 없습니다. 나는 아무런 손해 볼 것도 없이 그 사람을 붙들고 있을 수 있습니다. 아! 이 당당한 젊은이는 보다 더 나은 운명을 누릴 수 있었을 텐데. 그는 매우 부드러워졌고 또 그렇게 평온해졌습니다. 그 사실이 오히려 자주 나의 가슴을 찢는 듯합니다. 그러나 우리는 서로 지켜 주고 있습니다. 우리는 서로 아무것도 말로 이해하지 않습니다. 무엇 때문에 우리가 서로 말로 이해해야 합니까? 우리가 서로 행하는 많은 작은 사랑의 봉사 안에 이미 하나의 축복이 들어 있습니다.

거기 우리 운명의 한가운데에서 그는 잠자고 만족스러운 미소를 짓습니다. 그 착한 친구! 그는 내가 무엇을 하고 있는지 모릅니다. 그는 그것을 참지 못할 것입니다. 자네는 디오티마에게 편지를 써야 하네라고 그는 나에게 명령하듯 말했습니다. 그리고 그녀가 곧 자네와 함께 지낼만한 땅으로 도망치기 위해 떠나게 된나는 것을 그녀에게 말해야만 한다고 나에게 명령했습니다. 그러나 그는 자신이나 나처럼 절망하기를 배운 가슴은 사랑하는 사람들에게는 더 이상 아무것도 아니라는 사실을 모르고 있습니다. 그렇습니다! 그렇고 말구요! 당신은 휘페리온의 곁에서 영원히 평화를 찾지 못할지도 모릅니다. 당신은 배신하게 될 것이 분명하지만 나는 그런 일이 당신에게 일어나지 않도록 해 주고 싶습니다.

그럼 잘 있어요, 그대 사랑스러운 여인이여! 안녕! 나는 당신에게 말하고 싶군요. 그곳으로 가라, 거기로 가시라, 거기에 생명의 샘물이 찰랑대고 있다고 말입니다. 나는 자유로운 땅, 아름다움으로 가득 찬 땅을 당신에게 가리켜 주면서 말하고 싶습니다. 거기로 가서 당신을 구원하십시오!라고 말입니다. 그러나 오 하늘이여! 내가 그럴 수만 있다면 나는 또한 다른 사람이 될 것이고 작별을 고하지 않아도 될 텐데 — 작별을 고한다고? 아! 내가 무슨 일을 하는지 나는 알지 못하겠습니다. 나는 내가 그렇게 확고한 뜻을 세우고 심사숙고했다고 생각했습니다. 지금 현기증이 일어나고 고통을 견딜 수 없는 환자처럼 나의 가슴은 이리저리 몸부림치고 있습니다. 나 자신이 안쓰럽습니다! 나는 나의 마지막 기쁨마저도 파괴하고 있는 것입니다. 그러나 그렇게 될 수밖에 없습니다. 이때 자연에게 아! 하는 탄식은 부질없는 일입니다. 나는 당신에게 빛을 지고 있습니다. 나는 그렇지 않아도 고향도 없고 안식처도 없이 존재하라는 숙명을 지고 태어났습니다.* 오 대지여! 오 그대 별들이여! 나는 끝내 어디에도 깃들 수 없는 것인가?

당신의 가슴이 있다면 다시 한 번만 그곳으로 되돌아가고 싶습니다. 천공과 같은 두 눈이여! 너희들 안에서 한 번만 더 나를 다시 만나고 싶구나! 당신의 입술에 한 번만 더 매달리고 싶습니다, 그대 사랑스러운 이여! 그대 형언할 수 없는 여인이여! 그리고 나의 안으로 그대의 매혹적이며 성스럽게 달콤한 생명을 들이마시고 싶습니다. ― 그러나 이 말에 귀 기울이지 마십시오! 당신에게 빕니다, 나는 유혹자라고 스스로 말하게 될 것입니다. 그대는 나를 알고 이해하고 있습니다. 당신이 나를 동정하지 않고 나에게 귀 기울이지 않아도 그대가 얼마나 깊이 나를 존중하는지 당신은 알고 있습니다.

나는 더 이상 살 수도 없고 살아도 안 됩니다. ― 자신의 신이 더 이상 존재하지 않는데 사제가 어떻게 살기를 바라겠습니까? 오 내 민족의 정령이여!* 오 그리스의 영혼이여! 나는 지하로 내려가 죽은 자들의 나라에서 그대를 찾을 수밖에 없구나.

휘페리온이 디오티마에게

나는 오랫동안 기다렸습니다. 당신에게 고백하건대 나는 당신의 진심 어린 한마디 작별의 말을 간절하게 기대했습니다. 그러나 당신은 아무 말이 없군요. 그러나 그 침묵도 당신의 아름다운 영혼이 쓰고 있는 말의 하나이지요, 디오티마여.

바로 그 때문에 성스러운 화음이 아직도 끝남이 없는데, 그렇지 않은가요? 디오티마여, 사랑의 부드러운 달빛이 스러질지라도 사랑의 하늘에 더 높이 떠 있는 별들은 여전히 빛납니다, 그렇지 않은가요? 오, 당신으로부터 어떤 소리도 되돌아오지 않고 우리의 충실했던 젊은 나날의 그림자 하나도 되돌아오지 않는다고 해도 우리가 떨어질 수 없다는 사실은 나의 마지막 기쁨입니다!

나는 저녁노을이 붉게 물든 바다를 내다봅니다. 그리고 저 멀리 당신이 살고 있는 곳을 향해서 팔을 뻗어 봅니다. 그러면 사랑과 청춘의 온갖 기쁨으로 가득 차 다시 한 번 나의 영혼은 뜨거워집니다.

오 대지여! 나의 요람이여! 우리가 그대에게 고하고 있는 이 고별 안에는 온갖 환희와 온갖 고통이 담겨 있도다.

그대들 사랑하는 이오니아의 섬들이여! 그리고 그대 나의 칼라우레아여, 또한 그대 나의 티나여, 그대들 모두 나의 눈 안에 들어와 있다. 그렇게 멀리 그대들이 떨어져 있어도 나의 영혼은 미풍을 타고 일렁이는 물결을 넘어 날아가고 있다. 그리고 한때 내가 알라반다와 더불어 희망의 나날을 보내면서 거닐었던 너희들 테오스와 에페수스의 해안이여, 너희들 한쪽에서 나에게 가물거리고 있다. 너희들 그때와 다름없이 나에게 다시 모습을 드러내 보이는구나. 나는 그 육지로 배를 타고 건너가고 싶습니다. 그리고 대지에 입 맞추고 내 가슴에 안아 그 대지를 따뜻하게 해 주고 싶습니다. 공중으로 날아오르기 전에 나는 침묵하는 대지 앞에서 온갖 달콤한 작별의 인사를 더듬거리면서 말하고 싶습니다.*

애석한 일은 인간들 사이에는 더 이상 사정이 나아지지 않을 것이라는 사실입니다. 그렇지 않다면 이 좋은 별 위에 나는 기꺼이 머물런만. 그러나 나는 이 지구 없이도 지낼 수 있습니다. 그것이 있을 수 있는 그 어떤 것보다도 더 낫습니다.

오 딸이여! 태양의 빛 안에서 노예로 사는 것을 참아 내자꾸나, 라고 어머니가 폴리크세나*에게 말했습니다. 생명에 대한 그녀의 애착을 이보다 더 멋있게 말할 수가 없었습니다. 그러나 나에게 노예 됨을 간곡하게 말리고 있는 것은 바로 태양의 빛입니다. 그 태양의 빛은 치욕의 땅 위에 나를 더 이상 머물도록 용납하지 않으며, 성스러운 빛살은 고향으로 이어져 있는 길처럼 나를 끌어당기고 있습니다.

오래전부터 운명의 지배를 받지 않은 영혼의 당당함이 다른 모든 것보다 더 생생하게 나에게 떠오릅니다. 그리하여 나는 때때로 나 자신 안에 파묻혀서 멋있는 고독 안에 살아 보기도 했습니다. 마치 눈송이를 털어 내듯이 외부의 사물을 털어 내는 데에 나는 익숙해졌습니다. 내가 어찌 소위 말하는 죽음을 찾아 나서기를 두려워해야 합니까? 내가 사념 안에서 수없이 나를 해방시켰다면 그것을 실제로 행동에 옮기는 것을 주저해야 합니까? 도대체 왜 우리는 노예처럼 우리가 갈고 있는 이 대지에 묶여 있는 것입니까? 우리는 먹이가 주어지기 때문에 마당을 벗어나서는 안 되는 닭이나 오리와 같은 것입니까?

우리는 더 높은 창공에서 먹이를 찾을 수 있도록 아비가 둥지에서 몰아낸 어린 독수리와 같은 존재입니다.

우리 함대는 내일 결전에 임합니다. 전투는 격렬하게 벌어질 것입니다. 나는 내 몸에서 먼지를 씻어내 버리는 목욕처럼 이 전투를 바라다볼 것입니다. 그리고 내가 소망하고 있는 것을 찾아낼 것이 분명합니다. 내 것과 같은 소망은 그 자리에서 쉽게 이루어 질 것입니다. 그리하여 나의 출정의 끝머리에서 나는 무엇인가에 도달할지도 모릅니다. 나는 인간 세상에서 어떤 노력도 헛된 것은 아니라는 것을 알고 있습니다.

천진스러운 영혼이여! 그대가 나의 무덤 곁으로 오신다면 나를 생각해 달라고 말하고 싶습니다. 그러나 그들은 나를 바닷물 속으로 던져 버릴 것이 틀림없습니다. 그러면 내가 사랑했던 샘물들이란 샘물과 강물이 모두 모여드는 곳, 먹구름이 솟아오르고 내가 사랑했던 산들과 계곡을 삼켜 버리는 그곳에서 나는 내 나머지 육신이 가라앉는 것을 기꺼이 바라다볼 것입니다. 그런데 우리는? 오디오티마여! 디오티마여! 우리는 언제 다시 만나게 되나요?

그것은 불가능합니다. 우리가 서로를 잃어버린 것처럼 생각하기라도 하면 나의 가장 깊은 내면의 생명은 격분합니다. 나는 수천 년 동안이라도 그대를 한 번만이라도 다시 만나기 위해서 별과 별들을 떠돌고 온갖 형상으로 나를 변화시키고 생명의 모든 언어를 사용할 것입니다. 그러나 서로 닮아 있는 것은 서로를 곧 찾아내는 법이라고 나는 생각합니다.

위대한 영혼이여! 당신은 틀림없이 이 작별을 이해하실 수 있을 것입니다. 그러니 내가 떠나도록 허락해 주십시오! 당신의 어머니에게 안부를 전해 주십시오! 노타라와 다른 친구들에게도 인사를 전해 주십시오!

내가 당신을 처음 만난 곳의 나무들과 우리가 갔던 즐거운 시냇물과 앙겔레의 아름다운 정원에게도 안부를 전해 주십시오. 그리고 사랑하는 당신이여! 나의 모습이 그때마다 당신을 만나도록 허락해 주십시오. 잘 있어요.

제2서

휘페리온이 벨라르민에게

내가 한때 그녀와 주고받은 편지를 자네를 위해서 베껴 쓰는 동안 나는 포근한 꿈속에 잠겼었다. 이제 나는 다시금 자네에게 편지를 쓸 것이다, 나의 벨라르민이여! 그리고 자네를 내 고통의 가장 깊은 바닥에까지 끌고 내려가려고 한다. 그런 다음 그대, 나의 마지막 사랑이여! 새로운 날이 우리를 향해 빛나는 곳으로 나와 더불어 솟구쳐 오르자.

내가 디오티마에게 편지로 알린 바 있는 전투가 시작되었다. 터키의 전함들은 키오스 섬과 아시아 해안 사이에 있는 해협으로 달아나 체스메* 근처의 해안에 정박해 있었다. 우리의 제독은 내가 타고 있던 전함을 몰고 대열에서 떨어져 나와 터키의 선두에 선 전함과 첫 전투를 벌였다. 격노한 양측은 첫 공격 때부터 현기증을 일으킬 만큼 흥분했다. 그것은 복수심에 취한 광란이었다. 배들은 곧 밧줄로 서로 단단히 묶였다. 광란의 전투는 점점 육탄전으로 변했다.

깊은 생명감이 여전히 나의 온몸에 밀려들었다. 나의 온 육신은 따뜻하고 또 쾌적했다. 마치 정겹게 세상을 하직하는 사람처럼 나의 영혼은 마지막으로 온 감각을 통해서 제 자신을 느꼈다. 그러고 나자 내가 야만인들의 밀어닥침 속에서 죽임을 당하는 길 밖에는 더 나은 길을 알지 못하고 있다는 뜨거운 불만에 휩싸여서 분노의 눈물을 머금고 죽음이 분명한 곳으로 돌진해 들어갔다.

나는 적들과 가까워질 만큼 가까워졌고, 순식간에 내 곁에서 싸우던 러시아 군은 한 사람도 남지 않게 되었다. 나는 홀로 서 있었다. 오기로 가득 차서 말이다. 그리고 나는 나의 생명을 마치 거지에게 던져 주는 동전닢처럼 그 야만인들 앞에 내던졌다. 그들은 마치 범하기가 두려운 사람을 바라다보듯이 나를 바라다보았다. 운명이 절망하고 있는 나를 돌보아 주는 듯했다.

마침내 한 사람이 자기 방어책으로 나에게 칼을 휘두르며 달려들어 치는 바람에 나는 쓰러졌다. 그 순간부터 배에 실려 후송된 파로스에서 다시금 깨어날 때까지 내가 기억하는 것은 아무것도 없었다.

전투에서 나를 끌어내 온 심부름꾼에게서 싸움을 시작했던 양측의 전함은 그가 군의와 함께 나를 보트에 태워 떠나자마자 다 같이 폭발해 버리고 말았다는 말을 들었다. 러시아 군들이 터키 전함에 불을 던졌는데, 자신들이 탄 배가 상대방의 배와 단단히 묶여 있어서 함께 타 버리고 말았던 것이다.

이 무시운 전투가 어떻게 끝났는지는 자네에게도 알려진 대로다. 러시아 군들이 터키의 전 함대를 불살라 버렸다는 소문을 들었을 때 그처럼 독(毒)은 다른 독을 응징하며, 폭군들은 스스로 멸망하는 법이라고 나는 외쳤다.

휘페리온이 벨라르민에게

전투가 끝난 후 엿새 동안 나는 고통스럽고도 죽음과 같은 잠 속에 빠져 누워 있었다. 나의 생명은 마치 어두운 한밤과 같았으며, 불현듯 번쩍이는 번개에 의해서 그 어둠이 깨지듯이 고통 때문에 깨졌다. 내가 다시금 알아본 것 중 첫 번째는 알라반다였다. 내가 들은 대로라면, 그는 한순간도 나에게서 눈길을 떼지 않았으며 형언할 수 없는 열성으로, 그의 생전에는 결코 생각할 수도 없는 엄청난 애정과 알뜰한 관심으로 거의 혼자서 나를 돌보았다. 사람들은 그가 나의 침대 앞에 꿇어앉아서는 오 살아 다오, 나의 사랑하는 친구여! 나도 살아갈 수 있도록!이라고 외치는 소리를 들었다.

벨라르민이여! 나의 눈이 빛을 향해서 다시 열리고 재회의 눈물을 흘리며 그 당당한 친구가 내 앞에 서 있던 그때, 그것은 행복한 깨어남의 순간이었다.

나는 그에게 손을 내밀었다. 그 당당한 친구는 사랑의 온갖 환희를 담아 그 손에 입 맞추었다. 그가 살아 있습니다. 그는 외쳤다. 오 구원의 여신이여! 오 자연이여! 선하고 모든 것을 치유하는 자연이여! 당신의 불쌍한 한 쌍을, 조국도 잃고 방황하는 두 사람을 당신은 버리지 않았습니다! 오 나는 결코 잊지 못하리라, 휘페리온이여! 자네가 탄 배가 내 눈앞에서 불길에 타오르고, 천둥소리를 내면서 광란하는 불꽃 안으로 선원들을 함께 내동댕이치고 몇 되지 않은 구출자 가운데 휘페리온이 보이지 않았던 그 순간을. 나는 제정신을 잃었고 격렬한 전쟁터의 소음도 나를 진정시키지 못했다. 그러자 곧바로 자네의 소식을 들었고 우리가 적들을 완전히 해치우고 나서 곧장 자네에게로 날 듯이 달려왔다네. —

그리고 그 다음에 그는 나를 어떻게 돌봐 주었던가! 호의의 마법적인 영역 안에 사랑스러운 배려를 다해서 어떻게 나를 붙들어 잡았던가! 그는 한마디 말도 없이 그의 위대한 평온을 통해, 시기할 것도 없이 남자답게 세계의 자유로운 진행을 이해하는 법을 나에게 가르쳐 주었던 것이다!

오 그대들 태양의 자식들이여! 그대들 자유로운 영혼들이여! 이 알라반다를 통해 많은 것이 상실되었다. 그가 떠난 후 나는 부질없이 삶을 찾았고 삶을 간청했다. 그러나 그러한 당당한 인간을 나는 결코 다시 만난 적이 없다. 태연자약한 사람이여, 깊은 이해심을 가진 사람이여, 용감한 사람이여, 고귀한 사람이여! 그가 아니었다면 어디에 그런 사람이 있을까? 그리고 그가 친절하고 경건했을 때, 그것은 마치 장려한 참나무 숲의 어둠 속에서 황혼이 어루만지며 그 이파리들이 한낮의 뇌우로부터 떨어져 내리는 때와 같았다.

휘페리온이 벨라르민에게

내가 상처에서 절반쯤 회복되어 처음으로 창가로 다가선 것은 가을의 쾌청한 날이 계속되던 때였다. 나는 한층 잔잔해진 감각을 지니고 다시 삶으로 되돌아왔고 영혼은 한층 주의력이 깊어졌다. 하늘은 지극히 조용한 마법으로 나에게 입김을 불어넣었고, 쾌청한 태양빛이 마치 꽃비처럼 부드럽게 흘러내렸다. 이러한 계절에는 위대하고 고요하며 부드러운 정령이 임했다. 완성의 평온, 살랑대는 나뭇가지에 깃든 성숙의 환희가 나를 에워쌌다. 마치 옛사람들이 미래의 낙원에서 희망을 걸었던 새로워진 청춘처럼.

나는 오랫동안 세계의 천진난만한 생명을 순수한 영혼으로 누려 보지 못했었다. 이제 나의 눈은 재회의 온갖 기쁨을 안고 떠졌고, 복된 자연은 변함없이 그 아름다움을 간직한 채였던 것이다. 속죄양처럼 그 자연 앞에서 눈물이 흘러내렸고, 나의 신선한 가슴은 전율하면서 오랜 불만에서 벗어나 솟아올랐다. 오 성스러운 초목의 세계여! 나는 외쳤다. 우리는 분투하고 사색하고 있지만 또한 그대를 지니고 있기도 하다! 우리는 덧없는 힘을 다해 아름다움을 빚어내려고 고군분투하지만, 우리 곁에서는 그것이 태연하게 자라고 있는 것이다! 그렇지 않은가, 알라반다여? 궁핍을 걱정하기 위해서 인간들은 태어났지만, 다른 모든 것들은 있는 그대로 존재하고 있다. 그렇지만 — 나는 내가 얼마나 많은 것을 원했는지 잊을 수가 없다.

자네가 여기에 있다는 것만으로도 만족하게나, 친구여! 알라반다가 외쳤다. 그리고 비통한 생각 때문에 자네의 조용한 활동을 더 이상 해치지 말게나.

나 역시 쉬고 싶네. 나는 말했다. 오 나는 계획과 온갖 요구를 마치 차용 증서처럼 갈기갈기 찢어 버리고 싶네. 나는 예술가가 자신을 지키듯이 나를 순수하게 보존하고 싶네. 그대, 아무런 해도 끼치지 않는 생명, 숲과 샘의 생명이여, 그대를 사랑하고 싶다! 오 태양의 빛이여! 나는 그대를 공경하고 싶다. 그대를 통해서 나를 진정시키고 싶다. 별들에게 영혼을 불어넣으며, 여기 지상에서도 나무들을 에워싸 숨 쉬며, 가슴 깊은 곳에서 우리를 어루만지고 있는 아름다운 천공이여! 오 인간의 고집이여! 거지처럼 나는 고개를 숙였고, 자연의 침묵하는 신들은 그들의 온갖 선물을 손에 든 채 나를 바라다보았다. ― 자네 미소를 짓고 있나, 알라반다여? 우리가 만난 첫 시절에 자네의 어린아이가 자네 앞에서 수다를 떨 때 얼마나 자주 기쁨에 취한 젊은이의 기분으로 자네가 그렇게 미소를 지었던지. 자네는 그때 말없는 사랑의 기둥들처럼 세상의 폐허 속에 서 있었고, 내 사랑의 거친 넝쿨이 그대를 에워싸 자라는 것을 참지 않으면 안 되었다네. ― 자 보게나! 나의 두 눈에서는 눈가리개가 떨어지고 옛 황금빛 나날이 다시금 생생하게 눈앞에 나타나고 있다네.

아! 그는 외쳤다. 우리가 살아왔던 이 진지함과 이 삶의 기쁨이여!

우리가 숲 속에서 사냥을 했을 때, 나는 큰소리로 말했다. 바닷물에서 미역을 감았을 때, 노래를 부르고 술을 마셨을 때, 그때 월계수 그늘을 꿰뚫고 태양과 포도주와 우리의 눈과 입술이 반짝였네. ─ 그것이 유일한 삶이었고 우리의 정신은 마치 반짝이는 하늘처럼 우리 젊음의 행복을 두루 비추었네. ─ 그렇기 때문에 우리 중 누구도 떠날 수 없지. 알라반다가 말했다.

오 나는 자네에게 어려운 고백을 하나 털어놓아야겠네. 나는 말했다. 자네는 내가 떠나려고 했다는 것을 믿어 줄까? 자네로부터 말일세! 내가 일부러 죽음을 찾았다는 것을! 그것은 냉혹한 일이 아니었나? 미친 짓은 아니었나? 아, 나의 디오티마! 나는 그녀에게 나를 단념해야 할 것이라고 편지를 썼다네. 그 편지에 이어 전투가 벌어지기 전날 저녁에 또 한 장의 편지를 썼었네. ─ 그리고 자네는 그 전투에서 자네의 종말을 찾을 생각이라고 썼단 말이지? 오 휘페리온이여! 그렇지만 그녀는 그 마지막 편지를 아직은 받지 않았을 걸세. 자네는 자네가 살아 있다는 것을 서둘러 그녀에게 편지로 알려야 하네. 그가 외쳤다.

정말 훌륭한 친구 알라반다여! 나는 외쳤다. 그 말이 위안이구나! 나는 곧장 편지를 써서 나의 심부름꾼이 그 편지를 가지고 곧 떠나도록 하겠네. 오 나는 내가 가진 모든 것을 다 바쳐서 그에게 서둘러 제때에 칼라우레아로 가라고 부탁하겠네. ─

그 착한 영혼은 체념을 언급한 그 다른 편지를 이해하고 자네를 쉽게 용서할 것이네. 그가 덧붙여 말했다.

그녀가 용서해 준다고? 나는 외쳤다. 오 너희 모든 희망이여! 그렇다! 내가 천사와 함께 아직 행복해진다면 얼마나 좋을까!

자네는 행복해질 것이네. 알라반다가 큰소리로 말했다. 자네에게는 아직 지극히 아름다운 삶의 시간이 남아 있네. 젊은이는 영웅이며, 성년의 남자가 삶을 체득할 수 있다면 그는 하나의 신이라네.

그의 말을 듣고 나자 나의 영혼은 신기하게도 밝아졌다.

나무의 정수리는 조용히 떨며 움직였다. 어두운 대지에서부터 꽃들이 솟아오르듯 한밤의 품에서 별들이 움터 올랐고, 하늘의 봄이 성스러운 환희를 보내며 나에게 빛을 비추었다.

휘페리온이 벨라르민에게

내가 디오티마에게 막 편지를 쓰려고 했을 때 알라반다가 기뻐하면서 다시 방으로 들어왔다. 휘페리온, 편지네! 그는 외쳤다. 나는 소스라치게 놀라 그에게 달려갔다.

디오티마가 그 편지에 썼다. 당신으로부터 아무런 기척도 없이 제가 얼마나 오랫동안 지내야만 했는지요! 당신은 미스트라에서의 운명의 시간에 대해서 저에게 쓰셨고 저는 즉시 회답했습니다. 짐작하건대 당신은 저의 편지를 받지 못하셨나 봅니다. 당신은 이어서 짧고 우울한 편지를 다시 써 보냈습니다. 그 편지에서 당신은 러시아 선대에 오를 것을 깊이 생각했노라고 말했습니다. 저는 다시 회답을 보냈습니다만 이 편지 역시 당신은 받지 못했나 봅니다. 저는 오월부터 지금 여름이 다 끝나는 때까지, 며칠 전 제가 당신을 단념하는 것이 좋겠다고 쓴 편지가 도착할 때까지 헛되게 기다리고 또 기다렸습니다, 사랑하는 이여!

당신은 이 편지가 나의 마음을 상하게 하지는 않으리라고 기대하셨더군요. 그렇게 생각하셨다는 것이 슬픔 가운데에서도 저를 정말 기쁘게 해 주었습니다.

불행한 드높은 영혼이여! 저는 당신을 너무도 잘 이해해 왔습니다. 당신이 당신의 보다 더 위대한 소망이 다 사라져 버렸기 때문에 결코 사랑하려고 생각하지 않는다는 것은 아주 당연한 일입니다. 당신은 갈증 때문에 죽을 지경에 이른 만큼 음식물을 거부할 수밖에 없는 것 아닌가요?

저는 그것을 곧 알아차렸습니다. 당신에게 제가 모든 것이 될 수는 없었던 것입니다. 제가 당신으로부터 유한한 생명의 굴레를 풀어 줄 수 있었을까요? 어떤 샘물도 흐르지 않고 어떤 포도나무도 자라지 않는 당신 가슴의 불꽃을 제가 진정시킬 수 있었을까요? 제가 한 세상의 기쁨을 잔에 담아서 당신에게 건넬 수나 있었을까요?

당신은 그것을 원합니다. 당신은 그것을 필요로 합니다. 당신은 달리 어찌할 수가 없습니다. 당신의 동시대인들의 끝없는 무기력이 당신의 생명을 앗아가 버렸습니다.

당신처럼 온 영혼이 한 번 상처를 받은 사람은 하나하나의 기쁨에 더 이상 안주하지 않으며, 당신처럼 허무를 느껴 본 사람은 지고한 정신 가운데서만이 쾌활해지며, 당신처럼 죽음을 체험한 사람은 신들 가운데서만 소생하는 법입니다.[*]

당신을 이해하지 못하는 사람 모두가 오히려 행복합니다! 당신을 이해하는 사람은 당신의 위대함을 함께 나누고 또한 당신의 절망도 함께 나누어야만 하니까요.

저는 본연의 당신을 발견해 냈습니다. 삶의 첫 번째 호기심이 경이로운 존재로 저를 이끌고 갔던 것입니다. 형언할 수 없이 부드러운 영혼이 저를 사로잡았으며 순진하게 두려움 없이 저는 당신의 위험한 불꽃 주위를 맴돌았습니다. ― 우리 사랑의 아름다운 환희가 당신을 달래 주었습니다, 나쁜 사람이여! 그런데 당신을 더욱 거칠게 만들고야 말았을 뿐입니다. 우리 사랑의 아름다운 기쁨은 저를 또한 달래며 위로해 주었고, 당신이 근본적으로 위안거리가 없는 분이라는 것, 제가 당신의 사랑하는 가슴을 들여다본 이래로 저 역시 위안거리가 되지 못하는 사랑일 뿐이라는 것을 잊게 만들었던 것입니다.

아테네에서, 올림피온의 폐허 곁에서 그런 감정이 새삼 저를 엄습해 왔습니다. 여느 때 가벼운 시간이면 젊은이의 비애는 그렇게 진지하거나 냉엄한 것은 아니라고 생각했습니다. 한 인간이 인생을 향하는 첫 걸음을 통해서 그처럼 일시적으로, 그처럼 가장 작은 지점에서, 그처럼 재빨리, 또 그처럼 깊이 자기 시대의 온 숙명을 느끼고 그의 마음속에 떨칠 수 없이 밀착해 있다는 것은 드문 일입니다. 그 사람이 그 운명을 박차 버리기에는 그렇게 심하게 거칠지 않기 때문에, 또 그 운명에 대해서 눈물을 쏟아 버리기에는 그렇게 허약하지 않기 때문에 이러한 감정은, 나의 귀한 분이시여! 그렇게 흔치 않기 때문에 우리에게 거의 부자연스럽게 생각되는 것입니다.

청명한 아테네의 폐허 기운 데에서 이제는 죽은 자들이 대지의 저 위쪽에서 거닐고 있으며, 살아 있는 자들, 신적인 인간들이 그 아래쪽에 있는 것 같은 생각이 종잇장이 넘겨지듯이 너무도 가까이 저 자신을 스쳐 지나갔습니다. 또한 당신의 얼굴 위에 너무도 분명하고도 사실적으로 적혀 있는 것을 저는 보았습니다. 저는 당신이 영원히 옳다는 것을 인정했습니다. 그러나 동시에 당신은 저에게 더욱 위대하게 보였던 것입니다. 비밀스러운 힘으로 가득 찬 존재, 드러나지 않는 심오한 의미로 가득 찬 존재, 유일하게 희망에 찬 청년으로 당신은 나에게 각인되었습니다. 운명이 그처럼 큰 소리로 말을 건 사람은 그 운명과 더 크게 말해도 된다고 저는 혼잣말을 했습니다. 끝없이 고뇌하면 할수록 그 사람은 끝없이 더욱 더 강건해지는 법이라고 말입니다. 당신에게서, 당신에게서만 모든 치유를 희망했습니다. 저는 당신이 여행하는 모습을 보았습니다. 저는 당신이 활동하는 모습을 보았습니다. 오 변화의 모습이여! 그대의 도움으로 아카데모스의 숲은 경청하는 제자들의 머리 위로 다시금 푸르러졌고, 지나간 한때처럼 일리수스의 단풍나무는 다시금 성스러운 대화를 귀 기울여 들었습니다.*

당신의 학교에서 우리 젊은이들의 정령은 옛 선조의 진지함을 곧 익혔으며, 그것의 덧없는 유희는 불멸의 유희로 변했으니, 그것은 그 정령이 나비의 날갯짓 같은 일상을 수치나 감옥 생활로 여겼기 때문입니다.

한 마리 말을 모는 것으로 충분했을 사람이 이제는 장군이 되었습니다. 공허한 짧은 노래를 부르는 것으로 크게 만족했을 사람이 이제는 예술가가 되었습니다. 당신은 영웅들의 힘, 세계의 힘을 공개된 전투에서 그들 앞에 펼쳐 보여 주었습니다. 당신은 그들에게 당신의 가슴속 비밀을 풀어 보라고 문제를 제기했던 것입니다. 그리하여 젊은이들은 위대함을 결합하는 법을 배웠고, 자연의 유희를, 영혼으로 넘치는 그 유희를 이해하는 법을 배웠으며, 익살을 잊었던 것입니다. ─ 휘페리온이여, 휘페리온이여! 당신은 언변이 서투른 여인인 저를 뮤즈로 만들지 않으셨나요?* 다른 사람들에게도 똑같은 일이 일어났던 것입니다.

아! 이제 어울리기 좋아하는 사람들은 그렇게 쉽사리 서로 헤어지지 않게 되었습니다. 그들은 더 이상 황야의 폭풍 속에 놓인 모래처럼 뿔뿔이 흩어져 방황하지 않게 되었고, 젊은이나 나이 든 사람들은 서로 조롱하지 않으며, 낯선 이를 접대하는 마음도 부족함이 없고, 동포들이 서로 접촉을 피하는 일도 결코 없게 되었으며, 사랑하는 사람들이 서로 마음의 상처를 주는 일도 없게 되었습니다. 자연이여, 당신의 깊숙한 곳으로부터 비밀스럽게 솟아나와 정신을 새롭게 해 주는 당신의 샘물로부터 아, 성스러운 환희를 접하면서 그들은 모두 원기를 되찾았던 것입니다. 또한 신들은 인간의 시들어 버린 영혼을 다시금 쾌활하게 만들어 주었습니다. 진심을 지탱시켜 주는 신들은 그들 가운데 모든 우정 어린 결합을 보존케 해 주었습니다. 왜냐하면, 휘페리온이여! 당신이 그리스인들의 눈을 치유해 주었고 그리하여 그들이 생동하는 것을 보게되었기 때문이며, 마치 땔감 안에 불길이 잠자고 있듯이 그들 안에 잠자고 있는 감각에 당신이 불길을 당겨서 그들이 자연과 그것

의 순수한 자식들의 고요하고 변힘없는 감동을 느꼈기 때문입니
다. 아! 이제 사람들은 더 이상 시에 쓰인 단어를 칭찬하고 그 안
에 들어 있는 유용성을 바라다보는 예술 문외한처럼 그렇게 아름
다운 세례를 받아들이지는 않게 되었습니다. 생동하는 자연이여!
당신은 그리스 사람들에게 마법적인 모범이 되셨습니다. 그리고
영원히 젊은 신들의 행복에 의해 점화된* 모든 인간의 행위는 옛
날처럼 하나의 축제였던 것입니다. 그렇게 해서 젊은 영웅 헬리오
스의 빛살은 군악보다도 더 아름답게 행동으로 이끌어 갔던 것입
니다.

진정하십시오! 가만히 들어 보십시오! 그것이 나의 가장 아름
다운 꿈, 나의 첫 번째이자 마지막 꿈이었습니다. 당신은 비열한
족속과 계속해서 관련을 맺기에는 너무도 당당하신 분이십니다.
당신은 정당합니다. 당신은 그들을 자유로 인도했으나 그들은 약
탈을 생각했습니다. 당신은 승리를 거두면서 그들을 옛 라케다이
몬으로 이끌고 갔으나 이 터무니없는 자들은 약탈을 자행했고 당
신은, 위대한 아들이여! 당신의 아버지로부터 추방당했습니다.
그리고 이 그리스 땅의 어떤 황야, 어떤 동굴조차도 당신에게는
충분히 안전한 곳이 못 됩니다. 당신이 마치 성지처럼 생각했고,
저보다도 더 사랑했던 이 그리스의 땅이 말입니다.

오 나의 휘페리온이여! 모든 것을 알게 된 뒤로 저는 더 이상 연
약한 여인이 아닙니다. 분노가 치밀어서 땅을 거의 바라다보고 싶
지 않습니다. 저의 상처 입은 가슴은 그칠 줄 모른 채 떨리고 있습
니다.

우리 헤어지도록 합시다. 당신이 옳습니다. 저는 아이를 원하지도 않습니다. 왜냐하면 저는 아이들을 노예의 세상에 내맡기지 않을 생각이고, 불쌍한 초목은 불모의 땅에서 내 눈앞에서 시들어 버릴 것이기 때문입니다.

안녕! 그대 귀한 젊은이여! 당신의 영혼을 다 바칠 만한 가치가 있는 곳으로 가십시오. 이 세상은 당신이 모든 것을 다 끝내 버릴 만한 선택의 장소, 희생의 장소를 하나쯤 지니고 있을 것입니다. 모든 선한 힘이 마치 환상처럼 헛되이 사라져 버린다면 애석한 일이 될 것입니다. 그러나 당신이 어떤 종말을 맞으실지라도 당신은 신들에게로 돌아가는 것입니다. 당신이 떠나온 성스럽고 자유로우며 젊은 자연의 생명으로 되돌아가는 것입니다. 그것이 당신의 열망이며 또한 유일한 열망이기도 합니다.

그녀는 나에게 그렇게 썼다. 나는 놀라움과 기쁨에 가득 차 골수에 이르도록 전율했다. 그러나 회답할 말을 찾아내기 위해 정신을 가다듬으려 했다.

나는 썼다. 디오티마여, 당신은 동의하는 건가요? 나의 체념을 인정하는 것입니까? 당신은 그것을 이해하셨다는 말입니까? — 충실한 영혼이시여! 당신이 그것을 받아들일 수 있습니까? 또한 당신은 나의 이 어두운 방황을 받아들일 수 있는 건가요? 더할 수 없이 큰 인내여! 당신은 사랑으로 인해서 당신을 버리시고 침울해졌던가요. 자연의 행복한 어린아이여! 그리고 당신은 나와 같아졌고 당신의 동참으로 인해서 나의 슬픔을 정당화하셨나요? 아름다운 여장부시여! 당신에게 알맞은 왕관은 어떤 것입니까?

그러나 이제는 슬픔도 그것으로 족하게 되기를, 7대 사랑하는 이여! 당신은 나를 따라서 나의 한밤중으로 들어섰습니다. 자 이제는 오십시오! 그리고 나로 하여금 당신을 따라 당신의 빛을 향하도록 허락해 주십시오, 당신의 우아함을 향해서 우리가 다시금 되돌아가도록 허락해 주십시오, 아름다운 마음이여! 오 당신의 평온을 내가 다시 볼 수 있도록 해 주십시오, 복된 자연이여! 당신의 평화스런 모습 앞에서 나의 자만심이 영원히 잠들게 해 주십시오.

그렇지 않은가요, 그대 귀하신 사람이여! 아직은 내가 너무 늦게 되돌아가는 것이 아니지 않은가요. 당신이 나를 다시 받아들이고 그전처럼 다시 나를 사랑하실 수도 있지요? 그렇지 않은가요, 지나간 나날의 행복이 우리에게서 사라져 버린 것은 아니지 않습니까?

나는 극단에 이르기까지 몰아댔습니다. 나는 어머니와 같은 대지에게 매우 배은망덕하게 행동했고, 나의 피와 대지가 나에게 준 모든 사랑의 선물을 마치 노예의 품삯처럼 내던져 버렸습니다. 그리고 부끄러워하여 갈기갈기 찢어져 버린 존재, 깊이 짓눌린 가슴으로부터 젊음의 빛이 하나도 비치지 않는 존재, 여기저기 짓밟히는 길 위의 풀줄기 같은 존재인 나를 받아들여 주었던 그대 성스러운 여인이여! 아, 그대에 대해서도 얼마나 수없이 배은망덕하게 행동했었던가. 그대가 나를 생명으로 불러냈던 것은 아니었나요? 나는 당신의 소유물이 아니었던가요? 그런데 어떻게 내가 그럴 수가 있었던가요? — 오 내가 마지막 전투에 앞서 당신에게 쓴 그 불운의 편지를 아직 손에 넣지 않았기를 내가 얼마나 원하는지 당신은 알고 있습니다. ― 그때 나는 죽을 생각이었습니다, 디오티마여, 나는 성스러운 과업을 수행한다고 생각했었습니다. 그러나 사랑하는 사람들을 갈라놓는 일이 어떻게 성스러울 수가 있습니까? ― 디오티마여! 아름답게 태어나신 생명이여! 나는 이제 그 대신에 당신의 가장 고유한 영역 안에서 그만큼 당신과 더 닮은꼴이 되었습니다. 나는 마침내 이 지상에서 선하고 내면적인 것을 존중하는 법을 배웠고 그것을 보존하는 법을 배운 것입니다. 오 내가 저기 위쪽 하늘나라에서 천국의 빛나는 섬에 오를 수 있다고 해도 내가 디오티마의 곁에서 찾아내는 것 이상의 것을 찾을 수 있겠습니까?

나의 말에 귀 기울여 주십시오, 사랑하는 이여!

그리스에는 내가 머물 수 있는 곳이 더 이상 없습니다. 당신은 그것을 알고 있습니다. 나의 아버지는 작별을 통지할 때 알프스나 피레네의 성스런 계곡에 우리가 피신할 만큼의 돈을 그가 가진 여유에서 떼어 나에게 보내 주셨습니다.* 그곳에서 아늑한 집과 생활의 중용을 지키는 데에 필요할 만큼의 푸른 대지를 살 수 있습니다.

당신이 괜찮으시다면 나는 즉시 가서 충실한 딸로 당신과 당신의 어머니를 이끌겠습니다. 그러면 우리가 칼라우레아의 해변에 입 맞추고 눈물을 씻어 버릴 수 있을 것입니다. 그리고 이스트무스 해협을 건너서 아드리아 해로 서둘러 들어가겠습니다. 거기서부터 안전한 배가 우리를 계속 실어다 줄 것입니다.

오, 오십시오! 깊숙한 산악 세계에서 우리 가슴의 미밀은 마치 갱 안에 들어 있는 보석처럼 하늘로 치솟는 숲의 품 안에서 편안하게 쉬게 될 것입니다. 그곳은 마치 신을 믿지 않는 자들은 다가설 수 없이 깊숙하기 이를 데 없는 사당의 원주들 아래에 있는 듯한 기분이 들 것입니다. 그리고 우리는 샘가에 앉을 것이며, 그 샘의 수면에 비친 우리의 세계를 들여다보고, 하늘과 집과 전원과 우리 자신을 보게 될 것입니다. 때때로 청명한 밤이면 우리의 과일나무 그늘 아래를 산보하고 우리 마음 안에 있는 신, 그 사랑하는 신에게 귀 기울이게 될 것입니다. 한편으로는 초목이 한낮의 잠에 빠져 떨어뜨렸던 머리를 치켜들고, 당신의 꽃들의 고요한 생명은 이슬에 그 가냘픈 팔을 씻고 밤의 공기가 시원하게 그 꽃들의 주위에 숨 쉬며 스며들 때면 생기를 다시 찾을 것입니다. 우리의 머리 위에는 천국의 초원이 그것들의 온갖 반짝이는 꽃들과 함께 피어나며, 한편으로는 달빛이 서쪽의 구름 뒤에서 젊은 태양이 지는 모습을 마치 사랑 때문에 부끄러워하듯 흉내 낼 것입니다. ― 그리고 아침이면 개울의 바닥이 따뜻한 빛살로 우리의 계곡을 채워 주듯이 황금빛 파랑이 나무 사이로 흘러내려 우리 집 주위로 물결치고 당신의 귀여운 방, 당신의 창조물을 아름답게 해 줄 것입니다. 또한 당신은 태양의 빛 안에서 오가며 당신의 우아함을 통해서 나에게 한낮을 축복해 줄 것입니다, 사랑하는 이여! 그리고 우리가 아침의 기쁨을 축하하는 가운데 마치 신에게 바치는 제물의 불길처럼 우리 눈앞에서 지상의 바쁜 삶은 점화될 것입니다. 그러면 우리는 우리의 일과를, 우리부터도 한 부분을 이 타오르는 불실에 넣쳐 넣기 위해서 떠날 것입니다. 그때 당신은 말하지 않을 것입니다. 우리는 행복할 것이고, 우리는 마치 자연의 오랜 사제들처럼 사당이 세워지기 전에 이미 경건했던 성스럽고도 즐거운 사제가 다시 될 것입니다.

내가 충분히 말한 것인가요? 귀한 여인이여, 이제 나의 운명을 결정해 주시오, 곧바로! — 마지막 전투 이래로 내가 아직 절반의 환자라는 것, 내가 아직은 나의 복무에서 완전히 떠난 것이 아니라는 사실은 하나의 행운입니다. 그렇지 않았더라면 나는 그냥 머물 수 없었을 것이고, 스스로 떠나야만 했을 것이고, 또 물어야만 했을 것입니다. 그것은 아마도 좋지 않았을 것입니다. 당신을 몰아세우게 되었을 테니까요. —

아, 디오티마여! 내 마음에 두렵고 바보 같은 생각이 엄습해 옵니다. 그렇지만 — 나는 이 희망마저 좌절될 거라고 생각할 수는 없습니다.

당신은 도대체가 지상의 행복으로 다시 한 번 되돌아오기 위해서 너무도 위대해져 버린 것은 아닙니까? 당신의 고통에 옮겨 붙은 격렬한 정신의 불꽃이 당신으로부터 모든 필멸의 것을 태워 버리고 있는 것은 아닙니까?

나는 세계와 쉽사리 불화를 겪은 사람은 그만큼 세계와 쉽게 화해한다는 것을 잘 압니다. 그러나 어린아이와 같은 고요함을 지니고 한때 높은 겸손 안에서 그처럼 행복했던 당신, 디오티마여! 운명이 당신을 격분케 한다면 누가 당신을 진정시키려고 하겠습니까?

사랑하는 생명이여! 도대체 내 안에는 당신을 위한 어떤 치유의 능력도 더 이상 존재하지 않는단 말입니까? 마음속 모든 소리 중 어떤 소리도 당신을 당신이 한때 그렇게 사랑스럽게 날개를 접은 채 머물렀던 인간적인 삶으로 다시금 되돌아오도록 부르지 않는 가요? 오십시오, 오, 이 여명 안에 머무십시오! 이 어둠의 땅이야 말로 사랑의 요소이며, 여기에서만이 우수(憂愁)의 조용한 이슬 방울이 천국과 같은 당신의 두 눈으로부터 흘러내릴 것입니다.

당신은 우리들의 황금의 나날을 더 이상 생각하지 않으시나요? 행복하고 신적인 멜로디와 같은 나날을? 그 나날이 칼라우레아의 모든 숲으로부터 당신을 향해서 살랑거리고 있지 않나요?

자 보십시오! 그렇게 많은 것이 내 안에서 꺼져 버리고 말았습니다. 그리고 나는 더 이상 그렇게 많은 희망을 가지고 있지도 않습니다. 천국의 참뜻을 지니고 있는 당신의 모습을 가신(家神)처럼 화재의 불길로부터 구해 낸 것입니다. 우리의 삶은, 우리의 것은 내 안에 아직 상처 없이 온전하게 남아 있습니다. 내가 이제 그 쪽으로 가서 이것조차 파묻어 버려야만 하는 걸까요? 내가 쉼도 없이 목적지도 없이 밖으로 나가서 낯선 곳에서 또 아주 낯선 곳으로 떠돌아야만 하는 걸까요? 내가 그러기 위해서 사랑을 배웠던가요?

오 아닙니다! 그대 처음이자 마지막 사람이여! 그대는 나의 것이었으며, 나의 여인으로 그대로 머물 것입니다.

휘페리온이 벨라르민에게

나는 알라반다와 함께 근처의 한 언덕 위에 올라 아늑하게 해 주는 햇볕을 받으며 앉아 있었다. 바람은 우리를 에워싸고 떨어진 나뭇잎과 유희하고 있었다. 대지는 말이 없었다. 다만 때때로 숲 속에서 농부가 쓰러뜨려 넘어지는 나무가 정적을 깨뜨렸다. 우리 곁으로 비가 내린 끝에 새로 생긴 개울이 잔잔한 바다로 흘러 내려가면서 졸졸대고 있었다.

나는 제법 아무 근심도 없는 상태였다. 이제 나의 디오티마를 곧 만나기를, 그리고 곧 그녀와 더불어 조용한 행복 속에서 살게 되기를 희망하고 있었다. 알라반다는 나의 모든 의구심을 말로 씻어 주었다. 그는 그 점에 대해서 자신을 가지고 있었고, 그 역시 쾌활해졌다. 나와는 다른 의미에서였지만 말이다. 미래는 그에 대해서 어떤 힘도 미칠 수 없었다. 오 나는 그것을 몰랐다. 그는 그의 기쁨의 종말에 이르렀고, 자신을 세상에 대해서 온갖 권리를 지니고 승리의 천성을 두루 갖추고 있지만 쓸모없고 영향력도 없으며 고독한 자라고 생각하고 있었다. 그리고 그는 마치 무료한 시간을 보내기 위한 놀이에서 지기라도 한 것처럼 그렇게 되는 대로 버려두었다.

그때 우리에게 전령이 왔다. 그는 우리에게 힘써야 할 가치가 있어 보이는 것이 더 이상 남아 있지 않아서 러시아 함대에게 우리 두 사람이 청원했던 복무 해제의 통지를 가져온 것이었다. 내가 원하면 나는 파로스를 떠날 수 있었다. 또한 나는 여행을 떠날

만큼 충분히 건강해 있었나. 나는 니오티마의 회답을 기다릴 생각이 없었고 그녀를 향해 즉시 떠나려 했다. 그때의 기분은 마치 신이 칼라우레아를 향해 나를 몰고 가는 것 같았다. 알라반다는 나의 애기를 듣자 안색이 변했고 비감에 찬 눈으로 나를 바라다보았다. 나의 휘페리온에게 알라반다를 떠난다는 것이 그렇게 쉬운 일이 되었는가? 그는 큰소리로 외쳤다.

버리고 떠난다고? 나는 말했다. 도대체 어떻게?

오 그대들 꿈꾸는 사람들이여! 그는 외쳤다. 자네는 우리가 헤어지지 않으면 안 된다는 것을 도대체 모르고 있는 것인가?

내가 어떻게 그걸 안단 말인가? 나는 대꾸했다. 자네는 그것에 관해서 아무것도 말하지 않고 있네. 그리고 때때로 작별을 의미하는 듯한 것이 자네에게서 보였지만 나는 그것을 변덕으로, 과장으로 받아들였다네.

오 그걸 나도 알고 있네. 그는 외쳤다. 그 충만함을 덜어 내기 위해서 스스로 곤경을 만들어 내는 풍부한 사랑의 이 신적 유희를 말일세. 자네와도 그랬으면 하고 나는 원했네. 자네, 착한 사람이여! 그러나 지금은 진심이라네!

진심이라고? 나는 외쳤다. 도대체 왜 그런가?

그것은, 나의 휘페리온이여. 그가 부드럽게 말했다. 그것은 내가 자네의 앞으로의 행복을 방해하고 싶지 않아서이네. 또 내가 디오티마의 근접을 두려워할 수밖에 없어서이네. 사랑하는 사람들 주변에 산다는 것은 위험을 무릅쓰는 모험이라는 말을 믿어 주게나. 그리고 지금과 같은 내 무력한 가슴은 그것을 견디어 내기가 어렵다네.

아 착한 알라반다여! 나는 미소 지으며 말했다. 자네는 자신을 오해하고 있네! 그대는 밀랍처럼 쉽게 녹아 버리는 사람이 아니며, 그대의 확고한 영혼은 그 경계를 그렇게 쉽사리 뛰어넘지도 않는다네. 자네의 생애에서 처음으로 자네는 망상에 젖어 있군. 자네는 내 곁에서 간호인이 되었지만 사람들은 자네가 그 일을 하도록 태어나지 않았다는 것을 알았다네. 가만히 앉아 있는 일이 자네를 소심하게 만들어 버렸나 보네. —

자네도 알겠나? 그는 소리쳤다. 그것은 같은 말이네. 내가 자네들과 함께 한층 더 활동적인 사람이 될까? 다른 여인이었더라면 그럴 수 있었을지도 모르겠네! 그러나 이 디오티마라면! 내가 달리 될 수가 있을까? 내가 절반의 영혼으로 그녀를 느낄 수가 있을까? 차츰 더 내면적으로 하나인 그녀, 신적으로 나누어지지 않은 하나의 생명인 그녀를? 사랑 없이도 이 존재를 보려고 생각하는 것은 어리석은 시도라네. 내 말을 믿어 주게나. 자네는 나를 알지 못하겠다는 듯이 바라다보고 있는가? 그녀의 존재가 내 마음속에 그렇게 생동하게 된 이래로 나도 나 자신에 대해 낯설어지고 말았다네.

오 어찌 내가 그녀를 자네에게 줄 수가 없는가? 나는 외쳤다.

그만두게나! 그는 말했다. 나를 위안할 것 없네. 위안할 건더기가 없으니까 말일세. 나는 고독하네. 그리고 나의 삶은 마치 모래시계처럼 끝나 가고 있네.

위대한 영혼이여! 나는 외쳤다. 그대에게 일이 그렇게 될 수밖에 없는 것인가!

이의를 달지 말게! 그는 말했다. 우리가 스미르나에서 서로 만났을 때 나는 벌써 시들기 시작했다네. 그렇다네! 내가 견습 선원이었고 내 정신과 온 육신이 부실한 섭생에도 불구하고 대담한 일에서 강하고 재빨랐던 그때에 말일세. 내가 폭풍의 밤이 지나고 나서 청량한 대기 가운데 돛의 맨 위에 매달려 펄럭이는 깃발 아래 갈매기를 따라 반짝이는 수면 위로 멀리 바라다보았을 때, 전투에서 때때로 우리의 격분한 전함들이 마치 멧돼지의 이빨이 대지를 헤집듯이 바다를 헤집고 나아갔을 때, 그리고 내가 함장 아래쪽에서 반짝이는 눈빛을 하고 서 있었을 때, ― 그때 나는 살아 있었던 것이네. 오, 그때 나는 살아 있었네! 그리고 오랜 시간이 흐른 후, 티나 출신의 젊은이가* 스미르나의 해변에서 나를 만났고, 그의 진지함, 그의 사랑으로 내 굳어 버린 영혼이 그 젊은이의 눈길로 인해서 다시금 풀렸다네. 또한 사랑하는 법을 배우고 평정을 잃지 않기에 좋은 모든 것을 성스럽게 여기는 법을 깨우쳤으며, 그 젊은이와 더불어 새로운 삶을 시작했고, 새로운 영혼 충만한 힘이 세상을 누리고 세계와 싸우기 위해서 나에게 움터 올랐던 것이네. 나는 다시금 희망을 가졌었네. ― 아! 내가 희망한 것 그리고 내가 지닌 것 모두는 그대와 연결되어 있었네. 나는 그대를 내 쪽으로 낚아챘고 강제로 나의 운명 안으로 끌어넣으려고 했다네. 그러다 그대를 잃었었고 그대를 다시 찾았던 것이며, 우리의 우정만이 나의 세계, 나의 가치, 나의 명예였네. 이제 그것도 끝나고 말았다네, 영원히 그리고 나의 모든 현존재는 헛된 것이 되었다네.

도대체 그게 정말인가? 나는 한숨과 함께 반문했다.

정말이네, 태양이 그러하듯이. 그는 외쳤다. 그러나 잘해 보세! 모든 것이 다 준비되어 있다네.

그게 무슨 말인가, 나의 알라반다여! 나는 말했다.

내 이야기를 들어 주게나. 그는 말했다. 나는 아직 자네에게 어떤 일에 관해서 전혀 말하지 않은 게 있다네. 그런데 우리가 지나간 일에 대해서 이야기를 하게 되면 그것이 자네와 나를 조금은 안정시켜 줄 것이네.

나는 예전에 속수무책인 채 트리에스테 항구에 오른 적이 있었네. 수년 전 내가 고용되어 있던 나포선이 좌초되었고 나는 겨우 몇 되지 않은 사람들과 함께 세비야의 해변에 상륙하여 생명을 건졌다네. 우리 선장은 익사했고 나에게 남겨진 것이라곤 내 생명과 흠뻑 젖은 옷가지가 전부였다네. 나는 옷을 벗고 햇볕을 쬐고 쉬면서 옷가지를 관목에 걸어 말렸다네. 그러고 나서 나는 도시로 향하는 거리를 계속해서 걸어갔다네. 성문 앞에서 나는 정원 안에 있는 유쾌한 무리를 보았고, 그 안에 섞여 들어가 그리스풍의 즐거운 노래를 한 곡 불렀다네. 나는 슬픈 노래는 부를 수가 없네. 노래를 부르면서 나는 나의 불행을 그렇게 내보이게 된 것이 부끄럽고 괴로워서 얼굴이 달아올랐다네. 그때 나는 18세의 소년이었고 다듬어지지 않고 자존심도 강해서 사람들의 구경거리가 된다는 것을 죽을 만큼이나 싫어했다네. 노래를 끝내고 나서 용서해 주십시오, 라고 나는 말했네. 나는 난파를 당해서 지금 막 오는 길입니다. 오늘 여러분에게 노래를 무르는 일 외에 너 이상 나은 봉사를 알지 못합니다. 나는 그런 대로 이 말을 스페인 어로 했다네. 번듯한 얼굴을 한 한 남자가 나에게로 가까이 다가와 돈을 건네주면서 미소를 띤 채 우리의 모국어로 말했네. 자! 그 돈으로 숫돌을 하나 사고 칼 가는 법을 배우게나. 그리고 육지를 이곳저곳 유랑해 보게나. 그 충고가 내 맘에 들었네. 나으리! 정말 그렇게 하겠습니다. 나는 대답했다네. 다른 사람들에게서도 제법 많은 사례를 받았고, 나는 그 신사가 충고해 준 대로 행했으며, 스페인과 프랑스에서 한동안을 그렇게 떠돌아 다녔다네.

내가 이 시절에 경험했던 것, 수천 가지로 다양한 노예적 생활의 양상을 통해서 나의 자유에 대한 사랑이 어떻게 날카로워졌는지, 그리고 수많은 가혹한 곤경으로 인해서 삶에 대한 용기와 영리한 감각이 어떻게 성숙해졌었는지 그런 것은 내가 즐거운 기분으로 자네에게 말해 준 적이 있다네.

나는 떠돌면서 죄 없이 행하는 생업을 즐겁게 영위했으나 마침내 내 기분은 씁쓸해지고 말았다네.

사람들은 내가 그러한 일에도 불구하고 그렇게 천박해 보이고 싶어 하지 않았기 때문에 나의 일을 가식으로 생각했고, 은연중에 어떤 위험한 일을 꾸미고 있다고 상상했다네. 실제로 나는 두 번이나 갇힌 적이 있네. 그것이 나로 하여금 그 일을 그만두게 하는 동기가 되었고, 그간에 번 얼마 되지 않은 돈을 가지고 예전에 떠나온 고향을 향해 귀향길에 올랐다네. 어느덧 트리에스테에 도달했고 달마티아를 거쳐 계속 내려갈 생각이었네. 그때 무리한 여행 때문에 병이 찾아들었고 얼마 되지 않은 여비도 치료비를 내고 나자 남는 것이 없었다네. 그리하여 나는 다 낫지도 않은 몸을 이끌고 비통한 마음으로 트리에스테 항으로 갔네. 그런데 언뜻 세빌리아의 해변에서 언젠가 나를 배려해 주었던 그 사람이 내 앞에 서 있었다네. 그는 다시 만난 것을 무척 반가워하면서 나를 가끔 생각했노라고 말하고는 그간 어떻게 지냈는지 물었다네. 나는 그에게 모든 것을 말했지. 알겠네,라고 그는 소리 높여 말했네. 자네를 운명의 학교로 잠깐 보냈던 것이 헛된 일이 아니었네. 자네는 인내하는 법을 배웠고 이제는 자네가 원한다면 활동을 해도 될 것이라고 그가 말했네.

그의 말, 그의 어투, 그의 악수, 그의 표정, 그의 눈길 그 모든 것이 신의 힘처럼, 수많은 고통으로 인해서 그 어느 때보다 더 곧바로 불붙기 쉬웠던 나의 존재를 명중했다네. 그리하여 나는 그에게 맡겨 버리게 되었다네.

휘페리온이여, 내가 말하고 있는 그 사람은 자네가 스미르나의 나의 거처에서 본 그 무리들 중의 하나였네. 그는 곧이어 밤이 되자 엄숙한 어떤 모임으로 나를 인도했다네. 나는 방에 들어섰고 들어서자마자 안내자가 그 진지한 사람들을 가리켜 보이면서 이 모임이 네메시스 결사대라고 말했을 때 나에겐 전율이 엄습했다네. 내 앞에 열리는 거대한 크기의 영향력에 취해서 나는 엄숙하게 나의 피와 영혼을 이 남자들에게 맡겨 버렸다네. 그 후 곧바로 그 모임은 수년 내에 다른 곳에서 새 모임을 갖기로 하고, 또 각자는 이 세상을 뚫고 걸어야 할 지정된 길에 오르도록 하고 해산되었다네. 나는 자네가 낯 년 후 스미트나의 내 기치에서 발견했던 그 무리에 배속되었던 것이네.

내가 겪은 그 강제적 생활은 때때로 나를 고통스럽게 했고, 그 결사의 위대한 활동도 거의 느끼지 못했으며, 나의 행동을 향한 의욕도 보잘것없는 양분만을 얻었다네. 그렇지만 이 모든 것이 나를 이탈하게 만들 만큼 충분한 이유는 되지 않았네. 자네를 향한 정열이 드디어 나를 유혹했던 것이네. 자네가 떠나고 말았다면 나는 숨 쉴 공기도 태양도 없는 것이나 마찬가지라고 자네에게 자주 말했었네. 그리고 나에게는 달리 선택할 여지도 없었네. 나는 자네와 결사 중 어느 하나를 포기해야 했네. 내가 무엇을 선택했는지 자네는 알고 있지.

그러나 인간의 모든 행위는 끝에 이르러 그것에 대한 벌을 받게 되지. 그리고 신들과 어린아이들에게만 네메시스가 미치지 않을 뿐이라네.

나는 마음의 신성한 권리를 더 좋아했다네. 내가 좋아하는 자를 위해서 나는 나의 선서를 깼다네. 그것이 정당하지 않았던가? 가장 고귀한 동경은 가장 자유로운 동경이어야만 하지 않은가? — 나의 마음은 나에게 약속을 이행하기를 요구했다네. 나는 그 마음에게 자유를 허락했고, 자네는 내 마음이 그 자유를 행사하는 것을 보고 있는 것이네.

일단 정령에게 충성을 맹세하게 되면 그 정령은 자네의 어떠한 세속적 방해거리도 더 이상 괘념치 않으며, 자네 삶의 모든 굴레를 조각내 버릴 것이네.

나는 친구를 위해서 의무를 저버렸고, 사랑을 위해서라면 우정을 깨버릴지도 모르겠네. 디오티마 때문에 나는 자네를 배신하고 우리가 하나이지 않기 때문에 끝내 나 자신과 디오티마를 살해할지도 모르겠네. 그러나 그렇게 되어서는 안 되겠지. 내가 한 일을 내가 속죄해야 한다면 나는 자유롭게 속죄하고 싶네. 나 자신의 심판관을 스스로 선택하겠네. 내가 죄를 지었던 사람들이 나를 마음대로 할 수 있어야 하네.

자네는 그 비밀 결사의 동료들을 말하는 건가? 나는 외쳤다. 오 나의 알라반다여! 그런 짓은 하지 말게나!

그들이 나의 피 외에 나에게서 무엇을 가져갈 수 있겠나? 그는 반문했다. 그리고 부드럽게 나의 손을 붙잡았다. 휘페리온이여! 그는 외쳤다. 나의 시절은 끝났다네. 나에게 남아 있는 것은 의미 있는 최후일 뿐이네. 나를 그대로 내버려 두게나! 나를 왜소하게 만들지 말고 내 말에 대한 믿음을 놓지 말게나! 나는 자네와 마찬가지로 나의 현존재를 그런대로 꾸며낼 수도 있으리라는 점을 잘 알고 있다네. 삶의 만찬이 다 끝났기 때문에 빵 부스러기를 가지고 아직은 노닐 수도 있다는 것을 말일세. 그러나 그것은 내가 할 일이 아니네. 그리고 자네의 관심사도 아니지. 더 말할 필요가 있는가? 내가 자네의 영혼으로부터 자네에게 말하고 있는 것은 아닌가? 나는 대기와 청량감을 목말라 한다네, 휘페리온이여! 나의 영혼은 저절로 굴러가 더 이상 옛 영역에 머물지 않네. 곧 아름다운 겨울철이 다가오고 그때가 되면 반짝이는 하늘의 배경 이외에 어두운 대지는 더 이상 존재하지 않을 것이네. 그때가 되면 좋은 시설이 될 것이네. 그때가 되면 빛의 섬들은 그렇지 않아도 한층 손님을 반가워하면서 반짝일 것이네! 이 말이 자네를 어리둥절하게 만드는가? 사랑하는 사람이여! 세상을 하직하려는 사람들은 마치 술에 취한 사람처럼 축제와 같은 말과 태도를 취하는 법이라네. 나무가 시들기 시작할 때 모든 잎사귀가 아침노을 빛을 띠지 않는가?

위대한 정신의 소유자여, 나는 외쳤다, 자네를 위해서 내가 동정심을 품어야만 하겠는가?

나는 그의 숭고함에서 그가 얼마나 깊이 고뇌하고 있는지를 느꼈다. 나는 살면서 그러한 아픔을 체험한 적이 전혀 없었다. 그런데, 오 벨라르민이여! 나는 그러한 신적인 모습을 눈과 품 안에 지니고 있다는 환희의 거대함을 느꼈던 것이다. 좋네, 죽게나! 나는 외쳤다. 죽게나! 그대의 마음은 장려할 만큼 장려하고, 그대의 삶은 마치 가을날의 포도송이처럼 성숙해 있네. 가게나, 완성을 맛본 자여! 나도 디오티마가 없다면 그대와 함께할 수 있으려만.

내가 자네를 차지한다고? 알라반다가 대꾸했다. 자네가 그렇게 말하고 있는 건가? 나의 휘페리온이 한 번 붙잡으면 모든 것이 얼마나 심오하고 영혼 충만한 것이 되는지! — 내게서 재차 사려 깊지 못한 말을 끌어내려고 저 친구가 나를 치켜세우고 있군! 나는 외쳤다. 선한 신들이시여! 재판정을 향해 가는 통행 허가를 나에게서 얻어 내려고 말입니다!

나는 자네를 치켜세우는 게 아니네. 그는 진지하게 대답했다. 나는 자네가 저지하려고 하는 일을 실행할 권리를 가지고 있다네.

그것은 하찮찮없는 권리가 아니라네! 그 권리를 존중해 주게나!

그의 두 눈에는 불꽃이 섰다. 그 불꽃은 마치 신의 계명처럼 나를 제압했고, 그에 반대해서 한마디 말을 던지는 것조차 두려웠다.

그들은 그렇게 하지 않을 거야. 나는 때때로 생각했다. 그들도 할 수 없을 거야. 그러한 훌륭한 생명을 마치 제물처럼 살해한다는 것은 너무도 터무니없는 일이지. 이러한 믿음이 나를 진정시켜 주었다.

각자가 여행을 준비하고 나서 이어진 밤에 그에게 한 번 더 귀기울여 들은 것은 소득이었다. 우리는 날이 밝기 전에 다시 한 번 단둘이 되고자 밖으로 나왔다.

자네는 아는가? 이런저런 말끝에 그는 말했다. 왜 내가 죽음을 대수롭지 않게 여기는지 말일세. 나는 내 안에서 어떤 신도 창조한 것이 아닌 그리고 어떤 유한한 자가 낳은 것도 아닌 생명을 느낀다네. 우리는 우리 자신을 통해서 존재한다는 것, 그리고 자유로운 욕구로부터만이 삼라만상과 그렇게 내면적으로 결합된다는 것을 나는 믿고 있다네.*

나는 자네에게서 그런 말을 들은 적이 없네. 나는 대꾸했다.

이 세계가, 그는 계속 말했다. 만일 이 세계가 자유로운 존재의 화음이 아니라면 이 세계는 무엇이겠는가? 살아 있는 것들이 자체의 즐거운 충동으로부터 그 세계 안에서 하나의 완전한 조화의 삶으로 함께 작용하지 않는다면 그 세계는 얼마나 어설프고 얼마나 차가울 것인가? 그 세계는 얼마나 감정도 없는 졸렬한 작품이 되고 말 것인가?

자유가 없으면 모든 것은 죽은 것이라는 것, 나는 대답했다. 그것은 이 자리에서는 최고의 의미로 진리일지도 모르지.

물론이야. 그는 외쳤다. 풀줄기 안에 고유한 생명의 씨앗이 들어 있지 않으면 자랄 풀줄기가 없을 거야! 사랑하는 친구여! 내가 진정한 의미에서 자유롭기 때문에, 내가 밑도 끝도 없이 나를 느끼고 있기 때문에 나는 무한하며, 나는 파괴될 수 없다고 생각하는 것이네. 도공의 손길이 나를 빚어냈다면 자기가 만든 그릇을 제 마음대로 깨뜨려 버릴는지 모르지. 그러나 생명이 있는 것은 생산된 것이어서는 안 되며 그 씨앗에서부터 신적인 자연이어야만 하고, 모든 권세와 모든 기예를 넘어서 고양되어 있지 않으면 안 되네. 그리고 그 때문에 그것은 손상될 수 없으며 영원무궁한 것이라네.

각자는 자신의 신비를 지니는 법이네. 사랑하는 휘페리온이여! 제 자신의 비밀스러운 사념 말일세. 이것이 나의 비밀이었네. 내가 사유한 이래로 말일세.

살아 있는 것은 말살될 수 없으며, 가장 깊은 노예의 형식을 띠지만 자유로운 채이며 일체인 채이네. 자네가 그 근본까지를 갈라놓는다고 해도 그것은 상처를 입지 않으며, 자네가 그 골수까지를 때려 부순다고 해도 그것의 본질은 그대를 이기고 손 아래로 달아나 버리고 만다네.* — 아침 바람이 일고 있네. 우리 배들도 눈을 떴네. 오 휘페리온이여! 나는 극복했네, 나는 극복했다네. 나는 나를 억제하고, 내 마음에 사형 선고를 내리고, 자네와 갈라져 헤어질 것을 결심하게 되었다네. 내 생애에서 가장 사랑

하는 이여! 이제 나를 봐 주게나! 나에게 이별을 맡겨 두게나! 서둘도록 하세! 자! ─

그가 그렇게 준비를 시작했을 때 한기가 내 사지를 꿰뚫고 지나갔다.

오 자네가 충실하려고, 알라반다여! 나는 그의 앞에 주저앉아서 소리쳐 말했다. 도대체 꼭 그래야만 하는 건가? 자네는 부당하게 나를 묵살했다네. 자네는 나를 갑자기 몽롱한 상태에 빠트렸네, 형제여! 자네가 어디로 갈 것인지를 물으려고 하는 내 생각이 움트는 것조차 허락하지 않는 것 아닌가?

가는 장소를 말해서는 안 되네, 사랑하는 사람이여! 그는 대답했다. 그렇지만 우리는 다시 한 번 만나게 될 것이네.

다시 만난다고? 나는 대답했다. 그러면 내가 믿어야 할 일이 하나 더 늘었군! 그래서 믿을 일이 늘고 늘어서 마침내는 모든 것이 나에게 믿음이 될 지경에 이르겠군.

사랑하는 친구여! 그는 외쳤다. 말이 소용 닿지 않을 때는 입을 다물도록 하세. 사나이답게 끝내세! 자네는 마지막 순간을 망치고 있네.

우리는 그렇게 하면서 항구에 더욱 가까이 다가갔다.

또 한 가지! 우리가 그가 탈 배에 이르렀을 때 그는 말했다. 자네의 디오티마에게 안부 인사 전해 주게! 서로 사랑하게나! 행복하게나, 아름다운 영혼들이여!

오 나의 알라반다여! 나는 외쳤다. 왜 나는 자네를 대신해 갈 수가 없는가?

자네의 사명은 디욱 아름디오 것이네. 그는 대답했다. 오 사명을 간직하게나! 자네는 그녀에게 속해 있네. 그 사랑스러운 존재는 이제부터 자네의 세계일세. ― 아! 어떤 행복도 희생 없이는 존재하지 않으니 나를 희생의 제물로 삼게나. 오 운명이여, 그리고 사랑하는 사람들이 그들의 기쁨으로 충만하게 해 주소서! ―

그의 가슴은 그를 압도하기 시작했고, 그는 나로부터 몸을 빼내 작별의 시간을 줄이고자 배 안으로 뛰어들어 갔다. 나는 이 순간을 밤과 죽음의 정적이 뒤따르는 벽력처럼 느꼈다. 그러나 이러한 파멸의 한가운데에서 나의 영혼은 그를, 귀중한 이별자를 붙들려고 힘들게 일어났고, 두 팔은 저절로 그를 향해서 재빨리 뻗쳤다. 슬프도다! 알라반다여! 알라반다여! 나는 외쳤다. 그리고 뱃전 너머로 희미한 작별 인사의 음성을 들었다.

휘페리온이 벨라르민에게

알라반다가 아침에 제 갈 길을 가버린 후 칼라우레아로 나를 데려다 줄 배가 우연하게도 저녁이 될 때까지 머물고 있었다.

나는 해변에 머물면서 이별의 고통으로 피곤해진 상태에서 몇 시간이고 말없이 바다를 바라다보았다. 나의 정신은 서서히 죽어가고 있는 청춘의 고통스러운 나날을 다시금 헤아렸고, 아름다운 비둘기처럼 미래의 위를 정처 없이 떠돌았다. 나는 강해지고 싶었다. 나는 오랫동안 잊었던 나의 라우테 연주를 떠올렸다. 그리고

한때 내가 행복하고도 어리석었던 청년 시절 아다마스를 따라서
읊조렸던 운명의 노래를 혼자서 불렀다.

　　너희들 천상의 빛 가운데
　　　부드러운 바닥을 거닐고 있구나, 축복받은 정령이여!
　　　　반짝이는 신들의 바람
　　　　　마치 예술가 여인의 손가락
　　　　　　성스런 현금을 탄주하듯이
　　　　　　　너희들을 가볍게 어루만지고 있구나.

　　잠자는 젖먹이인 양
　　　천국적인 것들 운명을 모른 채 숨 쉬고 있도다.
　　　　수줍은 봉오리에
　　　　　순수하게 싸였다가
　　　　　　영혼은 그것으로부터
　　　　　　　영원히 피어나도다.
　　　　　　　　또한 축복받은 눈동자
　　　　　　　　　고요하고 영원한
　　　　　　　　　　해맑음 가운데 반짝이도다.

　　그러나 우리에겐 어디고
　　　쉬일 곳 없고
　　　　고뇌하는 인간들

> 눈먼 채, 시간에서
>
> 시간으로 떨어져 내리도다.
>
> 마치 물줄기가 절벽에서
>
> 절벽으로 내동댕이쳐져
>
> 해를 거듭해서 미지의 세계로 떨어져 내리듯이.

나는 현금에 맞추어 그렇게 노래했다. 내가 막 노래를 끝냈을 때 작은 배 한 척이 항구로 들어왔고, 그 배에 나의 종자(從者)가 타고 있는 것을 나는 금세 알아보았다. 그는 나에게 디오티마로부터 온 한 장의 편지를 갖다 주었다.

그렇다면 당신은 아직도 지상에 계신가요? 그녀는 썼다. 그리고 햇빛을 아직 보고 계신가요? 저는 당신을 다른 어디에선가 찾을 거라고 생각했어요, 나의 사랑하는 사람이여! 저는 당신이 나중에 원한 것보다는 이르게 체스메 전투에 앞서 보낸 편지를 받았습니다. 그래서 저는 당신의 종자가 당신이 아직 살아 계신다는 반가운 소식을 가지고 도착하기 전에는 일주일 내내 당신이 죽음의 품 안으로 몸을 던졌으리라는 생각에 갇혀 살았답니다. 그렇지 않아도 전투가 끝나고 며칠 후에 당신이 탄 것으로 알고 있는 배가 모든 병사들과 함께 폭발했다는 소문을 들은 참이었습니다.

그런데 오 달콤한 목소리여! 제가 다시금 당신의 목소리를 들었던 것입니다. 다시 한번 사랑의 언어가 마치 오월의 대기처럼 저를 뒤흔들었습니다. 당신의 아름다운 희망이 주는 환희, 우리 미래의 행복에 대한 사랑스러운 환상이 한순간 저를 또 현혹했습니다.

사랑스러운 몽상가여, 왜 제가 당신을 깨워야만 합니까? 왜 제가, 오셔서 당신이 저에게 약속했던 그 아름다운 나날을 실현해 달라고 말할 수 없는 건가요! 그러나 휘페리온이여, 너무 늦었습니다, 늦었습니다. 당신의 여인은 당신이 떠난 후 시들어 버렸습니다. 제 마음속의 불꽃이 서서히 저를 태워 버렸고 잔재만이 조금 남아 있을 뿐입니다. 놀라지 마십시오! 자연의 만물은 스스로 정화합니다. 그리고 생명의 꽃은 모든 곳에서 거친 본질의 세계로부터 차츰 더 자유롭게 애써 벗어나는 것입니다.*

더없이 사랑하는 휘페리온이여! 당신은 제가 부르는 백조의 노래를* 금년 안에 들으리라고는 생각지도 않았을 것입니다.

계속

당신이 떠나고 나자 곧, 그리고 여전히 헤어져 있는 동안 그것은 시작되었습니다. 제가 스스로 놀랐던 정신에 깃든 어떤 힘, 그 앞에서는 마치 아침 여명 가운데 있는 등불처럼 대지의 생명이 창백해지고 사라져 버리는 어떤 내면적인 생명 — 제가 그것을 말해야만 할까요? 저는 델피로 가서 감동의 신에게 옛 파르나소스의 바위 아래 사당을 지어드렸으면 했습니다. 그리고 새로 태어난 피티아처럼 잠든 백성들을 신탁으로 불붙이고 싶었습니다.* 그리고 저의 영혼은 동정녀의 입이 신을 떠나 버린 모두의 눈을 뜨게 만들고 둔중한 이마를 펼쳐 줄지도 모른다는 것을 알고 있습니다. 그처럼 제 마음 안의 삶의 정신은 강력했던 것입니다. 그렇지만 필멸의 육신은 점점 더 피곤해졌고* 무서운 중압감이 저를 가차 없이 끌어내렸습니다. 아! 저의 고요한 정자 안에서 청춘의 장미 때문에 저는 자주 눈물을 흘렸던 것입니다! 그 꽃들은 시들고 또 시들어 갔습니다. 그리고 눈물만으로 당신의 여인의 뺨은 붉게 물들었던 것입니다. 예전의 나무들은 여전히 있었고 이전의 정자도 있었습니다. — 거기에 그대의 디오티마가, 그대의 어린아이가 꽃들 가운데 하나의 꽃으로 그대의 행복한 두 눈앞에 서 있었습니다. 휘페리온이여. 그리고 땅과 하늘의 힘은 그녀 주위에 평화롭게 모여들었습니다. 이제 그녀는, 오월의 꽃봉오리들 중 낯선 꽃봉오리는 가 버리고 말았습니다. 그리고 그녀의 친숙한 친구들, 사랑스러운 초목은 그녀를 향해서 다정하게 고개를 숙여 인사했지만, 그녀는 그저 슬퍼할 수밖에 없었습니다. 그러나 저만은 어느 것 하나 그냥 지나쳐 가지는 않았습니다. 저는 모든 청춘의 놀이를, 숲과 샘 그리고 소곤거리는 언덕에게 일일이 작별을 고했던 것입니다.

아! 할 수 있는 한 자주 힘들지만 달콤한 노력을 다해서 당신이 기거했던 노타라의 집이 있는 그 고원으로 올라갔습니다. 그리고 그 친구와 더불어, 그가 저에 대해서 당신에게 특별한 것을 알리지 않도록 하기 위해서 될 수 있는 한 가벼운 기분으로 당신에 대해서 이야기를 나눴습니다. 그러나 곧 가슴이 두근거리는 소리가 너무 크게 울리게 되면 숨길 생각으로 저는 밖으로 나와 정원 속으로 살금살금 걸어 들어갔습니다. 그러고는 마치 당신과 함께 인양 아래를 내려다보았고 탁 터진 자연을 멀리 바라다보았던 것입니다. 아! 제가 당신의 두 손에 붙들려 당신 눈길의 세례를 받으며 사랑의 첫 번째 떨리는 온기를 느끼며 서 있었던 곳, 그리고 넘쳐 흐르는 영혼을 마치 헌주(獻酒)처럼 생명의 심연으로 쏟아 붓기를 소망했던 곳, 그곳에서 저는 이리저리 비틀거리며 바람에 대고 탄식의 노래를 불렀습니다. 그리고 마치 두려워하는 새처럼 저의 눈길은 방황했으며, 제가 작별해야 할 아름다운 대지를 감히 바라다보지 못했습니다.

계속

당신의 여인은 그렇게 변해 버렸습니다, 휘페리온이여. 어찌하여?라고 묻지는 마십시오. 이 죽음을 밝히려 하지 마십시오! 그러한 운명을 캐묻고자 생각하는 사람은 끝내 자신과 모든 것을 저주하게 됩니다. 그러나 그것은 어떤 영혼의 책임도 아닙니다.

당신에 대한 원망이 저를 죽였다고 제가 말해야 할까요? 오 그렇지 않습니다! 그런 것이 아닙니다! 이 회한은 나에게는 반가운 것이었습니다. 그것은 내 마음 안에 지녔던 죽음에게 모습과 우아함을 부여했습니다. 그대가 사랑하는 사람의 명예를 위해서 너는 죽는 것이다, 라고 저는 자신에게 말할 수 있었습니다. ─

아니라면 왜 저의 영혼은 우리들의 사랑의 온갖 감동 속에서 너무도 성숙해져서 원기 왕성한 젊은이처럼 초라한 고향에 더 이상 머물지 않는 걸까요? 말해 보세요! 저를 유한한 삶과 갈라 세운 것은 제 마음의 사치였나요? 이 어중간한 별 위에서 더 이상 자족하기에는 제 마음속의 천성이, 그대 찬란한 사람이여, 당신을 통해서 너무도 오만해졌던가요? 당신은 제 영혼에게 나는 법을 가르쳐 주었습니다만 어찌하여 당신에게 되돌아가는 법을 가르쳐 주지는 않습니까? 당신이 천공을 사랑하는 불로 점화했으면서 어찌하여 그 불길로부터 저를 지켜 주지 않으셨나요? ― 저에게 귀를 기울여 주세요, 사랑하는 분이여! 당신의 아름다운 영혼을 위해서! 저의 죽음에 대해서 당신은 비탄하지 마십시오!

당신의 운명이 당신에게 똑같은 길을 가리켜 줄 때 당신은 저를 붙잡을 수 있었을까요? 그리고 당신이 가슴의 영웅적인 투쟁 가운데서 저에게 ―만족하라 당신이여! 그리고 시대에 순응하라고― 설교했더라면 당신은 모든 천박한 자들 중에서도 가장 천박한 사람이 아니었을까요?

계속

제가 믿는 것을 당신에게 솔직하게 말하려고 합니다. 제 마음 안에는 당신의 불꽃이 살았고, 당신의 정신은 제 안으로 넘어왔었습니다. 그러나 그것이 거의 상처를 내지는 않았던 것 같습니다. 다만 당신의 운명이 저의 새로운 생명에게 치명상을 입혔습니다. 당신을 통해서 저의 영혼은 너무 강해졌던 것 같습니다. 당신을 통해서 저의 영혼은 다시 평온을 찾았을 것입니다. 당신은 나의 생명을 지상으로부터 멀리 떨어지게 만들었습니다. 그리고 저를 대지에 붙들어 매는 힘을 가지고 계실 듯도 했습니다. 마치 마법의 굴레처럼 당신은 당신의 포옹하는 두 팔 안으로 나의 영혼을 사로잡을 듯도 했습니다. 아! 당신의 진정이 깃든 눈빛 어느 하나가 저를 단단히 붙잡아 주었더라면, 당신의 사랑의 말 중 어느 하나가 저를 다시금 즐겁고 건강한 아이로 만들어 주었더라면 얼마나 좋았겠습니까. 그러나 당신 자신의 운명이 마치 밀물이 산봉우리까지 차오르듯 당신을 정신적 고독 안으로 몰고 갔을 때,* 결국 전쟁터의 뇌우가 당신의 감옥을 폭파하고 나의 휘페리온은 그 옛날의 자유로 날아가 버렸다고 제가 생각했을 때* 오, 그때 처음으로 당신과는 모든 것이 결정 났던 것이며 이제 곧 결말을 보게 될 것입니다.

제가 많은 말을 했군요, 저 위대한 로마의 여인은 남편 브루투스와 조국이 결전에 임하고 있을 때 말없이 죽음에 임했었습니다.* 그러나 제 마지막 생애의 나날 중 최상의 날에 이보다 더 나은 어떤 일을 할 수 있겠습니까? — 또한 여전히 이것저것을 말하고자 하는 충동이 일어나고 있습니다. 저의 삶은 조용했는데 저의 죽음은 수다스럽군요. 이젠 그만하겠습니다!

계속

다만 한 가지만 더 당신에게 말해야만 하겠습니다.

낭신은 파멸할 수도 있고 절망할 수도 있을 것입니다. 그러나 징신이 딩신을 구출할 것입니다. 어떤 월계수도, 어떤 미르테의 화환도 당신에게 위안을 주지 않을 것입니다.* 다만 당신의 온갖 감각을 에워싸고 영원히 싱싱하게 피어나는 생동하는 올림포스, 현존하는 올림포스가 위안을 주게 될 것입니다. 아름다운 세계가 저의 올림포스입니다.* 이 올림포스 안에서 당신은 살게 될 것입니다. 세계의 성스러운 존재들과 더불어, 자연의 여러 신들과 함께, 이들과 함께 당신은 즐거워질 것입니다.

오 반갑습니다, 그대 착한 이들이여, 그대들 충실한 사람들이여! 그대들 몹시 그리운 사람들이여, 그대들 오해받은 사람들이여! 아이들과 노인들이여! 영원한 사랑 가운데 그대들이 에워싸 놀며, 그대들을 에워싸고 유희하고 있는 모든 살아 생존하는 영혼과 함께하는 태양과 대지와 천공이여! 오 모든 것을 시도하는 인간들을 받아 주시고, 신들의 가족 안으로 피난자들을 다시 받아 주십시오. 그들이 도망쳐 나온 자연의 고향으로 그들을 받아들여 주십시오! —

휘페리온이시여! 당신은 이 말을 알고 있습니다. 당신은 제 마음 안에 그것을 시작했습니다. 당신은 당신의 마음 안에 그것을 완성하게 될 것입니다. 그리고 나서야 당신은 편히 쉴 것입니다.

저는 기쁘게 그리스의 한 여인으로 죽는 것으로 만족합니다.

자연의 순수한 생명이시여! 자기들의 초라한 졸작 이외는 아무것도 모르고, 오로지 필요에 따라서만 봉사하며 정령을 거부하고 그대를 공경하지 않는 가련한 자들은 죽음 앞에서 두려워할지도 모릅니다. 그들의 멍에가 그들의 세계가 되어 버린 것입니다. 그들은 노예로서의 복무 이외에 더 나은 것을 알지 못합니다. 그러니 죽음이 우리에게 허락해 주는 신적인 자유를 마다하는 건가요?

저는 그렇지 않습니다! 저는 인간의 손이 만들어 놓은 불완전한 작품으로부터 해방되었습니다. 저는 모든 사념보다 한층 높은 자연의 생명을 느꼈습니다.* ─ 제가 초목이 된다 한들 그 손실이 그렇게 크겠습니까? ─ 저는 살아 있을 것입니다. 모두에게 공통인 영원한 사랑이 모든 자연을 한데 붙잡고 있는 생명의 영역으로부터 제가 어찌 길을 잃는단 말입니까? 모든 존재를 연결 짓는 그 동맹으로부터 제가 어찌 떨어져 나오겠습니까? 그 동맹은 이 시대의 느슨한 유대처럼 그렇게 쉽게 부서지지 않습니다. 그 동맹은 민중이 떼 지어 몰려들어 소리 내어 떠들고 흩어져 버리는 장날 같은 것이 아닙니다. 아닙니다! 우리를 하나로 만들어 주는 정신에 대고, 모두에게 주어져 있고 모두에게 공통인 신적 정신에 대고 맹세합니다! 아닙니다! 아닙니다! 자연의 동맹 안에서는 충실이 결코 꿈이 아닙니다.* 우리는 보다 더 내면적으로 일치되기 위해서 모든 것과, 우리 자신들과 더불어 더욱 신적으로 평화롭기 위해서 헤어질 뿐입니다. 우리는 살기 위해서 죽는 것입니다.

저는 살아 있을 것입니다. 저는 제가 무엇이 될 것인지를 묻지 않습니다. 존재하고 산다는 것, 그것으로 충분합니다. 그것이 신들의 명예입니다. 그리고 그렇기 때문에 신적인 세계에서는 단지 하나의 생명인 것, 모두가 동등한 것입니다. 그 세계에서는 주인도 노예도 존재하지 않습니다.* 자연이 마치 사랑하는 이들처럼 번갈아 살고 있습니다. 그들은 모든 것을, 정신과 기쁨과 영원한 청춘을 공유합니다.*

별들은 불변함을 선택했습니다. 고요한 생명의 충만함 속에서 별들은 항상 떠돌며 노년을 모릅니다. 우리는 변화 가운데서 완성을 표현하고, 변화하는 멜로디 안에서 환희의 위대한 화음을 함께 합니다.* 우리는 고대인들의 왕좌를 둘러싸고 있는 하프 연주자들처럼 세계의 말없는 신들 주변을 맴돌며 스스로 신이 되어 살아가고 있습니다.* 우리는 덧없는 생명의 노래로써 태양신과 또 다른 신들의 복된 진지함을 진정시키고 있는 것입니다.

눈을 들어 세계를 들여다보십시오! 그 세계는 자연이 모든 타락에 대한 영원한 승리를 축하할 때 걸어 나가고 있는 승리의 행진과 같은 것은 아닐까요? 마치 장군이 붙잡은 왕들을 함께 이끌고 가듯이 생명도 죽음을 황금의 사슬에 매어 찬미를 향해서 이끌어 가고 있는 것은 아닐까요? 그리고 우리는 춤과 노래를 함께하면서 바뀌는 모습과 소리와 더불어 휘황찬란한 행진에 동행하고 있는 동정녀들과 청년들입니다.

자 이제 입을 다물도록 허락해 주십시오. 더 이상 말하는 것은 지나칠 것 같습니다. 우리는 진정 다시 만나게 될 것입니다. —

슬퍼하시는 젊은이여! 곧 당신은 한층 더 행복해질 것입니다. 당신의 월계수는 아직 성숙하지 않았고 당신의 미르테는 철이 지나 시들어 버렸습니다.* 왜냐하면 당신은 신적인 자연의 사제가 되어야 하며, 당신에게는 이미 시적인 날들이 움트고 있기 때문입니다.*

오 제가 미래의 아름다움 가운데 서 있는 당신을 볼 수 있다면 얼마나 좋을까요! 안녕히 계십시오.

동시에 나는 노타라로부터 한 장의 편지를 받았다. 그 안에 그는 이렇게 썼다.

그녀가 자네에게 마지막으로 편지를 쓰고 난 날 그녀는 아주 평온해졌고 말도 몇 마디 했다네. 그리고 또한 묘지에 묻히기보다는 차라리 불길과 함께 이 대지로부터 고별했으면 한다고도 말했네. 그녀의 유골을 항아리에 담아서 자네가, 나의 귀한 친구여! 자네가 그녀를 처음 만났음 직한 숲 속 그 장소에다 갖다 놓아 달라는 것이었네. 곧이어 날이 어두워지기 시작하자 자고 싶다는 듯이 우리에게 작별 인사를 하고는 두 팔로 아름다운 머리를 감쌌다네. 아침 무렵까지 우리는 그녀가 숨 쉬는 소리를 들었네. 그런데 아주 조용해지고 아무 소리도 들을 수 없게 되어 나는 그녀에게로 다가가서는 귀를 기울였다네.

오 휘페리온이여! 내가 무슨 말을 더 이어 갈 수 있겠는가? 모든 것이 끝장이었네. 우리의 비탄도 그녀를 더 이상 깨우지 못했다네.

그러한 생명이 죽어야만 한다는 것은 두렵고 불가사의한 일이네. 내가 그것을 직접 바라다보고 나서는 나 자신이 가치도 신앙도 지니지 않게 된 것을 자네에게 고백하고 싶다네.

그러나 휘페리온이여! 그런 아름다운 죽음은 지금 우리의 것처럼 그렇게 무기력한 삶보다는 훨씬 나은 것이네.

파리들을 쫓아 버리는 일이 앞으로 우리의 일이고, 어린아이들이 말라 버린 무화과나무 뿌리를 씹듯이 세상의 일을 갉아먹는 일이 마침내 우리의 기쁨이 되고 말았네. 젊은 민중 가운데서 나이가 든다는 것은 하나의 즐거움처럼 보이나, 모두가 늙은 가운데 나이 든다는 것은 그 어떤 것보다 더 좋지 못한 것처럼 생각되네. —

나의 휘페리온이여! 자네는 여기에 오지 않는 것이 좋겠다고 충고하고 싶네. 나는 자네를 알고 있네. 여기에 오게 되면 자네는 정신을 잃게 될지도 모르겠네. 게다가 자네는 여기서 안전하지도 않네. 나의 귀한 친구여! 디오티마의 어머니를 생각하고 나를 생각해 주기 바라네. 그리고 자네를 아끼기 바라네!

내가 자네의 운명을 곰곰이 생각할 때 전율을 느낀다는 것을 자네에게 고백하고 싶네. 그러나 작열하는 여름도 깊은 샘물을 마르게 하지 못하며, 다만 얕은 시냇물만을 마르게 할 뿐이라고 나는 생각하네. 휘페리온이여! 나는 그대가 나에게 한층 드높은 존재로 보였을 순간에 자네를 보았다네. 자네는 지금 시험대 위에 서 있네. 그리고 자네가 어떤 사람인지 밝혀질 것이 틀림없네. 잘 있게나.

노타라는 그렇게 썼다. 나의 벨라르민이여! 자네는 내가 이것을 이야기하는 동안 내 기분이 어떤지 묻겠지?

가장 가까운 친구여! 나는 평온하다.* 왜냐하면 신들보다 더 좋은 것을 나는 원치 않기 때문이다. 모든 것은 고통을 겪어야만 하는 것이 아닌가? 뛰어나면 날수록 그만큼 더 깊은 고통을! 성스러운 자연도 고통을 겪지 않는가? 오 나의 신성이여!* 당신이 행복한 만큼 비탄할 수도 있다는 것을 나는 오랫동안 알 수가 없었습니다. 그러나 고통이 없는 기쁨은 잠일 뿐이며, 죽음 없이는 어떤 생명도 존재하지 않는 법입니다. 그대는 영원히 마치 어린아이처럼 존재하며, 아무것도 아닌 것처럼 졸음에 빠져도 괜찮겠습니까? 승리를 아쉬워하지 않아도 됩니까? 모든 완결을 관철시키지 않아도 되는 것입니까? 그렇습니다! 인간에게 소중한 자가 되고, 당신의 친밀한 자가 되기 위해서 고통은 가치 있는 일입니다. 오 자연이여! 왜냐하면 고통이 한 기쁨에서 다른 기쁨으로 인도해 줄 뿐이기 때문입니다. 고통 이외에 다른 어떤 동반자도 없습니다.

파로스에서 배로 나를 우선 태워다 준 곳인 시칠리아에서 내가 다시금 생기를 되찾기 시작했을 때 나는 노타라에게 썼다.

나의 귀중한 친구여! 나는 그대의 말을 그대로 따랐다네. 그래서 벌써 그대들로부터 멀리 떨어져 있으면서 이제 그대에게 소식을 전하고자 하네. 그러나 나에게 말이 어려워졌네. 그 사실을 고백해도 될 것 같네. 지금 디오티마도 속해 있는 복된 고인들은 말을 많이 하지 않는다네. 나의 맘에도, 비탄의 심연에서도 말은 끝나고 말았네.

나의 디오티마는 아름다운 죽음을 맞았네.* 그런 점에서 자네의 말은 옳았네. 그 사실이 나를 일깨워 주었고 나의 영혼을 나에게 되돌려 주었다네.

그러나 그것은 내가 다시 되돌아갈 이전의 세계가 더 이상 아니네. 나는 마치 아케론 깅으로부디 올리온 장시 지내지 않은 자들처럼 이방인이라네.* 그리고 내가 고향 섬에 있다손 치더라도, 아버지가 나에게는 닫아 버린 내 청춘의 정원 안에 있다손 치더라도, 아! 그렇다 할지라도 나는 이 지상에 하나의 이방인일 것이며, 어떤 신도 나를 과거에 연결시키지 않을 것이네.

그렇다네! 모든 것은 지나가 버렸네. 그 사실을 나는 올바르게 나 자신을 향해 말해야만 하고, 그 사실에 내 영혼을 붙잡아 매어 그 영혼이 조리에 닿지 않는 유치한 시도에 열을 내지 않고 평온하게 머물 수 있도록 해야만 하네.

모든 것은 지나가 버렸습니다. 아름다운 신성이여, 그대가 아도니스 때문에 한때 울었듯이 내가 눈물을 흘릴 수 있다 하더라도* 나의 디오티마는 나에게 돌아오지 않으며, 오로지 바람만이 나에게 귀 기울이므로 내 가슴의 말도 그 힘을 잃고 말았습니다.

오 신이시여! 저 자신은 아무것도 아닙니다. 또한 비천하기 이를 데 없는 직공도 저보다는 자신이 더 많은 일을 했다고 말할 수 있습니다. 그렇게 해서 정신이 가난한 자들인 그들이 스스로 위안하고 미소를 짓더라도 탓할 수 없습니다. 그리고 저를 가리켜 공상가라고 질책해도 저는 할 말이 없습니다. 저의 행위들은 열매를 맺지 못했고, 저의 두 팔은 자유롭지 못하며, 저의 시간은 붙잡은 사람들을 유아용 침대에다 던지고는 그들의 사지를 잘라 작은 침대에 맞추었던 격노하는 프로크루스테스*와도 같은 것이기 때문입니다.

혼자서 우매한 대중 가운데 몸을 던져 그들에 의해 갈기갈기 찢기는 것도 그렇게 절망적인 일이 아닐지도 모르겠습니다! 아니면 노예의 피와 섞이는 것을 고상한 피가 굳이 부끄럽게 여길 일도 아닐지도 모르겠습니다! 신들이시여! 오, 깃발이 있다면 얼마나 좋겠습니까. 거기에 나의 알라반다가 헌신하고 싶어 할 텐데 말입니다. 하나의 테르모필레가 있다면 또 얼마나 좋겠습니까. 거기에 제가 저에게는 결코 쓸모가 없는 이 고독한 사랑의 피를 영광스럽게 쏟아 버릴 수도 있었을 텐데 말입니다! 제가 새로운 사랑에서, 우리 민중이 새롭게 모여든 아고라에서 큰 즐거움을 가지고 큰 고통을 가라앉혀 줄 수가 있다면 물론 좋을 것입니다. 그러나 그것에 대해서 저는 말하지 않겠습니다. 왜냐하면 제가 모든 것을 생각할 때 울음으로 인해서 제가 가진 힘을 완전히 탕진하게 될 것이기 때문입니다.

아, 노타라여! 나의 일도 모두 끝나고 말았다네. 나의 영혼은 망쳐지고 말았다네. 디오티마가 죽은 것을 나는 그 영혼의 탓으로 돌릴 수밖에 없기 때문이라네. 내가 위대하다고 존중했던 내 청춘의 생각들도 나에겐 더 이상 아무런 가치도 없다네. 그 사상들이 나의 디오티마를 독살했던 것이라네!

자 어디에 도피처가 있는지 나에게 말해 주게나. — 어제 나는 저 위쪽 에트나 산에 올랐네. 거기서 위대한 시칠리아 인이 머릿속에 떠올랐네. 한때 시간을 헤아리는 것에 싫증이 나고 세계의 정신에* 친숙해져 과감한 생명욕을 안고서 찬란한 불꽃에 몸을 던진 그 위대한 시칠리아 인 말일세. 그 냉정한 시인은 불에 몸을 덥힐 수밖에 없었노라고 어떤 조롱하는 자가 그의 어법을 모방해 말했었네.*

오 얼마나 그런 조롱이 나에게 던져졌으면 했는지! 그러나 부름을 받지 않은 채 자연의 가슴으로 날아가기 위해서는 사람들은 내가 나를 존중한 것보다 자신을 더 높게 존중해야만 하네. 아니면 자네가 평상시에 말하고 싶어 하는 것처럼, 또 실제로! 현재의 나처럼 나는 사물들에 붙일 어떤 이름도 가지고 있지 않고, 또 나에게는 모든 것이 불확실하다네.

노타라여! 이제 나에게 말해 주게나. 어디에 피난처가 있는가?

칼라우레아의 숲 속에? — 거기 푸른빛 감도는 어둠 속에, 거기 우리들의 나무들, 우리들 사랑의 증인들이 서 있는 곳, 거기 저녁 노을처럼 그 시들어가는 나뭇잎이 디오티마의 유골 항아리 위에 떨어지고 그 아름다운 수관이 디오티마의 유골 항아리 위로 고개를 숙이고 서서히 나이가 들어 마침내는 사랑하는 그 유골 위에 가라앉고 마는 곳, — 그곳, 그곳이라면 내가 나의 뜻에 따라서 편안히 깃들 수 있을지도 모르겠네!

그러나 자네는 그곳으로부터 떨어져 있으라고 나에게 충고했고 칼라우레아에서 내가 안전하지 않다고 했는데, 그럴 수도 있으리라고 생각되네.

자네가 내게 알라반다에게 가 보라고 충고하리라는 것을 나는 잘 알고 있네. 그러나 들어 보게나! 그는 파괴되고 말았다네! 단단하고 늘씬하던 나무줄기가 비바람에 상했고 그 역시 그렇게 되었다네. 그리고 악동들이 그 나무조각을 주워서 불놀잇감으로 쓸 것이 틀림없다네. 그는 떠나고 없다네. 그에게는 그의 마음의 짐을 줄어 주고 삶이 무엇인가 부담을 준 모든 사람들에게 재빠르게 도움을 줄 상당히 좋은 친구들이 있다네. 그들을 향해 그는 방문 길에 올랐다네. 그런데 왜 그랬을까? 그 외에는 할 일이 아무것도 없기 때문이지. 아니면 자네가 모든 것을 알기를 원한다면 어떤 열정이 그의 가슴을 좀먹고 있기 때문이라네. 누구 때문이라는 것을 자네는 알고 있는가? 디오티마 때문이라네. 그는 그녀가 아직 살아 있다고 믿고 있으며 나와 결혼하여 행복하리라 믿고 있다네 — 불쌍한 알라반다여! 지금 그녀는 자네의 것이며 또한 나의 것이네!

그는 동쪽을 향해 떠났고 나는 기회가 닿았기 때문에 북서쪽을 향해 배에 오르게 될 것이네. —

자 이제 잘 있으라, 너희 모두여! 너희들 나의 마음에 담겨져 있는 귀한 이들이여, 내 청춘 시절의 친구들이여, 부모들이여, 너희들 사랑하는 그리스 사람 모두여, 그대들 고통 받고 있는 자들이여!

연약한 어린 시절 나를 길러 준 너희 대기여, 그리고 검푸른 월계수의 숲이여 또한 해변의 바위와 너희의 위대함을 예감하도록 내 영혼에게 가르침을 준 장려한 바다여 — 그리고 아! 너희들 비탄의 영상들이여, 그곳 나의 우울이 시작된 곳, 영웅의 도시들이 띠처럼 두르고 있는 성스러운 성벽들, 수많은 멋진 나그네들이 지나간 오랜 성문들, 너희 사랑의 기둥들과 신들의 잔재여! 그리고 당신, 오 디오티마여! 또한 내 사랑의 계곡들, 평소 성스러운 모습을 비춰 본 시냇물들이여, 그녀가 부거운 마음을 풀 너희 나무들이여, 그녀가, 그 착한 여인이 꽃과 함께 살아 있었던 봄들이여, 떠나지 마시라, 나에게서 떠나지 마시라! 그러나 그럴 수밖에 없다면 달콤한 추억들이여! 그대들도 사라지고 나를 버려두기 바란다. 왜냐하면 인간은 아무것도 변하게 할 수 없으며 생명의 빛은 마음 내키는 대로 왔다가 떠나는 것이기 때문이다.

휘페리온이 벨라르민에게

그렇게 해서 나는 독일인들이 사는 곳으로 왔다.* 나는 많은 것을 요구하지 않았으며 찾을 것이 많지 않을 거라고 각오하고 있었다. 신들이 사는 숲이 맞이해 주고 아름다운 영혼들이 마중해 주었던 아테네의 성문을 향해서 고향을 잃고 눈이 먼 오이디푸스가* 다가갔듯이, 나 역시 의기소침한 심정으로 여기에 왔던 것이다.

그런데 나의 상황은 얼마나 달라졌던가!

예부터 야만스러운 자들이 근면과 학문으로 그리고 심지어 종교를 통해서 더욱 야만스러워져 있었던 것이다. 어떤 신적인 감정을 가지기에는 말할 수 없이 무능해지고 성스러운 우아미의 행복*을 맛보기에는 골수까지 썩어 있었다. 과장과 초라함의 정도는 어떤 온순한 영혼에게도 손상을 입히며, 내던져 버린 그릇의 파편처럼 둔감하고 조화를 잃고 말았다. ― 이것이, 나의 벨라르민이여, 내가 위안을 받으려 했던 사람들의 모습이었다.

가혹한 말이지만 그것이 진실이기 때문에 나는 말하는 것이다.

나는 독일인들보다 더 자기 분열적인 민족을 생각할 수조차 없다. 직공들을 볼 수는 있으나 인간들을 볼 수 없고, 사상가들을 볼 수는 있으나 인간들을 볼 수 없으며, 성직자는 볼 수 있으나 인간을 볼 수 없고, 주인과 하인들, 청년과 분별 있는 중년의 사람은 볼 수는 있으나 인간을 볼 수 없다. 이것은 손과 팔, 사지가 모두 잘려 이리저리 얽혀 있고 쏟아진 피가 모래밭에 흐르고 있는 전쟁터와 같지 않은가?

각자는 자신의 몫을 하고 있다고 그대는 말하겠지. 나도 그렇게 말하겠다. 다만 각자는 온 영혼을 다해서 행동해야만 하고, 능력이 자신의 칭호에 꼭 맞지 않을 때라도 그 능력을 질식시켜 버려서는 안 되며, 하찮은 두려움으로, 문자 그대로 위선적으로 다른 사람들이 부르는 대로의 존재로 끝나 버려서도 안 된다. 진지함을 지니고 사랑으로써 그 자신인 대로 존재해야만 한다. 그렇게 해야 자신의 행위 속에서도 정신이 살게 되는 것이다. 그리고 정신이 사는 것을 허용하지 않는 어떤 활동 분야로 내몰린다면 이를 경멸하면서 박차 버리고 밭 가는 일이나 배울 것이다! 그런데 그대의 독일인들은 최소한 불가피한 것에 머물기를 좋아하고, 그렇기 때문에 그들에게는 그처럼 많은 졸렬함이 있고, 자유로움, 진정한 즐거움을 찾아보기 어렵다. 그런 중에도 그러한 사람들이 아름다운 삶에 대해서 그저 감각이 없다거나, 신이 떠나 버린 부자연스러움의 저주가 그러한 민중에게 여기저기 남아 있지만 않다면 그나마 참고 견딜 만도 하련만. ―

고대인들의 덕망은 단지 빛나는 결점일 뿐이라고 누군가가 말한 적이 있는데, 나는 그게 무슨 악남인시 알시 못하겠다. 그러나 고대인들의 결점조차도 덕망이다. 왜냐하면 거기에는 천진난만한, 아름다운 정신이 살아 있었기 때문이다. 그들이 행한 어떤 것도 영혼 없이 행해진 것은 없었다. 그런데 독일인들의 덕망은 겉만 반짝이는 악(惡)일 뿐 아무것도 아니다. 그 덕망들은 비겁한 두려움 때문에 노예의 억지 노력으로 황폐한 마음에 강요해서 나온 부득이한 산물에 지나지 않으며, 아름다움으로부터 기꺼이 양분을 취하려는 순수한 영혼을 냉정하게 도외시하기 때문이다. 아! 한층 고상한 천성 가운데의 성스러운 화음에서 기쁨을 찾으며, 독일인들과 같은 사람들의 죽은 질서 안에 크게 울리는 소음과 같은 불협화를 모르는 그 순수한 영혼을.

나는 자네에게 말하겠다. 이 백성들에게서 모독당하지 않는, 보잘것없는 미봉책으로 끌어내려지지 않는 성스러움은 아무것도 없다. 미개인들 사이에서조차 신성하게 대부분 보존되어 있는 것을 이 계산에만 밝은 야만인들은 마치 수공을 행하는 듯이 해치우고 있는 것이다. 그들은 달리 어떻게 할 수가 없는데, 일단 인간의 본질이 길들여지게 되면 자신의 목적에 힘을 바치고 유용한 것을 찾게 되며 더 이상 감동하여 탐닉하지 않기 때문이다, 하나님 맙소사! 이 민족은 끄떡없이 침착할 뿐이다. 그리고 축제를 벌일 때, 사랑할 때, 기도할 때, 심지어 봄의 사랑스런 축제 때, 세상의 화해의 계절이 모두의 조바심을 풀어 주고 순진무구함이 죄책을 느끼는 가슴에 마법으로 스며들 때, 태양의 따뜻한 햇살에 도취되어서 노예도 자신의 사슬을 잊어버리고 신의 영감을 실은 대기에 부드러워져 인간 적대자들도 마치 어린아이들처럼 평화로워질 때 ― 애벌레조차도 날개를 달고 꿀벌들이 떼 지어 날아다닐 때, 그 때에도 독일인은 자신의 골방에 그대로 죽치면서 날씨 같은 것에 는 신경을 쓰지 않는다!

그러나 성스러운 자연이여! 그대가 심판하리라. 이들이 조금 더 나은 사람들을 위해서 제 스스로를 법칙으로 삼지 않을 만큼만 겸 손하다면 얼마나 좋을까! 이들이 자신들이 아닌 것을 비난하지만 않는다면 얼마나 좋을까. 그런데도 모독을 가하고 싶다 할지라도 신성만이라도 모독하지 않는다면 얼마나 좋을까! ―

아니면 너희들이 비웃으며 영혼이 없다고 부르는 것이 신성한 것은 아닌가? 너희들이 마시고 있는 대기가 너희들의 잡담보다는 낫지 않은가? 태양의 빛줄기가 너희 모두의 영리함보다 더 고상 하지 않은가? 대지에서 솟아나는 샘물과 아침이슬이 너희들의 숲 을 생기 있게 해 주고 있다. 너희들도 그렇게 할 수 있단 말인가? 아! 너희들은 죽일 수 있을지는 몰라도 살릴 수는 없다. 사랑이 살 려 내지 않으면 살릴 수 없는데, 그 사랑은 너희들의 것도 아니며 너희들이 찾아낸 것도 아니다. 너희들은 운명으로부터 벗어나려 고 노심초사하면서 너희들의 어린아이 같은 서투른 기교가 아무 도움을 주지 못할 때 그것을 깨닫지도 못한다. 그러는 사이에 저 하늘에는 성좌가 유유히 떠도는 것이다. 너희들은 자연이 너희들 을 인도할 때에 그 인내하는 자연의 품위를 손상시키고, 그것을 파괴한다. 그러나 자연은 무한한 젊음 가운데 변함없이 살아 있으 며, 너희들은 자연의 가을과 봄을 추방할 수 없으며, 자연의 천공을 해치지 못한다.

오 자연은 신적인 것이 틀림없다. 왜냐하면 너희들이 파괴하는 것을 용납하면서도 자연은 늙지 않으며 너희들과는 무관하게 아름다움은 여전히 아름답게 머물기 때문이다! ―

우리는 너희 나라의 시인들, 예술가들을 바라볼 때, 미(美)를 사랑하고 그것을 돌보며 정령을 존중하고 있는 모두를 바라다볼 때 가슴이 찢어지는 듯하다. 그 착한 사람들! 그들은 제 집에 사는 이방인처럼 세상에서 살고 있다. 그들은 파렴치한 구혼자들이 홀 안에서 떠들어 대며 우리를 거지에게 데려온 자가 누구냐고 묻고 있을 때 거지 차림으로 자기의 방문 앞에 앉아 있었던 인내의 상징자 율리시스*와 조금도 다름이 없다.

독일 민중의 젊은 예술가들은 사랑과 정신과 희망에 가득 차 성장하고 있다. 그대는 7년 후 그들을 보게 될 것이다. 그러면 그들은 마치 유령처럼 말없이 차갑게 거닐며, 적이 소금을 뿌려 더 이상 풀 한 포기 자라게 하지 못하는 대지처럼 될 것이다. 그들이 입을 열어 말하게 될 때, 그들을 이해하는 자는 슬프도다! 마치 그들의 프로테우스의 솜씨*에서처럼, 솟구쳐 나오는 거인의 힘 안에서 그들의 방해받은 아름다운 정신이 자신과 관련된 미개인들과 벌이는 절망적 싸움만을 보게 되는 자는 슬프도다!

지상의 모든 것은 불완전하다. 독일인들의 옛 노래도 마찬가지이다. 그렇지만 누군가 이 신들이 버리고 떠난 독일인들에게 언젠가 이렇게 말해 준다면 얼마나 좋겠는가. 어떤 순수한 것, 성스러운 것을 그 서투른 손길로 건드리지 않고 타락시키지 않은 채 내

버려 둔 것이 없기 때문에 그들에게 모든 것은 그처럼 불완전하다는 사실, 그들이 번성의 뿌리, 신적 자연을 존중하지 않기 때문에 그들에게 어떤 것도 번성하지 않는다는 사실, 그들이 인간의 행위에 힘과 고상함을 불어넣으며 고통 안에 명랑함을, 마을과 가정에 사랑과 형제애를 가져다주는 정령을 경멸하기 때문에 그들에게서 삶이 지루하고 근심에 짓눌리고 이곳저곳에 차갑고 말없는 불화가 존재한다는 사실을 말이다.

그리고 그렇기 때문에 그들은 죽음을 또한 두려워하며, 굴딱지 같은 생명 때문에 모든 굴욕을 참고 견디는 것이다. 그들은 떨어진 것을 주워 올린 그들의 졸작 외에 더 높은 무엇을 모르고 있기 때문이다.

오 벨라르민이여! 한 민족이 이를 사랑하고 그 민족의 예술가들 안에 들어 있는 정령을 존중하게 되면 거기에는 마치 생명의 대기처럼 보편의 정신*이 불어온다. 거기에는 자만심을 녹여 버리는 수줍은 감각이 열리고 모든 가슴은 경건하고 위대해지며 감동이 영웅들을 탄생시키는 것이다. 그러한 민족의 곁에 모든 인류의 고향은 존재하고 이방인도 즐겨 그곳에 머물고자 하는 법이다. 그러나 신적인 자연과 그 예술가가 모욕을 당하는 그곳에는 아! 삶의 가장 큰 기쁨이 사라지고 만다. 그렇게 되면 어떤 행성도 이 지구보다는 낫다. 비록 빠짐없이 아름답게 태어난 인간들조차도 그곳에서는 점점 더 추해지고 황폐해지고 만다. 노예 근성이 자라고, 이 노예 근성과 함께 거친 만용도 자라며, 도취는 근심과 함께 자라고, 사치와 함께 굶주림과 식량에 대한 두려움도 함께 커진다.

매해의 축복은 저주로 변하고 모든 신들은 노방치고 만다.

사랑의 마음을 가지고 떠나와 그러한 민족에게 온 이방인은 슬프도다. 그리고 나처럼 커다란 고통으로 인해 내몰리며 한 사람의 걸인처럼 그러한 민족에게로 온 사람은 몇 곱절로 슬픈 일이도다! ―

이만하면 됐구나! 그대는 나를 알고 있으니 잘 받아들일 것이 틀림없겠지, 벨라르민이여! 나는 자네의 이름으로 말한 것이며, 이 나라에 살면서 내가 그곳에서 받았던 고통과 마찬가지로 고통받고 있는 모든 사람들을 대신해서 말한 것이다.

휘페리온이 벨라르민에게

나는 이제 독일을 다시 떠나야겠다고 생각했었다. 나는 이 민족에게서 더 이상 찾을 것이 없었고, 참을 수 없는 모욕감 때문에 병들 만큼 병들어 있었다. 내 영혼이 이런 사람들 속에서 끝내 피를 흘리는 것을 나는 원하지 않았다.

그러나 천국 같은 봄이 나를 붙잡았다. 봄은 나에게 남겨져 있는 유일한 기쁨이었다. 봄은 나의 마지막 사랑이었다. 그러니 만큼 내가 다른 것을 어찌 생각할 수 있었으며, 봄이 와 있는 땅을 어떻게 떠날 수가 있었겠는가?

벨라르민이여! 버텨서 비탄의 한 밤을 견디어 내면 새로운 축복이 가슴에 떠오른다는 그 옛 확고부동한 운명의 말씀, 그리고 어늪 속 나이팅게일의 노래처럼 깊은 고뇌 속에서 비로소 세계의 삶의 노래가 신적으로 우리에게 울려온다는 운명의 말씀을 나는 그렇게 온전하게 체험한 적이 없었다. 그것이 마치 정령들과 함께하듯이 나 역시 꽃피는 나무들과 더불어 살았다. 그리고 그 아래 흐르고 있는 시냇물은 마치 신들의 음성인 양 내 가슴속으로부터 고뇌를 소곤거렸다. 그렇게 나에게는 사방에서 그런 일이 일어났다, 그대 사랑하는 친구여! — 내가 풀숲에서 쉬고 있을 때, 부드러운 생명이 나를 에워싸 푸른빛을 띨 때, 돌길을 에워싸고 장미들이 멋대로 자라고 있는 곳을 지나 따뜻한 언덕 위로 올라갈 때, 강가, 바람이 잘 통하는 강변과 그 강이 애정 어리게 품고 있는 섬들을 배를 타고 돌아볼 때, 모두 그랬다.

그리고 때때로 마치 아침에 환자들이 약수터를 향해 오르듯이 내가 산정에 오를 때, 아직 잠자고 있는 꽃들 사이로 달콤한 잠을 질릴 만큼 자고 난 사랑스러운 새들이 풀숲에서 나와 여명에 머뭇거리며 한낮을 향해 갈구하며 내 곁을 날아갈 때, 싱싱한 대기가 벌써 계곡에 사는 사람들의 기도, 가축 떼의 소리와 아침 종소리를 위쪽으로 날라다 줄 때, 그리고 마침내 높은 빛살, 신적으로 해맑은 빛이 낯익은 길을 따라와 불멸의 생명으로 대지를 황홀하게 하여 그 대지의 가슴을 따뜻하게 하고 그 대지의 자식들 모두가 다시금 제 자신을 느끼게 될 때, — 오 아직도 한낮의 즐거움을 나누면서 하늘에 머물고 있는 달처럼 고독한 사람인 나는 평원을 내려다보며 서 있었고, 강변과 반짝이는 물길을 향해서 사랑의 눈물을 흘렸으며 오랫동안 눈길을 돌릴 수 없었다.

또는 저녁이 되면 나는 멀리 세곡으로 빠져 들어가 샘의 발원지로 갔다. 거기에는 사방으로 검푸른 떡갈나무의 우듬지들이 나의 주위에서 쏴쏴 소리를 냈고, 자연은 나를 마치 죽어 가는 성자처럼 그 평화 안에 묻어 주었다. 마침내 대지가 하나의 그림자가 되고 보이지 않는 생명이 나뭇가지 사이로, 우듬지들 사이로 소곤거리며, 그 우듬지들 위에는 저녁 구름이 조용히 떠 있었다. 반짝이는 산에서는 마치 시냇물들이 흐르듯이 천국의 빛살이 나를 향해 흘러 내려와 목마른 방랑자에게 물을 마시게 해 주었다. ─

오 태양이여, 오 너희 바람이여! 나는 외쳤다. 너희들 곁에서만 나의 가슴은 아직 살아 있다, 마치 형제들 사이에서처럼!

그리하여 나는 차츰 더 복된 자연에게 나를 맡기게 되었고 거의 끝을 몰랐다. 자연에 더 가까이 있기 위해서라면 나는 기꺼이 어린아이가 되고자 했고, 거의 의식 없이 마치 순수한 빛살처럼 되고 싶었다! 오 한순간 자연의 평화 속에서 자연의 아름다움을 스스로 느끼는 일, 그것은 생각에 찬 수년보다, 모든 것을 시도하는 인간의 온갖 시도보다 얼마나 더 가치 있는 일이었는가!* 내가 배운 것, 살면서 내가 행한 것, 그것은 마치 얼음처럼 녹아 버렸고 청춘의 온갖 계획은 내 마음 안에서 점점 사그라져 갔다.

그리고 오 그대들 사랑하는 사람들, 멀리 떨어져 있는 사람들, 그대들 죽은 사람들과 살아 있는 사람들, 우리는 얼마나 내면적으로 하나였던가!

언젠가 한번 나는 멀리 들판에 나가 우물곁에 덩굴이 초록으로 덮고 있는 바위와 드리워진 꽃이 만개한 풀숲의 그늘 아래 앉았다. 때는 내가 알고 있는 한 가장 아름다운 한낮이었다.* 감미로운 바람이 불었고, 아침과 같은 신선함 가운데 대지는 빛나고 있었으며, 빛은 그 고향 같은 천공 속에서 조용히 미소 짓고 있었다. 사람들은 집의 식탁에서 휴식을 취하고자 모두 일터에서 떠나 버렸다. 나의 사랑이 봄과 함께 홀로 남았다. 그리고 알 수 없는 동경이 내 마음 안에 자리했다. 디오티마여, 나는 외쳤다. 그대 어디에 있는가, 오 당신은 어디에 있는가? 나는 마치 디오티마의 목소리를 듣기라도 하는 듯했다. 한때 기쁨의 나날에 나를 쾌활하게 해주었던 그 목소리를. ─

나의 식구들 곁에 저는 있답니다. 그 목소리가 외쳤다. 방황하는 인간의 정신은 모르는 당신의 가족이 있는 곳에 있어요!

은근한 놀라움이 나를 엄습했고 나의 사유는 내 안에서 잠들어 버렸다.

오 성스러운 입에서 나온 사랑스러운 말이여, 내가 다시 깨어났을 때 나는 외쳤다. 사랑스러운 수수께끼, 내가 그대를 알아맞힌 것인가?

그리고 나는 한번 인간의 차가운 밤을 되돌아 들여다보면서 몸서리쳤고, 내가 그렇게 행복했다는 기쁨에 눈물을 흘렸다. 그리고 생각나는 대로 나는 말했다. 그러나 그 말들은 날아올랐고 뒤에 재를 남기는 불길이 타며 내는 소리와 같았다. ─

》오 그대, 그렇게 나는 생각했다. 그대의 신들과 더불어, 자연이여!

나는 인간사에 대한 꿈을 모조리 꾸어 보았으나 그대만이 살아 있다고 말하리라. 그리고 평화를 잃어버린 자들이 강요하고 생각해 낸 것은 밀랍으로 만든 진주처럼 그대의 불길로 녹아 없어지리라!

얼마나 오랫동안 그들은 당신 없이 지내 왔던가? 얼마나 오랫동안 그 대중은 당신을 헐뜯고 당신과 당신의 신들을, 생동하는 자들, 복되게 고요한 자들을 비천하다고 부르고 있는가!

인간들은 썩은 과일처럼 그대로부터 떨어지고 있다. 오 그들이 떨어지도록 내버려 두라. 그렇게 하여 그들이 그대의 뿌리로 되돌아가도록 하라. 그리고 나는, 오 생명의 나무여, 나는 그대와 더불어 다시금 푸르러지고, 그대의 우듬지가 그대의 새싹이 움트는 가지들과 함께 숨쉬기를! 평화롭고 내밀하게 우리 모두가 황금의 종자로부터 움터 자라나기를!*

그대 대지의 샘들이여! 그대 꽃들이여! 그리고 그대 숲들이여, 또한 독수리와 그대 형제 같은 빛이여! 우리의 사랑은 얼마나 오래고 또 새로운가! — 우리는 자유로우며, 외부를 두려워하지 않으며 서로를 닮는다. 어찌 삶의 방식이 바꾸어져서는 안 되는가? 우리는 그러나 모두 천공을 사랑한다, 그리고 우리는 가장 깊은 속에서 내면적으로 서로를 닮고 있다.*

우리는 또한, 우리는 또한 헤어진 것이 아니다, 디오티마여! 당신 때문에 흘리는 눈물은 그것을 이해하지 못하고 있기 때문이다. 우리는 살아 있는 음향이며, 그대의 화음 안에 함께 울리고 있다, 자연이여! 누가 그 화음을 깨는가? 누가 사랑하는 사람들을 갈라놓고 싶어 하는가? —

오 영혼이여! 영혼이여! 세계의 아름다움이여! 그대 파괴할 수 없는 자여! 그대 매혹하는 자여! 그대의 영원한 청춘과 함께!* 그대 존재하고 있다. 도대체 죽음이란 무엇이며 인간의 모든 슬픔은 무엇인가? — 아! 이런 공허한 많은 말은 기괴한 자들이 만들어 냈다. 그러나 모든 것은 즐거움으로부터 일어나고 모든 것은 평화와 더불어 종결된다.

세상의 불협화는 사랑하는 사람들의 다툼과 같고, 화해는 다툼의 한가운데 있으며, 떨어져 있는 모든 것은 다시 자신을 찾는다.*

핏줄은 갈라져 심장 안에 되돌아오며 모든 것은 일치하는, 영원한, 타오르는 생명이다.《

나는 그렇게 생각했다. 곧이어 더 많이 말하리라.*

7 "그것이 신적인 것이다.": 『휘페리온 단편(*Fragment von Hyperion*)』(1794)의 서문에는 "인간은 일체의 것 안에 그리고 일체의 것 위에 존재하고 싶어 한다. 예수회의 창시자인 로욜라(Ignatius de Loyola)의 비명에 새겨져 있는 문구 'non coerceri maximo, contineri tamen a minimo(최대의 것에도 굴복하지 않고, 최소의 것에서도 기쁨을 찾아낸다)'는 모든 것을 갈구하고 모든 것을 제압하려는 인간의 위험한 측면과 인간이 도달 가능한 최고이자 가장 아름다운 상태를 표현할 수도 있다"고 쓰여 있다. 이것으로 이 모토[題詞]의 출처와 의미 해석이 제시된 셈이다. 모토로 인용된 문구의 원문은 "Non coerceri maximo, contineri minimo, divinum est"이며, 묘비명에 새겨진 95행 중 일부분이다. 횔덜린이 모토로 인용한 이 구절은 반대의 일치(coincidentia oppositorum)로서의 총체성을, 특히 가장 위대한 것(maximum)과 가장 작은 것(minimum)의 일치를 신적인 것으로 규정하고 있다. 또한 『휘페리온 단편』에서와는 달리 "신적인 것이다(divinum est)"까지를 함께 인용함으로써 이 모토는 『단편』에서와는 전혀 다른 의미를 가지게 된다.

9 "어느 한 인물의 내면에서 불협화를 해소하는 것은": 이 소설의 마

기마 구절 "세계의 불협화는 사랑하는 자들의 다툼과 같고 화해는 다툼의 한가운데 있으며 떨어져 있는 모든 것은 자신을 다시 찾는 다"를 참고할 것.

"단순한 사상이나 공허한 쾌락을 위한 것이 아니다." : 호라티우스 (Quintus Horatius Flaccus)의 『시학(*Ars poetica*)』에 나오는 말, "시인들은 이용하려고 하면서 또한 즐겁게 하려고도 한다"에 연결 될 수 있다. 호라티우스의 문학 개념은 균형의 공식으로 볼 수 있다. 문학은 어떤 특정한 목적을 위해 이용되기도 하고(prodesse), 즉 인 식의 전달 내지 윤리적 작용이라는 의미에서의 교훈을 전달하기도 하고 동시에 즐겁게 해 주기도(delectare) 해야 한다는 것이다. 이 두 개의 작용 목적은 18세기에 이르러서도 논쟁의 대상이었다. 횔 덜린도 이 논쟁을 의식한 것으로 보인다.

"휘페리온의 비가적인 성격에는" : 횔덜린은 '비가적'이라는 개념을 개인적-심리적인 의미 또는 막연하고도 정서적인 의미로 이해하지 않았다. 그의 이 개념은 실러(Friedrich Schiller)의 「소박 문학과 성 찰 문학(*Über naive und sentimentalische Dichtung*)」(1795)에서 의 개념과 정확하게 일치한다. 왜냐하면 '비가적'이라는 개념은 현 실과 근원적 완결성과 의식상의 미적 완성이라는 이상 상태 사이의 긴장으로 규정되기 때문이다. 실러는 "만일 시인이 자연을 예술에 그리고 이상을 현실에 대칭시키고 전자의 표현이 우세하며 그것에 대한 만족이 지배적인 감각이 된다면 나는 그러한 시인을 비가적이 라고 부른다. 자연이 잃어버린 것으로, 이상은 도달할 수 없는 것으 로 표현되면 자연과 이상은 비탄의 대상이 되고, 자연과 이상이 모 두 현실적인 것으로 표상되면 그것은 기쁨의 대상이다. 첫 번째의 경우가 좁은 의미에서의 비가를 부여하고, 다른 경우는 넓은 의미 에서의 목가를 부여한다"고 했다. 이러한 의미에서 휘페리온은 비 가적인 감성에 시종일관 의존하며, 그의 모든 충동과 발언은 이러 한 지평에서 이해된다. 동경 어린 비탄 가운데 유년기의 잃어버린 행복과 그리스의 몰락해 버린 완결성을 되돌아보건, 충족되지 않은 현재에 대해서 비탄하건, 미래의 완성이라는 '목가'를 감동해서 표상하건, 혹은 디오티마와의 개인적인 사랑의 행복이라는 '복된 섬'을 꿈꾸건 간에 휘페리온은 비가적인 감성에 몸을 맡겼다. 다시 말해 횔덜린은 휘페리온을 통해 비가적인 것의 온갖 가능성을 변주하고 있다.

11 "코린토스 협곡의 꼭대기에": 중부 그리스와 펠로폰네소스 사이의 코린토스 협곡. 이곳은 그리스의 지리적인 중심이며 전략적 요충지다. 휘페리온은 포괄적인 의미로 이곳을 '조국의 땅' 또는 '조국'이라고 불렀다.

"바다의 이쪽과 저쪽을": 코린토스 협곡을 갈라놓고 있는 바다 사이, 즉 서쪽에 있는 코린토스 만과 동쪽에 있는 살로니키 만의 사이.

"천 년 전에": 일종의 제유법(提喩法). 즉 많은 것, 다양한 것을 대신해 단순한 것을 제시하는 비유법의 하나. 여기서 휘페리온의 생각은 고대로 옮겨져 있는 만큼 2천 년을 넘는 세월을 거슬러 올라가야 함에도 불구하고 단순히 오랜 세월을 의미하는 '천 년 전'으로 표현했다.

"헬리콘과 ~ 평원 사이로": 헬리콘과 파르나소스는 코린토스 만의 북쪽에 있는 높고 거친 산맥이다. 코린토스 시의 서쪽에 있는 시키온의 평원은 만의 남쪽에 위치한다. 헬리콘과 파르나소스를 칭함으로써 횔덜린은 고대 그리스의 문학과 문화의 분위기를 환기시키고자 했다. 헬리콘은 뮤즈 여신들에게 성스러운 산이었고, 나중에는 파르나소스 산도 그러했다. 파르나소스는 2,500미터의 높이를 가진 산인데, 고대 문학에서는 항상 델피와 밀접하게 관련되어 있다. 델피는 아폴로 신전이 있는 곳으로 그리스에서 가장 유명한 신탁의 장소였는데, 로마 시대에 뮤즈의 산, 문학의 상징으로 변화되었다. 델피의 카스탈리아 샘물은 로마 시대의 문학에서 시인의 샘물이 되었고, 그 샘물에는 예언의 힘이 들어 있는 것으로 그려졌다.

"온 세상의 풍요로움": 그리스의 두 번째 큰 도시인 코린토스는 부유하고 활력이 넘치는 상업 도시였다. 코린토스는 상당한 규모의 상선대를 보유하고 있었고, 지중해 지역에 부의 축적에 기여한 수많은 속령을 가지고 있었다.

12 "오 내가 ~ 얼마나 좋았을까!": 모든 행동에 대한 체념은 루소(Jean Jacques Rousseau)에게서도 부권적인 사회 체험의 반영으로 나타난다. 횔덜린에게도 많은 영향을 끼친 루소의『고독한 산책자의 몽상(Le Rêveries du Promeneur Solitaire)』(1777~1778)에는 "나는 올바르게 행동할 능력이 없다. 나 자신을 위해서나 다른 사람들을 위해서 나는 행동을 단념한다"고 서술되어 있다. 루소의 사상은 다양한 방식으로『휘페리온』에 스며 있다.
1) 독일인들에 대한 휘페리온의 질책의 연설에서 그 정점을 이루는 문명과 사회에 대한 비판, 2) 자연에의 귀의와 자연의 양식화, 특히 루소를 모범으로 삼은 자연 정경의 체험, 3) 루소의 교육 이론에 대한 의미 부여 등이 그것이다.

13 "나의 사랑하는 ~ 떠났다.": 루소의『고독한 산책자의 몽상』은 "이제 나는 이 인간 사회에서 고독한 사람이 되고 말았다. 형제도 없어졌고 서로 얘기할 이웃 사람도, 친구도 없이 온전히 혼자가 된 것이다"라고 시작된다.
"지상에서의 ~ 끝난 것이다.":『고독한 산책자의 몽상』첫 번째 산책의 한 구절 "나에게 이 지상에서는 모든 것이 끝나고 말았다"를 연상시킨다.
"사냥꾼의 칼이 ~ 모른다.":『고독한 산책자의 몽상』과『고백』에서 박해자(persécuteurs)를 언급하는 루소의 표현법에 해당한다.

14 "삼라만상과 하나가 되는 것": 이어지는 문단의 첫머리에 두어 첩용(頭語疊用)을 통해서 강조적으로 상승되고 있는 이 구절은 '하나이자 모두(en kai pan)'라는 범신론적인 관용구를 연상시킨다. '자연의 총체'도 범신론적인 세계관을 지시해 준다. 이 지점부터 결말에

서 정점을 이루기까지 범신론적인 고백이 구조적으로 이 소설을 관통한다. 헤라클레이토스에서 스피노자에 이르기까지의 범신론의 표제어가 반복해서 인용되고, 이것들은 전통적인 종교에 대항하는 어법으로 나타난다.

"자연의 총체 안으로 되돌아가는 것": 루소의 『고독한 산책자의 몽상』 일곱 번째 산책에는 "내가 나 자신을 잊을 때보다 더 기분 좋은 상념에 잠겨 꿈꿀 때는 없다. 소위 만물의 조화 속에 휩쓸려 들어가 자연 전체에 동화될 때 나는 말할 수 없는 황홀과 환희를 느낀다"고 기술되어 있다.

"그 분노하는 투구를 벗어 버리고": 강요와 지배, 따라서 불협화와 분열의 지평에 있는 의무와 당위의 윤리를 의미한다.

"또한 모든 사념은 ~ 그러하듯": '규칙들'은 의식적인 예술 의지를 나타내고, '우라니아'는 자연스럽고 무의식적인 영감의 총체를 가리킨다. 우라니아는 그리스 신화에서는 천문(天文)을 다스리는 여신이며, 횔덜린에게는 우주적인 조화의 여신이다. 송가 「독일인의 노래」에서 우라니아는 "모든 뮤즈 신 중에 마지막이면서도 첫 번째의 뮤즈"라고 표현되어 있다.

15 "내가 그 갱도를 ~ 망쳐 놓았다.": 루소의 「학문과 예술에 대한 논술(Discours sur les sciences et les arts)」(1785)에는 "우리의 영혼은 우리의 학문과 예술이 완성을 향해서 진보하는 정도만큼 타락한다. 민중은 자연이 학문으로부터 저들을 지켜 내려고 한다는 것, 마치 어머니가 그 자식의 손에서부터 위험한 무기를 빼앗듯이 한다는 것을 언젠가는 알게 된다"고 기술되어 있는데, 이러한 루소의 언급을 따른 것이다. 이는 노자의 『도덕경』 제20장, 절학무우(絶學無憂: 배우는 일을 그만두면 근심이 없어질 것이다)와도 상통한다.

"오, 인간은 ~ 거지이다.": 두 문단 앞의 "나는 골똘히 생각에 젖으며, 그 이전 내 모습대로 홀로 무상함의 온갖 고통과 함께 있는 자신을 발견한다"와 같은 맥락의 구절이다. 루소의 『인간 불평등의 기원

(*Discours sur l' origine et les fondements de l' inégalité parmi les hommes*)』(1754)에는 "사고의 상태는 자연을 거슬리는 상태라는 것, 성찰하는 인간은 타락한 동물이라는 것"이라고 기술되어 있다.

17 "성장의 시간도 아름다운 법이다.": 루소의 『누벨 엘로이즈(*La Nouvelle Héloïse*)』의 한 구절 "자연은 어린아이가 성장하기 전에는 어린아이이기를 바란다. 만일 우리가 이러한 법칙에 충돌하고자 한다면 우리는 숙성함도 맛도 지니지 않고 곧 썩어 버리는 때이른 열매를 생산하게 될 것이다" 참조.

"티나의 산정에 올라가": 안드로스(Andros)와 미코노스(Mykonos) 사이에 있는 퀴크라덴 섬의 옛 이름이 테노스(Tenos)다. 이 테노스 섬은 700미터가 넘는 고원을 지니고 있다. 고대에는 이 섬에 포세이돈의 유명한 신전이 있었다. 휠덜린이 이 섬을 티나(Tina)라고 쓴 것은 이 소설의 무대를 그리스로 설정하고 그 정경을 묘사하는 데 이용한 슈아죌-구피에르(Choiseul-Gouffier)의 그리스 여행기 『그리스로의 생생한 여행(*Voyage pittoresque de la Gréce*)』(1782)의 독역본 『슈아죌-구피에 백작의 그리스 여행(*Reise des Grafen von Choiseul-Gouffier durch Griechenland*)』(August Ottokar Reichard 옮김, 1780~1782)에 Tina로 표기되어 있었기 때문으로 보인다. 슈아죌이 Tino를 프랑스 어 Tine로 옮겼고, 라이샤르트는 이 Tine를 Tina로 표기했다.

휠덜린이 그리스의 정경을 그리는 데 이용한 또 다른 책은 영국인 리처드 챈들러(Richard Chandler)가 쓴 『소아시아와 그리스 여행(*Travels in Asia Minor and Greece*)』(Oxford, 1775/1776)의 독일어 번역판(Reisen in Kleinasien, Leipzig, 1777)이다.

18 "하늘의 다른 영웅들과 더불어": 그리스 인들은 신들에게 영원한 청춘을 부여했다. 따라서 그들의 '오래된' 신들도 아직 '청년들'인 것이다. 그리스의 많은 신들과 여신들은 물론 헤라클레스나 카스토르와 폴룩스도 성좌를 통해서 영원성을 부여받았다. 따라서 "나이 든

젊은이들, 하늘의 다른 영웅들과 더불어"라고 서술한 것이다.

"영원하고도 힘들지 않는 질서": 횔덜린은 자연스럽고 조화로운 '질서'를 — 여기서는 그리스 어로 '코스모스'를 뜻하는데 — 자주 '힘들지 않는(mühelos)'이라는 어휘로 표현했다. 그 질서가 자연스럽게 달성된 완성일 뿐 어떤 노력에 의해서 달성된 것이 아닌 것을 강조하기 위해서다.

송가 「사라져 가라, 아름다운 태양이여 ——」의 첫 연에는 "사라져 가라, 아름다운 태양이여, 그들 그대를/거의 눈여겨보지 않으며, 성스러운 그대를 알지 못했노라./그대 그 힘들여 사는 자들의 위로/힘들지 않고 말없이 떠올랐기 때문이다"라고 태양을 노래했다.[『횔덜린 시선: 머무는 것은 그러나 시인이 짓는다』(이후 『횔덜린 시선』), 장영태 옮김, 141쪽 참조].

"어찌 이 세계는 ~ 궁핍하지 않은지?": 횔덜린은 이 범신론적이며 따라서 초월적인 신이라는 사고에 대해서 문제를 제기하고 있는 고백이 검열의 구실이 될까 우려하여 자기 변명의 주석을 달아서 대비했다. 그럼에도 빈(Wien)의 황실 서적 검열은 『휘페리온』 반포를 금지했다. — 이 소설은 "특별한 허가서가 있을 경우에 접근 가능하다(erga schedam)"라고 판결했다. — 검열관들은 『휘페리온』이 전적으로 범신론적으로 계획되어 있고 작가의 의견이 문제시된다고 인식했다. 횔덜린의 범신론적인 사고는 초기에도 표면화되었지만 — 특히 「인류에 바치는 찬가(Hymne an die Menschheit)」에서 초월적인 신에 저항하는 어법이 가장 날카롭게 제기되었다. —『휘페리온』 창작기 이래로 명백하게 자리 잡았다.

19 "세계의 정신을": 횔덜린이 찬가 「평화의 축제」에서도 사용한 하나의 범신론적인 공식이다. 「평화의 축제」의 제6연, "또한 축제일을 행사하러/드높은 자, 세계의/정신은 인간을 향했기 때문이다."(『횔덜린 시선』, 423~441쪽 참조).

"플라톤과 ~ 아는가?": 플라톤은 그의 몇몇 에피그램에서 자신이 아끼는 제자들을 그리스 어로 aster, 라틴 어로는 stella라고 불렀는데, 그 뜻은 '별'이다.

20 "슬픈 반신이여!" : 반신(半神)이라는 표현은 어떤 사람을 초인적인 경지로 치켜세워 부여하는 칭호다. 여기서는 존경하는 교사인 아다마스를 가리킨다.

22 "그 천진난만한 만족감이" : 94쪽의 "그처럼 신적으로 만족스러워하는"에 대한 주석 참조.

23 "플루타르코스의 영웅들의 세계로" : 그리스의 작가 플루타르코스는 많은 저술과 함께 그를 유명하게 만든 『비교 전기』를 썼다. 이 저술은 그리스의 위인을 로마의 위인과 비교해서 서술한 24편의 이중 전기로 구성되어 있다(예컨대 "알렉산드로스와 카이사르"). 일반적으로 『플루타르코스의 영웅전』으로 알려진 이 책에 소개되고 있는 영웅들은 독자에게 도덕적인 생애를 산 모범으로 떠올려진다. 이러한 도덕적이며 정치적인 관점 때문에, 역사적인 서술로서 『비교 전기』는 인본주의 이래로 중요한 독서 목록 가운데 하나였다. ─ 그렇기 때문에 횔덜린은 『플루타르코스』 독서를 아다마스의 교육에서 본질적인 요소로 그렸다. 루소 역시 『플루타르코스』를 독서의 대상으로 선택했기 때문에 『플루타르코스』 독서는 아다마스의 루소주의적인 교육 개념에 특별히 합치된다. 횔덜린이 아다마스를 통한 휘페리온 교육의 전체 구성에 연결시키고 있는 『에밀』에서 루소는 강조해서 『플루타르코스』 독서의 커다란 교육적 가치를 지적했다.

"그리스 신들의 마법의 나라로" : 그리스 신화의 신들에 대한 설화로 이끌고 간 것을 의미한다.

"아토스 산을 ~ 올라가" : 아토스 산은 칼키디키 반도의 세 개 곶 중 동쪽으로 가장 멀리 떨어져 있는 곳에 위치한 가장 높은 산이다.

"헬레스폰트 해협으로" : 유럽과 아시아를 가르고, 에게해를 흑해와 연결시키는 다르다넬스 해협.

"로도스 섬의 ~ 아래로 내려가" : 최남단에 위치한 로도스 섬은 소아시아의 남서쪽 해안과 마주하고 있는 가장 큰 섬이다. 고대의 산업과 정치, 예술과 문학에서 이 섬은 큰 의미를 갖는다. 헬리오스의 거대한 신상인「로도스의 거상」이 유명하다. 라오콘 조각상도 로도스에서 유래한다. 테나룸은 펠로폰네소스의 최남단에 있는 곳이며, 오늘날에는 마타판 곶이다. 고대에는 그곳에 포세이돈 사당이 있었다. 협곡은 지하 세계로 내려가는 입구로 여겨졌다.

"에우로타스 강의 고독한 강변과": 라케다이몬 지역, 펠로폰네소스를 흐르고 있는 강이다. 몰락한 스파르타를 생각할 때 그 강변은 고독하다고 표현했다. 스파르타의 분지는 가장 풍요로운 에우로타스 강 유역이다.

"엘리스와 ~ 올림피아": 엘리스는 올림피아가 위치하고 있는 펠로폰네소스 지역이다. 올림피아에서처럼 네메아에서도 헬레나 전 지역이 참여하는 경기가 열렸다.

"우리는 거기 ~ 내려다보았으며": 올림피아에는 제우스(주피터)의 신전이 있었다. 그 잔재는 아직도 남아 있다. 피디아스(Phidias)의 작품인 왕좌에 앉아 있는 제우스 신상은 고대의 가장 잘 알려진 예술 작품이다. 올림피아의 제우스 신전 근처를 흐르는 강이 알페이오스 강인데, 그 바닥이 매우 불규칙하여 거칠게 보인다.

24 "네스토르 왕처럼 ~ 정확하게": 네스토르 왕은 트로이에 출정했던 그리스의 왕들 중 한 명이며, 펠로폰네소스 반도의 서쪽 해안에 있는 피로스의 통치자다. 그는 연설과 이야기의 재능으로 유명했다. 『오디세이』의 세 번째 노래에서 네스토르는 텔레마크가 "당신의 눈에 보이는 것을 순서대로 나에게 이야기해 달라"고 요청하자 자세하고도 '정확하게' 보고했다고 서술되어 있다. 횔덜린이 번역한 『일리아스』의 첫 번째 노래 247~249행에는 "유쾌하게 연설하는 네스토르, 말 잘하는 피로스의 연설자, 그의 입에서부터 연설은 꿀보다도 더 달게 방울져 내렸다"고 서술되어 있다.

"태양의 신 ~ 살고 있었다.": 작은 키클라데스 군도 중 하나인 델로스 섬이 가장 높은 고원은 112미터 뉘이의 킨토스다. 설화에 따르면 태양의 신 헬리오스와 동일시한 아폴론이 델로스에서 탄생했다. 델로스에 있던 아폴론 신전은 아테네를 포함하는 이오니아 그리스의 종교적 중심지였다. 델로스의 아폴론 신전 주위에서는 매년 축제가 열렸다. 기원전 425년에 아테네 인들은 4년 주기의 대축제를 개최하기 시작했다. 이 '축제'에서 드러나는 광범위한 조화는 시인 횔덜린이 독일에서도 발현되기를 희망하는 모습이었다. 시 「독일인의 노래」에서 시인은 "그대의 델로스는 어디에 있는가, 그대의 올림피아는?"이라고 물었다(『횔덜린 시선』, 133~140쪽 참조).

"스틱스에 뛰어들 듯이": '공포의 물'이라는 의미를 가진 스틱스는 아르카디아에 있는 켈모스의 수직 200미터의 절벽에 걸쳐 있는 폭포다. 스틱스 폭포수는 인간과 동물에게 죽음을 가져다주는 것으로 생각되었다. 그렇기 때문에 스틱스는 '지옥'의 강으로 생각되었다. 호메로스는 『오디세이』 등에서 '스틱스 폭포수'를 신들이 주술을 거는 하계의 강물로 서술했다. 헤더리히(Hederich)는 『신화 사전』의 아킬레우스 장에서 "그가 태어나자마자 그의 어머니는 그를 스틱스 강물에 담갔다. 그렇기 때문에 그의 온 몸은 단단해져서 어떤 무기에 의해서도 부상당하지 않았다. 다만 테티스가 손으로 붙잡았던 발뒤꿈치는 강물에 젖지 않아 그렇지가 않았다"고 했다.

26 "자네는 고독하게 될 거야.": 앞 절에서 미래에서의 휘페리온의 정체성이 태양의 신인 천상의 휘페리온을 모범으로 해서 규정되고 나서 이제 또 다른, 이 소설의 부제인 「그리스의 은둔자」를 통해서 드러난 본질적인 특성인 고독이 제기되고 있다. 고독은 모든 현실적인 것, 고전적인 것을 뛰어넘어 이상적인 것과 최고의 의식에 이르고자 하는 휘페리온의 고양된 의식의 결과다. 루소는 고독에 대한 참된 숭배를 주창했고, 횔덜린에게 특히 중요한 『고독한 산책자의 몽상』에서 자연적인 '은거지'에서의 생활을 찬양했다. 고독은 또한 슈투름 운트 드랑의 천재 시대 이래로 천재적 인간의 본질적 특성에 해

당한다. 그리고 휘페리온의 경험 과정도 시인 됨에 이어진다. 소설 『휘페리온』에서의 은둔 생활 또는 고독이라는 주도적인 표상은 이러한 전통의 배경 아래에서 읽을 수 있다.

"자연의 품 안에서": 이 구절은 스피노자의 범신론적인 공식 '신은 곧 자연'(deus sive natura)을 연상시킨다. 신과 자연의 동일화는 이 소설 전체의 열쇠 말에 해당하는 "오 나의 신성이여"(249쪽)에 다시 등장한다.

"우리는 태양계를 ~ 할 것이다.": 행성(Irrstern)은 혹성 또는 유성을 의미한다. 휘페리온이 태양을 행성으로 표현한 것은 천문학적으로는 맞는 말이 아니다. 다만 여기서는 방향도 없고 불안정한 자신의 의식 상태를 표현한다고 하겠다.

27 "니오 섬까지": (군도중 하나인) 키클라데스 섬의 옛 명칭은 이오스다.

28 "우리의 마음 안에는 ~ 신이 계신다.": 휠덜린은 작품에서 '우리의 마음 안에 있는 신'이라는 표상을 반복해서 다루었다. 고대 이래로 'deus in nobis', 'deus internus'와 같은 용어로 표상된 광범위한 의미의 전통에 상응하여 휠덜린 역시 다양한 의미로 썼다. 아다마스의 말 안에는 특별히 변형된 의미가 들어 있다. 즉 인간은 자기의 내부에 그 본질과 행동을 운명적으로 결정해 주는 하나의 신 내지는 마력(Daimon)을 지니고 있다는 것이다. 휠덜린은 '우리의 마음 안에 있는 신'이라는 표상을, 아다마스가 "보다 나은 시대의 정령들이여!", 그리고 "천지의 모든 다정한 힘들이여"라고, 다시 말해서 인간의 외부에 있는 실체들을 부르고 나서 그 자신 그 구절을 언급함으로써 독특한 방식으로 그 요점을 드러낸다. 즉 '우리의 마음 안에 있는 신'이라는 언급도 여기서 하나의 내면적인, 즉 자율적이게 해주는 존재의 중심을 의미한다.

"그분은 시냇물처럼": 이것은 성서의 표현법이다. 시편 1장 구절 "그에게는 안 될 일이 무엇이랴! 냇가에 심어진 나무 같아서 그 잎

사귀가 시들지 아니하고 제철에 따라 열매 맺으리"와 이사야서 44장 4절, 예레미야서 31장 9절, 요엘서 1장 20절 등 참조.

"아케론 강에서": 하계에 흐르는 강.

"모든 것은 ~ 회춘한다.": 44쪽의 "플라톤의 책을"에 대한 주석 참조.

"에트나 화산의 거인처럼": 지진을 일으키는 화산의 힘을 신화화한 것으로 고대의 전승에 해당한다. 핀다로스는 「피티아 송가」 제1번에서 베수비오 산과 에트나 산 사이의 지하에 포박되어 있는 거인 티포에우스(Typhoeus)를 묘사했다.

31 "————": 이 횡선은 아다마스 관련 부분과 알라반다 부분을 가르고자 한 작가의 의도를 나타낸다.

"스미르나": 소아시아의 서부 해안에 있는 도시. 오늘날의 이즈미르(Izmir).

32 "모든 것을 ~ 택하리라.": 신약성서 「데살로니카 인들에게 보낸 첫째 편지」 5장 21절 "모든 것을 시험해 보고 좋은 것을 꼭 붙드시오"를 인용했다.

"멜레스 강변": 스미르나 근처의 멜레스 강변에서 호메로스가 태어났다는 것은 헤로도토스의 『호메로스 생애기(Vita Homeri)』 제3장에 기록되어 전해진다. 횔덜린은 이러한 사실을 그가 이용한 챈들러의 여행기에서 발견했다.

33 "사르디스": 팍토르스 강의 오른쪽 강안, 트모루스 산자락에 자리 잡고 있는 수도(首都).

"트모루스": 리디아 지방에 있는 최고 2,100미터 높이의 산맥. 여기서 팍토르스 강이 발원한다.

"팍토르스 강의 황금빛 강물에는": 트모루스 산맥에서 발원하는 팍토르스 강의 강바닥은 "황금빛을 띤"이라고 묘사되어 있는데, 이는 그 강이 강물로 호박금(금-은-합금)을 걸러 내기 때문이다.

"다섯 개의 ~ 놓여 있었다.": 이 부분은 챈들러의 여행기에서 영감을 받은 것이 틀림없다. 챈들러가 소아시아에 대해 말한 구절, "갑자기 우리는 폐허 가운데 있는 한 사당의 모습을 보고 놀랐다. 그 사당은 우리가 있는 곳으로부터 멀지 않은 곳 한 숨겨진 구석에 팍토르스의 건너편 아크로폴리스 고원과 트모루스 산 사이에 놓여 있었다. 다섯 개의 원주가 서 있는데, 하나는 주두가 없고 또 하나는 그 주두가 남쪽으로 기울어져 있다. 이것은 짐작컨대 그곳의 여신, 지베베 또는 키벨레에게 헌정된 사당이었을 것이다" 참조.

34 "카이스트로스 강이": 이 강은 사르디스의 남쪽 트모루스 산맥에서 발원해서 북쪽의 에페소스 강과 합쳐져 에게 해로 흘러들어 간다.

"메소기스 산맥의 연속된 산이": 메소기스 산맥은 높이가 최고 1,600미터에 달하는데, 카이스트로스와 마이안드로스 계곡을 갈라 놓는다.

"스미르나로 돌아왔다.": 여기서 이 편지의 둘째 부분이 시작된다. 첫 부분에서 자연의 찬란함과 완결성을 치켜세우고 나서 둘째 부분에서는 문명과 사회로 시선을 돌렸다. 이 문명과 사회는 루소의 눈에 아주 부정적으로 비치고 자연의 완결성과는 예리한 대칭을 이룬다. 휘페리온은 "나의 초라한 스미르나"라고 부르고 나자마자 도시인들의 풍습 가운데 들어 있는 어리석음을 언급했다. 루소와 마찬가지로 "교양 있는 자들"을 특히 혐오했다. 이러한 비판은 "세기의 치유 불가능성"이라고 요약하는 데까지 이른다.

35 "마치 사육제의 ~ 벗기도 했던 것이다.": 낱낱의 진술이나 '도시인'에 대한 휘페리온의 태도에는 루소의 『누벨 엘로이즈』와 『에밀』에 등장하는 문명 비판적인 언급이 영향을 미쳤다. 『누벨 엘로이즈』에서 생프뢰(St. Preux)는 파리의 사교에 빠지고 나서 그 사교계의 '부조리'를 확인했다. "한마디로 모든 것이 부조리하다(En un mot, tout est absurde)." 휘페리온이 사교계의 형식이나 관습을 가지고 "유희하고" 마치 "사육제의 의상처럼" 그것을 입었다가 벗는 것은 사교계에서의 피할 수 없는 태도에 대한 생프뢰의 언급과 일치한다.

"방문할 때마나 — ㄴ가 가지고 있다면   영혼을 입구에 놓아두어 야만 하고, 마치 하인이 하인복을 입듯이 그 집의 색깔을 띤 다른 영혼을 넘겨받아야만 한다. 그리고 출구에서는 원한다면 다시금 그 것을 벗어 놓고는, 원한다면 새로운 차례로 다시금 자신의 영혼을 넘겨받는다."

자의적인 교체, 옷을 입고 벗는 것이라는 측면과 함께 휠덜린에게서 는 '사육제'라는 표상을 통해서 가장, 가면의 측면도 중요성을 띤 다. 이것은 루소에게도 본질적인 개념인 사회적 '가면' 또는 '가면 을 쓴 사람'에도 상응한다. 생프뢰는 파리의 사교계에 대한 그의 편 지를 이렇게 확인하면서 끝냈다.

"한순간 눈을 놀라게 하고 붙들려고 하자마자 사라지고 마는 가면 을 쓴 사람과 허깨비들 이외의 어떤 것을 나는 어디서 보는가? 지금 까지 나는 많은 가면들을 보아 왔다. 언제 나는 인간의 얼굴을 보게 될 것인가?"

36 "좋은 취미가": '좋은 취미'는 18세기에 하나의 유행어였다. 빙켈 만의 저서 『회화와 조각에 있어서 그리스 작품의 모방에 관한 생 각』의 첫 문장은 이렇게 시작된다. "이 세계를 통해서 더욱더 넓게 퍼지고 있는 좋은 취미는 그리스의 하늘 아래에서 처음 형성되기 시작했다."

그러나 천재 시대(슈투름 운트 드랑) 이후 '좋은 취미'는 '취미' 자 체와 함께 공허한 사회적인 관습의 총화로, 따라서 부정적으로 자리 하게 되었다. 휘페리온의 대화 상대자가 '좋은 취미'에 대해서 이야 기함으로써, "의미 심장한" 어조로 휘페리온이 이 편지에서 강경하 게 거부하고 있는 당대의 사회적 수준에 서 있음을 보여 준다.

"세기의 치유 불가능성은": 루소는 『고독한 산책자의 몽상』에서 "내 가 10년 동안 한 사람을 찾으려 했으나 헛된 일이 되었을 때 나는 마 침내 나의 등을 꺼 버리고 외칠 수밖에 없었다. 더 이상 아무도 없구 나!라고. 그때 이 세상에 홀로 있는 나를 보기 시작했고, 나와 관련을 맺고 있는 나의 동시대인들은 단지 기계적 존재일 뿐이라는 것을 알게 되었다"라고 기술했다.

37 "그때, 한때 아름다움의 ~ 솟아올랐다!": 여기서 과거를 회상하고 있는 화자 휘페리온은 암시적으로 디오티마에 대해 처음으로 언급했다. 제1권 제2서에서 비로소 등장하는 그녀와의 만남에 대한 서술에 훨씬 앞서서, 그리고 다음에 곧 이어지는 알라반다와의 만남에 대한 서술보다도 앞서 디오티마를 암시적으로 언급했다. 이 편지와 연관 지어 볼 때 디오티마에 대한 이 선행적이고 암시적인 언급은 정밀한 의미를 가지고 있다. 즉 편지의 전반부가 소아시아 해안의 아름다운 정경에 드러나는 자연의 완결을 다루고, 후반부는 루소적인 관점에서 문명에 의해서 타락해 버린 사회의 부정적인 상황을 다루고 나서, 이제 인간의 완결성이라는 이상에 대한 표상을 다루었다. 이 인간적 완결성이라는 이상은 디오티마의 모든 현실적인 인지에 앞서 제기된 이상으로서, 환멸과 고통을 느끼며 자연의 완벽함에 대조를 이루고 있는 사회적 현실 체험에 의해서 조건 지어져 있다. 이상에 대한 표상은 외적인 결핍 체험으로부터, 그리고 동시에 완벽에 걸쳐 있는 내면성으로부터 생성된다는 것을 문맥이 제시해 준다. 이 문맥은 전적으로 '희망'과 선취하고 있는 '꿈'에 놓여 있다. "말없는 대기 속에서 한 송이 백합이 흔들리듯이 나의 존재는 그 요소들 가운데, 그 사람에 대한 매혹적인 꿈 가운데 꿈틀거리고 있었다"라고 말한다. 디오티마와의 만남에 대한 내면적인, 선취적인 구상은 제2권의 서두에서의 실제적인 만남 직전에 한 번 더 상술된다. 만남이라는 표상의 이상적 성향은 말을 통해서 그대로 특성화되고 있다. 첫 번째는 초현실로 넘어가는 진술을 통해서다. "그때 나는 벌써 그대를 알았고, 그때 벌써 수호신이 구름 사이로 바라다보듯이 그대는 나를 바라다보았다"가 그것이다. 또 두 번째로는 신적인 것의 연상을 통해서다. "그때, 한때 아름다움의 평화 가운데, 세계의 음울한 물결에서부터 나를 향해 솟아올랐다"와 같은 구절은 물결의

거품으로부터 태어난 사랑과 미의 여신에게 붙여진 아프로디테 아나디오메네(Aphrodite Anadyomene)의 상을 반영한다.

38 "거품을 내는 샘처럼 ~ 서 있었다.": 계절과 내면 상황의 일치는 괴테의 『젊은 베르테르의 고뇌』의 특징이기도 하거니와 루소에서도 명확히 드러난다. 『고독한 산책자의 몽상』 중 한 구절. "며칠 전에 포도 수확이 끝났다. 〔…〕 나는 무죄하고도 불행했던 생애의 끝에 서 있는 자신을 보고 있다. 〔…〕 정신의 몇몇 꽃송이로 장식을 달고 있는 것을 보지만, 그 꽃들도 비탄으로 시들고 고뇌 때문에 말라 버린 채였다. 고독하고 버림받은 채, 나는 첫 서리의 한기가 가까이 다가오는 것을 느꼈다 〔…〕."

39 "카라보르누 지방의 도적들이": "카라보르누 반도는 산악이 많고 좁고 험한 길 때문에 통행이 어려운데다가 숨을 곳이 많다. 이러한 이유로 카라보르누 지방의 주민들은 오래전에 해적과 도적으로 악명이 높았다"라고 챈들러의 『소아시아』에 기록되어 있다.

40 "알라반다": 아다마스를 통한 교육에 이어 알라반다와의 우정, 그리고 마침내 디오티마에 대한 사랑이 이어지고, 사랑의 충족이 결국에는 사회적인 인정이라는 삶의 단계에 맡겨진다는 『휘페리온』의 순차적인 구도는 루소의 『에밀』의 그것과 일치한다. 교육, 우정 그리고 사랑의 생애기적인 구별은 『에밀』 참조. 『에밀』에는 "주의 깊게 교육받은 젊은이가 지니게 되는 첫 번째의 감정은 사랑이 아니라 바로 우정이다"라고 쓰여 있다.

43 "네메시스의 사자들처럼": 네메시스는 대가를 치르게 하고 형벌을 내리는 정의의 여신이다.

44 "플라톤의 책을": 횔덜린의 『휘페리온』과 희곡 『엠페도클레스의 죽음』에서 나이 듦과 회춘의 주제는 매우 중요하다. 이것은 회춘 사상과 밀접하게 연관되어 있는 윤회 사상에 대한 당대의 커다란 관심과도 일치한다. 횔덜린은 엠페도클레스의 죽음을 비극적 몰락이 아니라, 자연과 인간의 화해를 위한 필연적이고 보편적인 해체 과정인

동시에 회춘이며 새로운 탄생으로 해석했다. 횔덜린이 여기서 암시한 플라톤의 구절은 대화록 『메논』에 있는 구절로 보인다. 거기에서 노인들은 인간 영혼의 불멸성에 대하여 언급했다. 즉 "인간 영혼은 바꾸어 가며 분리하고 우리는 그것을 죽는다고 말한다. 그리고 다시 살아나는 것이며 결코 소멸하지 않는다." 이에 따르면 영혼의 불멸성은 죽음과 회생의 순환으로 성립된다. 횔덜린이 플라톤의 『메논』을 잘 알고 있었다는 것은 그의 비가 「디오티마에 대한 메논의 비탄」(『횔덜린 시선』, 283~297쪽 참조)이 보여 준다. 횔덜린이 나이 듦과 회춘 사이의 사상에 대해서 말하고 있는 문맥은 그것이 윤회 사상, 죽음과 재생에 관련되어 있다는 것을 분명하게 제시해 준다.

45 "우리 마음 가운데 있는 신이": 28쪽의 "우리의 마음 안에는 ~ 신이 계신다"에 대한 주석 참조.

46 "행복하다는 것 ~ 기분이 든다네": 휘페리온이 독일인에 대해 질책하는 연설(254~260쪽)에서도 '노예의 근성'에 대한 언급이 있다. 루소는 『인간 불평등 기원론』에서 절대주의적인 예속 국가에서의 노예 신분과 종살이에 대한 문제 제기와 자유와 평등을 향한 혁명적 요구를 결합했다. "백성은 이미 의존하는 데에 습관이 들고 삶의 평온과 안락에 익숙해져 자신의 굴레를 벗어 버릴 능력이 없다. 자신의 평온을 더 확고하게 하기 위해서 자신의 종살이를 더 강화하는 데에 동의한 것이다." 그리고 지배하는 자들은 "동포를 그들의 노예라고 부르는 데에" 익숙해져 있다. 노예에 대한 언급에 이어서 정상적인 행복에 대한 거부를 강조함으로써 횔덜린은 18세기의 통속적인 행복론에 대해서 논박했다. 이 행복론은 체험 가능한 직접적인 생활 속의 행복으로 기울어져 점점 더 향락적인 성향을 띠었다. '행복'은 당대의 커다란 주제였다.

47 "그들은 승리로부터 ~ 환희이기도 하다네": 철학자 피히테(Fichte)를 알라반다의 모델로 인식하게 하는 구절 중 하나다. 행동 철학과 녹단적으로 상승된 자아의 자주성은 피히테에게서 나타나는 특징이

니, 전투적인 개념-"그들은 승리로부터 생명을 얻고"-과 인간의 '힘'에 대한 신뢰도 마찬가지다.

48 "키오스 섬": 소아시아 해안을 가까이 바라보고 있는 큰 섬. 이 섬은 고대에 특별히 부유한 지역으로 알려져 있고, 많은 조각가, 시인과 작가들의 고향이기도 했다.

49 "나는 마치 ~ 기분이 들었다.": 메게라는 고대의 문학에서 반복해서 혐오스러운 괴물로 그려지는 복수의 여신 중 하나다. 루카누스 (Marcus Annaeus Lucanus, 39~65년)의 작품 『파르살루스 전투 (Pharsalia)』에는 메게라가 유노의 명령에 따라 헤라클레스를 놀라게 할 목적으로 모습을 나타낸다. 횔덜린은 『파르살루스 전투』 중 이 부분을 포함한 장면을 번역하기도 했다.

51 "그대는 황금빛 구름 안에 ~ 궁핍한 인간들인 우리가.": 황금빛 구름, 즉 아우라는 신들의 반열에 속한다. 여기서는 인간 현존재의 신격화 징후가 제시되어 있다.

"시대의 연인 ~ 솟구쳐 나오게 되는 때": 여기서 소설 전체에 주도 동기로 관통하고 있으며 이미 이 편지의 앞 구절("늙음과 회춘에 대해서 말하고 있는 플라톤의 책을 함께 읽었다")에서 중요하게 대두된 나이 듦과 회춘의 주제가 절정에 이른다. 오래된 '노쇠한' 형식들의 몰락과 생동하는 새로운 공동체의 생성 —여기서는 "새로운 교회"로 표현했다— 을 엠페도클레스도 그의 위대한 혁명의 외침(그렇게 감행하라!/너희들이 유산으로 받은 것, 너희들이 얻은 것/조상의 입이 너희들에게 이야기해 준 것, 배운 것/법칙과 습관, 옛 신들의 이름/과감하게 잊으라. 그리고 새로 태어난 자처럼/신적 자연을 향해 눈을 들어라)을 통해서 언급하고 있다. 횔덜린은 세속화 시키는 의미에서 '교회' 개념을 사용했는데, 1799년 6월 4일자 동생에게 보낸 편지에서도 "심미적 교회의 조직", "모든 인간 사회 이상의 철학적 표현, 심미적 교회"에 대해서 언급했다.

58 "그대는 죽을 수밖에 ~ 나누어 주고 있는 것이라네!": 쌍둥이 별자

리를 통해서 불멸의 형제가 된 디오스쿠로이(Dioskuroi)를 횔덜린은 그의 문학에서 여러 차례에 걸쳐 전형적인 한 쌍의 친구라고 부르고 있다(송시 「디오스쿠렌」). 전설에 따르면 디오스쿠로이는 레다(Leda)의 아들들인데, 그중 카스토르(Kastor)는 틴다레오스(Tyndareos) 사이에 난 아들로서 한정된 삶을 살며, 폴리데우케스(Polydeukes)는 제우스 사이에 난 아들로서 불멸의 생명을 가졌다. 이들이 전투에서 쓰러졌을 때 카스토르는 하계(下界)로, 폴리데우케스는 하늘에 오르게 되었다. 폴리데우케스는 자기의 친구와 헤어지지 않으려고 한정된 삶의 동생과 자신의 불멸성을 나눌 수 있도록 해 달라고 제우스에게 간청했다. 그 대신에 죽을 운명을 부분적으로 자신도 나누겠다고 했다. 그리하여 디오스쿠로이는 바꾸어 가며 올림포스와 하계에서 하루씩을 보내게 되었다.

"이다 산맥의": 이다 산맥은 트로이 근처에 있다.

"아킬레우스와 그의 연인의": 횔덜린은 형제애를 가진 한 쌍의 친구 디오스쿠로이를 부르고 나서 그리스 전설에 나오는 다른 한 쌍의 친구 아킬레우스와 파트로클로스를 부른다. 이들의 우정은 호메로스의 『일리아스』의 주도적인 모티브다. 호메로스 이후의 시대에 들어서서는 이 우정 관계를 에로틱하게 받아들였다. 그렇기 때문에 횔덜린은 파트로클로스를 아킬레우스의 '연인'이라고 부르고 있다. 횔덜린은 또한 그의 송시 「에뒤아르에게」(An Eduard)에서 자신과 징클레어(Isaak von Sinclair)와의 우정을 아킬레우스와 파트로클로스 사이의 우정으로 신화화했다(『횔덜린 시선』, 180~185쪽 참조). 호메로스의 『일리아스』에서의 묘사와 같이 이 송시에서도 아킬레우스는 영웅적인 전사로, 파트로클로스는 부드럽고 연약한 감정의 소유자로 등장한다.

62 "에페수스가": 스미르나 근처에 위치하고 있는 이 도시는 그리스 이오니아에서 가장 중요한 도시들 가운데 하나로, 로마 제국 시대에는 규모가 크게 늘어났다. 이 도시는 여신 아르테미스의 신전으로 유명

하다.

"테오스와 밀레투스가": 챈들러의 저서 『소아시아』에는 시인 아나크레온의 고향이자 심하게 파괴된 도시 테오스가 서술되어 있다. "테오스 근처의 바카스 사당은 이오니아의 저명한 건물 중 하나였다. [⋯] 이제는 주민들이 완전히 떠나 버리고 되돌아가는 것도 어렵게 되었다. 도시가 서 있던 장소는 일종의 황무지다. [⋯]" 또 밀레투스에 대해서는 "밀레투스는 매우 빈약한 곳이다. [⋯] 도시가 차지하고 있는 광장은 겹겹이 폐허로 뒤덮여 있고, 잡초가 무성하게 자라고 있다"고 기술했다.

63 "마치 오르페우스처럼, 그가 압도했을": 전설에 따르면 오르페우스는 노래와 현악기 연주를 통해서 신들과 인간들만이 아니라 야생의 동물과 심지어는 무생물의 자연까지도 마법에 걸리게 할 수 있었다. 고대로부터 오르페우스는 문학의 전능에 대한 총괄 개념이다.

65 "그려진 포도송이를 향해 날아가는 새처럼": 두 명의 그리스 화가 파라시오스(Parrhasios)와 제욱시스(Zeuxis) 사이의 내기에서 제욱시스가 포도를 그렸는데, 그것이 진짜처럼 보여서 새들이 쪼았다고 전해진다. 통일신라시대 솔거의 황룡사 노송도(老松圖) 전설과 유사하다.

68 "다나이데스 자매들의 영원히 텅 빈 물동이처럼": 전설에 따르면 다나오스(Danaos) 왕은 50명의 딸들을, 강제로 결혼을 요구하는 아이깁토스(Aigyptos)의 50명의 아들과 약혼시켰으나, 딸들에게 결혼식 날 밤에 아이깁토스의 아들들을 죽이도록 단검을 나누어 주었다. 이러한 범행의 대가로 다나오스의 딸들, 즉 다나이데스(Danaides)는 하계에서 밑 빠진 물동이에 물을 길어 부어야만 했다.

69 "모든 사물들에게 그것의 이름을 부여했다.": 횔덜린의 문학에서 명칭 부여는 자연으로부터의 소외의 징후로서 중요한 주제를 이룬다.

72 "테미스토클레스 장군과": 테미스토클레스는 아테네의 정치가이자 기원전 480년의 살라미스 해전에서 그리스가 승리하는 데 결정적

인 역할을 한 장군이기도 하다. 후일 그는 그리스의 구원자로 평가받았다.

"스키피오 가문에": 고대 로마 귀족 가문인 스키피오 가문의 출신자들은 로마국에서 중요한 역할을 했다. 여기에서는 별명이 아프리카누스인 두 명의 뛰어난 스키피오 가문 출신자를 뜻한다. 이들이 이 별명을 가지게 된 것은 아프리카까지를 지배하고 있는 지중해 세력 카르타고에 대한 승리를 통해서 로마의 신탁 통치의 토대를 세웠기 때문이다. 선대(先代) 스키피오 아프리카누스는 기원전 202년 자마 전투에서 한니발을 물리쳤고, 후대 스키피오 아프리카누스는 기원전 146년 카르타고를 격파했다. 이 두 사람의 스키피오 가문 출신자는 로마 역사 서술에서 높게 찬양되었다.

74 "그대의 펠리온 산과 오싼 산은 어디에 있는가.": 이미 고대에도 불사의 거인들은 올림포스 산 위에 펠리온 산과 오싼 산을 쌓아 올려서 하늘에까지 오르고자 한 한정된 삶의 거인족과 혼동되었다.

76 "아이아스 왕자의 섬 ～ 지내고 있다.": 아이아스(Ajax)는 호메로스의 『일리아스』에 나오는 뛰어난 영웅 중의 한 사람으로, 아테네 전방에 위치한 살라미스 출신이다. 횔덜린은 그를 특별한 관심을 가지고 후기 찬가 「므네모쉬네」(Mnemosyne)에서 다른 그리스의 영웅들과 함께 불렀다(『지상에 척도는 있는가』, 장영태 지음, 87쪽 이하 참조).

77 "그러면 기수가 ～ 정신을 즐기며": 기원전 480년 살라미스 해전과 이 해전을 이끈 테미스토클레스를 말한다.

78 "주피터의 독수리가 뮤즈의 노래에 귀 기울이듯이": 횔덜린이 번역한 핀다로스의 「피티아 송가」 제1번의 첫머리는 아폴론의 황금빛 현금과 뮤즈들의 합창이 불러일으키는 마법이 제우스의 왕홀 위에 앉아 있는 독수리를 잠재웠다고 읊었다.

"성스러운 ～ 파르젠들과": 파르카이는 로마 신화에서의 운명의 여신들이다. 이들은 기원전 3세기 이래 그리스 신화상의 모이라

(Moira)와 동일시되었다.

"칼라우레아": 펠로폰네소스 동쪽 해안 사로니아 만에 있는 섬이다. 오늘날에는 포로스라고 불린다.

79 "카론의 나룻배에": 그리스 전설에서 카론(Charon)은 죽은 자들을 경계의 강(스틱스 강 또는 아케론)을 건너 하계로 데려다 주는 뱃사공이다.

"오 그처럼 ~ 감미로운 일이다.": 찬가 「므네모쉬네」의 한 구절 "그러나 우리는 앞을 향해서도 뒤를 향해서도/보려고 하지 않는다. 마치 호수의 흔들리는 배 위에서인 양/우리는 흔들림에 맡기고자 한다."(『횔덜린 시선』, 484~490쪽) 참조. 이 구절은 루소의 『고독한 산책자의 몽상』에 그려진 상황과 밀접하게 관계된다. "영혼이 충분하게 확고한 근거를 발견하고 거기서 온전하게 쉬고, 지나간 과거를 회상하거나 미래를 파악할 필요도 없이 그 영혼의 본질을 그 안에 집약시키는 그러한 어떤 상태가 존재한다면 […] 그것은 내가 나의 조각배에 누워서 물결치는 대로 나를 맡기거나 파도치는 호숫가에 앉아 있거나 간에, 성 피에르 섬에서 나의 고독한 꿈에 잠겨 있는 그런 상태이다. 그런 상태에서 무엇을 누릴 수 있는가? 우리의 외부에 있는 그 무엇이 아니며, 우리 자신과 우리 자신의 현존재 외부의 아무것도 아니다. 이런 상태가 지속되는 동안 우리는 마치 신처럼 우리 자신에 만족할 뿐이다."

80 "신적인 대기 안으로 몸을 던지는 것이었다.": '신적 대기'는 횔덜린이 고대 범신론 전통으로부터 이어받은 총체 자연의 총화인 프노이마(Pneuma) 또는 영(靈)과 동일시되는 에테르[천공(天空)]이다. 송시 「천공에 부쳐」(『횔덜린 시선』, 24~30쪽) 참조.

82 "한낮의 햇빛이 ~ 고독하게 놀고 있었다.": 곧 이어서 디오티마와의 만남이 이어진다. 그렇기 때문에 강조해서 이 만남의 장소가 축성된 최고의 경험의 장소로 미화되어 있다.

"팔라스 여신상처럼": 전설에 따르면 팔라스 아테네 여신상은 하늘로부터 떨어졌다. 그 여신상은 도시를 지켜 주는 효험을 지니고 있었다. 처음에 지켜 준 도시는 트로이였는데, 디오메데스와 오디세우스는 이 도시를 정복하려고 그 여신상을 훔쳤다고 한다.

"영원하고 파괴될 수 없는 광채 가운데서": '광채'의 강조된 개념은 여기서 성서적으로 채색되었다. '광채'는 그리스어 'doxa'에 대한 루터의 번역이다. 이 단어로써 성서는 하나님의 광채와 영광, 천국적인 것 모두, 예컨대 천사, 천체 같은 것을 표현한다.

83 "아름다움의 평화여! 신적인 평화여!": 횔덜린은 범신론적인 "하나이자 모두인 것" 그리고 "무한히 일치적인 것"의 발현으로서 '아름다움'을 파악하고 "결함 없는 아름다움의 조화"에 대해서 말하기 때문에 이 아름다움을 여기서 평화의 개념과 하나로 해석할 수 있다. 그는 '평화'를 조화와 대립의 보편적인 화해로 이해했다.

84 "음산한 백조의 최후의 노래를": 백조들이 죽음을 목전에 두고 노래를 부른다는 것은 일종의 상상이다.

"그 순간 신성은 감옥을 깨트리고": 현세적인 현존재를 감금된 상태로 생각하거나 육체를 영혼 또는 정신의 감옥으로 생각하는 것은 플라톤으로 거슬러 올라간다. 플라톤은 현세적·육체적인 현존재를 영혼의 '감옥'이라고 했다(『파이돈(*Phaidon*)』, 62b).

85 "우리가 별들을 ~ 완성": 51쪽의 "그대는 황금빛 구름 안에 ~ 궁핍한 인간들인 우리가"에 대한 주석 참조.

"그대들은 그것의 이름을 아는가? ~ 바로 아름다움이다.": "하나이자 모두인 것"은 횔덜린이 야코비(Jacobi)의 저술 『모세 멘델스존에게 보낸 편지에 나타나는 스피노자의 교훈(*Über die Lehre des Spinoza in Briefen an Mendelssohn*)』에 대한 자신의 초록에 인용해 놓은 적이 있는 범신론적인 기본 공식이다. 그리스 어로 'hen kai pan'.

86 "새로운 신성의 새로운 제국을.": "새로운 신성"은 옛 초월적인 신성이 새로운, 범신론적으로 파악된 자연 내재적인 신성, 즉 "하나이

자 모두인 것"에 의해서 해체되고, '아름다움' 안에 공시되기 때문에 '새롭다'고 불리고 있다.

"나는 그 제국을 향해 ~ 대양으로 이끌어 가듯이": 괴테의 범신론적인 슈투름 운트 드랑 시기의 찬가 「마호메트의 노래」를 연상시킨다. "평원의 강물들과/산악의 시냇물들/그에게 환호를 보내며 외친다: 형제여/형제여, 형제들을 동반하여/그대의 오랜 아버지/영원한 대양으로 데려가 다오." 괴테의 이 시에서 대양은 범신론적으로 파악된 총체 자연의 상징이다.

"노타라가": 챈들러의 『그리스 여행』에 노타라라는 어떤 코린토스 지방의 사람이 등장하는데, 횔덜린은 이 이름을 이용했다.

87 "대지에 대한 찬가가 ~ 아직 없다.": 횔덜린 자신이 이러한 찬가를 쓴 적이 있다. 즉 「어머니 대지, 오트마르 홈 텔로 형제들의 노래」가 그것이다. 이런 종류의 찬가는 슈트름 운트 드랑 시기에 성행한 자연 숭배의 지평 안에서 이미 전통이 되어 있었다.

89 "오 마치 독수리가 가니메데스를 그렇게 했듯이": 제우스는 독수리에게 명해서 외모가 수려한 가니메데스를 하늘로 납치하여 거기서 신들에게 술 따르는 일을 맡게 했다.

90 "그녀가 노래할 때 ~ 알아보게 되었다.": 소설의 끝에 이르러 휘페리온과 만난 후 디오티마는 확연하게 말이 많아진다.

92 "디오티마는 알맞은 때에 ~ 정말 아무것도 없다.": 괴테의 『젊은 베르테르의 고뇌』에서 롯테의 인물상에도 그러하듯이 여기 디오티마에게도 루소의 『누벨 엘로이즈』에 나오는 쥘리의 감상적으로 이상화되고 목가화된 가정주부의 역할이 겹쳐져 있다. 『누벨 엘로이즈』의 한 구절에는 "쥘리는 좋은 음식에 대한 호감을 지니고 있다. 그녀가 살림의 모든 부분에 기울이고 있는 세심함은 무엇보다도 부엌에서 경시되지 않는다"라고 서술되어 있다.

94 "당신을 자연 안에서 ~ 완성된 것이 아닙니다.": 횔덜린의 개념 이해에 따르면 자연의 '아름다움'은 자연스럽게 주어져 있는 존재의

유일성, 즉 범신론적인 "하나이자 모두인 것"을 의미한다. 자연은 그 자체 안에 어떤 '손실'도 용납하지 않고, 또 어떤 '첨가'도 용납하지 않는 한, 그리고 우리가 이 포괄적인 자연의 존재에 속하는 한 우리는 '영원'하며, 우리에게 어떤 죽음도 존재하지 않는다. 죽음과 모든 분리를 넘어서 있는, 자연적으로 주어진 영원성 사상은 이 소설의 마지막 편지에 강조해서 등장한다.

"그처럼 신적으로 만족스러워하는": 그리스어로는 autarkeia인 '스스로 만족함'은 그리스 사상에서 가장 높은 선(至上善)의 하나이다. 그것은 내면적인 독립성, 조화와 자유를 의미하며, 참된 지혜뿐만 아니라 신성으로까지 평가되었다.

95 "우라니아 여신이": 그리스 신화에 따르면 우라니아(Urania)는 사랑의 여신 아프로디테(Aphrodite)의 별칭이며, 또한 뮤즈 여신의 하나이기도 하다. 이 여신은 나중에 천문학과 우주의 조화에 연관되었다. 여기서는 '카오스(혼돈)'에 질서를 부여하고 평정시키는 우주적 조화가 강조되었다.

"레테 강이었다.": 그리스의 설화에서 레테 강은 하계에 흐르는 강이다. 그 강물을 마시는 자는 속세의 삶에 대한 기억을 잃게 된다고 한다.

96 "어머니의 ～ 사람들은 전한다.": 버려진 후 늑대의 젖을 먹고 자랐다는 로물루스(Romulus)와 레무스(Remus)에 대한 로마의 설화를 인용한 것이다.

97 "그 비밀스러운 세계의 정신": 고대에 큰 의미를 가지고 있었으며 휠덜린도 키케로의 저술 『신들의 본질에 관하여(De natura deorum)』를 통해서 잘 알고 있었던 스토아 학파의 자연 철학은, 천공(天空, 에테르) 또는 영(靈, 프네우마)과 동일시하는 불을 현존재에게 생명력을 불어넣는 원리로 선언했다.

102 "우정에 대해서 대화를 나눈 적이 있었다.": 우정은 18세기의 문학, 특히 감상주의와 초기 낭만주의 문학에서 하나의 중요한 주제였다.

휠덜린의 초기 찬가 중에는 「우정에 비치는 찬가」가 있고, 「에뒤아
르에게」는 우정의 송시다. 알라반다와 나눈 휘페리온의 우정 설화
를 통해서 휠덜린은 같은 주제를 형상화했다. 다만 여기서는 그 주
제를 이론적으로 해명했다.

"하르모디오스와 아리스토게이톤": 두 사람은 고전적인 '폭군 살해
자' 다. 이들은 기원전 514년에 페이시스트라토스(Peisistratos)의 아
들인 아테네의 폭군 히피아스(Hippias)와 히파르코스(Hipparchos)
를 살해하려고 했다. 히파르코스는 살해되었지만, 히피아스는 습격
을 피했다. 히피아스에 의해서 하르모디오스는 참살되고 아리스토
게이톤은 교수형에 처해졌다. 기원전 510년 히피아스가 축출되고
폭정이 마침내 제거되고 나자 사람들은 이 한 쌍의 친구를 아테네의
해방자이자 국가적 영웅으로 칭송했다. 휠덜린도 관심을 둔 중요한
정치적인 우정의 관점은 플라톤의 『향연(Symposion)』에서 가장 절
실하게 표현되어 있다.

"미노스의 엄격함으로": 크레타의 전설적인 왕인 미노스(Minos)는
인류에게 최초로 입법을 가르쳐 주었는데, 죽은 뒤에는 하계에서 사
자(死者)의 심판자가 되었다고 한다.

103 "반신의 친구가": 이 표현은 영웅적인 우정 개념 설정에 대한 명백
한 표지다. 왜냐하면 '반신' 은 헤시오도스 이래로 영웅을 의미하기
때문이다. 설화에 따르면 탄탈로스 왕은 신들의 식탁에 초대받았는
데, 신들의 뜻을 받들지 못해서 엄하게 처벌되었다.

"자연이던 것이 이상이 된다네.": 휠덜린은 '사랑' 의 자연스러움과
우정의 정신적-이상적인 본질을 구분했다. 그는 이러한 구분을 역
사적으로 조망했다. 인류 역사는 소박한 무의식적이고 자연적인 근
원 상태를 벗어나서 의식에 의해 규정되는 이상 상태에서 완결된다
는 실러의 이상주의 역사철학을 이어받아 휘페리온은 우정에 대한
긴 언급에서 사랑의 조화라는 자연 상태에서부터 우정을 통한 "정
신의 조화"로의 역사적인 발전을 보았으며, 이러한 역사적 발전을

"자연이던 것이 이상이 된다"고 표현했다.

106 "그대는 그대의 마음 가운데서 ~ 보아서는 안 된다.": 플라톤의 『향연』에서 에로스는 포로스(Poros), 즉 부유함을 아버지로, 페니아 (Penia), 즉 가난을 어머니로 두었다.

108 "불카누스가 ~ 조롱하지를 말아라": 불카누스(Vulcanus)는 로마 신화에 나오는 대장장이와 아궁이의 신으로, 그리스 신화의 헤파이스토스(Hephaistos)에 해당한다. 호메로스의 『일리아스』에 따르면 제우스는 그가 아버지의 뜻을 거슬러 어머니 헤라를 도우려고 했기 때문에 올림포스로부터 내던져 버렸다. 그때부터 그는 절름발이가 되었다.

"알페이오스가 ~ 아레투사를 찾듯": 오비디우스의 『변신 (*Metamorphosen*)』에 따르면, 올림피아 곁에 있는 펠로폰네소스의 강의 신인 알페이오스(Alpheius)는 요정 아레투사를 사랑하여 그녀를 뒤쫓았다. 아레투사는 시칠리아 시라쿠스 근처 오르키디아 섬까지 달아났지만, 그곳까지 알페이오스가 쫓아오자 샘물로 변했다. 이에 알페이오스는 자신의 강물을 그 샘물과 섞었다.

109 "당신의 모든 슬픔 중에서 ~ 스스로 알고 있나요?": 횔덜린이 이 소설의 서문에서 언급한 바처럼 휘페리온의 "비가적 성격"은 그의 '슬픔'에 대한 이 해석에 특별히 암시적으로 나타나 있다. 이 슬픔은 이어지는 장면에서 볼 수 있듯이 "더 나은 시대"와 "더 아름다운 세계"의 추구, 즉 현재에 대한 고뇌로부터 발생한다.

112 "그것은 환희였고": 이 편지와 이어지는 편지의 상당 부분에까지 이어지는 '환희'의 주제는 앞선 '슬픔'에 대조를 이룬다. 화자 휘페리온이 지금 과거 디오티마와 함께 체험했던 '환희'에 집중하는 것은 이 '슬픔'의 반영이다.

113 "나는 나의 진주를 ~ 때문이다.": 산상수훈을 암시한다. "거룩한 것을 개에게 주지 말고 진주를 돼지에게 던지지 말라."(마태복음 7 징 6절)

114 "마치 갇힌 거인처럼": 기인족은 제우스와 올림포스의 신들에게 대항했다가 패하여 타르타로스(Tartaros)로 떨어져 그곳에 갇히게 되었다.

115 "휘페리온의 영혼은 ~ 디오티마와 함께 놀았노라고": 플라톤은 『파이돈』과 『메논』에서 영혼의 사전적(事前的) 존재론을 전개했다. 횔덜린의 스승 콘츠(Conz)는 자신의 저술에서 플라톤을 인용하면서 여러 차례 "원형의 천국"이라는 표현을 사용했다.

116 "디아나 여신의 수풀 ~ 들여놓기라도 한 것처럼": "디아나의 수풀 그늘"이라는 어법은 디아나를 전통적으로 '임원(林苑)'에 배속시키는 것을 반영한다. 곧 있게 될 휘페리온과 디오티마의 사랑이라는 문맥에서 볼 때, 동정녀로서 여성의 보호 여신인 디아나에 대한 환기는 깊은 의미를 지닌다.

119 "그대와 같은 이름을 ~ 마음속에 들어 있습니다.": 아다마스가 휘페리온에게 태양의 신 휘페리온을 가리키며 "이처럼 되라!"고 과제를 제시할 때 오묘한 동질성을 지적한 것처럼 디오티마도 사랑의 해후 가운데 그와의 동질성을 인식했다.

120 "그렇지 않으면 ~ 보지 못하겠지요.": 세 명의 우아미의 여신 (Grazie)은 아글라이아(Aglaia), 에우프로시네(Euphrosyne), 탈리아(Thalia)다. 그리스 어 'Charitas'(우아, 전아, 우미의 뜻)에서 파생된 이름이 의미하는 대로 이들 세 자매는 우아미의 총화다. 횔덜린이 "고요하고 사랑스러운 움직임"이라고 표현할 때 이 우아미를 염두에 둔 것이다.

121 "나무 밑에 ~ 기도할 생각이다.": 휘페리온이 파괴적인 충격으로부터 벗어나 정서의 평온에 이르게 되는 것은 회고적인 이야기 가운데 아직도 그를 동요시키고 있는 경험의 화자로서 통과해야만 하는 발전 과정의 최종 목표점이다.

124 "자연의 품 안으로 ~ 데려갈 때까지": 오르페우스의 파멸을 범신론적으로 조화시키는 인용.

125 "사자와 같은 사나이 ~ 자유를 찾았던 일에": 데모스테네스는 기원전 384~322에 살았던 유명한 연설가였다. 그가 산 시대는 필립 왕 치하의 마케도니아가 영토 확장을 꾀하여 아테네와 그리스의 정치적 자주성이 차츰 위협당하는 시기였다. 데모스테네스는 필립 왕에 대항하는 유명한 연설[소위 「필리피카(Philippika)」]을 행했다. 아테네와 그 연합 세력이 카이로네이아 전투에서 결정적으로 패배한 후, 그리스에 대한 마케도니아의 지배가 확고하게 된 뒤에도 그는 체념하지 않았다. 그는 새로운 통치자, 알렉산드로스 대왕에 반대하는 저항 운동을 선동했으나 추방을 겨우 면했다. 알렉산드로스 대왕이 기원전 323년에 세상을 떠나고 336~323년에 걸쳐 마케도니아의 통치가 그리스를 넘어 확대되고 세계 제국을 세우게 되자 데모스테네스는 마케도니아에 대한 그리스의 전면적인 항거를 요구했다. 322년 라미아(Lamia) 전투에서 아테네가 패배하자 마케도니아의 군사령관인 안티파트로스는 데모스테네스의 추방을 요구했다. 그는 도피에 성공했으나 칼라우레아의 포세이돈 신전에서 자살하고 말았다.

126 "올림피온": 아테네의 제우스 신전. 아직도 거대한 원주들이 그대로 서 있다.

127 "기후가 그것을 ~ 종교와 국가의 형태지.": 여기에는 18세기 내내 이어진 한 논쟁이 반영되어 있다. 이미 고대에 어떤 민족의 존재 방식과 여러 조직에 대한 기후의 결정적인 영향에 대한 이론이 있었다. 의학의 기초자인 히포크라테스도 그의 저술 『환경론』에서 국가와 민족에 미치는 기후의 영향을 검토하고 환경 영향의 특별한 흔적을 확인했다. 18세기에 기후론의 저명한 대표자는 몽테스키외(Montesquieu)였다 몽테스키외 기후론의 인과율적인 결정론에 대해서는 볼테르가 이의를 제기했다. 레싱(Lessing)은 몽테스키외의 기후와 관습의 연관성 주장을 지지했고, 루소도 자신의 저술에서 인류학과 국가 형태에 연관해서 기후 주제를 다루었다. 횔덜린은 튀빙

갠 시절에 쓴 자신이 논문 「그리스 인의 미적 예술의 역사」의 토대를 이룬 빙켈만(Winckelmann)의 『고대의 예술사(Geschichte der Kunst des Altertums)』에서 그리스 인들 특히 그들의 예술에 대한 그러한 이론의 적용을 읽을 수 있었다. "그리스 인들 사이에서 예술이 이룩한 특출함의 원인과 근거는 부분적으로는 하늘(천후)의 영향, 또 부분적으로는 사회 제도와 통치의 영향, 그리고 이를 통해서 형성된 사고 방식의 영향에 돌릴 수 있으며, 예술가들에 대한 존경과 습속, 그리고 그리스 인들 사이의 예술적 사고에 돌릴 수 있다. 천후의 영향은 씨앗에 생명을 불어넣을 것이 틀림없고 그 씨앗으로부터 예술이 분출되는 것이 틀림없다. 이 씨앗으로써 그리스는 선택된 토양이었다."

휘페리온은 자신의 연설 중에 기후와 사회 제도의 형식이 그리스인들의 '특출함'에 대해서 갖는 의미를 인정하고 있다. 그러나 그는 기후와 사회 제도 형태에 대해 결정적인 의미를 부여하고 있지는 않다.

"나무에 핀 꽃이고 ~ 생각하고 있는 것이네.": '나무의 꽃과 열매들'이라는 은유는 역사 현상, 특히 문화 현상에 대한 헤르더(Herder)의 유기론적 해석을 가리킨다. 헤르더는 4부로 나누어 발행한 『인류 역사의 철학에 대한 이념』의 한 장인 「그리스 역사에 대한 일반 고찰」에서 그 기본 명제를 제시했다. "한 민족의 문화는 그 현존재의 꽃이다. […]" 그리고 그리스 인에 대해서 쓰기를 "여러 형태의 뿌리와 싹으로부터만이 그 아름다운 정원이 피어날 수 있었다. 그 정원 자체가 시간과 함께한 법칙 부여를 통해서 다양하기 이를 데 없는 열매를 맺었다." 횔덜린은 원인을 '효과'와 구분하고 그리스 문화의 '토양과 뿌리'를 언급하는 가운데, 헤르더의 견해에 접근하고 있는 것이다.

"이 지상의 ~ 성장했다네.": 18세기의 문화사 서술에서 그리스의 '자유'는 반복해서 등장한다. 횔덜린의 가장 중요한 증인들인 빙켈만과 헤르더에게 자유는 문화적인 위대성의 본질적인 전제를 이룬다.

"어떤 정복자도 ~ 만들지 않았으며": 헤르더는 『인류의 역사 철학에 대한 이념』에서 다른 국가들은 자주 "정복의 희생물"이 되었다고 했다. "꽃들은 피어 만발하기 전에 베이고 말았다. 이와는 달리 그리스는 자신의 시대를 만끽했다. 형성할 수 있었던 것을 자신이 형성해 냈다. 이러한 완성에는 그의 주변 상황의 행운이 도움을 주었다. 육지에서 어떤 정복자의 희생물이 되었더라면 〔…〕 페리클레스의 시대는 나타나지 않았을 것이다."

"섣부르게 단정 짓는 ~ 설익은 열매로": 횔덜린은 아테네의 완성된 문화가 어떤 서두름도 없는 자연스러운 성숙에 기인하는 것이라는 사상을 루소의 교육 소설 『에밀』로부터 차용했다. 루소의 『에밀』 제2권에는 "어린 시절은 어린아이들 사이에서 성숙케 하라"고 기술되어 있다

"페이시스트라토스와 히파르코스의": 이 이름들은 기원전 560~510년 사이에 아테네에서 지속된 전제 통치를 말해 준다.

128 "라케다이몬": 라케다이몬은 스파르타를 가리킨다. 그리스 사람들은 국가 또는 국가 지역으로서의 스파르타를 라케다이몬(Lakedaimon)이라고 했고, 로마 인들의 용법에서는 도시로서의 스파르타를 의미했다.

"리쿠르고스": 전설적인 스파르타의 창건자.

"아이가 학교에 ~ 살아 있어야만 하는 것이네.": 루소의 『에밀』의 영향을 특히 분명하게 드러내는 구절이다.

129 "그들에게 가난도 ~ 건네주지는 않았네.": 이 편지에서 가장 중요한 사상은 이곳과 다음 구절에서 강조한 '황금의 중용(goldene Mitte)' 이다. 고대로부터 '황금의 중용(aurea mediocritas)' 이 이상으로 평가되었던 것처럼 여기서 주제화되고 있는 중도의 균형 있는 자연적 환경, 특히 기후의 특성도 그렇게 평가되고 있다. 18세기의

문학에서는 기후대와 관련한 주제가 많이 등장했는데, 횔덜린이 십중해서 탐구한 루소의 『에밀』에서도 관련 구절을 읽을 수 있다. 루소는 이렇게 말했다. "지역도 인간의 교육과 무관한 것이 아니다. 알맞은 기후 영역에서만이 인간은 인간일 수 있는 것의 전부이다. 극단적인 기후 영역에서는 불이익이 눈에 띈다."

"테세우스의 ~ 덧붙여졌다네.": 테세우스는 아테네 인의 국가적 영웅이다. 아리스토텔레스는 테세우스가 왕의 폭력을 억제했다고 보고하고 있다. 6세기 이후 그는 아테네에서 민주주의의 창건자로 평가되었다.

130 "간단히 말해서 ~ 알게 해야 한다는 것이네.": 이 구절은 다시금 루소가 『에밀』에서 전개하는 사상, 즉 자연스럽고, 사회와 문명의 타락적 영향으로부터 가능한 차단된 유년기에 우선적인 교육 목표를 찾는 사상과 일치한다. 여기서 횔덜린이 '인간들'이라고 표현한 것은 루소가 말하는 '사회'에 해당한다.

"그리고 인간이 하나의 ~ 아름다운 법이네.": 이 구절은 계몽된 인본주의 사상의 지평에서 인간들이 '신들'로서 공경받게 되는 내세의 완전성 사상의 투영을 겨냥한다. 즉 자유로운 자연성 가운데 스스로를 펼칠 수 있다면 인간 자신이 일종의 신이라는 것이다. 횔덜린은 완결 가능성과 자연스러운 전개를 통한 완결된 인본 사상의 도달 가능성이 루소의 생각 안에 기초되어 있음을 보았다. 신성과 인간의 동일화는 인간이 이룰 수 있는 것 가운데 최고의 형식인데, 이어지는 구절에서 여러 차례 요점적으로 등장한다. "인간의 신적인 아름다움의 첫 번째 자식은 예술"이라는 표현에서 '신적인'이라는 어법은 단순한 수식어가 아니다. 오히려 아름다움이 완전한 인간됨을 대변하는 한에서 '인간적인' 아름다움은 '신적'이라고 규정했다. '신적 인간'을 언급한 이어지는 구절도 이에 상응한다. 은유적이긴 하지만 완전한 인간을 신과 동일시하는 태도는 당대의 계몽된 이상주의적 교양권에서는 특징적인 현상이다. 이러한 동일화는 현세적 불완전성 안에 위치하고 있는 인간을 신의 완전성과 결정적으로 구분하는 기독교 전통에 대한 모순을 함께 드러낸다.

"자연의 손길로부터 ~ 태어났던 것이네.": 여기서 주요 동기가 되는 아름다운 것 내지 아름다움(美)에 대한 언급이 시작된다. 이 언급은 헤라클레이토스의 "제 자신 안에 구분되어 있는 일체(hen diapheron heanto)"를 통한 "미의 본질" 규정에서 정점을 이룬다. 이때 아름다움은 근대적-미학적 의미로 이해될 것이 아니라, 우선은 전체성과 일치성 안에서 인간의 자연스럽고 완전한 조화로 이해된다.

131 "그러니까 민중은 ~ 신들을 사랑한다네.": 여기서 철학자-종교가 민중 종교와 구분된다. 철학자, 즉 현자는 무한한 존재의 '아름다움'을 사랑하는 가운데 그의 감각을 그 존재의 고유성, 무한하고도 포괄적으로 파악되는 불가시적인 존재를 지향하는데 반해서, 소박한 민중 종교는 신들에 대한 표상에서 확고하게 모습을 갖춘 가시적인 표현을 필요로 한다. 횔덜린은 이렇게 해서 이미 고대에 두드러지게 나타나는 구분을 받아들였다. 몇몇 소크라테스 이전 철학자들은 호메로스에 의해서 표현된, 민중 종교의 신들의 세계에서 발견되는 것과 같은 인간화된 신의 표상에 대해 반론을 제기했다. 횔덜린은 그러나 그러한 신의 표상을 폄하하지 않았으며, 오히려 완성된 '인간성'의 투여나 표현으로 이해했다.

132 "다른 족속들에 비해서 ~ 머물고 있다네.": 이것은 횔덜린 동시대인에게 널리 통용된 사상이다. 빙켈만에 의지해서 쓴 석사 논문「그리스 인들의 미적 예술의 역사」에서 횔덜린은 "섬세하게 유기적인 그리스 사람들은 신들과 신들다운 영웅을 묘사할 때 이집트 사람들처럼 경이로움이나 기괴함에 빠지지 않을 수 있었다"고 했다. 횔덜린은 또한 헤르더의『인본주의 촉구를 위한 편지』에서 이런 구절을 읽을 수 있었다. 즉 "우리는 성스러운 진지함을 지니고 올림포스에 올라서 인간 형상을 하고 있는 신들의 형태를 보게 된다. 문명화된

민족의 모든 종교는 그들의 신 또는 신들을 나소를 불문하고 인간화했다. 그리스 사람들만이 인간화된 신성을 그들의 인간성의 품위에 맞게 예술을 통해서 [⋯] 표현하기를 감행했다. 아니면 그들은 인간의 내면에 들어 있는 모든 아름다운 것, 특출한 것, 품위 있는 것을 그 최고의 의미로까지 정화시키고 완결성의 최고 단계인 신성(神性)으로까지 정화시켜 인간성을 신격화했다." 헤르더는 그리스 사람들의 신의 상은 "가장 순수한 형태에서의 인간 형성의 이상"이라고도 했다.

그리스 사람들에게 중용(Mitte)의 이념은 한도(Maβ)의 이념과 결부되어 있다. 중심과 한도는 언제나 완성의 표현이다. 이미 더 오래전의 "한도는 최선이다", "중용은 최선이다"라는 금언이 있었다. "과잉은 무"라는 격언은 7현자로부터 유래되었다. 데모크리토스는 인간은 과잉과 결핍 사이의 중심 또는 중간을 맞출 수 있을 때 행복과 쾌감에 도달하게 된다는 윤리를 전개했다. 모든 덕망을 과잉과 과소 사이의 중간으로 규정한 아리스토텔레스의 『니코마코스 윤리학』은 광범위한 영향을 미쳤다. 과잉은 악이며 선은 중간으로서 극단 사이에 존재한다. 그의 『정치학』에서 아리스토텔레스는 덕망과 중용의 동일화로부터 "중심에서의 삶"이 최선이란 명제를 끌어냈다. 이와 함께 척도, 한도와 중간, 중심의 개념을 결합했다. 『정치학』 제4장에서는 "한계와 중용이 최선이다"라고 단정했다. 휠덜린은 "인간성의 아름다움 가운데"에 대해 아리스토텔레스의 『니코마코스 윤리학』의 방법을 따라 언급하고 있다.

이는 유교 경전의 하나인 『중용(中庸)』에서 중용을 인간 행위의 최고 기준으로 삼은 것과 다름이 없다. 『논어』에서 "지나친 것과 미치지 못한 것은 똑같이 좋지 못하다[過猶不及]"고 한 것도 같은 의미이다. 중용은 또한 엄밀한 척도를 필요로 한다. 『중용』에서는 "나에게 있는 저울과 척도가 정밀하여 오차가 없어야 (중용을 취하는 것이) 가능하다"고 했다.

드라콘과 같은 ～ 쓸모가 없네.": 아테네의 입법자 드라콘 (Drakon)은 기원전 621년에 성구(成句)식으로 된 엄격한 형법을 제정했다. 이 법은 몇 십 년 되지 않아 중심과 한도를 중하게 여긴 솔론(Solon)에 의해서 개정되었다.

133 "문학은 ～ 흘러들게 된다네.": 헤시오도스의 『신통기(Theogonie)』에 따르면 아테네(라틴 어로는 미네르바)는 제우스의 머리로부터 탄생했다. 횔덜린은 이것을 아테네의 가장 중요한 본질의 신화화로 해석했다. 아테네는 이미 호메로스 시절에 오성과 현명함의 영역에 배속되었다. 아테네가 주피터의 '머리'에서 나왔다는 사실은 정신적인 현명함의 표현이다. 그렇기 때문에 횔덜린은 아테네를 '철학'의 '학문'에 대한 알레고리적인 유추로 연결 지었다. "무한히 신적인 존재인 문학"이라거나 "문학의 샘"과 같은 표상은 횔덜린의 문학 이론적인 기본 견해를 반영한다. '지적 직관'의 가능성 수용이 그것이다. 스피노자의 '직관적 인식(scientia intuitiva)'으로부터 출발해서 횔덜린은 '지적 직관' 개념을 전개했다. 횔덜린은 '지적 직관'을 존재의 전체성과 통일성의 직관적이며 창조-근원적인 경험으로 이해했다. 문학은 '지적 직관'에서 경험된 존재의 전체성으로부터 출발하는 것이며, 이러한 경험에 의해서 본질적으로 규정된다는 것이다. 이러한 문학적 경험에는 근원적인 것의 특별한 요소가 수반되는데, 그것은 '지적 직관'이 총체적 연관성을 직관적으로 생성시키면서 동시에 모든 것이 하나였던 근원 상태를 주관적으로 재차 경험 가능하게 만들어 주기 때문이다. '지적 직관'은 지금 근원 상태는 아니지만, 그 근원 상태를 심미적으로 다시금 얻게 한다. 이러한 직관적 경험은 안정적이지 않고 어떤 연속성을 형성하지도 않기 때문에 그 경험으로부터 이론적인 충동이 생성된다. 즉 "문학의 샘"으로부터 철학은 생성되는 것이다. 철학은 "무한히 신적인 존재인 문학으로부터" 생성되고 "끝에 이르러서는 문학을 통하여 그 결합될 수 없는 것이 문학의 신비에 찬 샘 안에" 함께 흘러든다는 휘페리온의

말은, 셸링(F. W. J. Schelling)이 몇 년 후 그의 『초월적 이상주의의 체계』의 결말 부분에서 언급한 내용과 일치한다. "예술은 바로 철학자에게 가장 성스러운 것을 즉각 열어 주기 때문에 그에게 최고의 것이다. 거기에는 자연과 역사에서 구분되어 있는 것, 삶과 행동 가운데, 또 사유 가운데서 영원히 달아나 버릴 수밖에 없는 것이 영원하고 근원적인 결합 가운데 하나의 불꽃으로 타오른다."

134 "'제 자신 안에 구분되어 있는 일체'라는 헤라클레이토스의 말" : 횔덜린이 당시의 관례에 따라 강세 표시나 기음(氣音) 표시 부호 없이 적고 있는 이 어구는 헤라클레이토스의 유명한 잠언에서 유래했다. 이 잠언은 두 개의 문헌에 전승되고 있다. 횔덜린은 "말하자면 하나인 것은 마치 활과 현금의 조화로운 순응처럼 그 자체 내에서 서로 갈리면서도 한 데로 조응한다고 그(헤라클레이토스)는 말한다"고 했다. 횔덜린은 원문의 어순을 따라가면서 축약하는 가운데 그 나름의 의미심장한 어구 ―"자체 안에 구분되어 있는 일체"― 를 얻어 냈다. 플라톤의 헤라클레이토스 인용구는 횔덜린의 『휘페리온』에 대해서도 의미심장한 연관성을 가진다. 즉 플라톤은 대립을 화해시키는 예술에 대해서 언급했으며, 특히 서로 어긋나는 가운데에서의 '조화'라는 화음을 통해서 생성되는 음악과 관련 지었다. 헤라클레이토스 잠언의 이러한 측면은 특히 이 소설의 끝에서 실효를 거둔다. 이 소설의 마지막 편지에는 음악적 용어를 연상시키는 가운데 "세상의 불협화는 사랑하는 사람들의 다툼과 같고, 화해는 다툼의 한가운데 있으며, 떨어져 있는 모든 것은 자신을 다시 찾는다"고 서술되어 있다.

135 "이시스 여신이며" : 그 이름이 '왕좌'를 의미하는 이집트의 여신 이시스는 지배자 가문과 매우 밀접하게 결부되어 있다. 성스러운 왕좌는 지배자의 어머니로 생각되었기 때문이다. 나중에 이 여신은 세계의 지배자로서 여겨졌고, 그와 함께 그녀에 대한 숭배가 성행했다. 그 때문에 횔덜린은 이 여신이 이집트 종교를 대변하는 것으로 생각

했다.

137 "그러나 아름다움의 ~ 요청하는지를 알게 된다네.": '이성'과 '오성' 개념에 대해서는 칸트(Kant)의 『판단력 비판』 §76을 참조할 것. 횔덜린은 '오성'에 대해서 "현존하고 있는 것의 제약된 인식"만을 부여하는 가운데 칸트의 개념 규정을 따랐다. '이성'은 칸트에게 경험의 한계를 넘어서는 보다 높은 단계의 능력이다. 횔덜린은 이성에 대한 칸트의 개념과 함께 당위, 의욕, 노력, 요구와 같은 차원을 이어받았지만, 칸트처럼 이것을 그 자체로 인정하지 않고 "미의 이상"과의 결합을 통해서만 인정했다.

"리카베토스 언덕에서": 아테네에 있는, 가파르게 솟아 있는 언덕. 이 언덕에서는 도시를 한눈에 내려다볼 수 있고, 특히 아크로폴리스를 바라다볼 수 있다.

138 "오 파르테논 신전이여! ~ 모여 있네.": 파르테논이라는 이름은 아테네 시의 수호신인 동정녀 아테네에서 유래했다. 파르테논은 아크로폴리스에 있는 가장 큰 신전으로, 여기에서 "포세이돈의 나라", 즉 바다를 바라다볼 수 있다. "다른 신전들"은 에레크테이온과 니케의 신전을 말한다.

"떠들썩한 아고라와 ~ 성스러운 임원도": 아고라는 민중 회의가 열리던 광장이다. 제사를 드릴 만큼 존경받는 영웅인 아카데모스의 임원(林苑)에는 그의 이름을 따서 명명된 고대의 가장 유명한 교육 장소인 플라톤의 '아카데미아'가 있었다.

"히메토스 산맥과 펜텔리코스 산맥의": 아테네 남동쪽의 산맥인 히메토스는 대리석과 꿀로, 북동쪽의 산인 펜텔리코스는 대리석으로 유명하다.

"자연은 ~ 건네주었습니다.": 앞의 주에서 히메토스 산맥의 꿀을 참고. 핀다로스(Pindaros)는 아테네에 대한 찬미의 노래에서 이 도시가 "오랑캐꽃으로 화환을 두르고" 있다고 했다. 앞의 리카베토스 언덕은 올리브로 유명하다.

"자연은 ~ 사년의 신이있으며": 디오디마가 휘페리온에게 보낸 작별의 서한(이 소설의 마지막에서 세 번째 편지의 '계속')에 들어 있는 다음 구절을 참조할 수 있다. "[…] 당신은 신적 자연의 사제가 되어야 합니다. 그리고 문학적 나날은 당신에게서 벌써 움트고 있습니다."

139 "귀를 기울이고 있는 ~ 진을 치고서": 『아나카르시스(*Anacharsis*)』에 나오는 한 동판화 "수니온 곳에 제자들과 함께 있는 플라톤"이 이 장면의 표본이다. 아테네에서 남동쪽 60킬로미터에 있는 수니온 곳에는 포세이돈 신전이 서 있다.

140 "우리는 파르테논의 폐허 ~ 옛 성문이었다.": 파르테논 신전 근처, 아크로폴리스의 기슭에 디오니소스 극장이 있다. 이곳에서는 아이스킬로스, 소포클레스, 에우리피데스의 비극이 상연되었다. 아래쪽 도시 안에는 테세우스 신전이 잘 보존되어 있다. 테세우스는 아테네 시의 전설적인 창설자이며, 민족적 영웅이다. 올림피온은 올림피아의 제우스에게 바쳐진 거대한 신전이며, 신전의 열여섯 개 원주가 그대로 있는 것을 횔덜린은 챈들러의 여행기에서 읽을 수 있었다. 올림피온에서 멀지 않은 곳에 "옛 성문" 하드리아누스 성문이 있는데, 이 성문은 하드리아누스 시대에 세워진 새 도시와 구 도시를 가르고 있다.

141 "클레오파트라의 경솔함": 이집트의 클레오파트라 여왕은 안토니우스를 향해서 자신이 한 번 식사에 엄청난 액수인 천만 제스테르츠(로마의 은화)를 먹어 없앨 수 있다고 자랑했다. 그녀는 값비싼 진주를 진한 식초에 녹여 음료와 함께 섞음으로써 이것을 증명했다. 플리니우스(Plinius)는 이 설화를 그의 『자연사』에서 서술했다.

"두 명의 영국인 학자들을 만나": 스튜어트(Stuart)와 리베트(Revett)를 생각한 듯하다. 이들은 상세한 현장 조사 후에 아테네의 고대 건축물의 보존된 잔재를 측량하고 그 기록물인 『아테네의 유물(*The Antiquities of Athens*)』을 썼다.

142 달이 부드러운 ~ 솟아올랐다.": 우주적 조화의 뮤즈인 우라니아
(Urania)를 연상시킨다.

"앙겔레의 숲이여": 챈들러의 여행기에 서술된 것을 횔덜린이 이용
하고 있다. "다음날 우리는 펜텔리코스 산을 떠나서 평원에 이르렀
고 올리브 나무 사이에 있는 한 마을 카란드리를 놓아두고 저녁에
앙겔레키포스 또는 앙겔레 정원이라는 곳에 도달했다. 이 장소는 여
름이면 아테네에 거주하는 그리스 인들이 찾아오는 곳이다. 이들은
올리브나무, 실측백나무, 등자나무와 레몬나무의 숲 속에 드문드문
섞여 있는 포도나무 밭과 더불어 각기의 집을 소유하고 있다."

145 "아라비아의 상인": 모하메드(Mohammed)를 지칭한다.

146 "폴룩스가 카스토르에게 그러했듯이": 58쪽의 "그대는 죽을 수밖에
~ 나누어 주고 있는 것이라네!"에 대한 주석 참조.

147 "회춘한 민중": 회춘 사상은 이 소설에서 중요하다. 44쪽의 "플라톤
의 책을"에 대한 주석 참조.

149 "태어나지 않는 것 ~ 최선이다.": 이 모토는 소포클레스의 『콜로노
스의 오이디푸스』에 나오는 구절이다. 이 구절은 미다스(Midas) 왕
에 관한 유명한 이야기에 연결되어 있다. 디오니소스 신의 종인 실
레노스가 미다스 왕을 향해서 태어나지 않는 것이 최선이고 태어났
다면 가능한 빨리 죽음을 찾는 것이 차선이라고 말한 것이다. 제2권
의 지평에서 보자면 이 모토는 휘페리온의 죽음을 향한 갈망과 총체
자연으로의 진입이라는 표상과 연결된다.

152 "만발한 꽃의 ~ 벗어 버렸다.": 스토아 학파의 범신론적인 이론에
따르면 불은 모든 것에 혼을 불어넣는 생명의 힘이다. 따라서 "생명
의 불꽃"이라는 말이 가능하다. 이 생명의 불꽃은 역시 범신론적인
관점에서 거친 '소재'와 결합한다.

"자연의 영혼을 알게 됩니다.": "세계의 정신"이라는 말처럼 당대
범신론에서 잘 쓰인 어법이다.

153 "아르히펠라고스 해": 에게 해를 18세기에는 이렇게 불렀다.

154 "미시스트라": 옛 스파르타 근처에 있는 시명.

"코론 요새": 펠로폰네소스의 남쪽 해안, 메세니엔 만에 위치한 요새. 그리스의 해방 전사들이 전쟁 초기에 처음 집결했던 곳으로 전해진다

155 "나는 그대의 ~ 닮고 싶다.": 그리스 사람들은 잔치 때에 술자리에서 부르는 노래(Skolion)를 통해서 아테네의 전제 군주 히파르코스를 살해한 하르모디오스(Harmodios)와 아리스토게이톤(Aristogeiton)을 기리는 관습을 가지고 있었다. 이러한 노래 중 아테나이오스(Athenaios)가 쓴 네 편의 가사가 남아 있는데, 이 중 세 편을 횔덜린이 번역했다. 다만 횔덜린은 아테나이오스를 알카이오스(Alkaios)로 잘못 알고 제목을 「알카이오스의 성유물」이라고 붙였다. 번역된 첫 작품과 셋째 작품의 서두에는 "나는 그 칼에 장식하고 싶어라! 은매화의 줄기로!"라는 구절이 반복구처럼 나온다.

156 "아틀라스의": 헤시오도스의 『신통기』에 실려 있는 설화에 따르자면 거인 아틀라스는 지구의 서쪽 끝에서 하늘[天蓋]을 짊어지고 있다. 이 이름은 나중에 북아프리카의 산맥 이름이 되었다. 이 산맥에 대한 생각이 휘페리온의 소망을 정해 주는 것처럼 보인다. 즉 "아틀라스의 짐"은 맥락상 "아틀라스(산맥)와 같은 짐"으로 이해된다.

"신적인 아름다움의 올림포스로": 플라톤의 진, 선, 미라는 세 가지 '이념'을 시사한다.

157 "아름다움의 성스러운 신정은": 미의 개념에 대해서는 130쪽의 "자연의 손길로부터 ~ 태어났던 것이네"에 대한 주석 참조.

158 "아테네의 청년이 ~ 내려다보았을 때": 기원전 490년 마라톤 전투에서 페르시아를 처음으로 크게 물리친 아테네 인 중 한 사람이 그 승전보를 아테네에 전하고자 달려가 "우리가 승리했다"는 외침과 함께 쓰러져 죽었다는 전설을 말한다.

160 "코린토스 지협": 코린토스 해협은 중부 그리스와 펠로폰네소스 사이에 자리 잡은 전략적 요충지다.

아폴론의 준마": 태양의 신으로서 포이보스(Phoibos)라는 별칭도 가지고 있는 아폴론은 기염을 토하는 말들이 끄는 마차를 타고 하늘 위를 달린다고 전해진다.

162 "아기아스와 클레오메네스": 횔덜린은 기원전 3세기의 이 두 명의 스파르타 왕에 대한 이야기를 플루타르코스의 『영웅전』을 통해서 알고 있었다. 횔덜린에게 이 두 사람의 의미는 위대한, 거의 혁명에 가까운 사회 개혁을 꾀했으나 실패에 끝나고 말았다는 사실에서 찾을 수 있다. 『휘페리온』에서 그리스의 해방 전투도 본질적으로는 혁명적인 해방전의 한 은유이기 때문에 이 두 사람의 이름이 불린 것은 이런 맥락에서 나왔다.

163 "당신은 성스러운 ~ 보존하고 있습니다.": 로마 신화의 베스타 여사제들을 연상시킨다. 그들은 국가의 안녕이 달려 있는 성화가 꺼지지 않도록 신전에서 감시했다.

164 "오 자연이여! ~ 일체입니다.": '신적인 자연'에 대한 강조 가운데 휘페리온과 디오티마는 약혼의 증인들에 의해서 확인된 사랑을 맺고 있다. '신적인 자연'이 기독교의 신성을 대체했다. 프랑스 혁명의 시대에는 그때까지 기독교의 예배와 결합된 사회적 의식(儀式)이 자연 또는 다른 내재적 가치의 숭배와 결합된 의식으로 바뀌는 경향이 보편화되었다.

165 "이 집의 신들만이 ~ 기울이고 있는 것인가?": 로마 인들은 라레스(Lares)를 특별한 가신(家神), 즉 집의 수호신으로 숭배했다. 라레스, 페나테스(Penates), 베스타(Vesta) 등이 모두 집의 아궁이를 지키는 신들로 숭배되었다.

166 "더 대담해진 가슴으로": 이 독특한 표현은 스토아 학파의 개념인 '넓은 마음, 아량(magnanimitas, magnitude animi)'으로 이해된다.

167 "도대체 작별이 무엇입니까?": 이 소설의 마지막 서한에 나오는 이 주제의 거대한 실행을 참고할 수 있다. 디오티마의 죽음 이후 궁극적인 작별의 고통은 총체 자연에서의 동반 극복의 확신 가운데 해소

된다. "우리는 또한, 우리는 또한 헤어진 것이 아니다, 니오티바니! … 누가 사랑하는 사람들을 갈라놓고 싶어 하는가?"

169 "에우로타스와 알페이오스의 샘이여!": 펠로폰네소스에 있는 이 두 강의 이름은 고대 유명한 두 장소를 환기시킨다. 에우로타스 강변에는 스파르타가, 알페이오스 강변에는 올림피아가 위치했다.

"어떤 신이 ~ 틀림없습니다.": 28쪽의 "우리의 마음 안에는 ~ 신이 계신다"에 대한 주석 참조.

170 "도도나의 숲을": 도도나(Dodona)는 호메로스의 『일리아스』에도 이미 등장하는 매우 오래된 제우스의 신탁 장소이다. 거기에서 예언자들은 성수(聖樹)의 살랑거리는 소리를 듣고 그것을 해석했다.

"펠로피다스": 기원전 383년 테베가 스파르타의 지배에 놓이게 되자 테베 사람 펠로피다스는 아테네로 도피했고, 379년 그곳에서 자신의 조국을 해방시켰다.

174 "운명이라고 부르는 ~ 죽음의 여신이": 호메로스는 운명의 여신 모이라(Moira)를 언제나 죽음과 일치시켰다. 횔덜린이 이 신을 '이름 없는 신'이라고 칭한 것도 호메로스의 표현을 따른 것이다.

176 "네메아의 경주에서": 네메아(Nemea)에서도 올림피아에서처럼 체육 경연 대회가 열렸다.

180 "페부스": 페부스(Phöbus)는 태양의 신인 아폴론의 다른 이름이다. 일반적으로 태양을 의미하기도 한다.

182 "모든 것이 ~ 변화되지 않으면 안 되네.": 제1권의 종결부에서도 회춘의 사상은 큰 의미를 가졌다. "그대의 인간들이, 자연이여! 회춘한 민족이 그대를 또한 회춘시킬 것이며[…]". 44쪽의 "플라톤의 책을"에 대한 주석 참조.

183 "코론과 메토네": 메토네(Methone) 또는 모돈(Modon)이라고 불리는 곳은 펠로폰네소스의 남서쪽 해안에 위치한다.

184 "우리를 하나로 묶어 줄 동맹을 ~ 가물거리는 것입니다.": '동맹'(프랑스 어 confédération, 독어 Bund)은 프랑스 혁명기 때 일종의

암호였다. '자유 국가'라는 개념은 전제주의가 근절된 국가를 의미한다.

185 "모두는 개인을 위해서 ~ 모두를 위해서!": 원문에는 "Alles für jeden und jeder für alle!"라고 되어 있는데, 'Alles' 아니라 'Alle'가 정확하다. Alles는 사물을 포함한 모든 것이 되어 전체의 뜻에 알맞지 않으며, 특히 뒤쪽의 대구(對句)와 어긋난다. 초판의 인쇄 오류로 보인다. 이 의미심장한 구절은 전제주의적이고 위계 중심으로 구축되어 있는 노예 국가를 거부하고 공동의 복지를 지향하는 민주주의적인 연대의 관용화된 구호다.

"마케도니아식의 밀집 방어진": 횔덜린도 읽은 것으로 보이는 작가 루프스(Curtius Rufus)는 유명한 마케도니아식 방어 대열을 "마케도니아 군의 전투 대열은 견고한 쐐기꼴 대열과 밀집된 핵심 부대를 창과 방패로 엄호한다. 이들 스스로 이것을 밀집 방어(Phalanx)라고 불렀는데, 견고한 보병대라는 뜻이다"라고 서술했다.

193 "모레아": 슬라브 이주민들이 펠로폰네소스를 모레아라 불렀다. 중세 때부터 이 명칭이 흔히 사용되었다.

"트리폴리스": 펠로폰네소스의 중심지에 있는 도시. 오늘날의 트리폴리스(Tripolis).

197 "그리고 우리가 ~ 멋진 일입니다.": 이 구절은 1798년 7월 4일, 그러니까 이 소설의 제2권이 출판되기 전 동생에게 보낸 편지에 그대로 인용되어 있다.

198 "나는 그렇지 않아도 ~ 태어났습니다.": 여기에는 횔덜린 자신이 당시에 가진 삶의 감정이 스며들어 있다. 그의 송시 「저녁의 환상(Abendphantasie)」은 "농부는 오두막 앞 그늘에 편안히 앉아 있고/그 만족한 자 아궁이에서는 연기가 피어오른다./평화로운 마을에선 저녁 종소리/손님을 반기며 나그네에게 울려온다// […] //한데 나는 어디로 가나? 뭇사람들/일과 보답으로 살고, 애씀과 쉼을 번갈아/모두가 즐거운데, 어찌 내 가슴에서만은/그 가시 결코 스러지지 않

는가?// […]"라고 노래했다(『횔덜린 시선』, 100쪽) 참조.

199 "오 내 민족의 정령이여": 정령(Genius)은 로마 시대에 개별 존재
나 개별 인간의 운명을 대변할 뿐만 아니라, 전 민족의 존재와 운명
을 대변한다. 이와 관련해서 횔덜린은 「그리스의 정령에 바치는 찬
가」에서는 "그리스의 정령"을, 송시 「독일인에게」에서는 "우리 민족
의 정령"을 불렀다.

200 "공중으로 날아오르기 전에 ~ 말하고 싶습니다.": 제2권 제1서의
마지막 편지는 온통 작별의 표상으로 채워져 있다. "당신에게 고백
하건대 나는 당신의 진심 어린 작별의 한마디 말을 간절하게 기대
했습니다"에서부터 "위대한 영혼이여! 당신은 틀림없이 이 작별을
이해하실 수 있을 것입니다"에 이르기까지가 모두 '작별'을 말한
다. 정든 장소로부터의 작별은 횔덜린이 특히 소포클레스의 『아이
아스(*Aias*)』로부터 익힌 강조적이고 감성적인 고양(高揚)의 한 방
식이다.

201 "폴리크세나": 트로이의 왕 프리아모스(Priamos)와 헤카베(Hekabe)
사이의 딸이다.

204 "체스메": 키오스 섬을 마주하고 있는 소아시아 연안의 한 도시 체
스메에서의 전투는 1770년 7월 5일에 있었다.

212 "당신처럼 온 영혼이 ~ 소생하는 법입니다.": 횔덜린은 이 소설에
서 유일하게 이 부분을 특별히 강조했다. 암울한 세계의 개혁은 격
정으로 채워진 행위만을 통해서 근본적으로 이룩할 수 없다는 점을
디오티마의 입을 빌려 강조하고 있는 것이다. 모든 것을 포괄하는
열락에 대한 무한한 동경도 개별적인 사실이나 실제 성취 가능한
무엇을 통해서 충족되지 않는 법이라고도 했다. 디오티마는 그녀의
사랑 역시 개별적인 희열에 지나지 않는다고 말했다.

214 "일리수스의 단풍나무는 ~ 들었습니다.": 플라톤의 대화록 『파이
드로스(*Phaidros*)』의 서두를 보면 단풍나무가 소크라테스와 파이
드로스 간의 "성스러운 대화"를 듣고 있다.

215 당신은 언변이 ~ 만들지 않으셨나요?": 휘페리온과 함께 보내는 첫 시기 동안에 디오티마는 '말없는' 사람으로 그려졌으며, 그녀의 침묵이 강조되었다. 어원과는 다르게 횔덜린은 '미숙한(unmündig)'이라는 단어를 '입(Mund)'으로부터 이끌어 냈다. 그러니까 횔덜린에 있어서 이 단어는 "서투른 언변의", "유창하지 않은"의 뜻을 가진다. 그의 시 「하르트의 협곡」의 한 구절 "숲은 아래로 가라앉고/꽃봉오리들처럼, 한쪽으로/매달려 있는 이파리들을 향해/아래엔 바닥이 피어나고 있다./전혀 말할 줄 모르는 것도 아닌 채"에서 마지막 "말할 줄 모르는"으로 번역된 단어가 'unmündig'이다(『횔덜린 시선』, 340~341쪽 참조). 서투른 언변의 여인이 뮤즈가 되었다는 표현은 디오티마의 마지막 편지에서 "저의 삶은 조용했는데, 저의 죽음은 수다스럽군요"로 상승되어 나타난다.

216 "영원히 젊은 신들의 ~ 점화된": "생동하는 자연" 그리고 "자연의 젊은 생명"에 대한 언급과 결부시켜 볼 때, "영원히 젊은 신들"이라는 표상은 영원히 생동하며 작용하는 자연의 힘을 신화화한 것으로 이해된다.

219 "알프스나 ~ 보내 주셨습니다.": 이러한 산악 정경의 묘사는 모든 인간들로부터 멀리 떨어진 순수한 자연 속으로의 목가적인 피신에 대한 퇴행적인 욕구를 주제로 삼았던 루소를 상기시킨다.

226 "티나 출신의 젊은이가": 휘페리온을 말한다.

233 "우리는 우리 자신을 ~ 나는 믿고 있다네.": 이어지는 알라반다의 유언에 가까운 고백은 피히테 철학의 기본 관점을 대변한다. 즉 극단적인 자율성에 대한 고백, 개별자의 원리적인 자유에 대한 고백, 더 이상 지양될 수 없고 파괴될 수 없는 개성의 위상에 대한 고백이 그것이다. 이미 칸트는 이성을 통한 자기 규정의 능력에서 주체의 자율성을 기초한 바 있고, 이 자율성을 감각 세계의 요소를 통한, 또 고착된 권위를 통한 타율적 규정과 구분했다. 그러나 피히테는 이러한 인간적 자율성 주장을 극단화했다. 그는 '자아의 절대적 실존과

자율성'으로부터 출발한다. 휠덜린이 일리빈더를 통헤 대변하는 극단적인 자율성에 대한 피히테적 관점은 그 세계관의 특징상 다음의 세 가지 결말로 이어진다. 첫째, 그 관점은 어떤 초월적인 창조자에 대한 믿음의 거부로 이어진다. 둘째, 모든 개별적 생명체를 초개성적으로 고정된 기능 연관 안에 결정 짓고 있는 초월적인 자연 법칙의 거부로 이어진다. 이러한 관점은 휘페리온의 범신론적인 자연관과 긴장한다. 셋째로 극단적 자율성의 관점은 개성주의로 강조된 불멸성에의 믿음으로 이어진다. 그렇기 때문에 알라반다는 개별적인 생명은 "상처 입힐 수 없고, 영원하다"고 말하고 있는 것이다. 이러한 관점 역시 휘페리온의 불멸성의 신앙과 대척을 이룬다. 휘페리온은 마지막 편지에서 개별자는 존속되는 개성의 보존을 통해서가 아니라 —죽음을 통해서 생기는— 영원한 총체 자연으로의 개성의 지양을 통해서 그의 불멸성을 획득한다고 그 불변성에 대한 믿음을 표현하고 있다.

234 "자네가 그 근본까지를 ~ 달아나 버리고 만다네.": 휠덜린은 1798년 7월 4일자 동생에게 보낸 편지에서 이 구절을 거의 그대로 인용했다.

239 "그리고 생명의 꽃은 ~ 벗어나는 것입니다.": 세계는 규칙적인 시차를 두고 사라졌다가 이전과 똑같은 형태를 지니고 새롭게 생성되는데, 이 과정을 두고 스토아 학파는 '세계 화재(Ekpyrosis)'라고 불렀다. 여기에는 이 사상이 바탕에 깔려 있다. 152쪽의 "만발한 꽃의 ~ 벗어 버렸다"에 대한 주석 참조.

"백조의 노래를": 84쪽의 "음산한 백조의 최후의 노래를"에 대한 주석 참조.

"그리고 새로 태어난 ~ 불붙이고 싶었습니다.": 파르나소스의 절벽 밑에 위치한 가장 유명한 그리스의 신탁 장소인 델피는 시인의 신이자 시적 영감의 신으로서, '감동의 신'이라고 불리는 아폴론에게 바쳐진 곳이다. 아폴론 피티오스(Apollon Pythios)를 따라 피티아

(Pythia)라 불린 여사제는 신탁을 고지했다.

240 "그렇지만 필멸의 ~ 더 피곤해졌고": 디오티마의 '시듦'과 죽음은 루소의『누벨 엘로이즈』에 나오는 줄리의 죽음으로 유추된다. 디오티마처럼 줄리도 사랑하는 사람과 하나가 되고 죽음 안에서 사랑의 충족과 완성을 찾기 위해서 자발적으로 죽음을 택한다. 두 여인의 죽음에는 주변 환경이 강하게 개입되어 있다. 두 가정은 그들의 중심점을 빼앗긴다. 줄리나 디오티마는 그녀들의 연인에게 일종의 유언장 ―서로 다른 형태이지만― 을 남기고 마지막 편지를 통해서 작별을 고한다.

243 "그러나 당신 자신의 ~ 몰고 갔을 때": 이미 아다마스는 자신이 보호하고 있는 휘페리온에게 예언한 바 있다. "자네는 고독하게 될 거야, 나의 사랑하는 자여!"(26쪽) 그리고 이 소설의 부제로 제시된 '휘페리온의 은둔 생활'이 이에 상응한다.

"결국 전쟁터의 ~ 제가 생각했을 때": 플라톤의『파이돈』과『크라튈로스』에 따르면 육체는 영혼의 '감옥'이다. 스토아 철학과 세네카에서도 죽음이 자유를 가져다 준다는 사상은 중요하다.

"저 위대한 로마의 여인은 ~ 일했었습니다.": 단호한 공화주의자인 카토(Cato Uticencis)의 딸이자 카이사르를 살해한 브루투스(Marcus Junius Brutus)의 아내인 포르치아(Porcia)는 남편 브루투스가 기원전 42년 필립피 전투에서 패하여 자결했을 때, 스스로 목숨을 끊었다. 필립피 전투는 공화정의 몰락과 1인 통치, 즉 황제 정치의 생성에 결정적인 영향을 미쳤다. 플루타르코스의『영웅전』에 따르면 포르치아는 불속에서 숯덩이를 꺼내 삼키고 "입을 다물면서" 동시에 죽었다.

244 "어떤 월계수도 ~ 위안을 주지 않을 것입니다.": 유언으로 계획된 마지막 '계속'의 끝에 마치 환형처럼 재등장함(246쪽의 "당신의 월계수는 ~ 시들어 버렸습니다"에 대한 주석 참조)으로써 이 표상은 특별한 의미를 갖는다.

"아름다운 세계가 저의 올림푸스입니다": '올림포스'는 그리스와 로마 문학에서 '하늘, 천국'의 환유로서 자주 등장한다.

245 "저는 모든 사념보다 ~ 느꼈습니다.": 모든 인간적인 것은 초월적인 신성에 비하면 불완전하다고 하는 「고린도전서」의 유명한 구절을 세속적으로 인용했다. "우리는 부분적으로 알고 부분적으로 예언하니, 온전한 것이 올 때에는 부분적으로 하던 것이 폐하리라"(「고린도전서」13장 9~10절). 또한 "모든 사념보다 더 높은"이라는 어구는 바울의 한 편지를 암시한다. "그리하면 모든 지각보다 뛰어난 하나님의 평강이 그리스도 예수 안에 너희 마음과 생각을 지키시리라."(「빌립보서」4장 7절)

"자연의 동맹 안에서는 충실이 결코 꿈이 아닙니다.": 스토아적이고 범신론적인 관점에 따르면 총체-자연은 그것이 모든 것을 완전히 지배하기 때문에 모든 존재를 하나의 조화로운 동맹으로, 꺼지지 않는 연관으로 결합시킨다. 그리고 이것은 개별자의 죽음을 넘어선다. '신적 정신'은 스토아적 전통에서는 '로고스(Logos)'라고 불리는, 범신론적으로 신격화된 자연의 정신이다. 이 정신은 모두가 공유한다.

"그 세계에서는 주인도 노예도 존재하지 않습니다.": '신적인 세계' 즉 범신론적으로 파악되는 생명 연관에는 총체 자연이 모두를 지배한다. 그런 한에서 만물은 동등하다. 이미 고대의 사상 가운데에는 자연계의 한 구성 분자인 인간의 평등성이 반복해서 등장한다. 자연법적인 평등 개념의 원형은 기원전 5세기에 이미 등장했다. 플라톤의 『프로타고라스』에는 "우리는 자연으로부터 헬레네 인이나 미개인이나 구분 없이 모두가 모든 관계에서 똑같이 창조되었다"고 서술되어 있다. 자연으로부터 부여된 평등 사상은 무엇보다도 스토아학파에게 의미를 가졌다. 이들에게서 자연으로부터 주어진 모든 인간의 '친화력' 사상은 '평등' 사상과 결합되어 있다.

246 "그들은 모든 것을 ~ 공유합니다.": 모든 '자연'에 정신이 공통으

로 존재한다는 사실은 자연의 법칙성으로 모두에게 공유되어 있는 로고스에 대한 스토아적, 범신론적인 직관으로부터 나온다.

"우리는 변화 가운데서 ~ 함께합니다.": '교체'와 '변화'는 스토아적-범신론적 철학의 기본 개념이다. 죽음의 문제성에서 이러한 개념은 위안의 역할을 한다. 무상한 것으로 보이는 것도 존재의 연관성에서 떨어져 나갈 수 없기 때문에 개별자의 몰락은 총체-자연의 연관성 안에서 다른 형태의 존재로 이행하는 것에 지나지 않는다는 것이다. 즉 개별자의 몰락은 죽음이 아니라 '교체'이자 '변화'일 뿐이다. 이어지는 문단에서도 자연의 전체성에 대한 통찰을 통해서 죽음이 정신적으로 극복되며 '변화'와 '교체'의 개념이 주도하고 있다.

"우리는 고대인들의 왕좌를 ~ 살아가고 있습니다.": 245쪽의 "저는 모든 사념보다 ~ 느꼈습니다"에 대한 주석에서의 성서 인용의 의도와 마찬가지로 여기에서도 성서적-초월적인 하나님의 표상 영역으로부터 범신론의 지평에서 '신적으로' 체험되는 총체 자연으로의 의미심장한 이행을 뜻한다. "세계의 말없는 신들"은 앞서 언급된 별들을 의미한다. 고대에서는 천체를 '신들'로 이해했다.

"당신의 월계수는 ~ 시들어 버렸습니다.": 디오티마의 이 마지막 편지 서두에 나온 표상, "어떤 월계수도, 어떤 미르테의 화환도 당신을 위안하지 않을 것입니다"를 반복해서 강조한 것이다(244쪽의 "어떤 월계수도 ~ 위안을 주지 않을 것입니다."에 대한 주석 참조). 월계수는 고대 이래 명성의 상징이다. 여기서는 시인의 명성을 나타내는 월계수가 아니라 행동을 통한 명성의 월계수이다. 아우구스투스 이래로 월계관은 개선 장군의 징표였다. 승리의 표지이자 이를 통해 얻은 명예의 표지이다. 휘페리온에게 이 월계수가 "성숙하지 않았다"는 것은 그가 해방 전투에서 좌초를 겪었기 때문이다. 미르테는 사랑의 충족에 대한 징표이다. 전통적으로 미르테 화환은 결혼식 때 신부를 치장하는 데 쓰였다. 17세기와 18세기 독일의 시인들 사이에는 고대의 전통을 따라 미르테나 미르테 화환이 사랑의 상징으로 자주 사용되었다.

"왜냐하면 ~ 움트고 있기 때문입니다.": 이 편지의 특징을 이루고 있는 전통적인 내세 종교의 영역에서부터 범신론적으로 이해되는 '자연'으로의 표상과 개념의 전환이 정점에 달한 구절이다. 휘페리온은 전통적으로 성직자의 직무로 맡겨진 초월적 신성의 '사제'가 아니라, '신적인' 자연의 사제인 것이다. 프랑스 혁명기에 나타난 특징인 자연에 대한 숭배도 이 역사적인 지평에 해당된다.

248 "나는 평온하다.": 휘페리온이 지금 가장 격렬한 체험, 즉 디오티마의 죽음에 대해서 설명하는 이 자리에서 "나는 평온하다"고 말할 수 있다는 사실은 삶의 전체성, "성스러운 자연"의 총체성에 대한 통찰로부터 얻어낸 정서적 평온을 증언한다. 전체 문장은 스토아적인 정서로 토대가 잡혀 있다. 현 존재의 어떤 동요에도 흔들리지 않는 내면적인 평정은 "정신의 평온(transquillitas animi)"이라는 이상을 지닌 고대 스토아 학파로부터 스피노자의 『에티카』에 이르기까지의 중심적인 이상이다.

249 "오 나의 신성이여": 바로 앞의 "성스러운 자연"을 말한다. 이것은 스피노자의 범신론적인 공언 "신은 곧 자연(deus sive natura)"에 상응한다.

"나의 디오티마는 아름다운 죽음을 맞았네.": 이미 노타라가 앞서서 디오티마의 "아름다운 죽음"을 언급했다. "아름다운 죽음", 내면적인 기쁨 가운데서의 죽음은 모든 것을 자연적으로 주어진 것으로 받아들이는 스토아적 태도의 마지막 목표점이다.

250 "나는 마치 ~ 이방인이라네.": 무덤 안에서도 평온을 찾지 못해서 완전히 장사 지내진 것이 아닌 망자들은 다시금 되돌아와서 망령으로 이곳저곳을 헤맨다는 설화를 암시한다. 아케론 강은 하계에 있는 강이다.

"그대가 아도니스 때문에 ~ 하더라도": 미와 사랑의 여신인 아프로디테는 죽은 자신의 연인 아도니스를 슬퍼했다.

격노하는 프로크루스테스 : 테세우스가 아테네를 향한 방랑길에서 살해해 버린 사악한 자들 가운데 마지막 자. 이 자는 짧은 침대에 강제로 누이기 위해서 키 큰 자들을 강제로 잘라 버렸는가 하면, 긴 침대에 맞추기 위해서 작은 키의 사람들을 강제로 늘렸다고 전해진다.

251 "세계의 정신": "세계의 영혼"이라는 표상은 플라톤의 『티마이오스』로 거슬러 올라간다. 횔덜린은 당대의 동료들과 마찬가지로 이 표상을 범신론적인 의미로 사용했다.

"그 냉정한 시인은 ~ 모방해 말했었네.": '시칠리아 인'은 횔덜린이 소설 『휘페리온』을 완성하기 전에 이미 비극의 주제로 삼았던 아그리겐트의 엠페도클레스(Empedokles)이다. 이 드라마에 대한 소위 「프랑크푸르트 계획」은 『휘페리온』에서 언급되는 주요 관점들과 본질적인 일치를 보여 준다. "세계의 영혼"에 대해서, 즉 총체 연관과 세계의 전체성을 촉진하는 생명을 주는 원리에 대해서 언급하면서 개별성, 제약적인 것 –시간의 헤아림– 은 폄하되고 있다. "조롱하는 자"는 호라티우스로 보인다. 그는 그의 『시학』에서 "그리고 나는 시칠리아 시인의 몰락을 설명하겠다. 엠페도클레스는 불사의 신으로 평가되기를 갈망한 나머지 냉정하게 뜨겁게 이글거리는 에트나에 뛰어들었다"고 기술했다.

254 "그렇게 해서 ~ 왔다.": 독일인들에 대한 질책의 연설이 이어진다. 제2권의 끝에 자리하고 있어서 이 질책의 연설은 제1권의 끝에서 정점을 이룬 아테네 편지에 대해서 부정적인 대칭을 이룬다. 독일인들은 아테네 인들과 비교하여 미개한 모습으로 그려진다. 독일인들에 대한 비판은 루소와 실러가 현대 문명에 대한 비판에서 적용한 기준에 따라서 제기되었다. 횔덜린이 독일인들은 어떤 통합적인 인간성을 보존하지 않으며 전문가가 되는 것에 골똘하고 있다고 비난한 것처럼 루소는 「학문과 예술론(Discours sur les sciences et les arts)」에서 발전된 분업으로 인한 현대 인간의 소외와 부분화를 표현했다. "우리에게는 불리학자, 지리학자, 화학자, 천문학자, 시인,

음악기, 회기기 있디. 그러나 우리에게 더 이상 시민은 없다." 실러도 『인간의 미적 교육』 여섯 번째 편지에서 "영원히 전체의 개별적인 작은 파편에 묶인 채 인간은 스스로 파편이 되고, 자기가 돌리고 있는 바퀴의 단조로운 소음만을 귓속에 만들어 내 자신의 본질의 조화를 발전시키지 못하고 있다. 자신의 본성 안에 있는 인성을 드러내는 대신에 자신의 사업, 자신의 학문의 단순한 복제품이 될 뿐이다"고 했다.

"고향을 잃고 눈이 먼 오이디푸스": 소포클레스의 『코로노스의 오이디푸스』 서막을 암시한다.

"우아미의 행복": 예술을 의미한다. 예술의 성공 여부는 전통적으로 우아미 여신의 조력에 달려 있다고 설명된다.

258　"율리시스": 율리시스는 그리스 명 오디세우스의 라틴 어 명칭이다. 호메로스의 『일리아스』 열 번째 권에서 "참을성이 많은 오디세우스"(『일리아스』, 천병희 옮김, 종로서적, 188쪽 참조; 『오뒷세이아』, 천병희 옮김, 단국대출판부, 383쪽 참조)가 언급되어 있다. 『오디세이아』에서 그는 역경을 참고 견디어 내는 자로 자주 등장한다. 『오디세이아』 스무 번째 권에서는 구혼자의 한 사람이 오디세우스를 "너절한 부랑자"(『오뒷세이아』, 천병희 옮김, 367쪽 참조)라고 부르고, 스물한 번째 권에서도 유사하게 불렀다

"프로테우스의 솜씨": 그리스의 해신 프로테우스는 자유자재로 모습을 바꿀 수 있는 능력을 지녔다.

259　"보편의 정신": "보편의 정신"은 횔덜린에게 하나의 열쇠 개념이다. 시 「다도해(Der Archipelagus)」에서 "[…] 사랑하는 민족이 아버지의 품에 모이고/여느 때처럼, 한 정신이 모두에게 공통되는 것, 인간으로서 환희할 일"이라고 노래하고, 희망하는 평화에 대해서 말한 1800년 12월 말 동생에게 쓴 편지에서 "그러나 온갖 형태의 에고이즘이 사랑과 선의 성스러운 지배 아래 굴복하게 되리라는 것, 공동의 정신이 모든 것의 위에 모든 것 안에 스며들며 새로운 평화의

축복 아래, 그러한 천후 아래 독일의 심장이 바로 올바르게 떠오르리라는 것 〔…〕 나는 그것을 의미하고 그것을 보며 그것을 믿고 있다"고 쓴 바 있다.

262 "오 한순간 자연의 평화 속에서 ~ 가치 있는 일이었던가!" : 디오티마가 "저는 인간의 손이 만들어 놓은 불완전한 작품으로부터 해방되었습니다. 저는 모든 사념보다 한층 높은 자연의 생명을 느꼈습니다"고(245쪽 참조) 말하는 그녀의 마지막 편지에 대한 대응 구절 가운데 하나이다.

263 "때는 ~ 한낮이었다." : 시적으로 영감을 불러일으키는 장소와 시간의 상황이 디오티마와의 첫 만남 직전의 상황과 의미 있게 상응한다. 82쪽의 "한낮의 햇빛이 ~ 고독하게 놀고 있었다"에 대한 주석 참조.

264 "평화롭고 내밀하게 ~ 움터 자라나기를!" : 디오티마의 마지막 편지의 중요한 구절처럼 이 문단도 스토아적-범신론적인 표상으로 완전히 침투되어 있다. 이는 아울렐리우스가 그의 『고백』에서 전개한 생각과 일치한다. "변화 가운데 놓여 있는 모든 것을 계속해서 주시하라. 그리고 총체의 자연은 사물이 변모하는 것, 그리고 즉시 새로 만들어 가는 것보다 더 좋아하는 것이 없다는 것을 통찰하는 데에 익숙해지거라. 왜냐하면 씨앗은 대체로 그것으로부터 존재하게 될 것의 총 존재자이기 때문이다."

"그리고 우리는 ~ 서로를 닮고 있다." : 자연적으로 주어진 이러한 평등 사상은 이미 디오티마가 그녀의 고별 편지에서 표현했다(245쪽의 "그 세계에서는 주인도 노예도 존재하지 않습니다"에 대한 주석 참조). 휘페리온의 마지막 편지에서는 프랑스 혁명 시대의 급진적인 평등 요구를 고려해 볼 때 확연한 차이를 갖는다. 휘페리온의 이 마지막 편지에서는 외적인 평등만이 아니라 "가장 깊은 내면에서의" 평등, 다시 말해서 모두에게 똑같이 적용되는 총체 자연으로의 결합이라는 지평에서 모든 인간의 평등이 문제시되었다. 그 총

제 자연 인에서의 결합에 대한 범신론적인 중심 상징은 바로 천공(天空)이다. 그렇기 때문에 "[…] 우리는 그러나 모두 천공을 사랑한다. 그리고 가장 깊은 내면에서 우리는 내면적으로 서로 닮고 있다"고 했다. 루소 이래 보편화되어 있는 평등 사상과 자유 사상의 결합은 여기서 수정되었다.

265 "그대의 영원한 청춘과 함께": 앞에서도 "세계의 영혼"에 대해서 언급된 바 있다(251쪽 참조). 이 "세계의 영혼"은 여기서 세계의 '아름다움'[美]과 일치하는데, 이것은 제1권의 한 중심 구절에서 '아름다움'이 포괄적이고 조화로운 일체로 정의된 적이 있기 때문이다(83쪽의 "아름다움의 평화여! 신적인 평화여!"에 대한 주석 참조). 또한 범신론적으로 이해된 "세계 영혼"은 이 조화로운 일체의 혼을 불어넣는 원리다. 디오티마는 또한 그녀의 마지막 편지에서 모든 개별 생명이 지양되는 영원한 총체-자연의 생명을 "영원한 청춘"이라고 명명했다.

"세상의 불협화는 ~ 다시 자신을 찾는다.": 디오티마의 마지막 편지에서의 한 구절 "우리는 보다 내면적으로 일치되기 위해서 […] 헤어질 뿐이다." 245쪽 참조.

"곧이어 더 많이 말하리라.": 휘페리온의 체험 과정 끝에 이미 "움트고 있는" 문학적인 날들은 벨라르민에게 보내는 편지를 통해서 이미 전개되었다. 그리고 이 문학적인 날들은 서술 과정에서의 체험에 대한 화자 휘페리온의 성찰을 통해서 더욱 성숙되었다. 이러한 문학적 의식과 성숙 과정은 완전한 종결에 이를 수 없다. 이 완결, 그러니까 시적인 것의 완성은 기껏해야 점진적으로 접근될 수 있을 뿐이다. 휘페리온의 마지막 말, "곧이어 더 많이 말하리라"는 그의 문학적 현존을 확인해 준다. 이 말을 작가 횔덜린이 이 소설의 제3권을 곧이어 발표하리라는 약속으로 해석한다면 그것은 오류다.

문학의 나라에 있는 아직 아무도 발 딛지 않은 땅

장영태(홍익대 독어독문학과 교수)

1. 소설 『휘페리온』의 생성과 횔덜린 문학에서의 의미

　소설 『휘페리온 또는 그리스의 은둔자(*Hyperion oder Der Eremit in Griechenland*)』는 횔덜린(Friedrich Hölderlin, 1770~1843)이 쓴 유일한 소설이다. 20세기 초 그의 후기 시가 재발견되어 사람들의 주목을 받기 전까지 횔덜린이 그나마 누린 수수한 명성은 이 소설 덕분이었다. 횔덜린이 "그리스를 배경으로 한 소설" 쓰기에 몰두하기 시작한 것은 튀빙겐 신학교의 학생 신분으로 있던 1792년이다. 1794년 『휘페리온 단편(*Fragment von Hyperion*)』을 실러(Schiller)가 발행하던 문예지 「탈리아(Thalia)」에 실렸고, 이듬해 『휘페리온의 청년 시절(*Hyperions Jugend*)』을 썼다. 1795년 횔덜린은 프랑크푸르트의 공타르 가의 가정교사로 입주하여 이 집의 여주인 주제테(Susette Gontard, 1769~1802)와 사랑을 나누는 가운데 이 소설의 집필에 매달려

1797년 부활절에 코타 출판사를 통해 제1권을 발행했다. 그리고 공타르 가를 나와 홈부르크로 거처를 옮긴 뒤인 1799년 가을 역시 코타 출판사를 통해 제2권을 발행했다. 처음 집필에서 완성에 이르기까지는 7년이 소요되었고, 일곱 번의 초고(草稿)와 수정 과정을 거쳤다.

이처럼 이 한 권의 소설이 완성되기까지 긴 시간이 소요된 것은 시 쓰기를 통해 이미 잘 알려진 대로 그의 꼼꼼한 글쓰기 태도 때문이기도 하지만, 무엇보다도 이 소설이 횔덜린의 자아 성찰과 자기 형성의 발전과 궤도를 같이했기 때문이다. 1797년 소설 제1권이 발행되었을 때, 횔덜린은 누이동생에게 "네가 휘페리온이라는 제목의 책을 보거든 호의를 가지고 대하고, 기회가 있을 때 읽어 보거라. 그 책은 나의 일부분이기도 하다"고 쓴 적이 있다. 이 소설을 쓰는 과정에서 작가 횔덜린은 끊임없이 자기를 모색하고 정체성을 확인했던 것이다.

소설 『휘페리온』이 발간되고 나서 횔덜린의 문학은 그 전성기를 맞는다. 그의 위대한 시작(詩作)은 1798년과 1803년 사이에 이루어졌다. 따라서 이 소설은 횔덜린 문학 세계의 원천이라고 할 수 있다. 횔덜린의 시인으로서의 진가를 발견한 헬링라트(Norbert von Hellingrath)는 "횔덜린은 휘페리온을 통해서 자신의 가장 넓은 폭과 가장 풍요로운 만개에 도달했다…… 그 이전 그의 문학의 어떤 모티브도 휘페리온에서 그 첫 번째 참된 형태를 찾지 않은 것이 없으며, 휘페리온에서 형성되지 않은 후기 문학의 어떤 모티브도 존재하지 않는다"고 말하고 있다.

"그대가 그처럼 멋지게 문학의 나라에 있는 아직 아무도 발 딛지 않은 땅에 대해서 말한다면 그것은 아주 정확하게 특별한 한 권의 소설에 들어맞는 말이네. 〔…〕 나의 휘페리온 전체가 이 단편(斷片)보다 훨씬 나은 것이 아니라면 그것을 가차 없이 불속에 던질 것을 그대에게 엄숙하게 약속하겠네".

『휘페리온 단편』을 쓰고 나서 횔덜린은 친구 노이퍼에게 보낸 편지(1793. 7. 21~23)에서 소설 『휘페리온』을 완성하겠다는 포부를 이렇게 밝히고 있다. "문학의 나라에 있는 아직 아무도 발 딛지 않은 땅(terra incognita in Reich der Poësie)"과 연관하여 문예학자 게르하르트 쿠르츠는 소설 『휘페리온』은 "일종의 실험적 소설"이라고 평가한 적이 있다. 그는 이 소설이 철학 소설, 교양 소설, 예술가 소설의 요소를 가지고 있는가 하면, 정치 소설이자 애국 소설이기도 하다고 말한다. 예컨대 빌헬름 딜타이는 철학적 소설의 한 유형으로서 『휘페리온』은 니체의 『차라투스트라는 이렇게 말했다』에 영향을 크게 미쳤다고 평가한 적도 있다.

또한 그 문체 역시 우리가 염두에 두는 소설의 서사적 문체와는 전혀 다르다. 주제테 공타르 부인은 횔덜린이 "사랑스러운 휘페리온을 소설이라고 부르는 데"에 대해서 의아해하면서 "휘페리온을 읽으면 아름다운 시"를 생각하게 된다고 술회했다. 1801년 칼 필립 콘츠는 한 서평에서 이 작품을 "소설이라기보다는 한 편의 시"이며 그것도 "크게 확장된 서정적 시"라고 불러야 할 것이라고 썼다. 사실 소설 『휘페리온』은 유럽 문학사에서 완벽하게 서정적인 소설로서는 유일하다고 해도 과언이 아닐 것이다.

이렇게 복합적인 소설 읽기에 도움이 될 몇 가지를 아래에 적어 본다.

2. 편지체 소설로서의 『휘페리온』

소설 『휘페리온』은 편지체 소설이다.

주인공인 그리스의 청년 휘페리온은 일련의 편지를 통해서 체험의 끝에서 자신의 생애를 뒤돌아보면서 독일인 친구 벨라르민에게 현재의 심경을 술회한다. 작품 전체를 통해서 수신자 벨라르민의 반응은 전혀 나타나지 않는다. 그는 단순한 수신자일 뿐이다. ─ 이런 의미에서 『휘페리온』은 괴테의 『젊은 베르테르의 고뇌』와 자매라는 평가를 받기도 했다. 두 작품이 다 같이 독백적이고 일방적인 편지로 구성된 소설이기 때문이다. 그러나 두 작품은 근본적으로 다르다.

『젊은 베르테르의 고뇌』에서 주인공 베르테르는 체험하고 있는 자로서 체험과 시간적 거리 없이 서술에 임하면서 다채로운 상황이나 인상을 거의 일기를 쓰듯이 보고한다. 천재 시대의 관심사대로 자신을 표현하는 직접성과 즉흥성이 두드러지게 나타난다. 그러나 『휘페리온』에서는 과거 '체험하고 있는 휘페리온'과 지금 '서술하고 있는 휘페리온'으로 양분된다. 소설에서의 시간도 체험적인 과거 시간과 서술하고 있는 현재의 시간이라는 두 개의 층

위로 나누어진다. 『젊은 베르테르의 고뇌』의 편지는 주관적인 영혼의 현 상태를 투영하고 있는데 반해서, 『휘페리온』에서의 편지는 과거 자신의 모습을 되돌아보고 자아로 하여금 현재의 자신을 인식에 이르게 하는 과제를 가지고 있다. 소설 『휘페리온』에서의 현재적인 진술은 모두 자기 성찰인 것이다. 이 성찰을 통해서 체험은 체계적으로 전달된다. 천재 시대의 체험의 즉각적인 전달이라는 조류와는 많은 차이를 보인다.

지금 편지를 쓰고 있는, '서술하고 있는 휘페리온'은 서술의 대상인 '체험하고 있는 휘페리온'과 동일한 인물상이 아니다. 따라서 독자는 서술자로서의 그때마다의 현재적 입장과 "나는 그렇게 생각했다" 또는 "나는 그렇게 꿈꾸었다"와 같은 진술 형식을 빌려 인용된 체험적인 휘페리온의 입장을, 그러니까 두 개의 시간적 층위를 잘 구별하면서 읽어야 한다.

『휘페리온』은 형식적으로는 괴테의 『젊은 베르테르의 고뇌』나 리처드슨(Richardson)의 편지체 소설, 루소(Rousseau)의 『누벨 엘로이즈(La Nouvelle Héloïse)』와 같은 부류에 속하지만, 이들 다른 편지체 소설이 노리는 즉시적 표현이나 감정의 직접적인 전달을 뛰어넘어 내면적인 통찰을 중심으로 삼았다는 점에서 편지체 영역의 '처녀지'를 열었다고 할 수 있다. 이 소설의 서정적 문체도 회상이라는 이 소설의 구성 요소와 밀접하게 관계되어 있다.

3. 교양 소설로서의 『휘페리온』

『휘페리온』은 교양 소설이다.

그러나 괴테의 『빌헬름 마이스터의 수업 시대』로 대표되는 전통적 의미에서의 교양 소설과는 전혀 다른 유형의 교양 소설이다. 괴테의 소설은 주인공의 발전을 사회로의 성공적인 편입을 위해서 개인의 천성을 포기하는 궤적으로 그렸다. 이러한 발전 과정이 독일 교양 소설의 한 전형이라면, 『휘페리온』에서 주인공은 "내면에 들어 있는 불협화의 해소"를 그 발전의 종착점으로 삼는다는 점에서 전혀 다른 궤적을 따르고 있는 것이다.

이때 더욱 중요한 것은 이러한 『휘페리온』에서의 발전 궤적이 개인사(個人史)에 머물지 않는다는 점이다. 『휘페리온』에서 개인사와 인류사는 같은 법칙 아래 있으며, 주인공 휘페리온의 삶의 과정은 인류의 보편적인 법칙에 대한 한 패러다임이다. 휘페리온에 의해서 서술된 보편적이며 역사적인 법칙은 그 자신의 삶이 따르고 있는 "중심을 벗어난 궤적"의 법칙과 구조적으로 똑같다. 횔덜린은 이 "중심을 벗어난 궤적"이라는 기본 사상을 『휘페리온 단편』에서 이미 제시했고, 최종 직전고의 서문에서는 이를 이론적으로 설파했었다.

"우리는 모두 중심을 벗어난 궤도를 따라 나가고 있다. 그리고 소년기로부터 완성에 이르는 어떤 다른 길도 가능하지 않다. 복된 일치, 단어의 유일한 의미에서의 존재는 우리에게서 사라져 버렸으며,

우리는 그것을 추구하고 얻어 내야만 했을 때 그것을 잃지 않을 수 없었다. 우리는 평화로운 세계의 '하나이자 모두인 것(Hen kai Pan)'을 우리 자신을 통해서 생성해 내기 위해서 그것으로부터 떨어져 나온 것이다. 우리는 자연과 반목하는 사이가 되었고, 우리가 믿을 수 있는 것처럼 한때 하나이던 것이 지금은 서로 다투고 있다. 지배와 복종이 양극단에 교차하고 있는 것이다. [···] 우리 자신과 세계 사이의 영원한 그 투쟁을 끝내는 것, 모든 이성보다도 더 높은, 모든 평화 중에서의 평화, 그것을 다시금 생성시키고 자연과 우리가 하나의 무한한 동일체로 결합시키는 일, 그것이 우리의 모든 노력의 목표이다."

여기서 '중심을 벗어남'이라고 하는 것은 '탈중심', '중심점으로부터 벗어나서 드러냄'을 의미한다. '중심'은 인간과 자연의 근원적인 일치, 즉 지금은 잃어버린 사투르누스적인 '황금시대'를 말한다. 개인사로서는 소년기가 이것에 해당한다.

"우리가 의식을 지니기 전에 세계와의 하나됨이라는 유아적 단계가 존재한다. 전체로부터 떨어져 나옴이라는 고통스러운 과정으로서의 개별화는 의식 단계에서의 일치적인 존재를 위해 피할 수 없는 과정이다. 이 의식 단계에서 우리는 황금의 소년기를 회상하게 된다. 이질화된 것과의 결합이라는 새로운 황금기는 과거와 미래가 지양되는 충만된 정신의 현재다."

이렇게 해서 휘페리온이 거쳐 가는 교양의 단계가 서술된다. 그는 인간과 자연의 소외 때문에 고통을 받는다. 그의 노력이 지향하는 것은 양자가 "하나의 포괄적인 신성 안에 통합하는 것"이다. 이 소설은 어떻게 이런 일이 일어날 수 있는지를 이야기한다. 이 소설의 주제는 따라서 "불협화의 해소"가 그의 개성 안에 이루어지게 되는 휘페리온의 중심을 벗어난 궤적인 것이다.

휘페리온의 이 궤적에 동반하고 있는 등장 인물들과 사건을 일별하는 것은 이 소설의 전체를 이해하는 열쇠가 된다.

4. 아다마스: 이상적 교사

이 소설의 무대는 18세기 후반의 그리스이다. ─휠덜린은 한 번도 가 본 적이 없는 그리스를 무대로 삼으면서 "그 무대와 관련해서 변경을 시도할 만큼 한때 내가 어리석었다는 것을 고백한다. 그러나 그 무대가 휘페리온의 비가적인 성격에는 유일하게 알맞은 곳이라는 것을 확신했다"고 서문에서 썼다. 휠덜린은 그리스의 정경을 아주 정밀하게 묘사했는데, 이것은 영국인 챈들러 (Richard Chandler)의 『소아시아 여행』과 『그리스 여행』, 그리고 프랑스 인 슈와죌(Choiseul)의 두 권으로 된 『그리스 여행』을 참고했기 때문에 가능했다.─ 고향인 티나 섬에서 평온하고 침해받지 않는 어린 시절을 보내고 나서 청년 휘페리온은 사물의 본성에 대한 물음을 스스로 제기하기 시작한다. 인식에 대한 갈증으로 애

태우고 있을 때 그는 아다마스와 만난다. 아다마스는 그의 교사이자 사랑하는 동무가 된다. 아다마스는 휘페리온에게 신화, 역사, 수학, 자연, 천문학을 가르친다.

아다마스는 당대의 철학자 피히테의 특징을 지니고 있다. 인간의 정신, 득히 고대에 살았던 인간 정신이 그의 이상이다. 그에게서 휘페리온은 "우리 안에 들어 있는 신"이라는 공식을 배운다. ─ 휠덜린은 이 공식을 평생을 두고 창조적인 인간 정신에 대한 은유로 삼았다. 휘페리온의 노력은 이제 유토피아적인 목표를 지니게 된다. 고대에서처럼 자율적인 개체의 자유로운 결합이 그것이다. 인간적인 인식 능력과 실천력은 그 도구다. 그는 이제 유토피아에 견주어 현실을 재단한다. 성찰과 의식적인 행동이 세계 운행에 대한 개입을 허락한다. 이렇게 해서 그는 그의 청년 시절을 지배해 온 자연과의 근원적인 조화로부터 멀어진다. 회고하고 있는 휘페리온이 청년 시절에 대한 회상에서 외치는 비탄은 이러한 조화로부터의 이탈에 대한 것이다.

"아! 내가 그대들의 학교에 가지 않았더라면 얼마나 좋았을까, 내가 그 갱도를 따라 내려갔던 학문, 나이 어려 어리석게도 나의 순수한 환희를 확인하리라고 기대한 그 학문이 나의 모든 것을 망쳐 놓았다.

나는 그대들 곁에서 진정 이성적인 인간이 되었고, 나를 에워싸고 있는 것으로부터 철저히 나를 구분해 내는 것을 배웠으나, 이제 나는 아름다운 세계 안에서 고립되고, 내가 성장하고 꽃피운 자연의 성원으로부터 내동댕이쳐져 한낮의 태양 볕에 시들고 있다.

오, 인간은 꿈꿀 때는 하나의 신이지만 생각에 꽂을 때는 거지이다. 또한 감격이 사라져 버리고 나면 인간은 아버지가 집 밖으로 내밀쳐 버린 빗나간 아들처럼 거기에 서서 그에게 동정심으로 길 위에 던져진 몇 닢의 동전을 바라다볼 뿐이다."(15쪽)

그러나 휘페리온의 개별화에 대한 이러한 비탄은 계몽주의 또는 휘페리온이 아다마스를 통해서 체험한 교육에 대한 비판은 아니다. 그는 계몽주의가 필요 불가결하다고 생각한다. 그리고 아다마스가 그에게는 이상적인 스승임이 틀림없다. 디오티마는 휘페리온이 아다마스에게서 "보다 아름다운 세계"(109쪽)를 처음 보았다고 말하고 있다. 보다 더 높은 삶의 이러한 전조가 없었다면 그는 현재의 부족과 결핍을 결코 체험할 수 없었을 것이라는 말이다.

가정교사 일을 한 횔덜린은 교육 문제에 근본적으로 몰두했다. 루소와 마찬가지로 그는 어린아이가 스스로 호기심 있는 태도를 보일 때 교육적인 요구가 효과적이라고 생각했다. "나는 [어린아이의] 인간성을, 그의 보다 높은 요구를 일깨워야만 한다. 그러고 나서야 비로소 이 어린아이가 그보다 높은 필요를 충족시키고자 찾을 것이 분명한 수단을 그의 손에 쥐어 주어야 한다"고 한 편지에서 횔덜린은 피력하고 있다(1795. 9. 2 요한 고트프리트 에벨에게 보낸 편지). 아다마스가 바로 이처럼 실행한다. 그는 조언하고 조종하면서 자연스러운 과정에 개입한다. 그의 개입이 없다면 이 과정은 실패를 면치 못할 것이다. 이 지점에서 횔덜린은 루소를 비판한다.

"루소가 인간성이 어린아이 내면에서 일깨워질 때까지 어린아이를 가만히 놔두고 기다리려고 한 점은 옳지 않다. 이런 가운데 대부분이 (소극적인) 교육에 만족하고 훌륭한 인상을 남길 생각은 하지 않은 채 나쁜 인상을 막는 데 그칠 뿐이다."(위와 같은 편지)

휠덜린은 순수하게 자연스러운, 어떤 요구로부터도 자유로운 교육은 현실 사회에서는 불가능하다고 생각한다. 교육은 자연과 인위의 산물이어야만 한다.

그렇다면 회상하고 있는 서술자가 비탄하는 이유는 무엇인가? 휘페리온은 여기에서 성찰과 더불어 불가피하게 대두되는 주체와 객체 사이의 근원적 분리(Ur-Teilung)의 고통을 체험한다. 의식 단계 자체뿐만 아니라 그것과 결부되어 있는 고통 역시 '중심을 벗어난 궤도'에게는 필연적이다. 그 궤도가 없었더라면 인간들에게는 소외 현상을 주목하려고 하는 어떤 동기도 존재하지 않을 것이다. 계몽주의자 아다마스도 인간적인 능력의 한계를 알고 있다.

"우리가 혼자일 수 없다는 것, 우리 안에 있는 사랑은 우리가 살고 있는 한 꺼지지 않는다는 것, 그것이 모든 풍요로움 가운데에도 우리를 가난하게 만든다."(26쪽)

5. 알리반디 : 영웅적 우정

아다마스와 작별한 후 절망에 빠진 휘페리온을 구한 것은 '승승 장구'하는 알라반다의 우정이었다. 이 사람도 피히테의 영웅적인 주관주의 철학의 정신을 지닌 인물이다.

"나는 내 안에서 어떤 신도 창조한 것이 아닌 그리고 어떤 유사한 자가 낳은 것도 아닌 생명을 느낀다네. 우리는 우리 자신을 통해서 존재한다는 것, 그리고 자유로운 욕구로부터만이 삼라만상과 그렇게 내면적으로 결합된다는 것을 나는 믿고 있다네. [⋯]

만일 이 세계가 자유로운 존재의 화음이 아니라면 이 세계는 무엇이겠는가? 살아 있는 것들이 자체의 즐거운 충동으로부터 그 세계 안에서 하나의 완전한 조화의 삶으로 함께 작용하지 않는다면 그 세계는 얼마나 어설프고 얼마나 차가울 것인가? [⋯]

사랑하는 친구여! 내가 진정한 의미에서 자유롭기 때문에, 내가 밑도 끝도 없이 나를 느끼고 있기 때문에 나는 무한하며, 나는 파괴될 수 없다고 생각하는 것이네."(233~234쪽)

아다마스와 알라반다는 인간 내면의 자기 중심적인 지향을 주창한다. 아다마스가 이 주창자들의 성찰적 측면에 서 있다면, 알라반다는 실행의 측면에 서 있다. 이러한 지향이 독자적일 뿐 더이상 이상에 기여하지 않는다면 그대로 파괴적일 수밖에 없다. 허무주의적인 인간 폭력의 은유가 바로 알라반다가 속했던 '복수의 여신의 동맹(Bund der Nemesis)'이다.

이 동맹 때문에 휘페리온과 알라반다 사이에 불화가 생긴다. 휘페리온이 이 동맹을 거부하는 것은 이 동맹이 "폭력적인 수단을 가지고 전복을 불러일으키려고" 하기 때문이 아니다. 그러한 해석이 가능한 것은 이 불화를 겪은 두 사람이 나중에 자유 의지로 함께 전쟁에 참여하기 때문이다. 휘페리온에게는, 그리고 그와 더불어 휠덜린에게는 폭력에 대한 원칙적인 비판이 중요한 것이 아니라, 잘못된 목표를 위해서 사용되는 폭력의 거부가 중요하다. 한때 프랑스 혁명을 찬양했던 휠덜린이 보기에 정당한 전쟁은 사회 공동체적 이상을 향한 인간적인 노력의 정당한 표현 형식이다.

『휘페리온』제2권은 이러한 사실을 명백하게 보여 준다. 휘페리온과 알라반다는 터키 지배에 대한 그리스의 해방 전투에 참여한다. 함께 참여한 이 해방 전투는 휘페리온과 알라반다의 에로틱한 우정의 정점이다. 둘은 같은 이상을 위해서 싸운다.

"새로운 정신적 유대는 허공에서 살아갈 수가 없습니다. 아름다움의 성스러운 신정(神政)은 자유 국가 안에 깃들어야만 합니다. 그리고 정신적 유대는 지상에 자리 잡기를 원하며 우리는 이 장소를 틀림없이 얻어 낼 것입니다. 〔…〕노예로 사는 일은 영혼을 말살하지만, 정당한 전쟁은 모든 영혼을 생동하게 만들어 주는 법입니다."(157쪽)

이러한 이상이 이들의 전쟁 행위를 정당화한다.

"나는 어떤 시점에서 머뭇거리지 않기를. 나는 외쳤습니다.

우매한 민중이 벽을 칠하듯 세기(世紀)가 우리를 분칠하는 어떤 익살극에도 멈추지 않기를! — 오, 알라반다가 말했습니다. 그러니까 전쟁이 그만큼 좋기도 하다네. —

맞아, 알라반다. 나는 외쳤습니다. 인간의 힘과 정신만이 도움이 될 뿐 어떤 목발이나 밀랍으로 만든 날개도 도움이 되지 않는 모든 위대한 과업도 그렇다네. 이 과업에서 우리는 운명이 자기의 문장(紋章)을 찍어 넣은 노예복을 벗어 버리게 된다네. —

그 과업에서는 무슨 허영과 강요된 것은 더 이상 소용없지. 알라반다가 외쳤습니다. 그 과업에서 우리는 장식도 없이 속박도 없이 알몸이 되어 가는 거야. 네메아의 경주에서 목표점을 향해 달리듯이 말이야.

그 목표점을 향해서! 나는 외쳤습니다. 거기 젊은 자유 국가가 동터 오고 판테온이 그리스의 대지로부터 온갖 아름다움을 걷어 올리는 그곳.

알라반다는 그동안 침묵했습니다. 그의 얼굴에는 다시 홍조가 떠올랐고 그의 모습은 생기를 되찾은 초목처럼 높이 솟아올랐습니다."
(176~177쪽)

그러나 해방 전쟁이 그 수단을 통해서 이념적인 목적을 저버리는 순간에 그 전쟁은 정당성을 상실하게 된다.

"끝장이 나고 말았습니다, 디오티마여! 우리 병사들은 가리지 않고 약탈하고 살해했습니다. 우리 동포들도 살해되었습니다. 미스트라에 있던 그리스 사람들, 그 무죄한 사람들이 살해되었답니다. 죽음을 면한 사람들은 어찌할 바를 모른 채 사방으로 헤매고 있으며, 사색이 된 그들의 고통스런 표정은 천리에 대고 야만스러운 자들에게 복수할 것을 외치고 있습니다. 그 야만스러운 자들의 선두에 내가 서 있었던 것입니다. 〔…〕 실제로! 도적의 무리를 통해서 나의 이상향을 세운다는 것은 정상을 벗어난 계획이었습니다.

그렇습니다! 성스러운 정의의 여신에게 맹세코! 나에게는 당연한 일이 벌어진 것이며, 나는 그것을 견디어 낼 작정입니다. 고통이 나의 마지막 의식조차 빼앗아 갈 때까지 견디어 내겠습니다."(192쪽)

여기서 분명히 드러나는 것은 전쟁이 그 원래적인 잔인함 때문에 비판의 대상이 되고 있는 것은 아니라는 사실이다. 행동하는 자들에게서 나타나는 윤리 의식의 부재가 전쟁을 재앙으로 만들고 만다는 것이다. 휠덜린의 프랑스 혁명에의 도취에 대한 쓸쓸한 에필로그처럼 들린다. 휘페리온은 그가 알라반다를 향해서 던진 비난받을 일을 스스로 행했기 때문에 죄책감을 느끼고 있다. 즉 그는 야만스러운 자들과 결탁한 것이었다. 이 때문에 그는 자기 징벌을 원했다. 그는 전투 중에 죽음을 찾으려고 시도하지만 허사가 된다. 인간적 과감성의 대표자인 알라반다는 젊은 시절에 스스로 자신을 귀속시켰던 '복수의 여신의 동맹'에게 스스로를 맡겨 버림으로써 제 자신의 생애에 종말을 고한다.

인간적인 활동성이 그에게 영웅적인 것, 그러니까 윤리적인 기본 원칙에 순종했던 것을 무너뜨리고 좌조시킨다. 그로 말미암아 이상과의 결합을 생성해 낼 수 없었던 것이다. 결국 행동하는 인간 알라반다의 디오티마를 향한 사랑이 아니라, 휘페리온의 디오티마를 향한 사랑이 응답받는다. 인간은 해방 행위를 하기 위해서 성숙한 것이 아니며, 인간이 그것에 도달하기 위해서는 시인의 교육적 행위가 먼저 필요한 것이다.

6. 디오티마: 이상의 체현

알라반다와의 불화 중에 휘페리온은 칼라우레아 섬에서 디오티마를 알게 된다. 아다마스와 알라반다가 자율을 향한 인간적 지향의 인물상이라면 디오티마는 인간과 자연의 더 바랄 것 없는 조화의 이상적 인물상이다. 디오티마는 휘페리온이 — 그와 함께 인류가 — 끊임없이 노력을 기울이고 있는 것을 체현한 존재다. 새로운 세계는 "당신의 세계이기도 합니다, 디오티마여. 왜냐하면 그 세계는 당신을 빼어 닮았기 때문입니다. 오 당신이시여, 당신의 천국과 같은 평온을 가지고, 우리가 바로 당신인 그것을 지어낼 수 있다면 얼마나 좋겠습니까!"(187쪽)라고 휘페리온은 외쳤다. 지배 없음, 즉 사회적인 것 안에 들어있는 말의 엄밀한 의미에서의 무정부적인 상태, 그러나 또한 신들과 인간들 사이, 인간과 자연 사이의 관계에서조차도 일방적인 지배가 없는 상태, 그것이 바로 디오티마가 살고 널리 전파하고자 하는 이상이다.

"존재하고 산다는 것, 그것으로 충분합니다. 이것이 신들의 명예입니다. 그렇기 때문에 신적인 세계는 단지 하나의 생명인 것, 모두가 동등한 것입니다. 그 세계에서는 주인도 노예도 존재하지 않습니다. 자연이 마치 사랑하는 이들처럼 번갈아 살고 있습니다. 그들은 모든 것을, 정신과 기쁨과 영원한 청춘을 공유합니다."(245~246쪽)

휠덜린이 기껏해야 지배 계층과 피지배 계층의 관계가 뒤바뀔 뿐, 지배 관계가 그대로 유지되는 그러한 혁명적인 실천에 대항할 목적으로 글을 썼다는 사실이 여기서 명백해진다. 이와 관련해서 그는 징클레어에게 보낸 한 편지에 이렇게 쓰고 있다.

"하늘과 지상에 어떤 세력도 전제적이지 않다는 것은 좋은 일이며 심지어는 모든 생명과 모든 조직의 첫 번째 조건이기도 하다."

아다마스와 알라반다의 자유 개념이 지양되어 있는 삶의 유기적 형식을 휘페리온은 '자연'이라고 불렀다.

이 이상은 디오티마를 통해서 휘페리온에게 모습을 보인다. 그러나 그것은 다만 상징으로서일 뿐이다. 이 이상을 미숙한 사회적 현실 가운데 세우려는 모든 시도는 실패할 수밖에 없다. 미완성적인 것 안에서 완결된 것은 완결된 것이 아니기 때문이다. 설령 그것이 이 미완의 것을 그 표상에 따라 형상화할 수 있다손 치더라도 말이다. 디오티마를 위해서 휘페리온은 현실적 삶과의 접촉을 농반한다. 그녀에 의해서 치유될 수 없는 현실적인 세계의 현 상태에 대한 사랑하는 사람의 고통, 그녀가 그에게 모든 것일 수 없다는 경험은 그녀에게 제 자신을 인식하는 거울이 된다. 결국 이 인식은 그녀를 죽음에 이르게 한다.

"저는 그것을 곧 알아차렸습니다. 당신에게 제가 모든 것이 될 수는 없었던 것입니다. 제가 당신으로부터 유한한 생명의 굴레를 풀어 줄 수 있었을까요? 어떤 샘물도 흐르지 않고 어떤 포도나무도 자라지 않는 당신의 가슴 불꽃을 제가 진정시킬 수 있었을까요? 제가 한 세상의 기쁨을 잔에 담아서 당신에게 건넬 수가 있을까요?" (212쪽)

휘페리온을 향한 사랑을 통해서 그녀는 자기 한계의 의식에 이르게 되고, 따라서 제 자신의 의식에 이르게 된다. 그녀의 삶으로 휘페리온이 들어섬으로써 그녀의 길고 긴 소녀기는 종지부를 찍고 만다.

미스트라의 파멸에 대한 소식은 그동안 세계와 일치적이던 그녀로 하여금 세계와 반목하게 만든다. 그녀는 휘페리온에게 쓴다.

"오 나의 휘페리온이여! 모든 것을 알게 된 후로 저는 더 이상 연약한 여인이 아닙니다. 분노가 치밀어서 땅을 거의 바라다보고 싶지 않습니다. 저의 상처 입은 가슴은 그칠 줄 모른 채 떨리고 있습니다.

우리 헤어지도록 합시다. 당신이 옳습니다. 저는 아이를 원하지도 않습니다. 왜냐하면 저는 아이들을 노예의 세상에 내맡기지 않을 생각이고, 불쌍한 초목은 불모의 땅에서 내 눈앞에서 시들어 버릴 것이기 때문입니다.

　안녕! 그대 귀한 젊은이여!"(216~217쪽)

　그녀가 휘페리온을 향해 던지는, 무해하게 들리는 한마디 말은 그녀의 개인적인 파멸을 암시해 준다. "당신에게서, 당신에게서만 모든 치유를 희망했습니다."(214쪽) 그녀에게 자아 의식을 일깨워 주었고, 그리하여 그녀가 존재하고 있는 일체의 것으로부터 떨어져 나오도록 내면화시켰던 휘페리온, 그는 자신의 행위를 통해서 파괴된 그녀와 세계 사이의 조화를 당연히 복구해야만 한다. 그러나 휘페리온은 미스트라 참패 이후 싸움터에서 죽음을 찾으려 하며, 이것은 그녀의 종말을 의미한다. 죽음 가운데서만 그녀는 잃어버린 자연과의 일치를 되찾을 수 있기 때문이다.

　휘페리온은 앞서 삶의 현실성을 체험했기 때문에 디오티마의 곁에서 어떤 평온도 찾을 수 없다. 그가 조화를 극단적으로 이해하는 한 그녀의 사랑은 좌초를 면치 못한다. 아도르노의 말을 빌리자면 "잘못된 삶 가운데에는 어떤 올바른 삶도" 그에게는 존재하지 않는다. 탈리아 단편에 나오는 "나에게 모든 것이 아닌 것, 그리고 영원히 모두인 것은 나에게 아무것도 아니다"라는 문구는 그에게도 적용된다. 이상이 참된 이상이라면 그 이상은 전적으로 도처에 그리고 모두를 충족시킬 수 있어야 한다. "우리가 희망하는 아름다운 공동체가 우리를 결혼시켜 줄 때까지"(164쪽) 휘페리온은 디오티마를 포기할 수밖에 없게 된다.

휘페리온은 니오티마를 향한 자신의 사랑으로부터 그에게 발산되어 나오는 위협을 처음부터 의식하고 있다. 그러나 이 사랑은 이미 전체가 되는 것을 끊임없이 암시해 주고 있는 것이다.

"나는 비로소 그녀 앞에 섰다. 흥분하고 비틀거리면서. 그리고 포개진 두 팔을 가슴에 세차게 눌러 가슴의 떨림을 억제했다. 휩쓸고 가는 물살에서 헤엄치는 자가 솟구쳐 오르듯이 나의 전신은 무한한 사랑 안에 침몰하지 않으려고 있는 힘을 다해서 분투했다."(107쪽)

그가 자기 삶의 "중심을 벗어난 궤도"에서 길을 잃지 않으려고 한다면 그는 그에게 모든 것일 수 있는 연인으로부터 떨어져 나오지 않을 수 없다. 그녀는 자신의 내면에 자리하여 그의 계속되는 발걸음에 방향과 목적지를 결정 지어 주는 아이콘이 되어야 한다. 연인과의 작별을 통해서 휘페리온을 위해 그녀의 천국적인 것으로의 옮김은 일어난다.

"디오티마는 이때부터 놀랍도록 변했다. 〔…〕 그녀는 한층 높은 존재였다. 그녀는 더 이상 필멸의 인간들 중 한 사람이 아니었다 〔…〕 디오티마는 마치 대리석상처럼 서 있었고 그녀의 손은 내 손 안에서 느낌으로 알 만큼 풀이 죽어 있었다 〔…〕 오 이 환희의 입술로부터 울려나오는 달콤한 음성이여! 나는 외쳤다. 그러고는 기도하는 사람처럼 우아한 입상 앞에 나는 섰다. 〔…〕 어리석은 양반, 도대체 작별이 무엇입니까? 그녀는 불멸하는 자의 미소를 띠면서 신비스럽게 나에게 속

삭였다."(159, 165, 167쪽)

휘페리온의 과제는 이제 자신의 행동을 통해서 이 지상에서 깃들 곳을 찾을 수 없었던 이상에게 어떤 변함없는 현세적인 고향을 마련해 주는 것이다.

7. 글쓰기: 체념을 넘어서 희망으로

해방 전투에서 좌절을 겪고 알라반다와 디오티마도 세상을 떠난 후 노예처럼 사고하는 독일인들과 그들의 속물 근성을 체험하고 나서 휘페리온은, 아직 독일에 머물면서 자연과의 내면적인 대화로 되돌아간다.

"오 그대, 그렇게 나는 생각했다. 그대의 신들과 더불어, 자연이여!
나는 인간사에 대한 꿈을 모조리 꾸어 보았으나 그대만이 살아 있다고 말하리라. 그리고 평화를 잃어버린 자들이 강요하고 생각해 낸 것은 밀랍으로 만든 진주처럼 그대의 불길로 녹아 없어지리라! […] 인간들은 썩은 과일처럼 그대로부터 떨어지고 있다. 오 그들이 떨어지도록 내버려 두라"(263~264쪽)

정치적인 체념이 이 소설의 끝머리에 등장하는 것처럼 보인다. 알라반다의 편에서 싸우고 있을 때 휘페리온은 개인적인 해방은 오로지 인류의 해방과 더불어서만이 성공할 수 있으리라는 신념을 가졌던 것에 반해서, 이제는 역사적 유토피아가 포기되고 오직 개인적인 완성을 위해 노력할 것을 요구한다. 그러나 사회와 정치로부터의 등돌림을 이 소설의 결론적인 요구로 읽을 수는 없다. 위의 인용에서 "나는 그렇게 생각했다"라는 상대화시키는 구절로써 회의적인 원칙의 유효성에 의구심이 표명되고 있는 것이다. 이러한 식의 제약적인 주석은 이 마지막 편지의 여러 곳에 들어 있다. 잘 알려진 마지막 구절은 당대의 많은 독자들이 생각한 바처럼 이 소설의 미결성을 나타내는 것이 아니라, 끝에 전개된 사유의 미완결성을 암시한다.

"그렇게 나는 생각했다. 곧이어 더 많이 말하리라."(265쪽)

휘페리온은 자주 자연을 향한 자신의 발걸음의 퇴행성을 내비친다.

"그리하여 나는 차츰 복된 자연에게 나를 맡기게 되었고 거의 끝을 몰랐다. 자연에 더 가까이 있기 위해서라면 나는 기꺼이 어린아이가 되고자 했다 〔…〕 내가 배운 것, 살면서 내가 행한 것, 그것은 마치 얼음처럼 녹아 버렸고 청춘의 온갖 계획은 내 마음 안에서 점점 사그라져 갔다. 〔…〕 나의 사유는 내 안에서 잠들어 버렸다."(262~263쪽)

프랑스 대혁명에 대한 은밀한 회상을 통해서 체념의 계명은 모순에 부딪힌다.

"그대 대지의 샘이여! 그대 꽃들이여! 그리고 독수리와 그대 형제와 같은 빛이여! 우리의 사랑은 얼마나 오래되고 또 새로운가? ─ 우리는 자유로우며, 외부를 두려워하지 않으며 우리는 서로를 닮는다." (264쪽).

체념의 계명은 바로 소설의 마지막 구절에 의해서 수정된다.

"세상의 불협화는 사랑하는 사람들의 다툼과 같고 화해는 다툼의 한가운데 있으며 떨어져 있는 모든 것은 자신을 다시 찾는다. 핏줄은 갈라져 심장 안에 다시 돌아오며 모든 것은 일치하는, 영원한, 타오르는 생명이다." (265쪽).

세상의 불협화가 사랑하는 자들의 다툼으로 파악된다면 인간에 대한 저주를 넘어서는 것이다. 인간에 대한 저주는 결코 실제적인 해결이 아니었으며, 오직 환멸과 절망의 표현이었을 뿐이다.

"오 깃발이 있다면 얼마나 좋겠습니까, 신들이시여! 거기에 나의 알라반다가 헌신하고 싶어 할 텐데 말입니다. 하나의 테르모필레가 있다면 또 얼마나 좋겠습니까. 거기에 제가 저에게는 결코 쓸모가 없는 이 고독한 사랑의 피를 영광스럽게 쏟아 버릴 수도 있었을 텐데 말입니다! 제가 새로운 사랑에서, 우리 민중이 새롭게 모여든 아고라에서 큰 즐거움을 가지고 큰 고통을 가라앉혀 술 수가 있나면 물론 좋을 것입니다. 그러나 그것에 대해서 저는 말하지 않겠습니다. 왜냐하면 제가 모든 것을 생각할 때 울음으로 인해서 제가 가진 힘을 완전히 탕진하게 될 것이기 때문입니다."(251쪽)

체념의 요청은 이 소설의 전체 구성에 의해서도 결정적으로 반박된다. 소설의 전체 구성에서 보자면 우선은 새로운 삶의 진척은 언제나 무엇인가 지난 것과의 작별을 의미하기 때문에, 모든 새로운 삶의 진척은 비탄과 절망의 국면을 뒤에 두고 있다는 사실을 알 수 있다. 아다마스, 알라반다와 디오티마와 더불어 휘페리온은 매번 한층 집약적인 소유와 상실의 연속을 철저히 체험한다. 그리고 상실을 통해서, 깊은 의기소침을 거치고 나서 소유에 대한 새로운 충동 또는 실현을 향한 새로운 충동이 일깨워진다. 그리하여 그가 마지막 편지에서 말하는 인간 세계로부터의 표면상의 퇴각은 새로운 삶을 예고하는 단계일 뿐이다. 독일을 떠나온 후에 이제 비로소 휘페리온은 새로운, 그의 본래적인 숙명에 이르게 되는 것이다.

따라서 소설의 끝 구절을 제3권을 암시하는 것으로 이해한 독자는 기본적으로 휘페리온의 이어진 삶의 과정을 독서 과정에서 이미 알고 있다는 사실을 잊고 있는 셈이다. 왜냐하면 다시 그리스의 '조국 땅'에 들어서서 첫 번째 편지를 쓰고 있는 휘페리온은 독일에서의 체류와 인간 혐오와 체념의 단계를 거쳐 온 휘페리온이기 때문이다.

그는 자신의 생애를 기록하면서 숙고하는 가운데 그의 성품에 들어 있는 '불협화'는 해소된다. 그가 누구에게 쓰는 가운데 그는 자신의 은둔을 극복한다. 글쓰기는 여전히 그의 희망이 걸려 있는 혁명적 목적을 위해서 그 자신과 사회의 현 상황에 알맞은 실천 형식이다.

"근본으로부터 달라지리라! 인간 본성의 뿌리로부터 새로운 세계는 움트리라! 새로운 신성이 그들을 지배하며, 새로운 미래가 그들 눈에 밝아 오리라."(146쪽)

"모든 것이 회춘되어야 하고, 근본으로부터 변화되지 않으면 안 되네. 욕망은 진지함으로 가득 차고 모든 일은 쾌활해야 한다네. 어떤 것도, 가장 보잘것없는 일, 가장 일상적인 일도 정신과 신을 동반하지 않으면 안 되네!"(182~183쪽)

전투적으로 혁명적인 행위가 행동하는 자들의 결함으로 인해서 좌초를 겪는 가운데에서 휘페리온은 교육적인 혁명이 정치적인 혁명에 앞서 있어야만 한다는 결론에 이른다. 이 혁명을 위해서 그는 일하기를 원한다. 문학적인 작업 가운데 그의 삶의 "중심을 벗어난 궤적"은 완성된다. 즉 그는 자신의 숙명을 이해하고 받아들이며, 자신이 자신의 생의 경과와 함께 규정하고 규정되는, 모든 것을 포괄하는 자연의 흐름의 한 요소라는 사실을 인식한다.

"성스러운 사연이여! 그대는 나의 인과 밖에서 언제나 한결같은 자연입니다. 나의 밖에 존재하는 것을 내 안에 들어 있는 신성과 결합하는 것도 그처럼 어려운 일이 아닐 것입니다. 벌들도 그들의 작은 나라를 이룩하는데 어찌 내가 필요한 것을 심고 가꾸지 말라는 법이 있겠습니까?"(145쪽)

횔덜린과 휘페리온의 유사성이 명백해진다. 프랑스 대혁명이 자코뱅 파의 공포 정치로 전도되고 나서 지롱드 파에 동정적인 횔덜린은 "지금까지의 모든 것을 부끄럽게 만들어 버릴 사고와 표상 형식의 미래적인 혁명"(1797. 1. 10., 요한 고트프리트 에벨에게 보낸 편지)에 희망을 걸었다. 그의 『휘페리온』이 이것에 기여해야 할 것이었다. 궁핍한 시대에 그는 기약에 찬 역사적인 각성이라는 이상과 희망을 보존하고 이것을 다가오는 세대에 물려 주어 아름다운 이상과 과감한 행위를 성공적으로 결합할 수 있기를 소망했던 것이다.

8. 철학적 소설로서의 『휘페리온』

마지막으로 『휘페리온』은 미에 대한 사유를 담고 있는 철학적 소설이다.

제1권의 마지막 편지에서 휘페리온은 디오티마와 친구들을 동반해서 칼라우레아에서 아테네를 향해 갔던 한 여행에 대해서 쓰고 있다. 항해 도중에 그는 그 자신이 "신비로운 일"이라고 한(130쪽) 미(美), 문학, 철학과 이성에 대한 생각을 풀어놓는다. 이 장면은 소설의 테두리 안에서 그 자체가 하나의 독립적인 담화를 구성한다. 그렇다고 해서 다른 부분과 모순을 보이거나 어떤 다른 정서의 표현으로서 상대화되지도 않는다. "신비로운 일"이라는 개념은 언급된 것이 어느 한 개인의 언술 이상이라는 것을 암시한다. 휘페리온은 정신적인 분위기에 의해 영감을 받은 한 사람으로서 말한다. 이것은 작가가 휘페리온을 제 자신의 철학적 대변자로 삼는다는 데에 대한 메타 시학적인 표지인 것이다.

이 담론은 "옛 아테네 민족의 특출함"(127쪽)이 어떤 원인을 가지고 있는가, 하는 물음으로부터 출발한다. 횔덜린은 여기서 당대에 널리 알려져 있었던, 그리고 빙켈만에 의해서 대변된 기후론을 논박한다. 횔덜린은 휘페리온으로 하여금 "기후가 이 모든 것을 형성했다고 나에게 말하는 사람은 우리도 아직 그 기후 안에 살고 있다는 것을 생각해야 할 것이네."(128쪽)라고 말하게 했다. 아테네의 문화적 융성은 오랫동안 어떤 외래적 영향도 받지 않았다는 사실에 기인한다고 주장한다. 여기서 우리는 다시금 횔덜린의 중심적인 교육관을 새롭게 만나게 된다.

"모든 훈련과 기예라는 것은 인간의 천성이 아직 성숙되지 않은 경우에는 너무 이르게 시작되는 것이기 때문이네 〔…〕 인간들로 하여금, 그 자신 외에 어떤 무엇인가가 존재한다는 것은 늦게야 알도록 해야 한다네. 왜냐하면 그렇게 해야만 그가 인간이 되기 때문이네. 그러나 인간은 인간이 되자마자 하나의 신이라네. 그리고 인간이 하나의 신일 때 인간은 아름다운 법이네."(128쪽, 130쪽)

그리스 인의 행운은 그러니까 그들이 그들의 오랫동안의 방해받지 않은 발전 과정에, 긴 '유년기'에 제 자신의 내면적인 신성을 느낄 수 있었던 데에 있다. 그들이 역사 안에 발 들여놓기 이전에 그들은 미, 전체성, 조화에 대한 표상을 연마했던 것이다. 신성, 아름다움, "조화로운 대칭", "제 자신 안에 구분되어 있는 일체(Hen diapheron heauto)", 이 모든 것이 횔덜린에게는 우리의 내면과 외부에 걸쳐 동일한 존재의 원리에 대한 동일한 개념이다. 우리의 신들에 대한 표상은 자신을 들여다보기 위해 우리 내면에 들어 있는 신적인 것이 벌이는 시도들이다.

"인간의, 신적인 아름다움의 첫 번째 자식은 예술이네. 예술을 통해서 신적 인간은 스스로 회춘하고 되풀이한다네. 신적 인간은 스스로를 느끼기를 갈망하고, 그 때문에 자신의 아름다움을 자신에게 마주 세우지. 그렇게 해서 인간은 스스로에게 자신의 신들을 부여했다네. 왜냐하면 태초에 인간과 신들은 일체였고, 제 자신은 알지 못했지만 영원한 아름다움이 거기에 존재했던 것이네."(130쪽).

예술은 자신을 파악하고자 애쓰는 근원 정신의 창조다.
내면적인 신성에 대한 의식으로부터 그리스 인들에게는 자유의

삼성이 노란 성상한나. 손재의 법직을 자신 내면에서 느끼는 자는 어떤 외래의 규정도 필요하지 않으며 또 이를 감내하지도 않는다. 그렇기 때문에 아테네 사람들에 대해서 휘페리온은 말한다.

"드라코와 같은 인물은 아테네 사람에게는 쓸모가 없네. 아테네 사람은 부드럽게 다루어지기를 원하고 그런 것을 좋아한다네."(132쪽).

또한 철학은 조화에 대한 감각이 존재하는 곳에서만 발생한다. 철학의 근원은 회의(懷疑)다. 회의의 기반인 모순과 결핍 의식은 완결성에 대한 의식이 존재할 때에만 생길 수 있는 것이다. 그리스 인들은 자신 안에 있는 "무한히 일치적인 것"을 느꼈기 때문에 "미의 본질"이며 모든 사물의 마지막 근거인 "제 자신 안에 구분되어 있는 일체"를 발견할 수 있었던 것이다.

휘페리온, 그리하여 횔덜린은 오성과 이성에 대한 원칙적인 비판에 도달하게 된다. 전면에 부각되는 신화적 시적 구조는 혼자 꿈꾸고 있는 시인의 디오니소스적인 도취가 아니라, 계몽의 정신으로부터 생성되어 나온 계몽에 대한 비판의 한 부분이다. 계몽주의는 그것이 이성 철학 이외에 아무것도 아닐 경우 실천적인 요구를 충족시킬 수 있는 위치에 있지 않다는 것이다.

모든 철학적 비평가들과 마찬가지로 횔덜린도 자신의 '철학하기'의 인식론적 불확실성을 알았다. 그렇기 때문에 그는 "신비스러운 일"에 대해서 말한 것이다. 그렇지만 근거 없음이라는 측면에서 계몽주의 철학과 원칙적으로 구분되지 않는다.

"단순한 오성으로부터는 어떤 철학은 나타나지 않을 것이네. 왜냐하면 철학은 현존하는 것의 제약된 인식 이상이기 때문이라네.

단순한 이성으로부터는 철학이 생겨나지 않을 것이네. 왜냐하면 철학은 어떤 가능한 소재의 결합과 구별로의 끝날 줄 모르는 진행에 대한 맹목적인 요청 이상이기 때문이라네."(136쪽)

이성 철학, 그리고 칸트 철학은 그것의 이성에 의해서 인도된 한계를 부단히 넘어서는 것이다. 이성 철학은 형이상학이며, 또 형이상학이어야만 하고, 우리의 눈앞에 존재하고 있는 것의 한 기록부 이상이기를 바란다. 그런데 부단히 모든 사물의 근거를 묻고 있는 이성은 제 자신 어떤 근거도 가지고 있지 않으며, 그 이성은 인식론적으로도 문학보다 더 나은 것이 없다.

철학이 이성적 사유와 다름이 없는 것이기를 주장하는 한 철학은 문학에 비교해 볼 때 상당한 약점을 지닌다. 이러한 철학은 어떤 윤리도 뒷받침하지 못한다.

"단순한 오성으로부터는 결코 오성다운 것이, 단순한 이성으로부터는 결코 이성다운 것이 생기지 않는다네"(136쪽).

어떤 인간성 이상도, 어떤 삶의 실천도 이성만으로부터 도출되지 않는다. 호르크하이머(Horkheimer)와 아도르노(Adorno)보다 훨씬 앞서서, 또 포스트모던의 이성 비판보다 훨씬 앞서서 횔덜린은 『휘페리온』을 통해 이성의 단순한 도구성에 대해 주목했던 것이다.

"오성은 정신의 아름다움 없이는 미리 지시된 대로 거친 목재로 울
타리를 세우고 장인이 지으려고 하는 정원을 위해 재단된 말뚝을 못
질해서 잇는 부지런한 기능인과 다름없다네. 오성이 하는 일은 응급
조치일 뿐이네. 오성은 정리하는 가운데 무의미한 짓이나 부당한 일
로부터 우리를 지켜 주지만, 무의미한 일이나 부당한 일로부터 안전
하다는 것이 인간적인 특출함의 최고 단계는 아니라네.

정신의 아름다움과 심정의 아름다움이 없다면 이성은 집주인이 하
인들 위에 임명해 놓은 감독자와 다름없다네. 그는 끝없는 작업으로
인해서 무엇이 이루어져야 하는지를 하인들만큼도 모르고 있어서 오
로지 바삐 움직이라고 외칠 뿐이며 일이 진척되는 것도 거의 달갑게
여기지를 않는다네. 왜냐하면 일이 끝나게 되면 더 이상 감독할 일이
없어질 것이고, 자신의 역할도 끝장날 것이기 때문이지."(136쪽)

이성은 제 자신으로부터 자신의 정당성을 입증할 수도 없으며,
삶에 대해서 목적을 제시해 줄 수도 없다. 이성은 "정신의 아름다
움과 심정의 아름다움"을 향해서 가야 하는 인간의 부차적 능력
에 지나지 않는다. 전체성이라는 이념, 자연스럽게 질서 지워진,
자유롭고 자기 규정적인 삶을 위해서는 감동을 주는 충실성으로
부터 이 이성 개념은 멀리 떨어져 있다. 이성이 어떤 이상에도 따
르지 않는다면 그것은 공포의 도구가 될 수도 있다. 휘페리온이
이성 철학에 맞세워 "문학은 이 학문의 시발이자 종결이다"라고

말했을 내, 결코 문학의 도취적인 측면을 의미한 것이 아니다. 철학은 제 자신을 증언할 힘도, 유토피아를 향할 능력도 가지고 있지 않다. 그 철학은 시적 토대 위에 서 있어야 하며 인류사 전체에 대해 인간적인 목표를 부여해야 한다면 철학은 문학을 필요로 하는 것이다. 전체성이 어떻든 의미와 진리를 가지고 있다면 이 의미와 진리가 이성만으로서는 체험될 수 없다고 횔덜린은 말한다. 우리는 그 의미와 진리에 접근하기 위해서 우리가 가지고 있는 인간적인 인식 능력을 온통 투여해야만 한다. 인간적인 모든 능력의 앙상블을 횔덜린은 문학 예술이라고 부르고 있는 것이다.

제1권의 마지막 편지, 소위 '아테네 연설'인 이 편지가 철학적 소설로서의 『휘페리온』을 증언하고 있다면, 제2권의 마지막 편지, 소위 '질책의 연설'은 독일의 현실에 대한 신랄한 비판, 따라서 문명과 시민 사회의 속물성에 대한 비판을 통해서 사회 소설 내지는 정치 소설로서의 『휘페리온』을 증언한다. 이 부분에 대한 해설은 따로 필요하지 않다고 생각된다.

9. '절대 소설'로서의 『휘페리온』

독일 낭만주의의 문학비평가인 슐레겔(Friedrich Schlegel)은 낭만주의 문학의 결정체는 소설, 그것도 '절대 소설'이라고 했다. 1797년 ―『휘페리온』제1권이 발행된 해 ― 슐레겔은 "완벽한 소설은 빌헬름 마이스터보다 훨씬 더 낭만적인 예술 작품이어야만 한다. 한층 더 현대적이며 안티케적이고, 한층 더 철학적이며 윤리적이고 시적이며, 정치적이고, 자유로우며, 보편적이고 한층 더 사회적이어야만 한다"고 말하고 있다.(「시와 문학에 관한 노트」) 슐레겔은 현대적인 문학 장르인 소설은 모든 하부 장르를 통합해야 한다고 주장하면서, 소설은 시이자 산문이며, 환상과 심리학과 철학을 포괄한다고 말한다. 그가 상정하고 있는 소설에는 시문학, 비평, 철학이 혼합되고 융해되어 있다. 횔덜린의 『휘페리온』을 그가 읽었더라면 자신의 요구가 여지없이 실현되어 있는, 『빌헬름 마이스터』를 훨씬 능가하는 현대적 소설을 만났을 것이다. 이처럼 "문학의 나라 안에 있는 아직 아무도 발 딛지 않은 땅"에 『휘페리온』은 발을 디뎠지만 뒤를 이어 그 땅에 발 디딘 작품은 유럽의 문학사에 아직 등장하지 않았다.

판본 소개

『휘페리온』은 작가가 생존해 있을 때 출판되었다. 즉 1797년 4월에 튀빙엔의 코타 서적(Cotta'sche Buchhandlung)에 의해서 제1권이, 1799년 10월에 제2권이 발행되었다. 1822년에는 코타 서적이 제2판을 발행했다. 이 판은 고인쇄체(Fraktur)로 인쇄된 점과 1, 2권의 철자법이 어느 정도 통일된 점, 그리고 정서법상 오자(誤字)가 교정된 것 이외에 첫 판과 다름이 없었다. 최종 완성의 육필 원고는 남아 있지 않다. 횔덜린 작품이 학자들에 의해 본격적으로 편집 출판되기 시작한 것은 20세기 초였다. 이후 오늘에 이르기까지 출판된 횔덜린 전집 가운데 대표적인 것은 다음과 같다.

1. 헬링라트(Norbert von Hellingrath)에 의해서 기초되고 후일 피게노트(Ludwig von Pigenot)에 의해 계속 발행된 역사-비평본(Hölderlin, Sämtliche Werke, Historisch-Kritische

Ausgabe, Bd.1~6, München, Leipzig 1913~1923).

2. 바이스너(Friedrich Beissner)에 의해서 발행된 소위 슈투트가르트 판(Hölderlin, Sämtliche Werke, Stuttgarter Hölderlin-Ausgabe, Bd. 1~8, Stuttgart 1943~1985).

3. 짜틀러(D. E. Sattler)에 의해서 발행된 소위 프랑크푸르트 판(Friedrich Hölderlin, Sämtliche Werke, 》Frankfurter Ausgabe《, Historisch-Kritische Ausgabe, Bd. 1~20, Frankfurt 1976~2000).

헬링라트의 역사-비평본은 휠덜린의 후기시를 발굴하여 편찬 출판함으로서 소위 휠덜린 르네상스를 불러일으켰다. 바이스너의 슈투트가르트 판은 육필본의 면밀한 판독과 비판적 고증 자료를 함께 수록하여 휠덜린의 글쓰기 과정을 정밀하게 재현해 놓았다. 이 휠덜린 전집에서 정립된 바이스너의 학술적 작업의 틀 (Apparat)은 독일 문헌학에서 하나의 규범이 되었다. 짜틀러의 프랑크푸르트 판은 작품 원전을 육필 원고의 일차적 전개 (Lineare Textdarstellung)에서부터 구성본(Konstituierter Text) 와 교정 확정본(Emendierter Text)에 이르기까지의 과정을 그대로 수록하여 독자의 비판적 편찬 참여까지도 가능하게 한다.

소설 『휘페리온』은 헬링라트 판에는 제2권으로 1923년에, 바이스너의 슈투트가르트 판에는 제3권으로 1957년에, 짜틀러의 프랑크푸르트 판에는 제11권으로 1982년에 각각 발행되었다. 그런데 코타 판을 원전으로 삼은 헬링라트 판과 바이스너 및 짜틀러 판은 완전히 일치하지는 않는다. 그것은 1799년 가을 "그대가 아니면 누구에게"라는 헌사와 함께 주제테에게 헌정한 책에 작가가 스물다섯 곳을 직접 수정했으나, 헬링라트는 이 수정을 위시한 다른 수정의 흔적을 반영하지 못했기 때문이다.

반면에 바이스너는 이 작품의 편집에서 1) 코타의 초판본, 2) 횔덜린의 수정이 표기된 주제테 헌정본, 3) 융(Franz Wilhelm Jung)이 소장했던 육필의 수정이 들어 있는 제1권, 4) 횔덜린 자신이 소장했던 것으로 보이는 친필로 보완한 흔적이 있는 책, 5)코타의 제2판을 모두 반영했다. 이를 통해서 헬링라트 판과 바이스너 판, 그리고 바이스너 판을 바탕으로 삼고 있는 짜틀러 판 사이에는 차이가 발생한다. 예컨대 제1권의 여섯 번째 휘페리온의 편지 중 코타의 판본, 따라서 헬링라트의 판본에 "Tugend des Herzens"라고 표현되어 있는 부분 ─ 그 자체로서는 오자이거나 의미상의 오류가 없는 구절 ─ 이 주제테 헌정본에는 "Jugend des Herzens"로 수정되어 있다. 덕망(德望, Tugend)와 청춘(Jugend)은 전혀 다른 의미인 것은 말할 나위없거니와 이 한 알파벳의 정정이 내용에 미치는 영향은 적지 않다고 할 것이다.

짜틀러의 판본은 바이스너의 판본을 주로 따르고 바이스너가 판독법(Lesart)으로 미주(尾註)로 처리한 것을 각주(脚註)로 삼는 정도의 차이를 보인다.

이 책은 번역 대본으로 바이스너의 판본(Hölderlin Sämtliche Werke, Große Stuttgarter Ausgabe, herausgegeben von Friedrich Beissner, 3. Band, Hyperion, Stuttgart 1957)을 사용했다.

이 외에도 바이스너 판본을 기본으로 삼고 주해를 보완하거나 해설을 덧붙인 여러 다른 판본이 있다. 이들 가운데 주해가 잘 되어 있는 판본은 슈미트의 판본(Friedrich Hölderlin, Sämtliche Werke und Briefe in 3 Bänden, herausgegeben von Jochen Schmidt, Band 2, Hyperion, Empedokles, Aufsätze, Übersetzung, Frankfurt a. M. 1994)이다.

1770   3월 20일, 네카 강변의 작은 도시 라우펜에서 하인리히 횔덜린 (Heinrich Friedrich Hölderlin, 1736~1772, 수도원 관리인)과 요한나 크리스티아나(Johanna Christiana, 1748~1828) 사이의 첫 아이로 태어남.

1772   7월 5일, 부친 사망.

8월 15일, 여동생 하인리케 태어남.

1774   모친 뉘르팅엔으로 이주. 그곳에서 모친은 시의원이었다가 후에 시장이 된 고크(Johann Christoph Gock, 1748~1779)와 재혼.

1776   10월 29일, 의붓동생 칼 태어남.

1779   3월 13일, 의붓아버지 고크 사망.

1784   10월 20일, 덴켄도르프 근처의 초급 수도원 학교 입학.

1786   10월 18일, 마울브론의 상급 수도원 학교 진학.

1784~1788 실러, 클롭슈토크, 슈바르트, 오시안, 영의 작품을 읽고 영향을 받으며 시를 쓰기 시작하여 다수의 작품 남김. 마울브론 수도원 관리의 딸 나스트를 향한 사랑 움틈.

1788   10월 12일, 튀빙겐 신학교 입학.

노이퍼, 마겐나우와 친교. 얼마 후 헤겔과 쉘링과도 우정을 나누

기 시작함. 튀빙겐 시절 여러 문체의 많은 시를 씀, 특히 1788년
이라고 일자를 적어 넣은 시 「사나이들의 환호」는 혁명의 열정을
느끼게 하는 송가로서, 클롭슈토크의 율격을 지님. 이러한 열정
의 율격을 지닌 시는 실러의 영향이 드러나는 소위 「튀빙겐 찬가」
에 의해서 극복됨. 이 찬가들은 1787~1788년 사이에 쓴 것으로
서 「조화의 여신에 바치는 찬가」를 위시해서 뮤즈, 자유, 인류, 우
정, 사랑 등을 주제로 한 시이며, 칸트, 플라톤, 라이프니츠, 스피
노자, 루소의 철학에 대한 그의 관심이 반영되어 있음.

1789   슈바르트, 슈토이트린과 교유하기 시작함.

1790   8~9월, 철학 석사 학위 시험.

1791   4월 중순~5월 초, 친구 힐러, 메밍거와 함께 스위스 여행.

4월 19일, 인상학자이자 골상가인 취리히의 라바터 방문.

슈토이트린의 시 연감(詩年鑑)에 「나의 회복/ 리다에게」 등 네 편
의 시 첫 발표.

1792   6월, 소설 『휘페리온』 집필에 대한 첫 확인. 튀빙겐 신학교를 떠
나면서 포기해 버린 튀빙겐 시절의 『휘페리온』 초고에 대해서는
1792년 6월과 1793년 9월 사이 횔덜린과 노이퍼, 마겐나우, 슈토
이트린 사이에 오간 편지에 언급되었으나 원고는 전해지지 않음.

1789~1793   신학교 내 혁명적 분위기. 칸트에 대한 열광 가득함. 「그때와
지금」, 「칸톤 슈바이츠」, 「그리스」 등 많은 작품을 씀.

1793   5월, 징클레어(Isaak von Sinclair, 1775~1815)를 처음 대면함. 실러
를 만남. 『휘페리온 단편』(Fragment von Hyperion), 실러가 발간하
는 「탈리아」 지 제4권에 게재됨. 편지에 나타난 증언에 따르면 횔
덜린은 1792년 여름 이 소설을 쓰기 시작했고 10월에 첫 초고를
마겐나우에게 읽어 주었으며 1793년 7월 슈토이트린에게 확장된
단편(斷片)을 보여 주었음.

7월 20일, 이후 노이퍼에게 쓴 편지에 "네가 그렇게 멋있게 문학
의 나라 안에 있는 미지의 땅(terra incognita im Reiche der Poësie)

에 대해서 말한 것은 특별히 하나의 소설에 꼭 들어맞는다. 선구자들은 많으나 그 새롭고 아름다운 땅에 들어선 자는 거의 없고 발견과 작업을 위해서는 셀 수 없이 많은 일이 아직 남아 있단다! 나는 그것을 너에게 성스럽게 약속한다. 나의 휘페리온의 전체가 이 단편보다 세 배 더 훌륭하지 않다면 가차 없이 그것은 불에 던져질 것이다"라고 씀.

1793   12월 6일, 슈투트가르트 종무국의 목사 자격 시험에 합격함. 「로마서」 5장 10절에 대해 시험 강론함.

12월 28일 튀빙겐을 떠나서 실러의 소개로 얻게 된 칼프 가(家)의 가정 교사를 시작하기 위해 발터스하우젠에 도착.

1794   11월, 교육 성과가 시원치 않은 어린 제자 프리츠를 데리고 예나에 옴. 피히테의 강의를 열광적으로 들으면서 실러를 자주 방문하고 괴테와 헤르더를 알게 됨. 징클레어와의 본격적인 우정이 시작됨.

1795   1월 가정 교사를 포기하고 예나로 가 피히테의 강의 계속 들음.

5월 말~6월 초 징클레어와의 우정이 더욱 깊어짐. 갑작스럽게 예나를 떠나 뉘르팅엔으로 돌아옴. 란다우와 사귐.

1793~1795   칸트와 피히테의 저술, 괴테의 『빌헬름 마이스터』 읽음. 시를 거의 쓰지 않고 『휘페리온』 집필에 전력을 기울임. 『휘페리온 단편』, 『휘페리온 운문본』, 『휘페리온 청년 시절』 등을 씀.

1795   12월 28일, 프랑크푸르트에 도착함.

1796   1월, 프랑크푸르트의 공타르(Gontard) 가에 가정 교사로 입주함. 얼마 되지 않아 이 집의 부인 주제테(Susette Gontard, 1769~1802)와의 사랑이 시작됨.

홈부르크에 있는 징클레어를 자주 방문함.

7월 10일, 주제테와 자제들을 동반하고 카셀을 거쳐 베스트팔렌으로 여행함.

9월 17일, 슈도이트린이 자살함.

1796	9월 20일, 여행에서 놀아옴.
1797	1월, 헤겔, 프랑크푸르트에서 가정 교사 시작함.
	주제테와의 사랑이 소위 디오티마-체험으로 승화되어 감.
	4월, 소설 『휘페리온』 제1권 코타 출판사를 통해 발간됨.
	괴테와 실러가 횔덜린의 시 작품에 대해 논평함.
	8월 22일, 프랑크푸르트에 있는 괴테를 방문함.
	8, 9월, 비극 『엠페도클레스의 죽음』에 대해 '아주 세밀한 계획'
	을 세웠다고 술회함.
1798	프랑크푸르트에서의 생활에 대한 불만이 고조됨.
	9월, 공타르 가에서 나와 징클레어가 방백의 행정 자문관으로 있
	는 홈부르크로 거처를 옮김. 주제테와 편지를 주고받기 시작함.
	11월, 징클레어가 홈부르크를 대표하여 참석한 라슈타트 회의에
	동행함.
1796~1798	주제테 공타르에게 바치는 많은 시를 씀.
	『휘페리온』 제2권 집필. 비극 『엠페도클레스의 죽음』 첫 번째 초
	고를 집필.
1799	4~6월, 징클레어를 중심으로 한 공화주의적 사상가들 중 한 사람
	이며, 횔덜린 애호가로서 문학에 관한 횔덜린의 고백적 서한의 수
	신자인 뵐렌도르프가 홈부르크에 체재함. 잡지 『이두나(*Iduna*)』
	발행 계획. 실러, 괴테 등으로부터 지원을 받으려 했으나 실패함.
	『휘페리온』 제2권 출판됨. 〈그대가 아니면 누구에게(Wem sonst
	als Dir)〉라는 헌사와 함께 주제테에게 『휘페리온』 제2권을 헌정함.
1800	5월 8일, 주제테를 마지막으로 만남.
	6월, 뉘르팅엔의 집에 머묾. 얼마 후 슈투트가르트의 상인 란다우
	어 가에 머묾.
1798~1800	시인의 사명에 대한 숙고, 문학의 이론과 실제에 대한 많은 논고
	를 씀. 홈부르크에서의 마지막 기간에 그리스 시인 핀다르에 열중
	함. 소위 핀다르 대번역이 이루어짐. 「다도해(Der Archipelagus)」,

「슈투트가르트」, 「비가」와 「디오티마에 대한 메논의 비탄」 등 수 제테에게 바치는 수 편의 시를 씀.

1801   1~4월, 성 갈렌의 하우프트빌에서 가정 교사로 일함.

4월, 고향으로 돌아옴. 르네빌 평화조약(2월)이 체결됨으로써 정치적인 면에 희망을 갖게 됨. 방대한 찬가 「도나우의 원천에서」, 「편력」, 「라인강」, 「귀향」, 「빵과 포도주」 완성함.

12월 10일, 남프랑스의 보르도 주재 함부르크 총영사 마이어 가에 가정 교사로 일하기 위해서 도보로 떠남.

1802   1월 28일, 스트라스부르, 리옹을 거쳐 보르도에 도착.

5월 10일, 파리를 거쳐 스트라스부르로 가는 여권 발급 받음.

6월 7일, 프랑스를 떠나는 여권 받음.

6월 22일, 주제테 사망.

6월 말~7월 초, 정신 착란의 징후를 보이면서 귀향함. 주제테의 사망 소식 들음.

10월, 헤센 홈부르크 대표로 레겐스부르크의 회의에 참석하고 있던 징클레어를 약 2주 동안 방문함.

1803   1월, 시 「파트모스 섬」을 헤센-홈부르크의 방백에게 헌정함. 뉘르 팅엔의 어머니 곁에 머묾.

1804   6월, 징클레어가 홈부르크로 그를 데려감. 궁정 도서관 사서로 임명함.

1802~1804 좋지 않은 신체적, 정신적 상황에도 불구하고 계속 시를 씀.

시 「평화의 축제」, 「파트모스 섬」, 소포클레스 비극의 번역이 빌만스 출판사에 의해 1804년 4월에 출판됨.

1805   징클레어와 함께 홈부르크 대 반역죄 재판에 회부됨. 횔덜린의 '우울증'과 '혼란된 정서 상태'에 대한 의사의 진단이 있었음. 빌만스에 의해 출판된 『1805년 연감』에 소위 '밤의 노래들'(아홉 편의 시)이 실림.

1806   9월 11일 성신 착란사로 신난뇌어 뷔빙센 아우텐리트 병원으로

이송됨. 시 「슈투트가르트」와 「빵과 포도주」이 일부분 (제1연) 출판됨.

1807   여름, 아우텐리트 병원에서 퇴원. "기껏해야 3년을 더 살 수 있을 것"이라는 의사 소견 있었음. 에른스트 짐머의 집(오늘날 소위 「횔덜린 트룸」)에 머물기 시작함. 「라인강」, 「파트모스」, 「회상」 출판됨.

1822   『휘페리온』 제2판 발행.

1822~1824   바이블링어와 교유.

1826   울란트와 슈바프가 횔덜린의 시집 발행함.

1828   모친 세상을 떠남.

1842   횔덜린의 시집 증보판 발행됨.

1847   6월 7일 밤 11시, 튀빙겐, 짐머의 집에서 세상을 떠남.

새롭게 을유세계문학선집을 펴내며

•

을유문화사는 이미 지난 1959년부터 국내 최초로 세계문학전집을 출간한 바 있습니다. 이번에 을유세계문학전집을 완전히 새롭게 마련하게 된 것은 우리가 직면한 문화적 상황에 적극적으로 대응하기 위해서입니다. 새로운 을유세계문학전집은 세계문학의 역할이 그 어느 때보다 중요해졌다는 인식에서 출발했습니다. 오늘날 세계에서 타자에 대한 이해는 우리의 안전과 행복에 직결되고 있습니다. 세계문학은 지구상의 다양한 문화들이 평등하게 소통하고, 이질적인 구성원들이 평화롭게 공존할 수 있는 문화적인 힘을 길러 줍니다.

을유세계문학전집은 세계문학을 통해 우리가 이런 힘을 길러 나가야 한다는 믿음으로 만들어졌습니다. 지난 5년간 이를 준비하기 위해 많은 노력을 기울였습니다. 세계 각국의 다양한 삶의 방식과 문화적 성취가 살아 있는 작품들, 새로운 번역이 필요한 고전들과 새롭게 소개해야 할 우리 시대의 작품들을 선정했습니다. 우리나라 최고의 역자들이 이들 작품 속 한 문장 한 문장의 숨결을 생생히 전하기 위해 심혈을 기울였습니다. 또한 역자들은 단순히 번역만 한 것이 아니라 다른 작품의 번역을 꼼꼼히 검토해 주었습니다. 을유세계문학전집은 번역된 작품 하나하나가 정본(定本)으로 인정받고 대우받을 수 있도록 최선을 다했습니다. 세계문학이 여러 경계를 넘어 우리 사회 안에서 주어진 소임을 하게 되기를 바라며 을유세계문학전집을 내놓습니다.

을유세계문학전집 편집위원단(가나다 순)

김월회(서울대 중문과 교수)

박종소(서울대 노문과 교수)

손영주(서울대 영문과 교수)

신정환(한국외대 스페인어통번역학과 교수)

정지용(성균관대 프랑스어문학과 교수)

최윤영(서울대 독문과 교수)

을유세계문학전집